Un nouveau départ pour Geneviève

Catalogage avant publication de Bibliothèque et Archives nationales du Québec et Bibliothèque et Archives Canada

Titre : Un nouveau départ pour Geneviève / Éliane Saint-Pierre
Nom : Saint-Pierre, Éliane, 1961- , auteure
Identifiants : Canadiana 20190038187 | ISBN 9782897833565
Classification : LCC PS8637.A45843 N68 2020 | CDD C843/.6–dc23

Illustration de la couverture : Luc Normandin

Les Éditeurs réunis bénéficient du soutien financier de la SODEC et du Programme de crédit d'impôt du gouvernement du Québec.

Financé par le gouvernement du Canada | Canada

Édition
LES ÉDITEURS RÉUNIS
lesediteursreunis.com

Distribution nationale
PROLOGUE
prologue.ca

Imprimé au Canada

Dépôt légal : 2020
Bibliothèque et Archives nationales du Québec
Bibliothèque et Archives Canada

ÉLIANE SAINT-PIERRE

Un nouveau départ pour Geneviève

LES ÉDITEURS RÉUNIS

De la même auteure
chez Les Éditeurs réunis

Une promesse pour Alice, 2017

Yändicha : cœur sauvage, 2016

Plaines d'Abraham : la bataille de l'amour, 2014

1

— Alors, garde Boivin, vous en pensez quoi ?

Geneviève posa de nouveau délicatement la main sur le front de l'homme. Une surface moite. Elle soupira.

— J'en pense que je vais vous signer votre congé pour cet après-midi, répondit-elle.

L'homme regarda en écarquillant les yeux la femme de quarante-cinq ans. Elle était encore belle et portait très joliment sa coiffe blanche d'infirmière.

— Encore ! s'écria-t-il. Je trouve vraiment que l'année 1964 commence mal… Ça fait deux congés.

Geneviève leva un doigt et déclara avec fermeté :

— Roger, je ne crois pas que ce soit une bonne idée de travailler avec un bon quatre-vingt-dix-neuf Fahrenheit de fièvre !

Il rit. Geneviève enchaîna :

— Je pense au contraire que vous feriez mieux de vous absenter quelques heures, plutôt que quelques jours, voire quelques semaines ! Vaut mieux prévenir que guérir. Et puis souhaitons que 1964 soit une belle année ! Parce que l'année 1963 s'est bien tristement achevée avec l'assassinat de John Kennedy…

L'homme hocha la tête en signe d'approbation.

— Oui, d'accord, garde Boivin, obtempéra-t-il. Merci, en tout cas. Ça va m'aider à donner un coup de main à ma femme. Vous avez raison. Il faut voir les choses du bon œil.

— Comment va le petit troisième ? demanda Geneviève, avec bienveillance.

— Bien, mais comme vous savez, il a été malade lui aussi, la semaine dernière.

L'infirmière dodelina de la tête pour exprimer sa compassion.

— Vous pouvez y aller, Roger, déclara-t-elle sur un ton sans réplique. Ne vous en faites pas. Ce n'est pas parce que vous partez cet après-midi que l'usine Moretti va fermer ses portes !

Geneviève Boivin travaillait depuis presque dix ans chez Moretti, une usine fondée en 1899 à Montréal par un Italien originaire de la Sardaigne. Depuis 1960, l'usine tournait à plein régime, surtout depuis le lancement en grande pompe des conserves de spaghetti et autres mets préparés. Elle était la seule infirmière de l'établissement et veillait au bien-être de tous les employés. Parfois ils se blessaient sur les métiers ou, comme Roger, présentaient les symptômes d'un rhume ou d'une quelconque maladie. Geneviève Boivin avait alors tous les pouvoirs et pouvait donner son congé à l'ouvrier souffrant. Mais depuis que le chef de production, parti à la retraite, avait été remplacé par James Cartridge, Geneviève avait vu ses pouvoirs diminués et devait respecter le mot d'ordre : produire ! L'usine, établie au départ à Verdun, avait déménagé depuis dans l'est de la ville de Montréal. Autour de la bâtisse du 5200, rue Hochelaga, heureusement, il y avait un parc et la vue y était à couper le souffle, surtout à l'automne, lorsque les feuilles revêtaient leurs éclatantes couleurs. Quand il faisait beau, le soleil entrait par les larges fenêtres qui étaient toujours reluisantes de propreté. C'était un emploi bien rémunéré, et Geneviève jouissait de conditions plutôt enviables. Au bout d'une seule année de service, elle avait disposé de deux semaines de congés payés en été, et de deux en hiver. D'une certaine façon, c'était une merveille.

Geneviève connaissait son travail par cœur et elle pouvait affirmer qu'elle l'aimait. Elle se considérait comme privilégiée d'avoir été engagée dans cette usine d'alimentation en plein essor et qui faisait manger tant de monde au Québec et ailleurs. Elle s'entendait bien avec presque tout le monde, car, comme dans tout milieu de travail, il faut savoir être diplomate. Heureusement, Geneviève avait une nature avenante. Elle n'avait jamais eu à se plaindre de qui que ce soit, avait toujours entretenu des rapports cordiaux avec ses collègues, d'autant plus que la plupart d'entre eux étaient aimables. Quant aux autres, ceux qui avaient des caractères plus difficiles, l'infirmière réussissait habilement à les éviter. Même si l'équipe œuvrait dans une grande salle et que les divisions de la plupart des espaces de travail étaient restreintes, tous étaient tellement occupés qu'ils parvenaient à s'isoler des confrères les plus irritants.

À son pupitre, par bonheur situé dans l'infirmerie, une impeccable pièce fermée, Geneviève compilait des renseignements médicaux sur tous les employés et recevait les ouvriers qui avaient besoin d'elle. Ce qui aurait pu sembler monotone à plusieurs employés plutôt grincheux ne l'était pas pour elle. Geneviève appréciait ce qu'elle faisait, surtout quand elle comparait ce boulot à la vie presque passive qu'elle avait eue auparavant, alors qu'elle était mariée et jeune mère.

Après avoir terminé son cours d'infirmière sous la gouverne des Hospitalières de l'Hôtel-Dieu, Geneviève avait eu beaucoup de difficultés à trouver du travail. Partout où elle allait, on disait qu'on n'avait pas besoin de personnel. On lui disait aussi qu'elle était trop jeune et qu'elle n'avait pas d'expérience. La plupart des hôpitaux étaient administrés par des communautés religieuses. Conséquemment, la majorité des employées étaient des sœurs. Geneviève avait alors vingt ans. La Seconde Guerre mondiale venait d'être déclarée et la société était bouleversée. De nombreux jeunes hommes avaient peur de devoir un jour partir au front. Ici et là, on annonçait qu'il y aurait des rationnements. Finalement, Geneviève avait enfin pu travailler à l'Hôtel-Dieu, grâce à l'intervention de sœur Berthilie, qui avait été sa principale enseignante. Celle-ci lui avait recommandé de prier de toutes ses forces Jeanne Mance, leur patronne, pour obtenir enfin un poste. Et cela avait fonctionné ! Geneviève en avait eu le cœur plein de joie. Enfin, elle avait cessé de culpabiliser, car ses parents, peu fortunés, s'étaient saignés à blanc pour qu'elle ait un métier. Ils étaient assez ouverts d'esprit et ne cessaient de répéter à leur fille qu'être une fille, justement, ne signifiait pas être au service d'un mari et d'une famille. Ainsi, la jeune femme n'avait pas regretté d'avoir tant prié et de ne pas s'être découragée. Malgré cette victoire tardive, Geneviève avait souvent eu l'impression de ne pas arriver à trouver sa place dans un monde dont elle avait du mal à déchiffrer les codes. Toutefois, quand parfois elle se demandait si elle était faite pour le bonheur, une force intérieure lui confirmait qu'elle ne devait jamais perdre l'espoir d'être heureuse.

Puis, son réseau de connaissances et ses activités s'étaient brusquement réduits quand Geneviève avait momentanément dû laisser les religieuses de l'Hôtel-Dieu, après une seule année de loyaux services. En 1940, elle s'était mariée et avait eu une fille, Madeleine. Cinq ans après la fin de la guerre, en 1950, après avoir longtemps tergiversé, elle avait dû se résoudre à se séparer de son mari, un être violent, puis à demander le divorce, malgré la peur du qu'en-dira-t-on. Ses parents, une fois de plus, lui avaient proposé de l'aider, comprenant son choix de quitter un homme dur et intraitable. Geneviève, gênée de dépendre du couple de petits commerçants, avait néanmoins choisi de rester à la maison pour élever sa fille. Elle était persuadée qu'elle finirait bien par dénicher un emploi après cette brève parenthèse, bien justifiable pour une jeune mère, de surcroît sans époux. Mais ce n'avait pas été tout à fait le cas. Elle avait effectué divers petits boulots, dont celui d'aider ses parents dans leur modeste mercerie, rue Masson. Elle triait des bobines de fil de diverses couleurs et repliait des coupons de divers tissus, entre de longues périodes de chômage qui la déprimèrent. Quand elle décida de revenir définitivement sur le marché du travail, on lui répéta que les temps étaient plus difficiles, la guerre ayant coûté très cher à tout le monde. On lui laissa également entendre qu'elle avait vieilli et qu'elle devrait impérativement s'adapter aux nouvelles techniques et méthodes dans le domaine de la santé. Cela ne lui faisait pas peur : Geneviève était une fille courageuse et elle aimait les défis. Sa famille et ses amis lui remontaient le moral, en lui affirmant que les choses finiraient par s'arranger et qu'elle occuperait tôt ou tard un emploi comme infirmière.

Comme cela est souvent le cas, un hasard avait décidé de son destin. Geneviève tomba sur une annonce de la compagnie Moretti parue dans le journal *La Patrie*, alors qu'elle épluchait pour la énième fois les petites annonces à la recherche d'un emploi. Un poste qui répondait justement à ses compétences. On recherchait une personne fiable et discrète, capable de faire face à diverses situations d'urgence. Il s'agissait d'un nouveau poste en soins infirmiers, Moretti prenant de l'expansion et augmentant le nombre de ses employés, dont il fallait assurer la sécurité. C'était du moins ce que précisait l'annonce. Pour tout dire, Geneviève connaissait vaguement cette compagnie. Elle mangeait peu de pâtes, préférant de loin le riz et les pommes de terre. En lisant l'annonce, elle s'était souvenue de sœur Anna, une Italienne lui ayant dit que son frère travaillait justement dans cette usine. Elle téléphona donc à cette religieuse, qui lui dit gentiment qu'elle pourrait donner son nom au cas où elle aurait besoin d'un petit coup de pouce. Geneviève en fut rassurée. Elle vivait à une époque où il fallait mettre toutes les chances de son côté. C'était du reste la première fois qu'elle utilisait un tel soutien, et cela fonctionna : une semaine après avoir envoyé son curriculum vitæ, en prenant soin de mentionner le nom de sœur Anna, elle fut convoquée pour une entrevue. Elle passa divers tests et remplit plusieurs formulaires. Elle fit la rencontre de M. Rivard, qui était alors chef des ressources humaines et qui lui parla en termes élogieux du frère de sœur Anna qu'il connaissait personnellement, bien sûr. Puis il conclut en lui confirmant qu'elle commencerait à travailler dans les jours suivants.

L'entrée chez Moretti fut l'un des plus beaux jours de sa vie. Geneviève avait l'impression d'avoir enfin trouvé l'emploi idéal. Quand on l'embaucha, elle se sentit immédiatement valorisée. En plus de gagner de l'argent, elle avait trouvé un travail plus stable que ceux qu'elle avait connus depuis des années. Elle pouvait enfin mettre à profit ses compétences et elle envisageait même de travailler jusqu'à sa retraite dans cette entreprise, un fleuron de la société.

Comme Geneviève s'était beaucoup privée par le passé, elle se mit à caresser des projets. Grâce à cet emploi, elle pourrait enfin voyager et profiter de ses quatre semaines de congé ! Madeleine verrait un peu le monde. En 1954, l'année où Geneviève intégra la compagnie Moretti, la jeune fille allait sur ses quatorze ans. Geneviève souhaitait ouvrir l'esprit de son unique enfant et surtout compenser le manque de figure paternelle, car Madeleine souffrait beaucoup du fait que ses parents ne vivaient pas ensemble. Cela était sans compter les moqueries à l'école, où on la traitait méchamment de fille de divorcés.

Les premières années à l'usine Moretti furent des plus enthousiasmantes. Certains collègues devinrent des amis. C'était surtout un monde d'hommes. Mais Geneviève se lia avec les secrétaires, la réceptionniste et l'une des employées de ménage. Parfois, avec ces compagnes de travail, elle allait au théâtre, au cinéma et au restaurant. Tout lui plaisait dans cet environnement convivial. Les patrons, des hommes d'un certain âge, ne créaient de problèmes à personne. Étant souvent enfermés dans leur bureau, ils venaient rarement voir leurs employés, laissant cette tâche à leurs chefs de production. L'équipe était, dans l'ensemble, choyée.

Puis, du jour au lendemain, un changement se produisit dans la compagnie. L'atmosphère se détériora petit à petit, sans que personne ne comprenne ce qui se passait réellement. Comme dans bien des cas, les employés sont les derniers mis au courant des intrigues qui ont lieu derrière les grandes portes closes de ceux qui les dirigent. Le patronat évoqua la baisse de productivité, on réduisit le nombre de chefs de production et on accorda une retraite anticipée à celui dont Geneviève dépendait. Elle ne s'était jamais attendue à tant de changements, et si vite ! La direction continuait de parler de faire des sacrifices. Un nouveau chef de production fut engagé : M. James Cartridge. Arrogant, diplômé en commerce de l'Université McGill, ce jeune homme parlait à peine le français. Geneviève eut froid dans le dos quand elle le rencontra et qu'elle fut obligée de serrer sa main sèche et maigre. Elle frémit quand, avant qu'il lui intime de retourner travailler, il prononça, en martelant bien les syllabes, le mot « production ». Elle comprit alors que les temps étaient réellement difficiles. Ainsi, elle accepta de cumuler deux fonctions. En plus d'être responsable de la santé de tous les employés, elle remplaça à l'occasion une réceptionniste quand il y avait des temps morts. Elle accepta cette nouvelle charge, même si cela la rendait plus anxieuse, parce que ce double emploi était fort exigeant. Mais pour rester dans l'entreprise, après avoir été longtemps sans emploi et après avoir souffert d'être loin du marché du travail, elle était prête à donner le maximum d'elle-même. Cependant, pour en avoir vu d'autres, Geneviève ne se faisait pas d'illusions : cette bonne volonté n'était sans doute pas la solution au cauchemar qui l'attendait…

2

À plus de quarante ans, Geneviève Boivin redoutait la perspective de se retrouver au chômage. Pire encore : à l'assistance publique. Elle en faisait souvent des cauchemars. Depuis deux ans, elle se retrouvait seule : ses chers parents étaient décédés un à la suite de l'autre, en 1962. Elle voulait croire qu'ils s'étaient beaucoup aimés. Du moins, le pensait-elle. Geneviève avait vite constaté qu'ils ne lui laissaient rien en héritage. Ils étaient locataires et louaient également à une riche famille de Westmount leur mercerie, rue Masson. Geneviève ne pouvait se résoudre à faire partie encore une fois des demandeurs d'emploi. Sans être âgée, elle commençait déjà à faire partie du groupe de gens qui ne peut pas se permettre d'être trop longtemps sans travail. Elle ne voulait pas revivre l'envoi massif de curriculum vitæ, qui se terminait systématiquement par des lettres de refus. Chez Moretti, pendant dix ans, elle avait eu l'impression d'avoir enfin trouvé sa voie professionnelle. Même si des problèmes s'étaient profilés à l'horizon, et que l'entente avait été rude avec M. Cartridge, son supérieur, Geneviève avait été prête à bien des sacrifices.

Ainsi, tout s'était relativement bien passé, jusqu'à un certain jeudi du mois de mars. La journée avait commencé comme d'habitude. Le réveille-matin avait sonné et Geneviève s'était levée un peu avant sept heures. Après avoir pris un petit-déjeuner sur le pouce – une tranche de pain et un café –, elle s'était précipitée dans la rue pour ne pas rater l'autobus.

Le trajet était long depuis son petit appartement de la rue Sainte-Famille jusqu'à l'autre bout de la ville, chez Moretti. Comme il s'était mis à pleuvoir ce matin-là et qu'elle avait oublié son parapluie, elle avait dû attendre, rue Sherbrooke, sous un arbre bondé de monde. Elle ne voulait surtout pas arriver en retard au travail. Cela ne lui était jamais arrivé. Or maintenant que la situation de l'entreprise avait changé, et qu'on ne pensait qu'à la chaîne de production, elle sentait qu'elle n'avait pas le droit à l'erreur, et elle ne voulait pas être le maillon manquant.

À dix-sept heures, ce jeudi-là, Geneviève consulta sa montre pour la première fois de l'après-midi. Toute la journée, elle n'avait cessé de faire des pansements pour des blessures bénignes, de regarder des gorges irritées, d'examiner des oreilles inflammées. Il était grand temps de partir. Cependant, au moment où elle s'apprêtait à décrocher son manteau de la patère, un employé l'avisa que James Cartridge l'attendait dans son bureau. Geneviève eut un frisson. Son cœur se serra. Elle se mit à trembler légèrement, à la fois intriguée et inquiète. Son intuition, qui lui mentait rarement, lui disait qu'il s'agissait d'une mauvaise nouvelle. Rien de surprenant de la part de cet Anglais agressif. En même temps, de toute son âme, elle espérait se tromper. Elle se rendit dans le bureau de son supérieur, frappa et ouvrit dès que le chef de production lui indiqua d'entrer.

— Geneviève, dit aussitôt James Cartridge, assis derrière son bureau. Si tu veux bien prendre place.

Il lui désigna la chaise devant son pupitre.

Geneviève ne fut pas surprise de ce tutoiement familier. Certes, en anglais, le « vous » n'existe pas comme en français. En dépit de son accent à couper au couteau, Geneviève décela tout de même dans cette familiarité subite une forme de mépris. Cela demeurait à ses yeux une impolitesse, un manque de savoir-vivre, d'autant plus qu'elle était dans la quarantaine ! Elle aurait pu être la mère de cet insolent.

Nommé au poste de supervision depuis peu, ce James Cartridge était un homme imposant malgré sa jeunesse. Très chevelu, portant une barbichette, il se donnait des airs d'autorité. Geneviève se sentit très nerveuse. Se pouvait-il qu'on ait dit vrai quand on affirmait que des changements auraient encore lieu chez Moretti ? *Non*, pensa-t-elle en s'accrochant désespérément, *ce ne sont que des rumeurs, après tout.* Elle fixait son superviseur, mais M. Cartridge ne la regardait pas. Il faisait semblant de fouiller dans des papiers. Sa table était impeccable : un encrier, des plumes et des stylos dans un porte-crayon en forme de vase, un dictionnaire, une pile de papiers. Derrière lui, sur une étagère où l'on aurait dû y voir des livres, s'étalaient des photos de famille. Ainsi, cet homme était marié, puisqu'on le voyait entouré d'une femme et de deux enfants qui souriaient : l'image immobile du bonheur. *C'est sans conteste la famille de James Cartridge*, pensa Geneviève, déjà consternée à l'idée de ce qu'elle allait entendre. Dans un coin, une immense plante verte juchée sur un tabouret paraissait bien fanée et demandait à être arrosée. Cette présence végétale complétait ce décor faussement chaleureux.

— Geneviève, tu sais sans doute pourquoi je voulais te voir, débita-t-il sans aucune émotion dans la voix.

Le cœur de Geneviève battit très fort. Soudainement, sans raison, elle se sentit coupable. Quelle faute avait-elle bien pu commettre ? La veille, un employé lui avait montré une vilaine plaie à la main. Elle n'était pas médecin ! Après l'avoir désinfectée, elle avait recommandé à l'homme de consulter. Il pouvait s'agir d'une infection qui pouvait s'aggraver. Elle lui avait aussi reproché de ne pas la lui avoir montrée plus tôt. Un autre jour, elle avait fait des erreurs en anglais en parlant au téléphone, alors qu'une fois de plus, elle s'était précitée au standard téléphonique pour remplacer la personne qui aurait dû s'y trouver. Cela restait des fautes sans importance. Ainsi, que pouvait-on, réellement, lui reprocher ? Geneviève tentait de chercher dans sa mémoire toutes les fois où elle avait pu commettre des erreurs. Elles s'accumulaient certainement, pourtant chacune d'elles paraissait tout à fait banale. Dans l'ensemble, Geneviève était plutôt fière de son travail et elle ne comprenait pas pourquoi M. Cartridge avait l'air aussi fermé et dur.

— Non, répondit-elle d'une voix blanche.

— Notre compagnie souhaite prendre de plus en plus d'essor, Geneviève, enchaîna-t-il sans tarder. Je n'irai pas par quatre chemins : c'est ta dernière semaine de travail ! J'aime mieux t'avertir avant que tu reçoives une lettre qui le confirme.

James Cartridge prononça ces impitoyables mots comme s'il avait voulu se disculper de la sale tâche qui lui revenait : celle de congédier des employés.

La phrase frappa Geneviève de plein fouet. Comment n'avait-elle pas vu venir ce dénouement ? Il est vrai qu'elle l'avait craint. Mais comme ça, maintenant, sans appel ! C'était dur à prendre. Elle balbutia une phrase incompréhensible, ce qui suscita un regard sévère du chef de production qui la fixa avec des yeux implacables, l'air de dire : « Tu n'as aucune aptitude, Geneviève. » Elle se sentit faiblir sous ce regard méprisant.

— Mais… mais pourquoi ? osa-t-elle enfin demander.

L'homme la toisa avant de répondre :

— Ce n'est pas en donnant des congés à tous les employés qui viennent brailler dans ton infirmerie que tu vas faire prospérer Moretti !

— Mais…, bredouilla Geneviève. Ces employés étaient malades!

— Malades? tonna l'homme. Avoir un peu de fièvre, un rhume ou une coupure ridicule au doigt n'empêche pas de travailler, et tu le sais très bien.

Geneviève retint un geignement. Cela était tellement injuste!

— J'exerce ce métier depuis 1939, monsieur! eut-elle l'audace de dire.

Reprenant son souffle, elle ajouta:

— On m'a donné pleins pouvoirs ici, chez Moretti, pour décider qui ou non était en mesure de travailler! Alors…

— *Stop it!* trancha Cartridge. L'idée est d'être juste, et non permissive. Tu ralentis la production. Point final. *Period!*

Cette fois, Geneviève retint un sanglot de désespoir.

— Je comprends ton émotion, ajouta toutefois son supérieur en ouvrant un tiroir.

Geneviève remarqua qu'il faisait deux choses à la fois, comme s'il voulait montrer qu'il était très occupé et qu'elle devait au plus tôt quitter son bureau.

— Cette mise à pied est nécessaire pour le redressement de notre compagnie, souligna-t-il, toujours sur le même ton glacial.

Il la fixa de nouveau sans manifester d'expression.

— Je te souhaite bonne chance dans tes démarches, Geneviève, déclara-t-il en se levant et en lui désignant la porte.

Ce fut pour Geneviève comme si on lui avait asséné un coup de massue sur la tête. Elle se fit l'effet d'un automate. Elle se leva machinalement, regarda avec hébétude son chef de production et le remercia alors que, au contraire, elle voulait pleurer ou crier sa colère. Car c'était bien le désarroi qui s'emparait de son être. Rien d'autre. Or elle savait bien qu'elle n'avait pas le droit de montrer qu'elle était fâchée, et surtout pas dévastée. La faiblesse n'avait aucune place dans le monde du travail. Elle le comprenait amèrement aujourd'hui. Sortant dans le couloir éclairé par des néons et se dirigeant vers l'infirmerie, Geneviève s'y assit dès qu'elle y mit les pieds. Elle était sonnée, incapable de croire ce que venait pourtant de lui annoncer M. Cartridge. Son discours ne pouvait pas être aussi méchant. Non ! C'était impossible ! Il mentait. Moretti, une compagnie remarquable, soucieuse de ses employés, ne pouvait pas être en mauvaise position et ne penser qu'à prendre de l'expansion ! En revanche, Geneviève savait que cette compagnie tenait à ses profits. C'était bien normal. Mais cela n'expliquait pas cette brutale mise à pied. Geneviève serait-elle réduite à errer dans les rues ? Sans parents ? Sans travail ?

Personne n'avait remarqué dans la salle principale que Geneviève était livide et qu'elle était sur le point d'éclater en sanglots. Elle retint ses larmes de toutes ses forces quand une collègue, la secrétaire de direction, lui demanda :

— Tu reviens de chez Cartridge ? dit-elle tout bas.

— Oui.

— Tu n'es pas la seule.

— Que veux-tu dire ? s'enquit Geneviève auprès de cette collègue bienveillante.

— Il vient de mettre dehors deux autres employés. Deux que tu as soignés le mois dernier. Surtout, ne le prends pas personnellement. Tu as toujours fait du bon travail.

— Roger ? souffla Geneviève, pétrifiée.

— Oui.

— Oh non ! Pas Roger, il a trois enfants !

Geneviève ne savait plus quoi dire ni quoi penser. Elle ne voulait pas s'empêtrer dans des excuses ou dans des justifications qui n'avaient rien à voir avec son congédiement. Son seul but, désormais, alors qu'elle était épuisée d'avance, était de trouver un emploi le plus tôt possible. Son indemnité et ses allocations de chômage ne lui permettraient certainement pas de payer tous les comptes qui s'accumuleraient et qui menaceraient de transformer son existence en enfer.

La dernière semaine de travail sous la gouverne de l'ingrat chef de production fut l'une des plus difficiles pour Geneviève. Elle se résignait à tourner une page très humiliante de sa vie. C'est peu dire qu'elle n'avait pas le cœur à l'ouvrage. Quand des ouvriers venaient la consulter, elle avait la tête ailleurs, le cœur inquiet et elle s'entendait répondre, sans savoir ce qu'elle disait réellement. Elle était devenue un vrai robot.

Quand elle reçut la lettre officielle qui confirmait son congédiement, elle était déjà partie de Moretti dans son esprit. Elle était plongée dans ses pensées sombres à l'égard de l'avenir. Elle se visualisait, feuilletant les petites annonces de *La Patrie*, chaque semaine, ou encore se rendant dans divers hôpitaux et dispensaires proposer ses services d'infirmière, car il valait toujours mieux se présenter en personne. Qu'allait-il se passer maintenant ? Elle savait que cette incertitude lui enlèverait le sommeil.

Geneviève employa sa dernière journée à vider son petit bureau. Un cartable, des crayons, une boîte de papiers mouchoirs et quelques photos de Madeleine enfant dans une enveloppe fleurie. C'était peu, et pourtant toute sa vie s'était trouvée dans cet endroit qu'elle considérait à présent comme étant le plus triste qu'elle ait occupé. Elle glissa les photos dans son sac : celles de vacances à la mer, dans le Maine, ou dans les Laurentides avec sa fille, une autre à sa première communion, ou cet autre encore au restaurant Chez Pierre, rue Labelle, où les deux adoraient aller savourer des pâtisseries. Enfin, celle où Geneviève était assise à ce même pupitre, le regard fier et heureux d'avoir enfin trouvé du travail. Elle referma lentement son sac, en souhaitant pouvoir installer ces photos dans un autre lieu de travail où, l'espérait-elle, elle resterait plus longtemps.

Quand Geneviève fut sur le point de franchir le seuil de l'immeuble, elle regarda une toute dernière fois les lettres formant le mot MORETTI, mis bien en évidence sur un grand mur du hall d'entrée, où se pressaient les employés. Elle se dit qu'elle devrait désormais se battre pour dénicher un autre emploi. Son aventure commençait à nouveau.

3

Geneviève Boivin devait continuer à vivre, malgré ses revers professionnels. Pas question qu'elle reste prostrée, figée dans une attitude qui l'empêcherait de partir à la recherche d'un autre emploi et qui entraverait ses chances de réussir. Et pourtant... Le premier mois suivant son brutal congédiement fut le plus ardu. Geneviève sortait rarement de son trois-pièces de la rue Sainte-Famille. Tous rideaux tirés, elle flânait souvent au lit jusqu'à midi. Elle ne mangeait presque plus. Elle savait pertinemment qu'elle ne pourrait pas vivre ainsi très longtemps sans tomber malade. Heureusement, sa fille Madeleine lui téléphona un matin de bonne heure, pour l'inviter à célébrer son anniversaire. Geneviève se ressaisit et accepta de se rendre chez elle, dans son petit appartement de la rue Willowdale, comme si on venait de lui donner une chance de sortir de sa torpeur.

Cela faisait longtemps que Geneviève et Madeleine ne s'étaient pas vues. Quand la jeune femme téléphona, Geneviève n'osa pas lui dire qu'elle venait d'être congédiée. Elle avait trop honte. Trop de peine. Elle trouverait bien une occasion plus propice pour confier son humiliation à sa fille.

— Maman, avait déclaré Madeleine au bout de la ligne. J'aimerais que tu viennes souper chez moi, dans mon appartement. Vingt-quatre ans, ça se fête !

— Oh oui, ma belle ! avait aussitôt répondu sa mère, ravie de ce coup de fil. Je vais acheter un gâteau comme tu les aimes, à la noisette et à la crème.

Incontestablement, Madeleine était ce que Geneviève avait de plus précieux dans sa vie. Souligner l'anniversaire de sa fille était plus important à ses yeux, bien entendu, que fêter le sien. Tout en se préparant à partir, Geneviève plongea dans ses souvenirs. Elle se rappela le jour heureux où Madeleine était née. C'était au mois de mai. Comme la plupart des gens, lorsqu'on lui posait la question, à savoir quel était le plus beau jour de sa vie, elle répondait : « La naissance de ma fille, bien entendu. » Geneviève n'en disait pas plus. En effet, elle ne racontait pas que, à ce moment-là, elle vivait une belle histoire d'amour avec Charles, le père de Madeleine. Les deux jeunes gens s'étaient connus en 1938. Geneviève étudiait les sciences infirmières à l'Hôtel-Dieu, et Charles Guindon, de cinq ans son aîné, avait entrepris des études en commerce à l'Université de Montréal. Habitant tous les deux dans le quartier Rosemont, ils s'étaient rencontrés un dimanche sur le parvis de l'église Saint-Esprit, rue Masson. Charles était accompagné de ses parents, des clients de la mercerie des Boivin. Ils s'étaient salués. Geneviève et Charles en avaient profité pour se regarder aussi discrètement qu'intensément. Un coup de foudre. Ni plus ni moins. Hélas, au fil du temps, leurs vies avaient pris des directions opposées au fur et à mesure que Geneviève découvrait les défauts, sinon les vices de son époux. Charles et elle en étaient rapidement arrivés à ne plus s'entendre. Le même scénario se produisait souvent : une simple remarque sur le choix du pain ou d'une émission de télévision suffisait pour que tout se termine par d'interminables disputes. Le couple avait toutefois essayé de se réconcilier. Geneviève avait même pris l'initiative de rencontrer le curé de la paroisse avec Charles pour établir une discussion constructive. Toutefois, comme la plupart des hommes, Charles s'était montré réticent à l'idée gênante et puérile de raconter sa vie devant un inconnu.

— Tu n'as tout de même pas l'idée de m'entraîner dans ce genre de rencontres ? avait-il glapi. Tu sais que je ne crois pas aux sornettes de ces prêtres ! Que peuvent-ils comprendre au mariage, je te le demande ? Ils n'ont même pas de femme, encore moins d'enfants !

— Ne dis pas cela ! avait argué Geneviève, déçue de la fermeture d'esprit de son mari. C'est sérieux ! Les prêtres sont les mieux placés pour lire dans le cœur de leurs paroissiens. Ils sont inspirés par Dieu. Beaucoup, justement, et de plus en plus, s'occupent de problèmes matrimoniaux.

Charles avait soupiré d'exaspération. Pour sa part, Geneviève avait songé à ce que le prêtre lui avait dit en privé, avant qu'elle ne se marie : « Réfléchissez bien, mon enfant. Songez aux sept péchés capitaux. Pensez à celui qui se nomme la colère… Votre futur époux en est empreint. » Mais la jeune fille, éperdument amoureuse de Charles – il était si beau –, avait balayé la recommandation de son esprit.

— Charles, je t'enjoins de voir ce prêtre avec moi, avait insisté Geneviève, convaincue que cette démarche allait leur être bénéfique. Veux-tu donc que notre petite Madeleine grandisse sans père ?

Pour être certaine que Charles accepte de l'accompagner, elle avait brandi ce dernier argument, la voix chevrotante. Mais Charles l'avait dévisagée d'un air mauvais.

— Je déteste quand tu prends notre enfant en otage, avait-il grogné.

— Toujours les gros mots ! avait rétorqué Geneviève, à bout de nerfs.

— Si je décide d'aller me confier à ce curé, avait-il tonné pour la défier, ce sera uniquement pour la petite. Mais dis-toi bien une chose : je ne crois pas que cela change notre vie de laver notre linge sale avec lui.

Ainsi, après s'être fait prier, il avait accepté de suivre Geneviève. Cependant, au cours des trois rencontres auxquelles le couple avait été convié, Charles n'avait pas dit un seul mot. Geneviève, elle, avait osé parler de sa crainte de voir son couple se défaire. Elle avait également effleuré le fait qu'elle était inquiète des brusques changements d'humeur de son mari. Elle ne le comprenait plus. De retour à la maison, Charles lui avait vertement reproché de s'être livrée de la sorte devant le prêtre ; il ne voulait plus jamais l'entendre se plaindre qu'elle était malheureuse. Surtout devant un étranger, avait-il insisté, furieux.

— Tu as un appartement, avait-il grommelé, mécontent. Je travaille fort comme premier vendeur chez le concessionnaire Ford pour payer les comptes. Tu n'es jamais satisfaite. Pourtant, tu ne manques de rien !

Je manque d'amour, de tendresse, de douceur, avait pensé Geneviève qui n'avait pas répondu à ses reproches, pour éviter de faire monter davantage la tension. Car répliquer pouvait entraîner de lourdes conséquences. Son instinct de mère lui imposait le silence. Le moins Madeleine entendait crier ses parents, le mieux elle se porterait. Cependant, une chose était claire pour Geneviève : elle savait qu'il ne suffisait pas d'avoir un réfrigérateur bien rempli et un loyer payé chaque mois rubis sur l'ongle pour être heureuse. Elle sentait bien que Charles était aussi malheureux qu'elle, mais lui, au moins, avait trouvé des échappatoires pour oublier leur mésentente. Au fond, avait-elle compris plus tard, c'était la lassitude qui s'était installée entre eux et qui avait eu raison de leur couple. Quand on s'attache trop jeune et qu'on assume tôt des responsabilités, c'est parfois ce qui se passe.

Ainsi, après son travail, Charles pouvait rester des heures devant le poste de télévision à siroter de la bière, ce qui le rendait peu à peu sourd et aveugle à la débâcle de sa vie de couple. Dans son coin, Geneviève rongeait son frein. Mais il y avait un enfant, une petite fille, Madeleine. Que faire ?

Dès le début de leur rencontre, Geneviève, lucide, avait compris que Charles avait beaucoup souffert dans son enfance ; même lorsqu'elle abordait le sujet avec lui, il ne réussissait pas à trouver les mots pour se libérer de ce poids. Il préférait demeurer silencieux. Affronter ses démons était bien plus difficile. Geneviève était différente de lui. Au bout de bien des efforts, elle avait fait la paix avec les difficultés qui avaient assombri sa vie. Au lieu de critiquer leur existence, elle se disait que ces difficultés étaient des épreuves constructives, et s'efforçait de mettre en valeur leur bien-fondé. C'était pour elle une question de pardon, d'acceptation. Être en lutte ne servait à rien. Il valait bien mieux suivre les valeurs chrétiennes et comprendre la vertu de l'abnégation, et surtout celle de l'humilité. Geneviève en était arrivée à cette maturité.

Ces différences de perception avaient fait leur nid dans son couple. C'est pourquoi il avait été de plus en plus difficile pour Geneviève de continuer à vivre avec Charles. Elle se demandait néanmoins pourquoi deux personnes qui s'étaient passionnément aimées pouvaient arriver à ressentir autant de haine l'une envers l'autre. Même si elle s'en défendait, elle sombra dans le piège sournois des reproches. Elle se mit insidieusement à détester Charles et constata avec amertume que celui-ci éprouvait ce même sentiment à son égard. Madeleine avait tout juste dix ans quand, après de longues réflexions, Geneviève et Charles avaient enfin décidé de vivre chacun de leur côté. Ils auraient certes la société contre eux, car se séparer à l'époque frisait le scandale. Divorcer était pire encore. Cependant, il fallait bien se rendre à l'évidence et agir raisonnablement. Ainsi, il valait mieux supporter les quolibets ou la désapprobation de son entourage afin d'au moins s'épargner de perpétuelles disputes. Avant de faire le pas et d'annoncer l'horrible nouvelle à ses parents, Geneviève avait longuement conversé avec le prêtre de sa paroisse. Celui-ci, avec beaucoup de tendresse, lui avait rappelé que défaire les liens du mariage était une décision douloureuse à assumer parce que la société n'acceptait pas qu'une femme quitte son époux. Mais Geneviève était déterminée à ne plus supporter les colères de Charles. Elle ne voulait plus de cet enfer, même si elle risquait d'être montrée du doigt par ceux qui la jugeraient. Qui ne risque rien n'a rien ! Elle se doutait cependant qu'au moment où elle chercherait un emploi, elle aurait à révéler qu'elle était séparée et que ce nouveau statut social réduirait peut-être ses chances de regagner le marché du travail. Mais elle savait qu'elle avait en elle assez de force pour rebondir.

Enfin, la question épineuse de la garde de la petite Madeleine compliqua leur séparation. Il fallut décider des jours et des heures qu'ils devaient partager pour donner à l'enfant une éducation équilibrée. Geneviève comprit qu'elle ne pouvait plus rester à la maison et qu'elle devait se dénicher un emploi régulier. Les remplacements dans les hôpitaux ne pouvaient pas suffire à boucler les fins de mois. À présent qu'elle se retrouvait seule, elle devait trouver un emploi plus stable. Toutes les fois que Geneviève entendait des gens dire que l'argent ne fait pas le bonheur, elle s'enflammait. La réalité n'avait rien à voir avec le rêve ! Quelle affirmation irréaliste. Gagner sa vie n'était pas synonyme de se la couler douce… Quand elle entreprit ses premières démarches, elle avait la trentaine passée – elle était encore jeune pour trouver un travail qui lui conviendrait. Elle avait la certitude que, grâce à son diplôme, les portes finiraient par s'ouvrir. Cependant, elle dut s'armer de courage : Geneviève ne voulait pas s'avouer qu'elle était en dépression. Certains jours, elle se donnait des airs de femme forte, mais elle était fragile, ce qui était normal dans les circonstances. La pression de la société lui faisait vivre sa séparation comme un échec, même si, au fond d'elle-même, elle était contente de pouvoir se débrouiller toute seule. Le manque d'argent l'empêchait de s'épanouir et elle avait dû mettre son orgueil de côté pour demander à ses parents de l'aider pour l'éducation de sa fille.

Cela faisait des années qu'elle n'avait pas eu un métier à horaire stable. Elle craignait d'être rouillée, comme sa mère lui disait en plaisantant. Pas question de se complaire dans une tristesse stérile en accusant le destin de se dresser contre elle. Il lui fallait se valoriser pour dénicher un emploi à sa mesure. Elle était prête à tout pour sortir du marasme dans lequel elle sentait qu'elle pouvait s'enliser. Ce qui la motivait, c'était d'enfin obtenir un assez bon salaire pour bien faire vivre sa petite fille, faire d'agréables sorties avec elle, comme aller au théâtre, au cinéma, lui acheter ce dont elle avait besoin. Elle ne voulait pas qu'elle souffre des erreurs de ses parents, qu'elle ressente que sa mère avait eu du mal à joindre les deux bouts. Madeleine avait assez souffert des disputes familiales, même si elle était très jeune. Subir les cris et les tensions de ses parents ne pouvait pas être positif. Maintenant qu'ils vivaient chacun de leur côté, Charles et Geneviève devaient lui donner la sécurité nécessaire à son épanouissement. Madeleine était une fillette sensible. Au fil des ans, puis lorsqu'elle devint une jeune adulte, elle ne voulut jamais parler du divorce de ses parents. Mais Geneviève savait très bien que sa fille aurait préféré que Charles et elle restent ensemble pour toujours et qu'ils forment une famille unie.

Geneviève secoua la tête comme pour éloigner les sombres images de ce lointain passé. *Allons,* se dit-elle, *aujourd'hui, c'est la fête de ma fille adorée, je suis tellement heureuse que nous soyons ensemble pour célébrer cet anniversaire. Madeleine est une belle adulte de vingt-quatre ans ! Comme les années passent vite !* L'avenir s'ouvrait devant sa fille, qui était le plus beau cadeau que la vie lui avait donné. Malgré les moments difficiles, l'amour et le respect les avaient soudées à jamais. Geneviève n'avait peut-être pas été une mère parfaite, mais elle était toujours là pour écouter et soutenir Madeleine, dont le caractère prompt et volontaire créait parfois des remous.

La fête ayant lieu en début de soirée, Geneviève avait amplement le temps de faire un détour pour se rendre dans une excellente pâtisserie. Elle se dit que, pour ne pas gâcher cette réunion, il valait mieux qu'elle ne révèle pas à sa fille qu'elle avait perdu son emploi chez Moretti. Pour la fête de Madeleine, Geneviève fit le choix d'être heureuse, et de vivre pleinement et sans nuages cette journée. Le gâteau qu'elle commanda au téléphone, au restaurant Chez Pierre, serait prêt dans une heure. Un *Boston Cream Pie*, comme Madeleine les aimait. Elle s'habilla et se maquilla avec grâce. Il ne fallait surtout pas paraître triste. L'anniversaire de Madeleine, c'était aussi l'histoire du plus beau jour de sa vie. Ce qu'elle avait obtenu de mieux de Charles Guindon.

4

Lorsqu'elle ouvrit la porte de son appartement, Madeleine parut très heureuse. Geneviève avait les bras chargés, tenant d'un côté le gâteau et de l'autre un cadeau bien enveloppé. La jeune femme sourit en accueillant sa mère.

— Comment vas-tu, maman ? demanda-t-elle, enjouée. Entre vite et donne-moi tes paquets !

L'appartement de Madeleine était petit, mais mignon. Situé rue Willowdale, contre le flanc de l'Université de Montréal, il venait tout juste d'être rénové au goût du jour. La cuisine arborait désormais un comptoir en formica couleur corail. La salle de bains également avait été rénovée, et la céramique rutilait dans un agencement de carreaux noirs et vert pomme. La jeune femme avait joliment décoré son petit nid avec des objets achetés dans des boutiques du quartier. Quelques plantes vertes mises dans des pots de grès égayaient le tout. Les murs étaient ornés de diverses affiches de chanteurs européens, comme les Beatles, Petula Clark, et de divers groupes très populaires du Québec, comme Les Baronets. Depuis qu'elle avait emménagé dans ce quartier étudiant et dynamique, Madeleine affirmait avoir enfin trouvé la paix, même en dépit du bruit de la circulation. À deux pas d'un arrêt d'autobus, elle pouvait dormir une demi-heure de plus le matin, avant de partir pour son travail.

— Enlève ton manteau, dit Madeleine à sa mère, et assois-toi dans le salon. J'arrive tout de suite avec un verre de vin. Un sauvignon blanc, j'espère que ça t'ira !

Madeleine avait beaucoup de choses à raconter. Elle venait tout juste d'avoir une promotion à l'Office national du film du Canada, où elle travaillait comme monteuse : désormais, elle possédait un bureau fermé qu'elle partageait avec une camarade.

— Elle s'appelle Hélène, précisa-t-elle. C'est une fille gentille, je n'ai pas de mal à m'entendre avec elle. Heureusement, car je n'aurais pas pu endurer d'autres personnes. La pièce est petite, il faut une certaine complicité pour passer des journées entières ensemble.

Geneviève comprenait parfaitement sa fille. Elle connaissait ce contexte, ayant longtemps travaillé chez Moretti et dans divers hôpitaux. Les salles dans lesquelles se côtoyaient tous les employés ne représentaient pas toujours un environnement agréable. Cependant, à l'époque où elle travaillait, Geneviève aimait tellement son métier qu'elle avait toujours pu ignorer ses collègues au caractère difficile.

— S'il y a une chose que l'on doit apprivoiser, c'est l'environnement dans lequel on travaille, déclara Geneviève à Madeleine qui l'invita à passer à la cuisine.

La table y était mise avec goût. Madeleine avait de jolis napperons brodés et des assiettes de différentes couleurs. L'ensemble était gai, pimpant. Sur la cuisinière, dans un gros fait-tout, mijotait un rôti de bœuf parfumé aux herbes.

— La fameuse recette de Margo Oliver ! s'exclama Geneviève.

— Oui, maman, reconnut Madeleine. Je l'ai gardée précieusement. J'ai ajouté du bon vin rouge et des tomates, après avoir bardé la pièce de viande avec du bacon.

Geneviève se montra néanmoins surprise.

— Tu ne m'as pas dit récemment que tu souhaitais manger moins de viande ? demanda-t-elle à sa fille, d'un ton sceptique.

— Mon ami pratique le végétarisme, mais moi, je n'arrive pas à me passer complètement de viande rouge, expliqua Madeleine. Disons que c'est mon anniversaire et que je voulais faire une exception. Aussi en souvenir de nos bons repas…

Madeleine continua de parler de son travail sans que Geneviève ose avouer qu'elle avait été congédiée de chez Moretti par un chef de production qui avait presque vingt ans de moins qu'elle. Elle comprenait, en écoutant sa fille, qu'elle était tout simplement honteuse de ce qui venait de lui arriver. Comme si elle avait été responsable de cet échec. Elle se demandait pourquoi elle ressentait un tel sentiment, alors qu'elle n'avait rien à se reprocher à part de banales erreurs. Soudain, Madeleine lui posa une question qui la sortit brutalement de ses pensées.

— Mais je ne parle que de moi… Et toi, maman, comment ça se passe chez Moretti ? Tu n'aurais pas envie de déménager plus près de la compagnie ? Il me semble que c'est pour toi un bien long trajet à faire tous les jours…

Geneviève fixa sa fille avec un air hébété.

— Euh…, marmonna-t-elle.

Madeleine lui jeta un œil interrogateur et la pressa de questions :

— Quoi ? Que se passe-t-il ? Je vois bien que tu me caches des choses. Maman, je te connais !

Geneviève n'avait d'autre choix que de capituler devant cette insistance. De toute façon, elle n'aurait pu mentir longtemps.

— Je peux te le dire, maintenant que tu me le demandes, Madeleine…

Elle baissa la tête, mortifiée, et souffla ces mots :

— On m'a congédiée.

Madeleine écarquilla les yeux et porta une main à son cœur.

— Non ! Ce n'est pas possible ! Depuis quand ?

— En mars, répondit tristement Geneviève. Tout cela s'est fait si vite, si tu savais, ma fille… Je ne parviens pas à y croire. Imagine, il m'arrive encore de me lever à la même heure que lorsque je travaillais pour Moretti. Hier, je m'apprêtais à m'habiller quand je me suis rendu compte que je devais plutôt me lever pour aller chercher un autre emploi.

Madeleine semblait consternée et très concernée.

— Je sympathise avec toi, déclara-t-elle d'une voix sincère. Ah, maman… Tu semblais si heureuse depuis tant d'années de faire partie de cette belle équipe. Les ouvriers t'aimaient tant ! Tu me disais même tout récemment combien tu continuais de t'épanouir professionnellement au sein de cette vraie famille !

Geneviève hochait la tête d'un air accablé.

— Ce n'était pas toujours rose, mais c'est vrai que je sentais que je pouvais mettre à profit mes compétences. Il est rare aujourd'hui de trouver un emploi qui convienne à nos talents. Chez Moretti, le côté humain finira par se perdre. Et donner des congés à des ouvriers qui ont mal à l'estomac ou à la tête n'est pas une raison suffisante pour les libérer de leurs tâches. On me l'a durement reproché. Maintenant, je comprends qu'on doit le plus souvent s'adapter par rapport au marché, à la demande, afin d'avoir le privilège de gagner sa vie.

— Tu as raison, approuva Madeleine. Le progrès, toujours le progrès… Je n'ai rien contre, au contraire, mais il y a des limites !

Sa fille s'interrompit pour préparer les assiettes et faire honneur au délicieux repas qui avait mijoté des heures durant.

— J'aurais préféré trouver un poste qui m'aurait permis de devenir assistante à la caméra ou aide-réalisatrice d'un metteur en scène, enchaîna la jeune femme. Heureusement qu'à l'ONF, je côtoie des réalisateurs comme Michel Brault, Gilles Groulx ou Pierre Perrault. J'espère qu'un jour ils vont me remarquer. J'aime le montage, mais ce n'est pas mon premier choix de carrière. Comme tu le sais, j'aimerais tant pouvoir réaliser un long métrage, mon propre film ! Cela prend beaucoup d'argent. Des fortunes ! Mais, dis-moi, chez Moretti, ils t'ont jetée dehors comme cela, sans ménagement ?

Comme Geneviève ne voulait pas gâcher la soirée de Madeleine, elle lui épargna ce qu'elle avait vécu et ce qu'elle avait réellement ressenti lors de son pénible entretien avec James Cartridge. Elle garda pour elle le profond sentiment d'humiliation qui l'habitait depuis des semaines.

— Ils ont agi correctement, mentit-elle. Ils pensent à leur profit avant tout. C'est bien normal ! Je crois simplement qu'ils n'avaient plus besoin de moi. C'est un petit patron qui m'a demandé d'aller le voir à la fin de la journée. Il n'a pas mis de gants blancs. Il m'a dit : « C'est votre dernière journée. » Voilà ! Pas plus compliqué que cela.

Geneviève adressa un sourire piteux à sa fille et se tut.

— Tu me fais bien rire quand tu dis que c'est un petit patron qui t'a annoncé ton licenciement, lança Madeleine.

Elle soupira et poursuivit :

— On dirait que c'est toujours pareil. Il y a toujours quelqu'un dans une boîte qui fait le sale boulot de renvoyer les salariés chez eux. Ça a été la même chose pour moi quand je travaillais dans une boutique, rue Fleury. Tu te souviens ? C'est une collègue qui avait plus d'ancienneté que moi et qui visait un poste plus haut qui s'est chargée de me dire que j'étais dehors. Avec autant de politesse. J'avais fait du bon travail, mais on n'avait plus besoin de moi.

— Ce n'est vraiment pas un sujet réjouissant pour ton anniversaire, dit Geneviève, sur un ton doux.

Madeleine soutint fermement son regard.

— Oh ! s'exclama-t-elle. Ce n'est pas parce qu'on a vingt-quatre ans qu'on doit voir la vie en rose ! Je suis de tout cœur avec toi dans ce que tu viens de vivre, maman. Mais j'ai confiance : tu trouveras quelque chose. Tu n'es pas trop découragée, n'est-ce pas ?

Geneviève fit un effort pour sourire franchement à Madeleine. Elle ne voulait surtout pas lui montrer que son moral n'avait jamais été aussi bas. En tant que mère, elle avait le devoir de donner l'exemple. Elle avait l'obligation de se montrer forte. C'était une leçon que la vie lui avait donnée, et elle l'appliquait avec Madeleine. Elle exécrait l'idée que sa fille puisse devenir un parent pour elle. La jeune femme pouvait être une confidente, mais ce n'était pas à elle de la réconforter.

— Madeleine, reprit Geneviève, je ne veux pas t'embêter avec cette perte d'emploi. Tu as raison. Je trouverai bien ailleurs un autre travail. J'ai encore toute ma tête, je suis en bonne santé, je ne vois pas pourquoi je devrais m'avouer vaincue.

— Je reconnais bien là ton caractère de battante, s'écria Madeleine, réjouie. Mangeons maintenant, si nous ne voulons pas que ce soit froid !

Madeleine était une excellente cuisinière. Elle était abonnée à tous les magazines de recettes qui se publiaient et avaient lu bon nombre de livres de Margo Oliver – et surtout de Jehane Benoît, la grande dame de la cuisine canadienne, que sa mère lui avait fait découvrir.

— Si j'avais plus d'argent, précisa la jeune femme, je ferais toutes ses excellentes recettes que je découvre. Mais certaines sont passablement chères. Tu comprends ? Quand elle nous suggère d'ajouter du champagne pour un dessert, je le remplace le plus souvent par du mousseux.

— C'est vrai que certains chefs sont particulièrement novateurs, mais nous avons tous nos petits trucs, rétorqua Geneviève, amusée. Ne dit-on pas qu'une recette, c'est souvent fait pour être adapté selon nos goûts ? Te souviens-tu de cette tarte aux pommes très spéciale que je te faisais souvent quand tu étais enfant ?

Madeleine éclata de rire.

— C'était une tarte aux pommes sans pommes, faites avec des biscuits, je crois, se souvint-elle.

— Oui, approuva Geneviève. Je trouvais cela comique et je te la servais sans révéler le secret des ingrédients. J'ai épaté tout le monde avec ce dessert. Ton père était très fâché de s'être laissé berner. Je crois qu'il m'en a voulu. Je pense même que c'est une des raisons de notre divorce.

Évidemment, ce n'était pas la vérité. Mais la blague eut l'heur de détendre l'atmosphère. Les deux femmes rirent de bon cœur.

Quelques années plus tôt, Geneviève n'aurait jamais osé parler en ces termes de Charles devant sa fille. Sa tristesse était alors trop vive pour qu'elle se permette de plaisanter au sujet de leur séparation. Et Madeleine était encore une enfant. Aussi, Geneviève se sentait coupable, elle portait péniblement l'échec de son mariage et le fracas que cette rupture avait causé dans sa famille. Aujourd'hui, à force de réfléchir et de se confesser tous les dimanches, elle avait appris qu'il fallait absolument se défaire de ce lourd sentiment. Il n'y a pas d'échec dans la vie, il y a seulement des expériences, se répétait-elle. Ainsi, elle refusait de s'accuser d'avoir manqué de jugement dans le passé ; à ce moment-là, en effet, elle n'était pas la même personne qu'à présent. Geneviève murmurait souvent pour elle-même cette phrase l'incitant à reconnaître et, surtout, à accepter la réalité : qu'elle n'était pas une femme parfaite et qu'elle ne devait pas non plus exiger la perfection de ceux qui l'entouraient.

Cette évocation de l'histoire de la tarte aux pommes donna un ton allègre au reste de la soirée et, lorsque Geneviève retourna chez elle, rue Sainte-Famille, elle se félicita que l'anniversaire de Madeleine ait été une réussite.

5

Les jours suivant l'anniversaire de sa fille, Geneviève se rappela avec émotion le bel après-midi qu'elle avait passé dans l'appartement de la rue Willowdale, lequel donnait sur la magnifique rue bordée d'arbres qui bourgeonnaient en ce beau printemps. Ce tendre souvenir la réconfortait lorsqu'elle menaçait de plonger dans le désarroi, et lui donnait l'espoir que des jours meilleurs s'annonçaient. Aussi considérait-elle cette rencontre avec sa fille comme une véritable réconciliation, ce qui la rendait plus sereine et plus heureuse. En effet, depuis quelques mois, les deux femmes avaient espacé leurs rencontres à la suite d'un malencontreux malentendu qui s'était transformé en mésentente. Cela remontait à l'automne 1963. Geneviève n'avait pas oublié cette date, puisque c'était le lendemain même de l'assassinat de John F. Kennedy, alors en voyage à Dallas. Tout avait commencé quand Madeleine s'était présentée un samedi chez Geneviève, sans prévenir. Elle était accompagnée de son nouvel amoureux et souhaitait le présenter à sa mère. Même si elle ne voulait pas être une mère contrôlante, et encore moins encline au jugement, Geneviève n'avait pas réussi à maîtriser sa réaction. Depuis ce triste jour, elle se reprochait d'avoir été trop vive et impulsive. Que pouvait-elle faire ? Elle ressassait ses souvenirs. Au premier abord, ce garçon lui avait carrément déplu. Elle ne savait pas pourquoi, mais il lui avait fait mauvaise impression. Alexandre, ainsi se nommait-il, avait presque trente ans et était sans travail. C'était un homme qui se donnait des airs d'adolescent. Geneviève l'avait trouvé immature et désinvolte. Quand elle lui avait demandé ce qu'il faisait dans la vie, il avait répondu de façon détachée : « Je suis musicien. » À son âge, avait-elle pensé, il aurait dû au moins avoir une certaine renommée, ce qui, de toute évidence, n'était pas le cas. Puis elle avait pensé qu'à défaut d'une renommée, il aurait au moins pu gagner sa vie. Alors, Madeleine avait regardé sa mère d'un air réprobateur, ayant compris que celle-ci n'appréciait pas les allures bohèmes de son ami.

— Il va enregistrer un disque prochainement, avait-elle précisé sur un ton tranchant, mettant ainsi fin à toute tentative de discussion.

— Je compte aussi présenter ce disque à une émission de télévision, avait souligné Alexandre. Je pense évidemment à la plus populaire entre toutes : *Jeunesse d'aujourd'hui*. L'animateur, Pierre Lalonde, veut découvrir de nouveaux talents !

Madeleine avait applaudi, toute joyeuse, car, avait-elle précisé, elle croyait en son talent.

— Il compose de jolies chansons, avait-elle ajouté avec enthousiasme. Je t'en ferai écouter, maman.

Malgré cette perspective, Geneviève n'aimait pas du tout le ton frondeur du jeune homme et son attitude prétentieuse. Cependant, pour ne pas déplaire à sa fille outre mesure, elle avait déclaré que cela lui ferait plaisir d'écouter une de ses chansons.

Cette rencontre aussi courte que pénible avait jeté un froid entre Madeleine et sa mère. La jeune fille lui avait reproché d'avoir mal accueilli Alexandre. Elle s'était sentie jugée dans ses choix.

— Tu n'as jamais accueilli aimablement les garçons que je te présente, avait-elle lancé avec arrogance. On dirait que tu veux que je reste vieille fille.

Cette remarque avait fait bondir Geneviève. À son tour, elle s'était sentie blessée. C'était injuste, car elle faisait tout pour se montrer moderne. Elle devait toutefois s'avouer que c'était difficile. Sa fille de vingt-quatre ans n'était toujours pas mariée. Elle avait accumulé les amoureux. Bien sûr, elle vivait dans le péché. Mais jamais Geneviève n'aurait osé lui dire cela. Au lieu de condamner ses mœurs dissolues, elle s'était simplement écriée :

— Que dis-tu, Madeleine ? Tu crois vraiment que j'ai voulu te garder près de moi ? Je n'ai pas besoin de toi pour faire ma vie, ma fille, sache-le. Je suis une femme indépendante et je l'ai toujours été. Je t'ai élevée seule, ne l'oublie pas.

Madeleine avait alors argué que son père avait toujours été présent pour elle. La conversation, amère, tournait en rond. Inévitablement, cette dispute avait réveillé chez Geneviève de douloureux souvenirs en vain refoulés. Elle se rappela que son divorce avait été long et hargneux. Les années avaient passé. Elle avait tenté de pardonner, de comprendre et, pour ce faire, elle avait beaucoup travaillé sur elle-même. Toutefois, se pouvait-il qu'elle ait encore gardé rancune à Charles ? Mère et fille s'étaient quittées ce jour-là sans avoir réglé ce qui semblait être un conflit qui dormait et qui ressurgissait à la moindre occasion.

Ainsi, pendant presque deux mois, les deux femmes, chacune sur ses positions, ne s'étaient pas donné de nouvelles. Aussi, quand Madeleine l'avait invitée à venir souper chez elle, et surtout à venir célébrer son anniversaire de naissance, Geneviève s'était sentie libérée des lourds remords qui la rongeaient depuis leur différend au sujet d'Alexandre.

Geneviève se rassurait et calmait sa conscience en se disant qu'aujourd'hui elle avait peut-être perdu un emploi, mais elle avait néanmoins regagné l'affection de son unique enfant. Cela lui semblait plus important que tout le reste et c'était un bon présage.

Malgré les épreuves qui avaient jalonné sa vie, Geneviève avait toujours eu une nature assez heureuse. Elle n'avait pas de mal à sourire, même si elle était extrêmement inquiète quant à son avenir. Elle se savait une femme courageuse qui faisait confiance à la vie. Elle était surtout fière de ne pas avoir gâché la soirée d'anniversaire passée avec sa fille, malgré ses préoccupations personnelles. Elle avait remarqué que Madeleine lui avait manifesté de la bienveillance quand elle lui avait révélé qu'elle venait de perdre son emploi. Depuis sa mise à pied, Geneviève avait l'impression de mener une existence en dents de scie : les hauts, invariablement, succédaient aux bas. Elle devait faire attention à sa santé pour traverser ce désert. Les moments de grande assurance suivaient les coups de cafard qui lui nouaient l'estomac. Geneviève comprenait sans peine que l'angoisse a des effets nocifs sur l'organisme. Partager de bons moments avec Madeleine avait été assurément le meilleur médicament pour lui remonter le moral.

De son côté, Madeleine n'était pas dupe. Dès qu'elle avait vu sa mère, elle avait constaté qu'elle n'était pas aussi en forme que d'habitude. Elle s'était dit que cette période de long froid entre elles lui avait causé des soucis, et elle avait aussitôt regretté de ne pas avoir tenté plus tôt une réconciliation. Toujours amoureuse d'Alexandre, Madeleine se sentait prise entre deux feux. Même si elle savait que sa mère avait saisi qu'elle ne la ferait pas changer d'idée, elle ne voulait pas lui imposer son ami, dont l'attitude singulière pouvait choquer bien des gens.

Madeleine avait également noté combien sa mère avait vieilli depuis leur dernière rencontre. Elle s'était inquiétée et souhaitait maintenant que ses mots aient encouragé Geneviève à poursuivre son combat pour se dénicher un emploi valorisant.

— Tu n'es tout de même pas trop âgée pour ne pas croire que tu as ta place sur le marché du travail ! s'était-elle exclamée, plus ou moins convaincue.

Sa mère avait aussitôt rétorqué d'un ton calme :

— Madeleine, merci. Tu es encourageante. Mais ce que l'on raconte dans les revues, ce n'est pas toujours la réalité. On a beau dire que nous devons engager des gens qui n'ont pas vingt ans, il faut se faire à l'idée que l'âge est un obstacle de plus dans la recherche d'un emploi, et cela me rend la vie encore plus dure. Se caser n'est pas si facile après quarante ans. Récemment, j'ai rencontré une vieille amie, Léontine. Elle m'a demandé si j'étais prête à accepter un emploi moins bien rémunéré que celui que j'avais chez Moretti. Eh bien, j'ai senti qu'il fallait dire oui. J'ai compris que je devais faire des concessions, sinon je raterais ma chance.

— Il est certain que si tu entres dans une boîte quelconque, tu devras commencer au bas de l'échelle, reconnut Madeleine, dont le cœur se serrait. Mais tu peux espérer encore de belles années devant toi ! Maman, il faut y croire.

— Tu as raison, avait admis Geneviève. Ne t'en fais pas : je ne suis pas défaitiste, je fais confiance à la vie. Léontine m'a dit que je devais considérer ce congédiement comme une opportunité. Elle m'a même dit qu'il était possible que je rencontre l'homme de ma vie !

Geneviève avait alors ri aux éclats, ajoutant qu'elle avait tellement de soucis qu'il ne lui venait pas à l'idée de refaire sa vie.

— Maman ! s'était écriée Madeleine. C'est toi qui oses utiliser cette expression. Tu m'as si souvent répété qu'on ne refaisait pas sa vie, mais que l'on continuait tout simplement notre chemin.

— Je vois que tu as bien assimilé mes leçons et que tu me les sers fort à propos, avait exprimé Geneviève. C'est en effet un cliché. On ne repart jamais à zéro, comme le chante Édith Piaf. On est riche de toutes nos expériences, bonnes et mauvaises. On n'efface pas ce que nous avons vécu, car ces expériences nous aident à refaire surface.

6

Même si elle recevait des prestations d'assurance chômage, Geneviève ne parvenait pas à vivre correctement avec un revenu aussi maigre. «J'ai à peine de quoi payer le loyer et je dois vivre chichement», avait-elle confié à son amie Léontine.

— Tu dois vite te mettre à la recherche d'un emploi, lui avait aussitôt rétorqué Léontine. Si tu restes trop longtemps chez toi, tu vas te morfondre et t'enliser dans ta peine, en plus de perdre ton élan. Tu sais, chaque nouveau départ est marqué par un premier pas. Secoue tes puces. Grouille-toi.

Geneviève avait bien compris le message. Il ne fallait pas qu'elle se laisse envahir par des pensées négatives. Oui, son moral était miné. Oui, elle était bien seule et désargentée face à des défis qui s'avéraient immenses, mais elle était encore en bonne santé, belle et intelligente.

— C'est tellement un bon conseil que tu me donnes, je ne veux plus faire comme autrefois, rester au lit des jours entiers à ruminer des pensées mauvaises en me dévalorisant. Cela ne me ressemble pas !

— Non, toi qui es une fille matinale toujours de bonne humeur, avait approuvé Léontine. Je me rappelle que, jeunes, nous t'appelions notre rayon de soleil tant tu étais rayonnante.

— Et puis, avait poursuivi Geneviève, je peux rester des heures devant mon poste de télévision à regarder des émissions insignifiantes qui ne m'intéressent même pas. C'est juste pour passer le temps et je sais que c'est mauvais pour moi. Je ne fais que meubler le silence…

Sa lucidité, elle l'espérait, lui servirait de levier pour réagir. Geneviève prit donc chaque matin l'habitude de planifier ses journées, routine à laquelle elle s'astreignit avec rigueur. Il lui fallait d'abord commencer le plus tôt possible. Se préparer un déjeuner copieux et varié constituait aussi un moyen de se sentir bien et de se donner les forces nécessaires. Geneviève était une femme qui savait prendre soin d'elle. Puis, elle ouvrait grand le journal pour être au courant de l'actualité et, la fin de semaine, pour aller à la recherche d'un emploi. Comme cela n'était pas suffisant, elle se rendait aussi dans des cabinets de médecin et dans des hôpitaux pour distribuer son curriculum vitæ.

Quelque temps après son congédiement, elle se soumit à cette démarche comme s'il s'agissait d'un défi. Elle se présentait avec le sourire devant des réceptionnistes qui l'accueillaient la plupart du temps avec gentillesse.

— Bonjour, disait-elle, je viens vous porter mon CV. Je suis disponible en tout temps pour une entrevue. Merci.

Geneviève n'était pas assez naïve pour croire que son précieux papier lui ouvrirait des portes sur-le-champ. Comme bien des gens, elle avait entendu des histoires assez décourageantes au sujet de la recherche d'emploi. Ainsi, quand elle travaillait chez Moretti, elle vit un jour un responsable de l'embauche mettre à la poubelle une pile de documents. Elle se demandait de quoi il s'agissait. Piquée par la curiosité, elle avait fouillé dans la corbeille à papier pour découvrir qu'il s'agissait de CV que plusieurs personnes étaient venues porter la journée même. Toutes ces personnes n'avaient aucune chance d'obtenir un poste, même en ayant eu l'initiative de se déplacer, avait-elle pensé. À cette époque, elle ignorait qu'elle ferait partie un jour de la cohorte de chômeurs qui s'accrochent à leur bout de papier pour s'extirper de la misère.

Mais Geneviève ne voulait pas se complaire dans des idées sombres. Elle se répétait qu'il n'en serait pas ainsi pour elle. Après tout, elle avait acquis une belle expérience professionnelle, ses diplômes étaient toujours valables, ses patrons l'avaient souvent félicitée, elle pouvait être fière de toutes ces années qu'elle avait passées au sein de cette entreprise spécialisée dans la fabrication de pâtes, où elle avait soigné mille et un bobos. Mélancolique, elle se rappelait souvent à quel point elle avait été heureuse dans cet environnement de travail. Mais ce qui lui manquait le plus, outre le fait de ne pas percevoir de salaire, c'était les liens qu'elle avait tissés avec ses collègues. Ensemble, ils avaient créé des habitudes qu'elle peinait à oublier. À l'heure du midi, les jours de paye, ils allaient manger dans de petits restaurants sympathiques, assez loin de leurs bureaux. Il fallait, en revanche, revenir vite à l'heure ! C'était ainsi fête toutes les deux semaines, car ils se retrouvaient autour d'une table à savourer des mets réconfortants. Parfois, certains prenaient un verre de vin ou une bière. Geneviève se souvenait d'une fois en particulier : un des chefs de production, aimable celui-là, pas comme Cartridge, avait bu une demi-bouteille de rouge. Il était arrivé au bureau émoustillé, ce qui avait fait rire ses collègues. Cependant, les patrons n'avaient pas du tout apprécié ce comportement déplacé. L'homme avait reçu des semonces et n'avait jamais plus recommencé.

Tout cela semblait bien loin aujourd'hui. Geneviève était nostalgique de ces moments de douce folie, et surtout d'amitié, qui enjolivaient sa vie au travail. Pour se consoler d'avoir perdu son emploi, elle s'efforçait de se rappeler que tout n'était pas rose chez Moretti. En particulier l'attitude de certains petits patrons. Geneviève se demanda pourquoi il fallait toujours que ces gens-là soient d'humeur désagréable, comme si leur fonction les obligeait à afficher en permanence un air insatisfait, voire méprisant. Récemment, elle en avait parlé à Léontine. Son amie lui avait fait remarquer que ces petits dirigeants étaient souvent tendus parce que leur emploi ne tenait qu'à un fil. Chacun, en effet, pouvait être menacé.

Léontine était de quelques années plus âgée que Geneviève. Elles s'étaient connues alors qu'elles fréquentaient la même école de quartier, là où elles avaient grandi. Au fil du temps, elles étaient devenues de bonnes amies. Ayant vécu un divorce douloureux, Léontine avait été la première à soutenir Geneviève lorsqu'elle-même avait eu des problèmes conjugaux. Elle continuait à le faire aujourd'hui :

— Et c'est sur le travailleur que repose le poids de la souffrance des patrons. Voudrais-tu être à leur place ? avait-elle demandé.

Geneviève avait fait la moue et avait répondu que ce n'était pas une raison pour que ces supérieurs agissent comme ils le faisaient. Personne n'avait besoin de hargne et de mauvais traitements.

— S'ils sont incapables de subir de la pression, ils n'ont qu'à ne pas accepter un tel contrat, avait-elle répliqué. Moi, en effet, je ne voudrais pas donner des ordres aux autres. Ce n'est pas dans ma nature. Au fond, je n'en doute pas, je suis une rebelle. Je n'aime pas l'autorité.

— Il est vrai que ces personnes qui veulent des postes de commande apprécient donner des ordres, avait ajouté Léontine, qui avait elle-même subi pendant plusieurs mois les foudres d'une patronne qui l'avait prise en grippe.

— Chez Moretti, on ne voyait jamais les directeurs, avait précisé Geneviève. Ou presque jamais. Est-ce une façon d'éviter les problèmes pour eux ? De se tenir loin des préoccupations de leurs employés ? Je ne comprends pas.

Léontine avait soupiré.

— Rien n'est acquis, Geneviève. N'oublie pas que les patrons cherchent d'abord à faire des profits, et souvent au détriment des gens qui font fonctionner la boîte. C'est bien évident ! J'ai connu cela, moi aussi, quand je travaillais chez Simpson's, rue Sainte-Catherine, au rayon des chapeaux, te souviens-tu ? C'était un emploi stimulant, car je rencontrais beaucoup de femmes. Je me levais chaque jour en ayant vraiment envie de me rendre derrière mon comptoir. Mais on n'était pas à l'abri de la concurrence. Eaton, Morgan, Ogilvy, Holt & Renfrew ! Au cours des ans, j'ai bien vu que la direction insistait pour que l'on trouve nous-mêmes des solutions pour vendre davantage. L'ambiance a changé. J'ai senti tout de suite un vent de panique dans toute l'équipe. Peu à peu, on m'a demandé de faire des heures supplémentaires. J'ai accepté, même si mon fils n'avait que quatre ans. J'allais le mener très tôt le matin chez sa gardienne, et il m'arrivait d'aller le chercher après le souper. Le pauvre petit. J'aurais aimé que Laurent, mon mari, me soutienne davantage, mais lui aussi avait un travail exigeant.

— Tu étais si amoureuse de lui, avait laissé tomber Geneviève en soupirant, je me souviens quand tu l'as rencontré. Tu nous as dit que c'était l'homme de ta vie. Tu vivais comme dans un conte de fées à cette époque-là !

— Je ne regrette pas ces moments-là, avait approuvé Léontine. Ils me sont précieux et, au moins, ils m'aident à passer au travers des moments difficiles.

Geneviève avait hoché la tête et déclaré :

— Moi aussi, j'ai été heureuse avec Charles. Pendant quelque temps… Mon seul regret, c'est de dire cette phrase au passé. Mais nous en étions arrivés là quand nous avons décidé de divorcer.

— Notre couple n'a pas survécu à la pression, avait enchaîné Léontine. J'ai fini par reprocher à Laurent de ne pas assez m'aider. Lui me disait que je consacrais trop de temps à Simpson's. J'avais beau gagner correctement ma vie, j'ai craqué.

Léontine s'était tue et Geneviève avait compris son silence. Elle avait tapoté tendrement sa main, se rappelant les moments éprouvants qu'avait vécus son amie. Cela la plongeait dans le souvenir de ses propres épreuves.

— Un soir, lors d'une dispute plus grave que les autres, Laurent m'a frappée, avait confié Léontine dans un souffle.

C'était la première fois qu'elle se laissait aller à autant de confidences. Léontine dévoilait à son amie des secrets qu'elle acceptait de partager aujourd'hui. Elle avait aussitôt enchaîné :

— J'ai dû faire face à la réalité. Je n'accepte pas la violence, c'en était trop. Je suis partie avec mon petit Jean, il était en pyjama, je venais de le mettre au lit. Dehors, il faisait froid.

Geneviève avait écouté, baissant la tête.

— Tu es venue te réfugier chez moi, avait-elle souligné, et j'étais contente de pouvoir enfin te sortir du pétrin.

Léontine avait dodeliné de la tête.

— Ce que j'ai le plus apprécié, c'est que tu ne m'as pas jugée et que tu n'as pas cherché à blâmer Laurent. J'étais sous le choc, il ne fallait rien ajouter à la tempête que je vivais. Nous n'avons parlé de rien, tu nous as simplement servi un goûter, à moi, au petit, et tu nous as fait une place pour dormir.

— Je t'ai trouvée très courageuse, avait affirmé Geneviève. Tu es vite retombée sur tes pieds.

Elle n'avait pas osé le dire, mais elle-même n'avait pas eu le cran de Léontine lorsque son propre couple avait à son tour connu des difficultés.

Geneviève se rendait compte que le fait d'être hésitante l'avait empêchée d'aller de l'avant au cours de son existence. Lorsqu'elle repensait à tout cela, elle sombrait de nouveau dans le découragement.

7

Chaque jour apportait son lot d'ennui. Cependant, malgré cette monotonie, Geneviève tentait de réagir. Elle craignait de s'isoler. N'ayant plus d'emploi, elle risquait de prendre de mauvaises habitudes, comme celle de se replier sur elle-même et de broyer du noir. Son amie Léontine représentait un modèle pour elle. Quand le sujet de leur rupture conjugale revenait sur le tapis, Geneviève se rappelait qu'elle n'avait pas agi aussi promptement que Léontine l'avait fait. En ce qui la concernait, elle avait longtemps cru qu'elle ne divorcerait jamais. Ses parents avaient vécu ensemble plus de cinquante ans, et elle croyait profondément qu'elle reproduirait ce modèle de stabilité. Cependant, quand elle s'efforçait d'être franche avec elle-même, elle savait que son père et sa mère avaient dû connaître des difficultés matrimoniales. C'était impossible autrement. Mais… ils vivaient à une époque où il ne fallait pas rompre. En fait, ils ne formaient pas un couple modèle. La vérité était qu'ils avaient appris à s'endurer. Mais Geneviève n'était pas d'accord avec cette manière de vivre. À force de trop vouloir faire de concessions, se disait-elle, on finit par renier sa personnalité. Même dans sa grande solitude, elle ne souhaitait pas devoir couper la poire en deux, juste pour avoir un compagnon. Et puis Geneviève était catholique pratiquante. Divorcer représentait l'enfer à ses yeux. Une femme divorcée n'avait pas le droit de communier ni de se remarier à l'église. Geneviève avait peur du jugement, qu'on la pointe du doigt.

Des années avaient passé depuis ce soir en particulier où Geneviève avait été très étonnée de voir arriver chez elle son amie Léontine avec sa valise. Quand cette dernière lui avait raconté ce qu'elle avait vécu, elle avait d'abord cru que ce n'était qu'une simple dispute de couple, comme il y en a tant. Tôt ou tard, croyait-elle, Léontine se réconcilierait avec son mari. Puis, au fur et à mesure du récit de son amie, elle avait compris que leur mésentente était plus sérieuse. Ces questions l'avaient évidemment ramenée à sa propre histoire. Qu'en était-il du couple qu'elle formait avec Charles ? Son mari travaillait beaucoup et il n'était pas souvent à la maison. Geneviève avait fini par imaginer que cette façon de vivre allait de soi et que les femmes étaient bien celles qui élevaient les enfants. Cependant, lorsqu'elle réfléchissait calmement à sa situation, elle admettait avec lucidité que cela ne lui plaisait pas. Passer ses soirées entières avec Madeleine à se demander où pouvait bien se trouver Charles n'avait rien de réjouissant. Peu après l'annonce de la séparation de Léontine, Geneviève s'était mise en tête de prendre soin de son couple.

— Nous devons passer plus de temps ensemble, avait-elle déclaré de but en blanc un jour à son époux.

— Oui, avait-il répliqué sans conviction. Néanmoins, je ne peux tout de même pas refuser de faire les heures supplémentaires que mon patron exige. Après tout, si tu veux que nous puissions garder ce bel appartement et que nous donnions une éducation décente à notre fille, je suis obligé de me dévouer.

Geneviève avait été choquée d'entendre ces mots. Ils sonnaient comme autant de reproches à ses oreilles. Charles n'était pas un méchant garçon, mais il avait eu une éducation carencée. On lui avait appris très jeune à ne jamais montrer ses sentiments. Il était un garçon. Un garçon ne pleure pas, ne se plaint pas. Pour Charles, réussir sa vie signifiait réussir dans la vie.

— Moi aussi, j'ai travaillé comme infirmière ! s'était écriée Geneviève, étonnée par son audace.

Charles l'avait fusillée du regard. Mais Geneviève était en proie à une détresse et cette détresse lui avait donné la force d'oser dire les choses que taisaient la plupart des femmes :

— Et je dois assumer seule toutes les tâches ménagères. Ce n'est pas rien, Charles ! Je pense que nous devons revoir nos priorités. Je serais prête à vivre avec moins de biens pour revivre les moments de grâce que nous avons connus lorsque nous nous sommes rencontrés. Nous étions peut-être pauvres, mais certainement bien plus heureux !

— Pas moi ! avait répondu Charles, sans équivoque.

Le verdict était tombé. Implacable.

Geneviève avait alors découvert que leurs vies prenaient des chemins différents et qu'ils ne partageaient plus les mêmes valeurs. Cette conversation avait eu l'effet d'un choc.

Se confiant à Léontine, Geneviève prenait conscience de ses scrupules et des énormes concessions qu'elle avait faites dans son couple. Cela commençait à lui peser. Plus tard, repensant à certaines scènes pénibles, elle avait même admis qu'elle avait accepté trop longtemps de la violence verbale.

— J'ai la mauvaise habitude de vouloir tout expliquer en excusant, confia-t-elle un jour au prêtre à qui elle se confessait.

— Vous avez ce qu'on appelle de l'empathie, ma fille, avait répondu l'homme d'Église. Mais il faut faire attention à nos émotions : on peut essayer de comprendre les autres, mais il ne faut pas perdre de vue qu'on ne les changera jamais. Souvenez-vous de ceci : charité bien ordonnée commence par soi-même.

Geneviève avait pris cette phrase comme une leçon à suivre.

Un jour, alors que Madeleine n'était qu'une fillette, celle-ci avait demandé à sa mère pourquoi papa ne les accompagnait plus au restaurant comme il le faisait auparavant.

— Il travaille, ma chérie, avait répliqué Geneviève, mal à l'aise. Il n'a pas le temps.

En fournissant cette explication, Geneviève avait compris que son enfant avait saisi des choses qu'elle avait voulu lui cacher. Sa fille avait souffert de l'éloignement de ses parents. Madeleine avait exprimé un sentiment que sa mère tentait de refouler depuis trop longtemps. La désillusion étant trop grande, Geneviève continuait de se raconter une histoire romanesque. Mais le temps avait à l'évidence dégradé son amour pour Charles. La séparation était déjà amorcée, elle devait se faire à l'idée qu'entre Charles et elle, c'était bel et bien fini.

Aujourd'hui, ce passé tumultueux lui revenait au moment où elle se sentait plus vulnérable. Elle était surprise de rêver plus fréquemment aux jours de bonheur qu'elle avait vécus avec Charles, et à ceux, plus douloureux, où elle avait dû faire son deuil d'un couple idéal. Le licenciement de chez Moretti avait eu cet effet ravageur sur elle. Ne travaillant plus, elle avait davantage de temps pour ruminer ce qu'elle considérait comme un échec, en dépit des circonstances. Elle avait beau se répéter qu'il ne fallait pas utiliser ce mot, car il était empreint d'une charge trop négative, elle ne parvenait pas à considérer cette épreuve du renvoi comme une expérience.

Chaque matin ou presque, Geneviève se faisait violence en se rendant à l'église Saint-Esprit, où elle allait tous les dimanches à la messe, dans le quartier Rosemont. C'était loin, rue Masson, mais chaque matin, de neuf heures à midi, une salle du presbytère était ouverte. Le prêtre y accueillait des gens qui vivaient de la détresse morale, de la peine et d'autres souffrances, parce qu'ils étaient en chômage ou sans travail depuis longtemps. C'était un lieu pour parler, pour écouter les autres, pour entendre les conseils du curé et pour échanger des idées. Le prêtre était si généreux. Chaque jour, il offrait du thé, du café et des biscuits à la mélasse à la douzaine de personnes qui se rassemblaient dans sa maison. Il n'était pas question pour Geneviève de se laisser aller et de rater un rendez-vous chez ce prêtre qui la connaissait depuis tant d'années. Elle voulait mettre toutes les chances de son côté. Elle trouvait du réconfort à écouter la douleur des autres. Elle se sentait moins seule. Pour s'y rendre, elle devait prendre l'autobus. Elle finit par reconnaître les passagers, car c'était presque toujours les mêmes qui y montaient. Ce gros véhicule conduisait des dizaines de travailleurs qui se pressaient pour arriver à l'heure au bureau. En les observant, Geneviève avait la nostalgie du temps où elle se rendait, elle aussi, chez Moretti. À ceux qui avaient l'air bourrus, elle avait envie de leur dire combien ils avaient de la chance d'occuper un emploi. Il y avait aussi de jeunes femmes, presque des jeunes filles. Rieuses, elles semblaient libres, n'attachaient pas leurs cheveux, les coiffant à la mode, et elles portaient des hauts à manches courtes aux couleurs vives, des jupes au-dessous du genou et des escarpins de cuir verni. Elles évoquaient l'amour et un monde en changement. À côté d'elles, Geneviève avait l'impression de vieillir en accéléré. Elle n'avait que quarante-cinq ans, mais elle voyait bien que cette jeunesse, ce monde moderne, cette musique infâme qu'on entendait partout la rattrapaient ou, plutôt, la repoussaient dans son coin.

Cependant, Geneviève tenait bon. Elle se rendait au presbytère avec l'espoir de remonter la pente et de profiter des belles initiatives du curé. Il avait toujours une liste d'emplois à proposer à ceux qui étaient au chômage. Peut-être un jour y en aurait-il un pour elle ? Ou, du moins, quelqu'un là-bas pourrait-il lui donner une piste ? Mais elle ne se racontait pas d'histoires : cela ne serait pas facile. Mais, au moins, elle avançait un peu, car ses déplacements lui permettaient de mieux préparer son dossier de présentation. Un jour, elle y fit la rencontre d'une assistante sociale. La femme se présenta : Rollande Jasmin.

— Remplissez ce formulaire, lui dit-elle, et revenez me voir quand vous aurez terminé. Nous discuterons de votre situation.

Malhabile, Geneviève prit vite conscience qu'elle n'avait jamais eu à remplir tant de paperasses avant ce jour-là. Elle n'avait jamais eu vraiment à se battre pour décrocher un emploi. Certes, elle avait connu un certain flottement après avoir terminé son cours d'infirmière à l'Hôtel-Dieu. Mais jamais elle n'avait eu à se débrouiller seule sans véritables ressources. Aujourd'hui, à son âge, elle se sentait complètement démunie. Heureusement, l'assistante sociale comprit rapidement son malaise.

— Madame, dit-elle doucement, ne soyez pas inquiète. Vous n'êtes pas la seule à chercher un emploi à votre âge. Il y a des centaines de gens comme vous qui doivent repenser leurs projets d'avenir. Vous n'avez pas à vous décourager. Avec ces formulaires, je peux vous aider, car je connaîtrai mieux vos besoins.

Geneviève se dirigea vers le fauteuil en cuir vert, près de la fenêtre. À côté s'y dressait une table, et des gens étaient penchés sur le formulaire remis par l'assistante sociale et qu'ils devaient lui rendre après avoir répondu aux questions. D'autres se levaient pour aller consulter des listes d'emplois qui étaient fixées au mur par les bons soins du prêtre. Elle s'assit sans faire de bruit. Devant elle, un homme la regarda et lui sourit. Geneviève se demanda si elle le connaissait. Par politesse, elle lui fit un signe de la tête. Puis elle se pencha sur ses documents. Les questions du formulaire étaient usuelles. Nom, prénom, statut social, numéro d'identification, âge… Elle avait néanmoins l'impression de répondre à un questionnaire de commissariat, d'être prise en faute. *Être au chômage demeure une situation délicate,* pensa-t-elle, *on a toujours l'impression d'être coupable d'avoir mal fait son travail.* Geneviève se revoyait chez Moretti. Aurait-elle pu éviter ce congédiement ? Elle se mit à réfléchir. Oui, elle avait commis des fautes. *C'est sans doute la fois où, par compassion pour Roger, j'ai compris que, même si sa fièvre n'était pas si élevée, il était épuisé…* Elle s'interrogeait intérieurement. *Ou alors, quand j'ai répondu brusquement à un chef de production qui voulait savoir si le patron était au bureau.* Plus elle pensait à ces événements, plus elle ressentait un sentiment douloureux. *Non,* se reprit-elle, *je ne peux tout de même pas, en plus, porter en moi cette culpabilité !* Elle soupira. *J'ai fait mon possible, du mieux que j'ai pu. Un point c'est tout,* se persuada-t-elle.

Tout en écrivant, sans vraiment s'en rendre compte, elle marmonnait son mécontentement. Cela fit réagir quelques personnes.

— Chut ! lui fit-on en posant un doigt sur la bouche.

Geneviève s'excusa. Sa main tremblait. Elle aurait tellement voulu se retrouver ailleurs que parmi ces gens sans le sou, sans travail, sans avenir. Pourquoi elle ? Pourquoi cette injustice ?

À ces pensées, elle eut les larmes aux yeux et sentit le découragement l'envahir une fois de plus.

8

Occupée à répondre de son mieux aux questions du formulaire, Geneviève était perdue dans ses pensées. Elle ne remarqua pas l'homme devant elle qui l'observait à la dérobée. Il semblait vouloir lui parler. Quelques minutes passèrent, puis il déclara, sûr de lui :

— Ne vous en faites pas. Cela ne me dérange pas que vous parliez tout bas, dit-il en chuchotant.

Elle ne répondit pas et baissa la tête, à la fois surprise et intriguée. Cet homme, un brun dans la cinquantaine, avait du charme. Que faisait-il donc dans ce salon du presbytère ? Elle se dit que, sans doute, il avait, comme elle, connu un revers professionnel. Peut-être avait-il un bel emploi qu'il avait perdu, le laissant démuni et découragé ? Il était de nouveau concentré sur sa feuille à remplir. Mais, bientôt, il se leva et se dirigea vers l'assistante sociale, sans doute pour lui poser une question. Geneviève se surprit à souhaiter qu'il revienne s'asseoir à cette même table, la plus proche du fauteuil vert qu'elle-même occupait. Elle se retourna discrètement, mais ne le vit plus. Revenant à son questionnaire, elle sentit néanmoins que quelqu'un la regardait. Elle jeta un coup d'œil par-dessus son épaule. C'est lui qui ouvrait la porte, s'apprêtant à partir. *Dommage,* se dit-elle en se remémorant son ton doux, *j'aurais aimé faire sa connaissance.*

De retour chez elle, en fin de journée, Geneviève constata qu'elle était exténuée. Elle prit cependant le temps de se préparer un repas sain : des carottes râpées, une tranche de jambon et des haricots verts. Cela lui donnerait les vitamines et les protéines nécessaires pour affronter ses difficultés. Désirant tout faire pour bien s'alimenter et rester en bonne forme en général, Geneviève demeurait néanmoins raisonnable dans le prix de son panier d'épicerie. Cependant, après son congédiement, elle avait dû se serrer la ceinture. Ainsi, elle ne partait plus en direction de l'ouest de la ville, rue Sainte-Catherine, près d'Atwater, afin d'aller faire des courses au Marché Dionne, une épicerie fine regorgeant de produits de luxe, de fruits et de légumes frais. Elle ne pouvait plus s'alimenter dans cet endroit chic que fréquentaient des Montréalais de Westmount et du Golden Square Mile. Maintenant, elle se faisait l'effet d'être pauvre comme cette famille de Saint-Henri décrite par Gabrielle Roy dans son roman *Bonheur d'occasion*. Geneviève se souvenait d'avoir lu ce livre qui avait été un succès, car il dénonçait les difficultés de la vie urbaine. Maintenant, à quarante-cinq ans, elle se retrouvait aussi désemparée que les héros de cette histoire. Geneviève se sentait perdue dans une société dont elle avait l'impression qu'elle évoluait trop vite. Cependant, pour se consoler, elle savait se permettre certaines gâteries. Il lui arrivait même de céder à la tentation et de consommer des aliments trop gras. Mais la plupart du temps, elle faisait attention à ce qu'elle mettait dans son assiette. Elle avait clairement compris qu'elle devait rester en santé si elle voulait traverser ces moments éprouvants. Car ceux-ci auraient-ils même une fin ?

Elle s'assit à la table de la cuisine et se servit un verre de vin blanc. Jamais elle n'aurait fait cela du temps de son mariage. Dans ses cours de bienséance et d'économie familiale, les sœurs religieuses étaient claires : une femme mariée devait se tenir en tout temps et ne jamais se comporter comme un homme.

Ainsi, boire de l'alcool à table était-il réservé à l'homme qui avait le droit de se détendre après une dure journée de labeur. Longtemps, après sa séparation, Geneviève culpabilisait encore. Et pourtant, cela lui faisait du bien de savourer un repas arrosé d'un verre de vin, qu'elle trouvait plus chic que la bière. Elle prit donc le temps de goûter le repas qu'elle avait préparé et de se délecter de cette agréable boisson. Ainsi, ce fut dans le silence le plus complet qu'elle dégusta son souper. Certes, elle aurait aimé être accueillie par un être cher qui l'aurait réconfortée, d'autant plus qu'elle revenait chez elle épuisée et découragée. Perdre son emploi était une chose, mais vivre seule en était une autre… *Un jour, peut-être*, se dit-elle, *je rencontrerai un compagnon avec qui je partagerai mes projets.* En attendant, elle tentait de ne pas se faire trop de soucis. Côté sentimental, elle devait l'admettre : elle ne se sentait pas si pressée que cela de retomber amoureuse, même si cela faisait des années qu'elle avait quitté Charles. Elle s'inquiétait bien davantage de trouver du travail. Le boulot… c'était sa priorité. Elle pensait aussi à sa fille. Madeleine avait changé depuis quelque temps. De plus en plus, Geneviève voyait l'adulte se dessiner en elle. Comme d'habitude, lors de leur dernière rencontre, la jeune femme n'avait pas parlé d'Alexandre, sachant que sa mère était toujours portée à lui faire la leçon. *C'est un travers que je dois maîtriser*, reconnaissait Geneviève intérieurement. *Madeleine*, se disait-elle, *n'est plus une enfant. Elle sait ce qu'elle fait, et elle doit faire elle-même ses propres erreurs si elle veut grandir comme femme autonome. Si ce garçon la rend heureuse…*

Geneviève n'était-elle pas passée par là ? Elle se souvenait quand elle avait présenté Charles à sa propre famille. Elle avait eu plus de chance. Tout le monde l'avait trouvé distingué et gentil. En plus, on connaissait ses parents. Mais… Il y avait eu une ombre au tableau : Yvette, sa marraine qu'elle aimait tant, avait fait une remarque qui l'avait profondément choquée. Ce soir, ces lointains souvenirs lui revenaient en mémoire. Yvette avait dit que Charles Guindon, malgré sa belle prestance, ne lui semblait pas assez mûr pour s'engager dans le mariage. Aujourd'hui, Geneviève repensait à ces paroles qui l'avaient tant blessée et elle se disait que, peut-être, en effet, sa marraine avait vu juste. Tout comme le prêtre qui avait vu dans ce jeune homme un être colérique. Charles était un homme possédant de belles qualités, mais il n'était pas fait pour vivre en couple. Ni pour être père. Cela s'était rapidement confirmé, même s'il aimait beaucoup sa fille. À cet égard, Madeleine avait souvent pris position en faveur de son père contre Geneviève. Elle le trouvait moins rigide, plus conciliant.

— Ton père se comporte de cette façon parce qu'il ne veut jamais prendre position, expliquait en vain Geneviève à sa fille. C'est un homme qui préfère fuir, plutôt que de régler un problème.

Avec le recul, Geneviève comprenait qu'elle ne voulait surtout pas admettre qu'elle aussi avait des torts et que leur couple, même au tout début, n'avait jamais correctement fonctionné. Chacun avait des projets de vie différents. De son côté, elle souhaitait une famille unie et heureuse. Charles, du sien, souhaitait grimper tous les échelons dans la compagnie Ford et ouvrir un jour sa propre concession de voitures. L'ambition ne pouvait pas se déployer dans un cocon, aussi douillet soit-il. Geneviève aurait dû reconnaître plus tôt son besoin d'avidité. Faire l'autruche ne lui avait servi qu'à s'enfoncer.

Geneviève se sentit soudainement très triste. Pourquoi fallait-il que sans arrêt elle ressasse des idées noires ? Elle était consciente que, pour le moment, le mieux était de profiter du bon repas qu'elle avait préparé avec soin. Après, elle se ferait couler un bain, y ajouterait de la mousse et elle pourrait enfin relaxer. Se parlant à elle-même, elle choisit délibérément de cesser de se morfondre : ce qui était passé, elle ne pouvait pas le changer. Charles était un homme qu'elle avait beaucoup aimé, qui l'avait profondément séduite. À quoi lui servait-il donc de vouloir noircir l'image du père de Madeleine ? Ils étaient arrivés tous les deux à la fin de leur histoire d'amour. Tout simplement. Il fallait qu'elle trouve en elle la sagesse, la force, d'accepter la réalité.

Le téléphone sonna. *Qui peut bien m'appeler à une heure pareille ?* se demanda-t-elle. Elle hésita un moment, puis se leva et se dirigea vers l'appareil, décrochant l'écouteur du téléphone mural, un modèle beige à roulettes tout neuf.

— Allô ! s'écria-t-elle en pensant bêtement que ce pouvait être l'homme qu'elle avait rencontré au presbytère.

Mais cette idée était folle, puisque ce dernier n'avait pas son numéro de téléphone.

— Allô, Geneviève ! C'est Léontine, où étais-tu ? Je me suis inquiétée toute la matinée.

Geneviève soupira avant de répondre :

— Bonjour, Léontine, je reviens de ma recherche d'emploi et j'étais à table.

— Oh ! s'exclama son amie. Je ne veux pas te déranger. Je voulais simplement savoir ce qui s'était passé. Je te rappelle.

— Non, coupa Geneviève. Je peux prendre quelques minutes avec toi. J'avais fini, et je suis contente que tu t'inquiètes de moi. C'est toute une expérience, je ne sais pas ce qui va sortir de cela, mais je suis certaine que ça me gruge pas mal de mon énergie.

Léontine l'encouragea avec des mots sages et bien choisis. Les deux femmes se soutenaient mutuellement, sans faillir. L'amitié restait pour Geneviève un précieux rempart contre les épreuves de l'existence. Et elle remercia la vie de lui accorder, au moins, cette douceur.

9

Le lendemain matin, Geneviève Boivin se leva tôt. Elle avait prévu, en cherchant longtemps le sommeil, la veille, de faire un détour par le presbytère, puis d'aller remettre un curriculum vitæ chez un médecin qui exerçait en urologie non loin de chez elle. Geneviève agissait avec précaution et elle comptait mettre toutes les chances de son côté en frappant à plusieurs portes.

Ce matin-là, pour se donner du courage, elle se remémora l'entretien téléphonique qu'elle avait eu avec Léontine après son souper. Celle-ci avait su quoi lui dire pour lui remonter le moral.

— Moi, avait-elle affirmé sans aucune condescendance, j'ai fini par trouver un bel emploi. Tu verras : tu as toutes les qualités pour rebondir. Je ne veux pas t'encourager à te bercer d'illusions, mais dis-toi qu'il faut toujours tâcher de regarder les choses du bon côté. S'arranger pour voir le verre à moitié plein, et non à moitié vide. C'est comme ça que tu trouveras l'énergie pour décrocher un travail que tu aimeras.

— Je sais, avait répliqué Geneviève. C'est aussi ma philosophie. J'ai tant de fois répété ces mots à Madeleine, et maintenant, c'est à moi que je dois les dire, et ce, tous les jours !

Et Geneviève avait raconté à Léontine comment la journée s'était passée pour elle.

— Au presbytère, avait-elle commencé, un homme est venu s'asseoir devant moi et il m'a souri. Je t'avoue que je suis restée surprise sur le moment. Je ne me considère pas comme une femme très attirante actuellement. Les tracas m'ont donné mauvaise mine.

— Comment était-il ? s'était enquise Léontine avec curiosité.

— Brun, grisonnant, un étranger… Il n'est pas d'ici. Ça s'entend à son accent. Il parle bien français, par ailleurs. Il prononce correctement les mots. Il avait de beaux yeux. J'ai remarqué de la douceur dans son regard et cela m'a réconfortée. Après coup, je me suis dit que je l'avais déjà vu quelque part. Il me semble que je le connais.

— On dit toujours ça quand on rencontre l'âme sœur ! avait conclu Léontine en riant de bon cœur.

— Non, non ! Voyons, Léontine, avait rétorqué Geneviève. Ne saute pas si vite aux conclusions. Je ne tombe pas amoureuse au moindre béguin, je n'ai plus vingt ans ! La seule chose qui m'intrigue, comme je te dis, c'est de découvrir où je l'ai déjà vu.

Geneviève était perdue dans ses pensées alors qu'elle se dirigeait, une fois de plus, rue Masson pour rencontrer Rollande Jasmin. Le plus souvent, elle revenait bredouille de ces ingrates matinées à écouter des gens se lamenter sur leur sort, mais elle gardait espoir : un jour le gibier serait bon. À l'arrêt d'autobus, elle s'immobilisa au bout d'une longue file d'attente. Elle consulta sa montre et constata qu'il était presque huit heures trente. Son trajet était fixé dans sa tête : elle irait d'abord au presbytère, puis elle retrouverait Léontine à l'heure du lunch, son amie lui ayant promis de la rejoindre. Cela faisait un bout de temps qu'elles ne s'étaient pas vues. Geneviève estimait que le téléphone ne suffit pas pour entretenir de bonnes relations d'amitié ; partager un repas est toujours une occasion réjouissante. Après, Geneviève se présenterait au cabinet du Dr Auguste Hébert, car l'assistante sociale lui avait mentionné que la garde-malade qui l'assistait avait pris congé. Elle pourrait sans doute remplacer cette femme, même si Geneviève n'avait pas d'expérience en urologie. Tout s'apprenait !

Le printemps était déjà bien entamé, et Geneviève remarqua les gouttes de pluie qui commençaient à tomber. *J'ai oublié mon parapluie*, se dit-elle, surprise, *et je n'ai pas de chapeau. Pourvu que l'autobus soit à l'heure.* Elle remonta le col de son léger manteau de drap, mais, déjà, ses beaux cheveux toujours châtain foncé (elle n'avait pas besoin de teinture, heureusement) étaient mouillés. Le véhicule arriva enfin et, comme souvent, certaines personnes bousculaient les autres pour tenter de se frayer au plus vite un chemin à l'intérieur. Les banquettes étaient toutes occupées, il n'y avait aucune place pour s'asseoir. Geneviève ne s'en faisait pas pour autant. Cet inconvénient n'allait pas gâcher sa journée qu'elle avait prévue belle et encourageante. Bientôt, des gens descendirent et elle put enfin se rendre au fond de l'autobus. Le presbytère se trouvait encore loin et elle s'estima chanceuse de pouvoir se reposer un peu les jambes. À son arrêt, elle s'avança et buta sur une grosse valise, et risqua de tomber à la renverse. Une main la retint soudainement. Elle reconnut l'homme : c'était celui qu'elle avait vu chez le prêtre et qui cherchait comme elle un emploi.

— Merci, dit-elle avec un sourire, très heureuse dans son for intérieur de cette rencontre fortuite.

L'homme au regard profond fit un signe aimable de la tête.

Les deux se dirigèrent côte à côte sans se parler vers le presbytère. La porte était ouverte, le prêtre en souriant invitait les gens à entrer et à prendre place dans le salon. Dès que tous seraient assis, il réciterait le *Notre Père* à voix haute, puis le *Je vous salue Marie.* Après, les discussions pouvaient commencer. Geneviève marmonnait les paroles sacrées avec le plus de foi possible, mais son esprit était occupé à autre chose: c'était donc dans l'autobus qu'elle prenait chaque jour qu'elle avait vu cet homme au comportement si bienveillant. Discrètement, elle jeta un regard circulaire autour d'elle afin de trouver ce mystérieux inconnu qui était entré dans sa vie au moment où elle était si abattue. Or, il n'était pas là. Cela la surprit. Elle n'eut pas à attendre longtemps: tout de suite après les prières, il entra dans la salle et s'assit. Sans doute n'était-il pas catholique.

— Bonjour, comment allez-vous, madame Boivin? lui demanda Rollande Jasmin, l'assistante sociale.

— Pas vraiment bien, répondit Geneviève, avec honnêteté. Je croyais que ce serait plus facile de trouver un emploi. Je vous en prie: appelez-moi Geneviève.

Son interlocutrice lui lança un regard de compréhension, puis déclara:

— Geneviève, vous venez à ces réunions depuis à peine un mois et vous êtes déjà découragée? Allons, je pense que vous avez plus de force et de caractère que cela. Donnez une chance au temps. Et, surtout, écoutez-moi! Vous êtes-vous présentée finalement au cabinet du Dr Hébert?

Geneviève sourit. Elle aurait voulu répondre par l'affirmative, mais, malgré toutes ses bonnes intentions, elle s'était levée de mauvais poil ce matin-là. La pluie, qui avait gâché sa coiffure, l'avait indisposée. Elle était en effet très dérangée par le fait d'avoir passé plusieurs minutes à l'extérieur, trempée, à attendre l'autobus. Elle se faisait l'effet d'une clocharde.

— Je sais que je dois rester toujours motivée, reconnut-elle. Je compte me rendre chez le Dr Hébert en fin d'après-midi.

— Je comprends vos désillusions, exprima l'assistante sociale, aimablement. Le marché du travail a beaucoup changé depuis mes tout débuts. Il y a vingt ans, on pouvait espérer se retrouver quelque chose même après un licenciement. Aujourd'hui, l'offre ne répond plus à la demande. Mais en dépit de tout cela, tout finit toujours par s'arranger, je vous le dis.

Mme Jasmin lui remit des feuilles. C'était encore une fois des formulaires que Geneviève devait remplir. L'assistante sociale remarqua sa mimique perplexe.

— Oui, encore de la paperasse, lança-t-elle en haussant imperceptiblement les épaules. Il en faut pour faire marcher la machine. Soyez confiante, Geneviève, plus nous avons de renseignements sur vous et plus nous pourrons vous dénicher un emploi qui vous convient.

— Je comprends la situation, approuva Geneviève. J'ai moi-même travaillé au sein d'une entreprise qui fonctionnait ainsi.

En voyant le regard nostalgique de Geneviève, l'assistante sociale comprit que la chômeuse avait beaucoup apprécié son ancien travail.

— Comment cela se passait-il chez Moretti ? s'enquit-elle. Comment aviez-vous trouvé cet emploi ?

Geneviève lui raconta que, grâce à une annonce parue dans le journal, elle avait postulé pour le poste d'infirmière, mais qu'elle avait profité de la mention de sœur Anna.

— Cela s'est très bien passé dès le début, dit-elle. Tous les employés semblaient m'aimer. Je les soignais de mon mieux.

Ce n'était jamais bien grave, et quand ça l'était, j'avais la responsabilité de les envoyer à l'hôpital, parfois même d'appeler une ambulance. Puis, on m'a donné de plus en plus de responsabilités. Mais je crois que les derniers temps, je manquais de fermeté. J'ai peut-être accordé trop souvent des congés. Vous savez, ce n'est pas bon pour la chaîne de production.

— Vous n'êtes pas restée en contact avec vos collègues? demanda l'assistante sociale.

Geneviève se renfrogna et se rendit compte qu'elle était en train d'interpréter cette question comme un reproche. Sa conseillère voulait-elle insinuer qu'elle avait mauvais caractère ou encore qu'elle ne faisait pas ce qu'il fallait, ce qui expliquerait pourquoi elle aurait perdu son emploi? Était-elle vraiment responsable de son malheur?

— Je me suis toujours bien entendue avec mes confrères et mes consœurs, dit-elle sur la défensive.

— Ce n'est pas la question que je vous posais, souligna la femme en ne la quittant pas des yeux.

— Vous savez, lorsque nous perdons un *job*, nous perdons un mode de vie. Je suis partie de mon côté, me sentant coupable d'une faute que j'aurais pu commettre, débita Geneviève, mortifiée.

— Oui, c'est une phrase que j'entends souvent dans mon métier, indiqua l'assistante. Quand on est congédié, on se dit que c'est de notre faute. Pourtant, il n'en est rien dans la majorité des cas, dites-vous bien ça.

— Je me souviens de la dernière journée chez Moretti, poursuivit Geneviève. La nouvelle circulait depuis un temps: il y aurait des mises à pied. On se regardait tous, chacun se disant:

« Est-ce moi qui serai sur cette liste noire ? » Aussi, lorsqu'on a su que le nouveau chef de production me convoquait, j'ai senti un soulagement chez mes camarades. Ils avaient beau exprimer de la compassion, je savais qu'ils étaient heureux de ne pas être à ma place.

L'assistante approuva de la tête.

— Oui, mais rappelez-vous ceci : ne restez jamais seule à faire des recherches. Pour trouver un emploi, vous devez vous composer un réseau. Alors maintenant… si vous voulez bien remplir ces formulaires et me les remettre avant de partir, ce sera bien. Bonne chance !

Geneviève la remercia et se dirigea vers une table pour y prendre place. Elle avait l'impression de revivre ces années où, étudiante, anxieuse, elle passait des examens pour devenir infirmière. Elle nourrissait alors de grands rêves et elle n'aurait jamais imaginé que, vingt ans plus tard, elle se retrouverait dans une position aussi précaire, sinon pire. Elle soupira. Où tout cela la mènera-t-elle maintenant ?

10

Léontine attendait depuis quelques minutes au restaurant où, avec son amie, elle prenait fréquemment un repas. C'était chez Murray's, sur la rue Sainte-Catherine, dans l'ouest de la ville. Les deux femmes choisissaient chaque fois une table avec banquette. Geneviève arriva en coup de vent. Il pleuvait toujours et elle avait protégé ses cheveux à l'aide d'un sac.

— C'est le printemps! s'exclama-t-elle en saluant Léontine. On part le matin en pensant qu'il fera beau et des nuages s'accumulent pour nous tremper jusqu'aux os. Comment vas-tu?

— Bien, répondit Léontine. C'est plutôt moi qui dois te poser cette question.

— Tant que je garde espoir, je me dis que je sortirai vite de cette épreuve, répliqua Geneviève. J'ai encore la force de me battre.

Elle commanda un *grilled-cheese*, des frites et une Orange Crush à la serveuse qui s'enquit poliment de son choix.

— Alors? demanda Léontine avec un réel intérêt, raconte-moi ce que tu fais.

Geneviève leva les yeux au ciel. La veille, au téléphone, ne lui avait-elle pas raconté ce qui se passait?

— Pas grand-chose, honnêtement…, bredouilla-t-elle.

Mais elle savait que Léontine lui posait cette question pour l'inciter à se confier davantage.

— Rien de plus qu'hier, blagua-t-elle, je suis toujours en recherche intensive d'emploi. J'arrive de chez le curé, comme tu le sais. Mais je ne me décourage pas, même si parfois l'espoir me fait faux bond. Par contre, cette nuit, j'ai fait un rêve étrange : on m'appelait pour me demander de revenir travailler chez Moretti !

Léontine fronça les sourcils.

— Tu as sans doute cette idée derrière la tête, répliqua-t-elle. C'est peut-être un espoir que tu caresses…

— J'ai pris mes désirs pour une réalité, en effet, et cela s'est traduit dans mon sommeil en un rêve merveilleux. Mais quand je me suis réveillée, j'étais triste. Ce rêve était fou ! Imagine : c'était le même bonhomme qui m'a mise dehors qui me suppliait de revenir.

— Peut-être regrette-t-on de t'avoir congédiée ? supposa Léontine avec sollicitude.

Geneviève grimaça.

— Je ne me fais pas d'illusion, répliqua-t-elle. Ils ont engagé une infirmière plus jeune qu'ils dresseront à leur goût ou, du moins, au goût de James Cartridge. Ils ne font pas pitié. Il est certain que, si jamais on voulait me reprendre, j'accepterais tout de suite. Je n'ai rien devant moi ! Pas de boulot ! Je trouve difficiles et humiliantes toutes ces démarches que j'entreprends. Après ce repas, je prendrai mon courage à deux mains et j'irai me présenter au cabinet du Dr Hébert. Ce n'est pas loin de chez moi. Il exerce à l'angle de Sherbrooke et de Saint-Denis.

Le visage de Geneviève s'assombrit. La conversation empruntait une pente glissante. Léontine ne voulait pas se montrer trop alarmiste et modérait ses paroles. Mais en son for intérieur, elle ne se mentait pas : elle trouvait que son amie avait beaucoup vieilli depuis la dernière fois qu'elle l'avait vue. Ses traits étaient tirés, ses beaux yeux noisette cernés, les soucis la rongeaient, c'était évident. Léontine lui conseilla, sans trop insister, de tenter une autre rencontre avec l'assistante sociale lorsqu'elle sentirait son moral chancelant.

— Oh ! s'écria Geneviève, presque choquée. Je fais ça tous les jours. Je n'en peux plus !

À ses yeux, demander sans arrêt cette aide signifierait qu'elle était faible. C'est ce qu'elle expliqua à Léontine. Celle-ci la comprit, mais elle ne démordit pas de son idée : cette assistante sociale devait être vue comme une fée. De même que le prêtre. Ces gens-là ne la jugeaient pas, ils la soutenaient. Combien de chômeurs ne profitaient d'aucun coup de main ?

— Tu dois te défaire de tes préjugés, insista Léontine. Fais-moi confiance. J'ai de l'expérience. Demander de l'aide, c'est seulement signe qu'on est encore en vie et que l'on tient à nous et à nos proches. Je suis inquiète pour toi, Geneviève, rassure-moi !

Geneviève fit la moue. Elle ne voulait pas que Léontine poursuive dans cette voie. Cela la blessait. Elle interprétait ses conseils comme de l'ingérence. Cependant, les paroles de son amie résonnaient comme un écho et elle se dit que, si Léontine prenait la peine de lui suggérer le soutien d'une tierce personne, c'est que, justement, elle avait peut-être vu des choses qu'elle-même n'était pas en mesure de voir. Léontine ne pouvait que vouloir son bien. De cela, elle était sûre.

Quand la serveuse revint à la table avec les plats commandés, les deux femmes se réjouirent de profiter ensemble de ce bon moment.

— J'ai faim ! s'exclama Geneviève. Cela fait un bout de temps que je ne suis pas venue dans un resto. Celui-ci me plaît toujours.

— Le gérant n'est plus le même, mais on a gardé les mêmes menus et c'est ce que j'aime, déclara Léontine.

— C'est sûr, approuva Geneviève. J'aime que les choses ne changent pas. Tous ces changements depuis des années me font peur. Sais-tu que, bientôt, l'homme pourra aller sur la Lune ! Te rends-tu compte, Léontine ?

— Oui, approuva celle-ci, c'est fou. Et cette musique qui nous casse les oreilles. Je trouve que ces jeunes nous mangent la laine sur le dos. Je déteste le twist, et le rock'n'roll encore plus. Ces chanteurs sont des fous ! Ils ne font que se tortiller. Je trouve que c'est presque scandaleux. Prends cet Elvis Presley ! C'est terrible. Et les filles se pâment devant lui…

— Tu as bien raison, soupira Geneviève en pensant qu'Alexandre, l'ami de cœur de sa fille, faisait partie de ces fous, justement. Mais je dois dire que ce n'est pas l'une de mes préoccupations du moment. Je cherche à me sortir du pétrin. Toute cette société qui semble éclater me passe un peu au-dessus de la tête. Mais franchement, je ne me vois pas raccourcir mes jupes ! acheva-t-elle en riant.

Léontine approuva de la tête et ajouta :

— Il le faudra peut-être ! La preuve… C'est que nos mères et nos grands-mères les ont raccourcies, elles, leurs jupes.

Geneviève ne put s'empêcher de soupirer.

— Je sais bien… Mais penses-tu que cela me concerne ? Étant donné ma situation, expliqua-t-elle, je cherche surtout les aubaines… je reprise mes vieilles robes. Je ne peux rien acheter de nouveau. Tout a augmenté dans les magasins. Je préfère aller à l'essentiel. Ainsi, quand j'ai passé la soirée d'anniversaire de Madeleine chez elle, je lui ai apporté un gros gâteau comme elle les aime et nous n'avons pas été sages !

— Comment va-t-elle ? demanda Léontine en souriant.

Geneviève lui rendit son sourire. Elle ne voulait pas trop exprimer ses pensées quant à sa fille, car elle savait qu'elle avait parfois tendance à vouloir régler sa vie.

— C'est une jeune femme formidable, se contenta-t-elle de dire, comme pour se convaincre elle-même. Elle a eu quelques problèmes comme moi avec son travail. Son ancien patron lui faisait des misères, mais elle s'en est sortie la tête haute. C'est une battante. Maintenant, elle travaille comme monteuse à l'Office national du film. Mais bien sûr, c'est en attendant. Elle veut être cinéaste !

— Drôle de métier pour une femme, déclara Léontine, les sourcils froncés.

Geneviève approuva de la tête. La mode changeait, tout comme les mœurs. Il semblait que ces jeunes femmes, en ce début des années soixante, pensaient à autre chose qu'à se marier à tout prix et à avoir des enfants.

Geneviève ne souhaitait pas aborder avec Léontine la question épineuse de l'amoureux de Madeleine ; elle savait qu'elle pouvait prononcer des mots qui dépasseraient sa pensée. Léontine, respectant son silence, n'osa pas l'embarrasser davantage avec d'autres questions.

— Je vais te raconter quelque chose qui va certainement t'intéresser, ajouta néanmoins Geneviève. J'en ai fait allusion, hier. Depuis quelques jours, en effet, il y a cet homme… Il prend le même autobus que moi.

— Oh là là ! Je sens la soupe chaude, s'amusa Léontine.

— Attends, attends, la coupa Geneviève, ce n'est pas ce que tu penses. Au début, je ne le remarquais pas, mais tu sais… quand on emprunte régulièrement la même ligne d'autobus, on finit par croiser toujours les mêmes personnes. On forme comme une grande famille, même si on ne se connaît pas. Cet homme-là, il était souvent assis devant moi.

Léontine adressa un clin d'œil gai et complice à Geneviève.

— Pas de coïncidence, n'est-ce pas ?

— Ne te moque pas de moi ! supplia Geneviève. Pour tout te dire, je ne savais même pas qu'il était assis devant moi, tellement je suis préoccupée ces temps-ci. Il y a quelques jours, toutefois, j'étais au presbytère et je l'ai revu : cet homme est lui aussi à la recherche d'un travail. Il prenait donc le bus comme moi, pour se rendre jusque chez le curé. Je ne l'ai pas reconnu tout de suite. Même que j'ai fait un effort pour me rappeler où je l'avais vu.

— Comment est-il ? Beau, grand ? demanda Léontine, de plus en plus intéressée.

— Pas mal, tu sais, répondit Geneviève non sans esquisser un discret sourire de satisfaction. De type méditerranéen, entre deux âges.

— C'est flou. Décris mieux ! insista Léontine. Je veux savoir : comment le trouves-tu ?

— Je ne veux pas m'engager dans une histoire d'amour. Je n'ai plus la force pour cela.

— Bah! l'interrompit Léontine. Il arrive souvent que tout survienne en même temps. Tu cherches un emploi et tu trouves un bon compagnon. Non?...

Il y eut un silence. Les deux femmes se regardaient avec amitié.

Geneviève sourit à Léontine, mais elle ne voulait pas approfondir ce sujet. Elle se demandait même si elle n'aurait pas dû se taire, plutôt que de raconter cette rencontre sans doute sans lendemain. Elle se trouva bien puérile. Connaissant Léontine, elle craignit que celle-ci ne s'emballe à propos de cette situation qui, pour l'instant du moins, lui paraissait tout simplement distrayante et agréable.

— Je te dis cela, mais ne m'en demande pas plus, et surtout ne saute pas aux conclusions! déclara Geneviève.

L'infirmière sans travail consulta sa montre.

— Je dois partir bientôt, indiqua-t-elle. J'ai des vêtements à laver ce soir et je veux me coucher tôt. Avant, je dois passer chez le Dr Hébert. Après un repas aussi copieux, je vais manger léger pour ne pas avoir l'estomac tout à l'envers cette nuit.

— Surtout si tu penses encore à ce bel inconnu, lui lança Léontine en lui adressant un autre clin d'œil, coquin cette fois.

Les deux femmes se quittèrent en s'embrassant, mais non sans avoir dégusté un succulent pouding au riz.

11

Les jours passaient. Rien, ou presque, ne changeait. Geneviève Boivin était exténuée : malgré ses efforts, ses recherches d'emploi ne la conduisaient nulle part. Elle avait l'impression de faire du sur-place. Son rendez-vous chez le Dr Auguste Hébert n'avait pas donné grand-chose. L'urologue et généraliste n'avait besoin d'une garde-malade remplaçante que pour quelques jours, la sienne n'étant pas souffrante, mais en vacances. Geneviève avait néanmoins accepté et passé la semaine à assister le médecin dans ses tâches régulières : des circoncisions, mais surtout des diagnostics de maladies dites honteuses. Sa clientèle était en effet surtout constituée de femmes de mauvaise vie, c'est-à-dire de prostituées. Geneviève avait dû surmonter sa gêne quand le médecin l'invitait à constater que la malade était atteinte de syphilis ou de gonorrhée. Geneviève était loin de ses pansements chez Moretti. Elle était en plein centre de Montréal, à plonger dans un monde qui était bien éloigné d'elle. Elle en parla de nouveau au presbytère, lorsqu'elle s'y retrouva. L'assistante sociale, toujours aimable, mais ferme, lui répéta de tenter de chasser ces idées noires.

— Il faut prendre sur soi, lui déclara-t-elle avec fermeté, voire avec un brin d'impatience. Si vous partez en ayant déjà en tête que vous ne valez pas assez, l'employeur va le sentir et vous risquez de perdre l'emploi que vous désirez avant même de poser votre candidature.

Geneviève ne répondit pas à ce conseil. Cela faisait tant de fois qu'elle entendait cette rengaine. Elle n'avait aucune envie de répliquer. Elle avait parfois l'impression que tout dépendait d'elle, en dépit de tous ses efforts pour sortir de cette ornière. «Je fais ce que je peux, se dit-elle tout bas. Si un employeur ne voit pas que je tiens à travailler, je ne sais pas quoi faire de plus.» Cependant, elle gardait le sentiment d'être prise dans un cercle vicieux. Ainsi, seuls des remplacements occasionnels l'attendaient désormais. Cela l'accablait.

C'était la même chose avec sa fille. De nouveau, leurs conversations au téléphone tournaient court. Geneviève s'efforçait de son mieux de taire ses démarches stériles, ne voulant pas accaparer Madeleine avec ses problèmes. Mais, parfois, c'était plus fort qu'elle : elle ne pouvait balayer de ses propos une pointe de dégoût et d'amertume. Puis elle se reprenait pour éviter d'ennuyer sa fille. Cependant, elle savait que Madeleine n'était pas dupe, son silence était une façon de comprendre sa mère sans tourner le couteau dans la plaie. Geneviève se surprenait à avoir tout simplement honte de sa situation. Elle quémandait l'attention de Madeleine, de Léontine, de l'assistante sociale.

Au tout début de l'été 1964, tandis que la plupart des gens commençaient fébrilement à préparer leurs vacances, Geneviève poursuivait toujours ses recherches d'emploi. Pas question de perdre une journée à ne rien faire. Depuis que son budget avait diminué, elle avait même pensé à renoncer à posséder le téléphone. Cette décision lui paraissait déchirante, voire impossible ! Elle ne pourrait alors communiquer qu'en envoyant des lettres, alors qu'elle cherchait un emploi ! Que couper, alors ? Le soir, elle éteignait les lumières derrière elle, n'en laissant qu'une seule dans la pièce dans laquelle elle se trouvait. Elle écourtait ses douches pour économiser l'eau chaude. Elle ne se permettait rien pour elle-même et commençait à regarder les marques de café moins chères chez Steinberg. Elle se privait également d'aller au cinéma et de souper au restaurant, le soir. De toute façon, elle était seule. Ainsi, elle lisait le journal et des romans qu'elle allait choisir à la Bibliothèque municipale de Montréal, rue Sherbrooke. C'est un immense bâtiment du début du siècle, aux plafonds hauts et aux murs couverts de boiseries. Le soir, elle passait du temps dans l'une des immenses salles de lecture pour y feuilleter les volumes qui l'intéressaient. Elle aimait par-dessus tout flâner dans les allées et prendre au hasard un livre sur les rayons. Elle avait alors l'impression d'avoir à portée de main tous les livres dont elle avait besoin pour être heureuse. D'être riche… Une encyclopédie à domicile. Néanmoins, cette situation de plus en plus précaire l'attristait grandement. Chaque fois qu'elle allait à la banque, elle avait presque honte de demander le solde à la jeune femme derrière le comptoir. Son pécule baissait de jour en jour. Mais elle se disait que c'était seulement pour un temps : dès qu'elle aurait un travail régulier, elle reviendrait à des habitudes plus gaies. Au cours de cette période creuse, elle retourna fréquemment à la bibliothèque.

Pour s'encourager, elle entreprit de tenir un journal de ses démarches, que celles-ci soient fructueuses ou non. Geneviève se dit alors qu'elle était comme une combattante : son objectif était de trouver un bon travail. Elle devait se consacrer entièrement à cette tâche. C'était d'ailleurs le conseil qu'on continuait de lui prodiguer inlassablement au presbytère, où elle se rendait dès qu'elle en avait la force.

Un jour, alors qu'elle feuilletait *La Presse* sous le regard encourageant du curé, Geneviève tomba enfin sur un boulot qui lui parut intéressant. Il s'agissait d'un poste de réceptionniste. Tout lui plaisait dans cette offre. Il lui sembla donc naturel de soumettre sa candidature, car elle avait les compétences liées à l'emploi. Elle relut l'annonce avec attention: « Débrouillarde, fiable, diplômée, sachant taper à la machine, parlant correctement l'anglais. »

Geneviève nota dans un cahier la description de tâches et les atouts demandés, puis inscrivit les coordonnées dans l'intention de se rendre le plus rapidement possible dans ce bureau, situé au nord de la ville. Dès qu'elle se retrouva chez elle, elle appela au numéro de téléphone indiqué.

— Bonjour, dit-elle simplement, votre poste de réceptionniste est-il toujours libre ?

— Oui, répondit une voix sans émotion.

Geneviève fut à la fois troublée par le ton sec et, en même temps, elle ressentit un espoir.

— Puis-je venir vous porter mon curriculum vitæ? demanda-t-elle.

— Bien sûr. Vous avez notre adresse ?

Geneviève hésita, mais elle rassembla son courage et s'informa s'il était possible d'obtenir une entrevue. La personne au bout de la ligne lui dit qu'elle allait se renseigner.

— Oui, déclara-t-elle après une attente de quelques secondes. Si vous êtes libre à neuf heures, demain.

— Merci, dit Geneviève. Merci beaucoup. J'y serai.

Son cœur palpitait. Maintenant, elle était sûre que c'était son jour de chance. Pour augmenter ses chances de réussite, elle se visualisa en réceptionniste et se persuada qu'elle détenait toutes les qualités pour accomplir ce travail.

Y avait-il enfin une lumière au bout du tunnel ?

12

Ce matin-là, Geneviève se leva plus tôt que d'habitude, convaincue qu'elle avait enfin la possibilité de sortir de son marasme. Réceptionniste ! Voilà bien un emploi qui pouvait lui plaire et qui, elle le savait d'expérience, pourrait lui ouvrir d'autres portes. Elle s'imaginait derrière un bureau, recevant des clients. Cela la mettait en joie. Geneviève était une femme d'un caractère aimable, son entregent était l'une des qualités que l'on appréciait de prime abord chez elle. Le travail de bureau ne lui faisait pas peur. Pourtant, tandis qu'elle se maquillait devant le miroir, elle eut soudain un coup de cafard. Elle se revit chez Moretti. C'était l'emploi qu'elle avait préféré le plus. Et qui lui avait donné le plus d'avantages. Cela lui avait permis de voyager.

Grâce à ses deux semaines de vacances l'été, et parce qu'elle avait le don de faire des économies, elle avait séjourné huit jours à Atlantic City, au bord de l'Atlantique, avec Madeleine. Sa fille avait alors seize ans. Déjà, elle avait un caractère rebelle et décidé. C'était en 1956. Elle avait sans cesse sollicité sa mère pour aller dans des magasins où l'on vendait des disques. Elle en voulait un d'Elvis Presley. Elle les voulait même tous, amoureuse qu'elle était du beau chanteur brun !

Une autre fois, Geneviève était allée quatre jours à New York avec sa fille. Le moment clé avait été la découverte de l'Empire State Building, le gratte-ciel le plus haut du monde. Cette fois, Madeleine avait dix-huit ans. Geneviève s'était aperçue que de nombreux jeunes hommes la regardaient avec admiration. C'est vrai que Madeleine était fort jolie. Ce voyage impromptu faisait encore rêver Geneviève. Elle souhaitait tant retourner dans cette ville extraordinaire, aller regarder les comptoirs de Bloomingdale's, admirer des tableaux au Metropolitan Museum of Art et déguster de bons petits plats dans le quartier italien. *Un jour, quand j'aurai des sous*, se dit-elle, *je retournerai dans cette magnifique ville pour plus longtemps qu'une semaine. Et j'irai aussi visiter la France.*

Elle se revoyait, marchant sur la Cinquième Avenue, parmi les touristes et les habitants de la ville. Celle-ci, criblée d'édifices en hauteur, bruyante, s'étalait devant ses yeux émerveillés dans toute sa splendeur. C'était pour elle un paysage féerique. Que de beaux souvenirs restaient ancrés dans sa mémoire ! Profitant du séjour précédent à Atlantic City, elle avait même fait la folie de passer quelques heures au casino, le soir, pendant que Madeleine dormait dans leur chambre d'hôtel. La chance avait continué de l'accompagner : elle avait gagné quelques dollars. Cependant, elle avait pensé à Charles : heureusement qu'elle n'avait pas la passion du jeu comme lui, car elle aurait pu facilement y engloutir son salaire. Car le jeu, en plus de la colère, était l'autre problème de Charles Guindon. C'est pour cela qu'elle s'était décidée à le quitter. Le jeu, cette maladie dont Charles souffrait, l'avait trop meurtrie au jour le jour. Elle ne tomberait pas dans ce panneau.

Les années passant, elle avait gardé dans sa tête la beauté de ces villes américaines. Elle revoyait les lustres somptueux qui illuminaient de leurs mille feux les halls des magnifiques hôtels dans lesquels elle entrait juste pour le coup d'œil. Et c'était sans parler du faste des salles de casino. En se promenant dans les allées, elle avait néanmoins eu pitié de certains inconnus dont le visage se crispait à chaque tour de roulette. Quand le croupier lançait : « Les jeux sont faits, rien ne va plus ! », il y avait un silence qui ressemblait à un gouffre dans lequel plusieurs joueurs risquaient de se perdre. Pourtant, chacun était convaincu qu'il franchirait les portes du casino riche d'un trésor, les poches remplies d'argent. Chacun imaginait sa vie plus belle par la grâce d'un numéro chanceux. Bien sûr, Geneviève aurait pu elle aussi succomber à l'attrait de Dame Fortune, mais elle avait gardé toute sa raison, s'étant contentée d'insérer quelques pièces de monnaie dans des machines dont le bruit répétitif constituait une musique, comme l'appel des sirènes de la prospérité.

De retour chez Moretti, elle s'était empressée de raconter son séjour à New York. Cela avait provoqué une vague de jalousie chez certains de ses collègues, une secrétaire en particulier, qui n'avait pas autant de vacances ni le même salaire qu'elle. Geneviève avait compris que son poste, unique, suscitait l'envie. C'est que, pendant des années, elle avait été une employée modèle : depuis son arrivée, elle n'avait commis aucune erreur professionnelle. La majorité des employés l'aimaient et se sentaient en confiance avec elle.

Avec le temps, maintenant qu'elle cherchait du travail, elle s'interrogeait sur cet épisode de son passé : ce poste chez Moretti, avec ses avantages, avait-il été un cadeau empoisonné ? Peu importe, il lui restait la mémoire vive d'instants qu'elle ne pouvait effacer. De plus, elle n'avait pas à faire amende honorable d'avoir profité de ses vacances à ce moment-là. Pendant dix longues années, chez Moretti, Geneviève avait au moins pu donner une bonne éducation à Madeleine et veiller à ce qu'elle ne manque de rien. Le reste, son père s'en occupait. Charles Guindon, bien sûr, n'avait pas que des défauts. Mauvais mari, certes, mais père attentif.

Geneviève reconnaissait qu'il était naturel qu'elle ait gardé beaucoup de nostalgie de son emploi dans l'est de la ville de

Montréal. Aujourd'hui, elle ne se faisait pas trop d'illusions : là où elle allait passer une entrevue n'était pas un endroit qui possédait autant de prestige. Mais elle était impatiente de relever au plus tôt un autre défi.

Les bureaux dans lesquels elle devait se rendre étaient situés sur le boulevard Pie-IX, au nord de la ville. Pour s'y rendre, une fois de plus, elle devait supporter un long trajet dans des autobus différents. C'était long, mais cela ne lui paraissait pas si important. Elle désirait tant travailler, et depuis si longtemps, qu'elle était prête à faire ce sacrifice. Toutefois, elle restait lucide. Elle savait que, si elle décrochait ce travail, elle devrait se lever à quatre heures du matin tous les jours de la semaine pour ne pas arriver en retard. À quarante-cinq ans, après toutes les épreuves qu'elle avait traversées, en serait-elle capable ? Elle se réconforta en se disant qu'elle achèterait une voiture d'occasion avec ses premières payes. Une automobile pas trop chère, bien entendu, car elle ne se contait pas d'histoires : le salaire qu'on offrait comme réceptionniste ne lui permettrait pas de faire des folies. Même si la tâche était exigeante, le taux horaire était le minimum. Cela non plus ne la rebutait pas. Elle se visualisa derrière son comptoir, à la réception de l'endroit, et se convainquit que c'était elle qui, entre tous les candidats, aurait ce poste.

Après avoir quitté son logis et au bout d'un interminable parcours, elle arriva enfin devant un immeuble à trois étages sans âme, coincé entre deux logements dont les escaliers extérieurs descendaient jusqu'au trottoir. Comme il faisait beau, trois personnes, toutes âgées, se trouvaient sur le balcon, devant la grande porte d'entrée, et semblaient attendre qu'il se passe quelque chose dans leur vie. Geneviève les salua et se fit la réflexion qu'elle finirait peut-être elle aussi dans un de ces logements où se retrouvent des personnes âgées sans le sou. Des femmes affables vêtues comme des infirmières s'affairaient à accompagner les plus démunies à l'intérieur. Une autre personne était en fauteuil roulant, une autre avançait avec l'aide d'une marchette. Une vieille femme, pour sa part, parvenait à se mouvoir en tenant toutefois la main de son guide. Une atmosphère de belle amitié régnait entre ces gens. Cette image réjouit Geneviève, puis elle comprit enfin que cet emploi de réceptionniste était offert dans un bureau de médecins. Elle comprit aussi que ce bureau jouxtait un petit hospice de quartier et que ces personnes qu'elle avait vues étaient des pensionnaires. Elle se dirigea vers l'entrée et poussa la porte. Un long corridor débouchait sur une série de chaises droites alignées le long de murs beiges. Six personnes occupaient déjà l'une d'elles. Elles étaient là certainement pour le poste ! Geneviève se passa la réflexion que c'était sans doute des chômeurs qui, comme elle, avaient trouvé cette offre d'emploi. Elle s'assit et ouvrit le col de son manteau léger, presque inutile en ce beau jour du mois de juin. Elle passa ses doigts dans ses cheveux et les ébouriffa. Une femme près d'elle lui sourit.

— Vous venez pour l'entrevue ? demanda-t-elle. Il paraît qu'ils ont reçu des dizaines de personnes qui étaient intéressées par cet emploi.

— Oui, répondit Geneviève avec honnêteté. Je ne suis pas surprise de cette réponse parce que cet emploi semble intéressant. Tel qu'il est présenté, on comprend l'engouement qu'il suscite.

Elle se tut. Intérieurement, elle ne voyait pas cette situation comme un bon présage. S'ils étaient nombreux à réclamer ce petit travail, cela diminuait d'autant ses chances de l'obtenir. Elle n'était pas ce qu'on appelle une battante, n'étant pas une femme animée par l'esprit de compétition. Elle se mit à craindre que les personnes assises dans le couloir aient plus de chance qu'elle. En les observant, elle constata que la plupart étaient beaucoup plus jeunes. Entre autres cette belle jeune fille dans la vingtaine. Blonde, mince, elle portait un tailleur pervenche qui la rendait fort séduisante. Geneviève remarqua une fois de plus la jupe plus courte, découvrant nettement les genoux. Un petit sac en cuir et à ganse tressée accompagnait joliment sa tenue. Geneviève conclut que cette candidate répondait davantage au profil de l'emploi. Une jeune femme dynamique et élégante, dans un bureau de médecins, quoi de mieux ? Mais Geneviève pensa qu'elle avait, elle, son diplôme d'infirmière, et une longue expérience. Cela ne pouvait certainement pas nuire !

Elle se tourna discrètement vers sa voisine qui avait l'air si sympathique.

— J'ai plus de quarante ans, souffla-t-elle, j'espère que ce ne sera pas un obstacle.

— Non, répliqua la jeune femme, qui avait compris le sens de ses mots. Je n'ai plus vingt ans, moi non plus. Ce qui compte, c'est l'expérience.

Les deux femmes se turent. Après une longue attente, une secrétaire appela toutes les personnes à la suivre.

— C'est une entrevue de groupe, souligna-t-elle. Apportez votre CV, vous le remettrez à la fin de l'entrevue.

Ils se retrouvèrent tous autour d'une table, un peu interloqués par cette façon de faire. Geneviève tentait de maîtriser ses émotions, elle était dubitative. Comment la direction pourraitelle faire un choix parmi des gens aussi disparates que ces deux femmes de son âge, mal fagotées, et sa voisine, presque une jeune fille aux allures de collégienne, et cette autre qui portait un blue-jean, et celle-ci qui ressemblait à une bonne grandmaman ? Elle se sentit mal à l'aise et figea.

Comprenant l'émoi suscité par cette annonce soudaine, la secrétaire rassura les candidats.

— La première étape consiste en une série de questions orales, puis vous remplirez un formulaire. Comme je vous l'ai dit précédemment, vous me remettrez votre curriculum vitæ avant de partir. Si vous êtes choisi, vous reviendrez pour une entrevue individuelle.

Après que chacun se fut présenté, la salve de questions débuta : pourquoi avez-vous répondu à cette offre d'emploi ? Quelles sont vos qualités ? Vos défauts ? Pourquoi pensez-vous que vous êtes la personne idéale pour occuper ce poste ? *Do you speak English* ? Geneviève répondit à chacune des questions avec assurance, sur un ton à la fois confiant et posé, et elle eut l'impression qu'elle faisait bon effet, souriante et sûre d'elle. Comme toujours dans un groupe, il y avait des personnes qui, par gêne, faisaient des blagues. Cela détendit l'atmosphère. Une femme aux cheveux noirs et au teint olivâtre baragouina une langue qui ne ressemblait en rien à de l'anglais, et tous s'esclaffèrent. Au bout d'une heure, on fit passer le formulaire que chacun remplit à son rythme. Geneviève prit son temps pour ne pas faire de fautes d'orthographe. Elle était bonne en français, mais sous le coup de la nervosité, et maintenant de la fatigue, elle pouvait laisser se glisser des erreurs.

Quand, enfin, elle sortit du logement transformé en cabinet de médecins, il était presque midi et elle ressentit la faim. Cependant, elle était très fière d'avoir rompu la glace avec cette première entrevue pour un emploi. Elle était d'autant plus satisfaite qu'elle avait trouvé elle-même cette offre.

Dans l'autobus qui la ramenait chez elle, Geneviève vit un visage qui lui rappela Émilie, une amie qu'elle n'avait pas revue depuis longtemps. Celle-ci travaillait toujours chez Moretti comme adjointe à l'un des chefs de production. Geneviève se demanda ce que pouvaient bien être devenus ces gens qu'elle avait côtoyés et qu'elle avait appris à apprécier. Depuis son départ forcé de cette entreprise, elle avait coupé les liens qu'elle avait avec ses collègues. Elle était trop humiliée, trop triste pour maintenir une liaison avec eux. Les premiers temps, néanmoins, elle avait téléphoné à cette Émilie, une bonne fille qui l'avait soutenue dans ses moments difficiles. Puis elle avait cessé de prendre de ses nouvelles, car elle avait eu l'impression qu'elle pouvait la culpabiliser d'avoir pu garder son emploi, alors qu'elle-même était dans la détresse.

Il faudrait pourtant que je la rappelle, se dit-elle. *Pas pour qu'elle me raconte ce qui se passe dans cette entreprise qui m'a traitée de façon aussi grossière, mais je dois garder contact avec des gens qui m'ont connue. Ce n'est pas bien de les abandonner comme ça…*

De façon naturelle, Geneviève mettait maintenant en pratique une idée que lui avait donnée l'assistante sociale au presbytère : « Ne restez pas seule. Sachez utiliser tous les gens de votre entourage, vous ne savez jamais qui est la personne-ressource qui vous donnera une chance. »

Une fois arrivée chez elle, Geneviève chercha donc immédiatement dans son carnet de téléphone le numéro d'Émilie, en espérant que cette dernière n'ait pas déménagé. Sinon, elle appellerait une standardiste de Bell Canada et poserait la question. Où habitait-elle, déjà ? Rue Saint-André ? Non, plutôt Saint-Hubert ! Elle se mit à feuilleter son carnet. À chaque nom qui défilait, des souvenirs ressurgissaient. Qu'étaient devenus celui-ci ou celle-là ? Judith, par exemple, avait été une bonne compagne de travail : elle s'habillait toujours avec des vêtements de couleurs vives, elle avait une personnalité enjouée. À l'époque, Charles l'avait aidée pour des travaux de plomberie, car la pauvre Judith n'avait personne dans sa vie et souffrait de sa condition de vieille fille.

Tous ces gens qui étaient passés dans son existence semblaient maintenant avoir disparu, comme s'ils s'étaient volatilisés. Geneviève se reprocha de ne pas avoir entretenu avec plus de vigilance ces liens d'amitié qui, forcément, s'étaient défaits au fil du temps. Son mariage avec Charles Guindon l'avait d'abord éloignée de ses camarades du cours d'infirmière, à l'Hôtel-Dieu. Ensuite, la naissance de Madeleine l'avait tenue occupée, sans arrêt à l'affût du bien-être de son enfant. Puis, il y avait déjà quelques mois, ce départ abrupt de l'entreprise Moretti l'avait complètement isolée. *On trouve toujours des excuses pour ne pas faire des choses que l'on ne veut pas*, se dit-elle à elle-même. Quand elle finit par retrouver le numéro de son amie, elle en conclut que cela augurait bien. Elle saisit le combiné et composa le numéro en question.

— Bonjour, dit-elle, puis-je parler à Émilie Proulx ?

— Oui, c'est moi.

Elle ressentit aussitôt une immense joie.

— C'est Geneviève Boivin… qui travaillait chez Moretti ! s'écria-t-elle. Tu te souviens de moi ?

— Geneviève ! s'exclama Émilie, très sincèrement. Comme c'est bizarre, je parlais justement de toi ces derniers jours. Cela fait plaisir d'entendre ta voix. Comment vas-tu ?

Les deux femmes se mirent à bavarder comme si elles s'étaient vues la veille. De toute évidence, elles étaient heureuses de renouer le lien.

Geneviève expliqua sa démarche :

— Émilie, j'ai pensé à toi parce que j'ai vu dans l'autobus une femme qui te ressemblait tellement ! Je me suis dit qu'il faudrait bien que j'appelle mon ancienne amie. Je me suis demandé ce que tu devenais. Et, je te l'avoue, je me remets mal de mon congédiement de chez Moretti.

— As-tu trouvé du travail ailleurs ? s'enquit Émilie, piquant dans le vif du sujet.

— Non, reconnut Geneviève non sans gêne, ayant un peu hésité avant de formuler cette réponse.

Elle aurait tant voulu annoncer qu'elle avait trouvé quelque chose de bien et même de mieux que son emploi chez Moretti. Elle avait l'impression d'avouer son incapacité à se replacer.

— Tu sais, bredouilla-t-elle, j'ai passé presque dix ans chez Moretti, cela ne s'oublie pas.

— Oh, Geneviève, personne ne t'a oubliée ici ! Tout le monde regrette tes bons soins.

Les deux femmes parlèrent pendant plus de trente minutes. Ravies de cette conversation, elles convinrent de se donner rendez-vous le samedi suivant.

— Je suis si contente que tu aies pensé à m'appeler, déclara Émilie. J'ai des choses à te raconter. Ce sera très agréable de se revoir dans un charmant petit restaurant. Trouvons quelque chose dans notre coin, par exemple.

Quand elle raccrocha, Geneviève se dit qu'elle avait accompli un geste positif. C'était pour elle une journée parfaite : elle avait passé une bonne entrevue pour un emploi qu'elle souhaitait avoir, et elle avait renoué avec une ancienne amie qui, peut-être, pourrait l'aider. Elle se félicita de son audace et elle comprit que ce qu'elle avait vécu depuis quelque temps lui avait ouvert l'esprit et avait fouetté sa volonté, voire son caractère. Jamais, en effet, auparavant, elle n'aurait osé faire les premiers pas pour aller vers une camarade de travail. Les épreuves de la vie avaient du bon, elle ne pouvait le nier. Celles-ci lui avaient montré qu'on pouvait changer et qu'il fallait profiter des hasards de la vie pour conjurer ses mauvais sorts.

13

Le restaurant que Geneviève et Émilie avaient choisi était Da Giovanni, rue Sainte-Catherine, non loin de la rue Saint-Denis. Les deux anciennes collègues de travail avaient commencé à fréquenter ce restaurant italien dès son ouverture, en 1954. Elles y allaient parfois le vendredi soir. Après, elles allaient au cinéma. Comme ce restaurant se trouvait dans le Quartier latin, on pouvait y croiser toutes sortes de gens et même de la faune artistique. Tandis qu'elle attendait son amie, Geneviève était plongée dans d'anciennes pensées que lui rappelait ce secteur de la ville. En effet, non loin, dans une boîte à chansons dont elle ne se souvenait plus du nom, elle avait vu, un soir, Alexandre monter sur scène. Madeleine avait beaucoup insisté pour que sa mère vienne voir son amoureux chanter cette unique chanson devant un public restreint.

— Tu verras, maman, avait-elle affirmé, il est extraordinaire.

Geneviève avait trouvé sa fille touchante et avait accepté l'invitation. Même si elle y était allée à reculons, c'est avec curiosité qu'elle avait pris place parmi la cinquantaine d'auditeurs, dans cette salle de spectacles intimes. Des filets de pêcheurs étaient accrochés au plafond. Sur les tables rondes, des chandelles étaient fichées dans des bouteilles colorées par la cire qui fondait. Dès les premières notes de guitare, Alexandre s'était montré confiant et sûr de lui. Et plus encore lorsqu'il s'était mis à chanter. Geneviève n'avait pu nier son aisance et avait vite reconnu que le compagnon de sa fille possédait un certain talent. Compositeur-interprète, il avait animé avec feu ce groupe d'invités qui l'avait accueilli comme s'il avait été une véritable vedette. À la fin de sa prestation, il fut salué par des applaudissements nourris, puis s'était dirigé vers la table où Geneviève et Madeleine l'avaient regardé.

— Tu étais merveilleux, lui avait murmuré Madeleine en lui sautant au cou et en l'embrassant.

Elle aime vraiment ce garçon, s'était dit Geneviève. *Cette fois, c'est sérieux.*

Geneviève était habituée de voir sa fille s'emballer pour des amours qui ne duraient que le temps des roses. Depuis longtemps, elle avait renoncé à parler à Madeleine de vertu et de dignité. Ces notions n'étaient plus dans le vent. Aussi Geneviève avait-elle appris à prendre avec un grain de sel ses premiers emballements, qui se terminaient le plus souvent dans un torrent de larmes. Elle aurait voulu que sa fille n'ait jamais de peine. Madeleine resterait à jamais sa petite chérie tant qu'elle serait là, s'était-elle promis, alors qu'elle observait le couple qu'elle formait avec Alexandre. *Je la protégerai.* Combien de fois avait-elle prononcé ces mots devant Charles, que cela enrageait ? Lors de leurs disputes, il lui avait sans cesse reproché d'étouffer leur unique enfant. Il n'avait aucune compassion pour Geneviève, qui savait qu'elle n'aurait pas d'autre enfant. Sa grossesse et son accouchement avaient été beaucoup trop difficiles. Du reste, l'amour d'une mère est parfois si maladroit qu'il peut devenir malsain. Où est la frontière entre cet amour inconditionnel et le désir de posséder cet être qui vient de notre chair ? Geneviève avait été émue de voir Madeleine, blottie amoureusement dans les bras d'Alexandre. Elle s'était revue avec son ancien époux, quand ils se fréquentaient, depuis leur rencontre sur le parvis de l'église Saint-Esprit. Le ciel était si bleu en ce temps-là, et la vie était si rose. Plus tard, de lourds nuages étaient venus assombrir ce décor idyllique. Non, Geneviève ne voulait pas garder pour elle seule celle qui restait sa petite fille fragile. Elle se réjouissait honnêtement qu'un homme puisse rendre Madeleine heureuse, mais elle ne pouvait s'empêcher de se méfier de cet inconnu qui avait pris le cœur de sa fille comme l'aurait fait un voleur.

Geneviève en était toujours à ruminer ces sombres pensées quand elle aperçut Émilie au seuil de la porte. Elle fit signe à sa camarade de venir la rejoindre. Puis elle se leva pour l'embrasser sur la joue.

— Je m'excuse, déclara Émilie, j'ai eu la mauvaise idée de venir en auto. Ça a été plus long que si j'avais marché. Je suis une paresseuse ! Mais c'est que, après, je compte aller dans l'ouest de la ville, chez Marshall, m'acheter du tissu pour me confectionner une nouvelle robe. J'ai vu un très joli patron dans le *Châtelaine* du mois dernier.

Elle s'assit et une jeune serveuse vint sans tarder prendre la commande des deux femmes. Il était onze heures et demie, et déjà les clients se bousculaient pour trouver une place dans l'endroit très populaire. Geneviève observait ceux qui exigeaient une table à banquettes. C'était pour la plupart des hommes d'affaires, mais également des femmes assez bien mises qui, comme elle, venaient manger entre amies. Rien dans ce restaurant devenu presque une institution n'avait changé depuis la première fois où Geneviève y était venue, dix années plus tôt. Quelques fausses plantes vertes embellissaient la salle. Geneviève avait volontairement réservé la table la plus isolée. Elle espérait surtout que le bruit ne couvre pas la conversation qu'elle aurait avec Émilie. Rien ne lui déplaisait plus que d'avoir à crier au lieu de parler.

— Je suis contente de te voir ! lança Geneviève. J'ignorais que tu savais coudre !

Geneviève avait un côté très discret, voire secret. Elle préférait toujours poser des questions pour éviter qu'on lui en pose. Elle ne voulait pas tout de suite raconter ses déboires, sa fille qui sortait des sentiers battus, son emploi qu'elle n'avait toujours pas remplacé malgré ses efforts, et sa vie de solitaire.

— Je viens souvent chez Da Giovanni, puisque ce n'est pas loin de chez moi et, je te l'avoue, confia Émilie en se penchant au-dessus de la table, c'est ici que je donne rendez-vous à mes princes charmants !

Geneviève lui sourit timidement. Elle ne s'attendait pas à de telles révélations de la part d'une ancienne collègue de travail qu'elle n'avait pas vue depuis des mois.

— Tu as des princes charmants ? s'enquit-elle, gênée de la tournure intime de la conversation.

— Enfin, plus maintenant, affirma haut et fort Émilie qui, devant l'insistance de la serveuse, commanda de quoi boire et manger.

— Je vais prendre seulement un spaghetti, précisa Geneviève, et un thé. Je mange léger à midi.

Là encore, Geneviève ne disait pas tout à fait la vérité. Elle préférait manger peu, car cela coûtait cher.

— Alors, Émilie, dis-moi ? demanda-t-elle avec une expression enjouée.

— Oh ! Depuis ma séparation avec Luc, j'ai décidé que je ne resterais pas seule. Je me suis dit : tu es libre, il faut maintenant que tu profites de la vie. Tu comprends, Luc était un homme contrôlant. Il ne voulait même pas que je me maquille. Quand je mettais du rouge à lèvres, il faisait des crises. Au début, je le trouvais attentionné, mais j'ai vite constaté qu'il prenait trop de place. Je ne regrette pas de l'avoir quitté.

Geneviève lui sourit. Elle se rappela cependant qu'Émilie ne racontait pas la même histoire alors qu'elles travaillaient ensemble chez Moretti. À cette époque-là, selon son discours, Luc lui avait été décrit comme un homme sans défaut. C'était seulement lorsqu'elle avait appris que cet homme parfait fréquentait une fille de vingt ans de moins qu'elle qu'Émilie avait été dévastée. Alors, elle n'avait plus été en mesure d'embellir le portrait de son mari.

— Je me réjouis que tu prennes ton divorce du bon côté, affirma Geneviève. Il est vrai que, parfois, les épreuves nous ouvrent à des possibilités que l'on ignorait. Mais c'est dur à vivre, le regard des autres, le jugement.

— Et toi ? demanda Émilie, comment ça se passe avec… quel était son nom, déjà ?

— Charles, coupa Geneviève, avec douceur. Mais nous sommes restés en bons termes. Je n'arriverai jamais à effacer les années que nous avons passées ensemble. Nous avons eu de grands moments de joie qui restent gravés dans ma mémoire. Ce que je trouve le plus difficile, c'est d'être jugée. Je suis croyante et pratiquante. Aller à la messe et ne pas pouvoir communier me crève le cœur. Même si le pape Jean XXIII, qui nous a quittés récemment, a fait son concile, cela n'a pas changé la condition des divorcés dans l'Église. Heureusement, le curé est bon. De temps en temps, quand je lui en parle, il m'engage à ne pas hésiter à me présenter à l'autel, le dimanche. Alors il mentionne Marie-Madeleine, pardonnée par le Christ. Mais moi, je sais que le Vatican est intraitable sur cette question…

Émilie hochait la tête avec compassion, car elle vivait elle-même la même blessure.

Geneviève soupira avant d'enchaîner :

— Mais changeons de sujet ! Je ne semble pas avoir ton tempérament. Les princes charmants, d'abord je n'y crois pas et ensuite ça ne m'intéresse pas ! Je serais incapable de tomber amoureuse aussi facilement. Et tu sais quoi ? Je me suis rendu compte que je vivais bien ma solitude. Bien sûr, j'aimerais rencontrer un compagnon, mais à mon âge…

Émilie lui lança un regard orageux.

— Chut ! ordonna-t-elle. Je ne veux pas t'entendre dire ces mots. Tu deviens alors ta propre ennemie. Ce n'est pas bon ! Tu t'enfermes dans des murs que tu construis toi-même avec ces préjugés-là. Que sais-tu du destin ? Je comprends que tu aies un caractère plus méfiant que le mien, cependant je me demande si tu ne te sers pas de l'âge comme d'un prétexte pour ne pas reconnaître que tu peux plaire encore.

Émilie éclata de rire. Elle avait vraiment l'air heureuse.

— J'ai trouvé la perle rare et je suis plus âgée que toi ! souligna-t-elle avec fierté. Mes amies parlent comme tu le fais et elles me disent que c'est un miracle. C'est faux ! Des hommes de qualité qui s'intéressent à des femmes qui ont de l'allure, il y en a plus qu'on ne le croie. C'est la société, les publicités stupides à la télévision qui nous étouffent avec des idées négatives. Pourquoi ne pourrait-on être amoureux qu'à vingt ans ? C'est ridicule ! Les femmes de notre âge, malgré ce qu'on voit, ont leur place ailleurs que derrière un fourneau ou un évier à laver de la vaisselle !

Geneviève écoutait avec attention. Elle trouvait ce discours séduisant. Elle tentait de se convaincre que son amie avait peut-être raison.

— Comment l'as-tu rencontré ? demanda-t-elle.

— J'ai répondu à une annonce dans le journal.

Geneviève fit la moue. Émilie décela dans cette attitude un certain dégoût. Elle s'empressa de s'expliquer :

— Ne fais pas cette tête-là, Geneviève. Ça marche, tu sais, il ne faut pas croire tout ce qu'on dit. Bien sûr, j'ai eu des mésaventures, j'ai répondu à des hommes qui ne voulaient que la couchette, j'ai eu des rendez-vous manqués, d'autres qui ont mal tourné, mais j'ai appris de chaque expérience que j'ai eue.

— Tu n'avais pas peur de rencontrer des inconnus ? s'enquit Geneviève.

— Qui ne risque rien n'a rien, affirma Émilie. Je savais me défendre. Je n'ai jamais invité un homme à venir à la maison. Avant qu'un inconnu n'entre chez moi, il faut que je l'apprivoise. J'ai en fait suivi les conseils que l'on donne : je rencontrais toujours un homme dans un restaurant, comme celui-ci. Je ne prenais pas de repas, juste un café. Pour faire connaissance, on ne commence pas en étant piégé pendant des heures avec quelqu'un qui nous ennuie ou qui ne nous plaît pas. Quelques minutes la première fois, c'est amplement suffisant pour savoir si on veut continuer à voir la personne en question. Quand ça fonctionnait, je recommençais. Je savais où j'allais, j'avais un plan précis et je n'y ai pas dérogé.

Émilie regarda avec appétit le plat que la serveuse venait de poser devant elle. Des pâtes crémeuses aux fruits de mer, débordant de crevettes rôties à l'ail et de pétoncles ruisselants de beurre.

— Mmm, ton assiette a l'air franchement délicieuse, souligna Geneviève qui attaqua son spaghetti banal aux boulettes de viande. J'aurais dû commander la même chose.

Elle sourit et ajouta :

— Ce n'est pas grave. Mon spaghetti est copieux et très bon.

Elle termina sa bouchée, puis enchaîna :

— Ah, Émilie… Tu me racontes ce que tu as vécu en répondant à une petite annonce dans un journal et je n'arrive pas à imaginer que je pourrais faire la même chose. Je ne me vois pas en train de lire ces rubriques où s'étalent des photos de prétendants, des photos qui sont le plus souvent trop belles pour être vraies.

Émilie approuva de la tête avant de rétorquer :

— Je te comprends, Geneviève. Bien sûr, si je veux être franche, j'ai parfois été piégée par des inconnus qui avaient un profil des plus passionnants. Quand je les rencontrais, je me rendais compte que le contenu ne correspondait pas au contenant. J'ai aussi fait la connaissance de certains individus un peu louches. Il y en a un qui insistait pour que j'aille chez lui. J'ai fini par accepter. Je l'ai regretté. Et amèrement. Il s'est jeté sur moi dès qu'il a fermé la porte de son appartement. C'était un malade, un obsédé, avec des jouets partout dans son logement. Il vivait dans un endroit sombre, il n'était pas celui que j'attendais, son profil était à l'opposé de l'image qu'il donnait. Heureusement, j'ai pu m'échapper assez vite de ce piège. Cette expérience m'a servi de leçon : j'ai compris où étaient mes faiblesses, comment un homme pouvait faire pour me manipuler.

Émilie posa sa fourchette sur la table, son plat alléchant bien entamé, et affirma avec un grand sourire :

— Avec André, maintenant, enfin, tout est différent ! Il est tellement gentil. Bienveillant. J'ai su tout de suite, quand je l'ai rencontré, que nous étions faits l'un pour l'autre. Ainsi donc, Geneviève, tu crois vivre seule jusqu'à la fin de tes jours ?

Geneviève la fixa sans émotion. Elle reconnaissait chez Émilie cet enthousiasme qui la caractérisait. Chez Moretti, elle était celle qui réconfortait les collègues, celle qui se réjouissait d'une journée ensoleillée et celle qui, peut-être grâce à cette attitude enjouée, attirait le regard des hommes.

— Je ne sais pas, répondit Geneviève après avoir bu une gorgée de thé. Je laisse la vie aller comme elle va, je ne force pas le destin. Ma priorité, c'est de retrouver au plus tôt un emploi. Mon congédiement a été pénible, cela a eu un effet très sournois sur mon estime de moi-même. En perdant ce travail, j'ai eu l'impression que je ne valais plus rien.

Émilie écarquilla les yeux.

— Ne dis pas cela ! s'écria-t-elle. Tu risques de te complaire dans le mépris de soi. Tu n'as rien à voir avec ton congédiement. La compagnie a engagé ce James Cartridge, c'est lui qui a bousculé ta vie. Il n'y a plus de place dans les entreprises pour le cœur, la générosité envers les employés. Seule la rentabilité compte, tu en as fait les frais.

— Mais toi, tu as gardé ton emploi, déclara Geneviève qui regretta aussitôt ce commentaire.

— Moi, ce n'est pas pareil, répliqua Émilie. Je travaille comme secrétaire, tu le sais. On a besoin de gens qui ont mon expertise. Je ne suis pas là pour dire à quelqu'un qu'il est apte à travailler ou non, comme toi tu devais le faire ! Il y a toujours des mises à pied dans une boîte, ce n'est pas une sinécure pour les patrons, crois-moi. Dans ces conditions, je dois mettre les bouchées doubles : à cause de menaces de coupes budgétaires, je dois travailler jusqu'en soirée. Je ne vole pas le salaire qu'on me donne, ça c'est sûr et certain.

Geneviève ne voulait pas choquer Émilie, qui semblait agacée par la remarque qu'elle venait de lui faire et qui pouvait ressembler à un commentaire envieux. Elle la rassura en lui mentionnant qu'elle ne voulait surtout pas la blesser. Elle ajouta qu'elle était très contente que cette dernière ait gardé son emploi. Le sujet était trop délicat pour une rencontre aussi impromptue et devant un bon repas. Les occasions de se voir étaient rares. Geneviève en profita pour parler d'autre chose, surtout de mode et de vacances. Le temps passa vite, et il était près de quinze heures quand les deux femmes se quittèrent en se promettant de se revoir.

— La prochaine fois, annonça Émilie en faisant une bise à Geneviève, je viendrai avec André, mon amoureux. Je serais contente de te le présenter.

Geneviève lui fit une mine réjouie. Elle était heureuse pour son amie, mais, en même temps, elle se surprenait à l'envier. Émilie avait du travail, un homme, et elle, elle pouvait parler vacances sans que ce soit uniquement du rêve… Au fond, même si elle était plus âgée, Émilie était plus libre qu'elle ne l'était. Elle s'embourbait moins dans les préjugés, dans la bonne route à suivre.

Cependant, Geneviève surmonta rapidement ce sentiment négatif. Ne fallait-il pas s'aimer les uns les autres ? Donc vouloir le bien de l'autre ? Elle embrassa affectueusement son amie.

— Ce sera un vrai plaisir de rencontrer ton compagnon, lança-t-elle avant de disparaître dans la rue.

14

Quand Geneviève pénétra dans son appartement, l'angoisse l'étreignit aussitôt. Alors qu'elle s'apprêtait à se rendre aux toilettes, le téléphone sonna. Elle fut heureuse de l'entendre tinter. Quelle distraction ! Elle répondit tout de suite. C'était Madeleine ! Sa fille lui fit savoir laconiquement qu'elle partait pour deux semaines avec Alexandre.

— Nous allons rendre visite à des amis aux États-Unis. Je te rappelle à mon retour. Bye, maman !

Ce fut tout. Déjà, Madeleine avait raccroché. Geneviève eut un moment de colère. Voilà des jours que sa fille ne l'avait pas appelée et, aujourd'hui, elle ne faisait que lui déclarer qu'elle s'en allait pour quinze jours ! Comme toujours, elle s'en faisait pour sa fille. Elle souffrait de ne pas avoir davantage de ses nouvelles, et elle lui en voulut de ne pas lui avoir donné un coup de fil avant de s'enfuir loin de Montréal, loin d'elle… De plus, était-ce une façon de se comporter ? Était-ce ainsi qu'elle avait élevé sa fille ? Madeleine prenait des chemins bien lascifs. Un peu plus, Geneviève eut envie de la traiter de dévergondée. Depuis qu'elle avait perdu son emploi, Geneviève Boivin prenait chaque imprévu comme une menace. Il fallait qu'elle tente de se guérir de cette mauvaise habitude. Elle reprit son souffle et se fit la morale. *Je la vois comme une enfant,* se reprocha-t-elle, *ce qu'elle n'est plus depuis longtemps. Et pourquoi ne prend-elle pas de mes nouvelles plus souvent ? Elle sait que je suis malheureuse !*

Geneviève s'en voulait d'éprouver ces émotions. Ce n'était pas beau. Mais elle ne pouvait pas se mentir et, pourtant, elle ne voulut pas avouer qu'elle avait encore du mal à accepter le compagnon de Madeleine. Cet Alexandre lui paraissait brouillon, trop bohème pour sa fille et, en plus, il la traînait aux États-Unis ! Elle n'aimait pas ses cheveux longs, son allure négligée. Jamais Geneviève n'avait croisé dans la rue un homme qui avait cette apparence. Du coup, elle continua de ruminer. *Ce pseudo-chanteur ne travaille même pas ! Où prennent-ils l'argent pour voyager ? C'est sans doute Madeleine qui paye pour les deux.*

Elle maugréait. Cela faisait longtemps maintenant qu'elle parlait toute seule. La hargne la reprenait, même si elle savait pertinemment que ce genre de pensées ne lui apporterait rien de bon. Elle tenta de les chasser en allumant le poste de télévision. Sa série préférée allait commencer. Geneviève n'était pas dépendante du petit écran, mais elle avait des goûts précis. Personne ne lui aurait fait manquer certaines émissions qu'elle attendait avec impatience et dont elle suivait les intrigues avec dévotion. Elle adorait *The Saint*, avec le beau Roger Moore dans le rôle de Simon Templar. Mais aussi *The Lucy Show*, avec Lucille Ball. Elle aimait regarder ces émissions qui avaient l'avantage de l'aider à perfectionner son anglais. Sinon, elle ne manquait pas *Les enquêtes Jobidon*, une émission avec des acteurs du pays. *Comme une vieille fille*, pensa-t-elle encore, en se moquant d'elle-même. Depuis la perte de son travail, elle devenait de plus en plus seule et elle avait l'impression que les personnages de ces fictions télévisées étaient devenus ses amis. Elle connaissait tout de leur vie. Elle se reconnaissait en eux. Leurs joies et leurs peines lui étaient familières. Un peu rassérénée, Geneviève alluma le poste de télévision, puis s'installa confortablement dans le creux de son fauteuil. Elle passa ainsi le reste de l'après-midi, puis de la soirée. De temps en temps, elle se levait pour aller dans la cuisine se préparer un petit quelque chose à manger.

Récemment, elle avait fait du Jell-O. Ça ne coûtait pas cher et cela donnait vite une impression de satiété. Durant la soirée, elle repensa à plusieurs reprises à Madeleine, mais elle s'efforça de ressentir de bons sentiments à son égard et même envers Alexandre. Elle lui souhaita intérieurement un bon voyage.

Le lendemain matin, elle se leva plus tôt que d'habitude, pour avoir au moins une bonne heure devant elle. Elle voulait faire du ménage dans l'appartement. Elle avait lu récemment dans une revue féminine qui traînait dans la salle d'attente de son dentiste, *Jours de France,* que si on voulait voir clair dans sa vie, il convenait de mettre de l'ordre autour de soi. Cela faisait un moment qu'elle y réfléchissait. Aujourd'hui, elle avait décidé qu'il était temps de passer à l'action. Elle s'aperçut qu'elle avait gardé bien des papiers qu'elle aurait dû mettre à la poubelle depuis belle lurette. Mais chaque fois qu'elle empoignait une feuille ou un document, elle le relisait et le remettait au-dessus d'une pile, qui devint vite très haute. *Décidément,* se dit-elle, *je ne parviendrai jamais à me défaire du moindre bout de ficelle, de la plus petite enveloppe. Je suis incorrigible. Cela veut certainement dire quelque chose sur moi!* Geneviève restait attachée à des babioles, à de la paperasse inutile et à tous ses souvenirs d'enfance. Toutes ces choses étaient devenues, au fil du temps et des déceptions, des bouées auxquelles elle s'accrochait sans raison. D'où lui venait cette tendance à ramasser des papiers jaunis qui ne lui servaient plus? Quand elle était une petite fille, le logement de ses parents était passé à deux doigts de brûler. Un incendie avait éclaté chez les voisins, et sa famille avait dû sortir précipitamment de l'immeuble au cas où celui-ci s'enflamme sous la force du vent. Sans doute Geneviève avait-elle gardé des séquelles de ce traumatisme. Aujourd'hui, c'était probablement pour cette raison qu'elle n'arrivait pas à jeter ce qui ne lui était pas de première nécessité. Elle réprima le goût de s'adresser des reproches. Elle en avait bien assez sur les épaules.

Je dois cesser d'être dure avec moi-même. Je dois me montrer indulgente envers mes défauts, je ne peux pas tout faire! se répéta-t-elle, en remettant dans des boîtes tous les papiers qu'elle aurait dû déchirer et jeter. *Être consciente de mes défauts,* se répéta-t-elle, *est déjà un bon commencement pour être sur la voie du changement.*

Elle consulta sa montre. Son ménage n'avait pas avancé le moins du monde. Il ne lui restait plus que quelques minutes pour ne pas rater l'autobus qui passait au coin de la rue, vers huit heures. Aujourd'hui encore, elle retournerait au presbytère. Elle espéra que cette rencontre quotidienne avec d'autres personnes dans sa situation l'éclairerait et l'aiderait.

15

Depuis son entrevue de groupe dans le bureau médical, Geneviève n'avait reçu aucune nouvelle. Aussi, pour la énième fois, elle se retrouva assise dans le même fauteuil vert en cuir disposé dans la grande pièce accueillante du curé. Cela durait depuis tant de mois ! Elle y reconnut certaines personnes qui, elles aussi, y traînaient leur désarroi. Tous ces pauvres gens sans emploi semblaient désemparés, mais aussi déterminés à sortir de leur marasme. Leurs yeux, fixes et sévères, ainsi que leurs propos le confirmaient bien. Cette vision lui donnait confiance : malgré l'épreuve que subissaient ces chômeurs, il y avait dans leur regard l'éclat de l'espoir. Elle respira profondément et se dirigea à une table où étaient empilés plusieurs documents. On y retrouvait de nouvelles offres d'emploi tirées de divers journaux et tapées sur des feuilles volantes.

Elle s'assit et commença à lire, en prenant des notes dans un cahier d'écolier. Elle notait plus particulièrement les emplois qui étaient situés non loin de chez elle. Ce n'était pas un caprice, mais elle préférait marcher pour se rendre au travail. C'était pour elle une bonne façon de commencer la journée et elle considérait qu'elle ferait des économies si elle n'avait pas à prendre l'autobus. Toutefois, cela n'était pas un critère incontournable dans sa recherche d'emploi : elle aurait facilement accepté un poste plus éloigné de sa maison, mais en dépit de sa bonne volonté et de son ouverture d'esprit, il n'y avait vraiment rien qui correspondait à ses talents. Elle avait bien accepté, quelque temps plus tôt, et de bon gré, de grimper une fois de plus dans deux autobus pour se présenter à une entrevue… Elle serait donc prête à consentir des efforts supplémentaires, pourvu que l'emploi lui plaise et qu'il corresponde aux critères. Mais hélas, elle le constatait de nouveau, rien d'intéressant n'était offert. La plupart des offres exigeaient des diplômes qu'elle ne possédait pas, ou bien ils étaient dans des secteurs qui ne convenaient pas à ses compétences. Les larmes lui montèrent aux yeux. Se pourrait-il qu'elle ne trouve plus jamais de travail et qu'elle soit obligée de vivre jusqu'à la fin de ses jours sans le sou ? Cette perspective était tellement déprimante ! Cela la clouait de peur. Alors revenait le cirque de ses sombres pensées. Elle avait pourtant fait de bonnes études et cela avait été ardu pour ses parents. Ils avaient économisé chaque dollar pour l'envoyer apprendre un métier auprès des sœurs hospitalières. Ils ne voulaient pas que leur fille unique travaille dans leur mercerie, sauf à de rares occasions pour les dépanner et parce que la jeune Geneviève y trouvait du plaisir. Ne venant pas d'une famille aisée, elle avait vite appris la valeur de l'argent. Jeune fille brillante, elle avait obtenu de très bons résultats et, avant d'avoir vingt ans, elle avait réussi à remplacer des gardes-malades qui s'absentaient. Ces emplois étaient ingrats, car ils ne duraient pas. Ce fut une époque ardue dans sa vie, car elle avait souvent connu des états de grande fatigue en raison de ses longues heures de travail pour toucher un revenu décent. Puis elle avait travaillé à l'Hôtel-Dieu. Cela avait été comme un baume dans sa vie. Lorsque, en 1954, elle avait été finalement engagée chez Moretti, elle avait cru prendre sa vitesse de croisière. Après son divorce, honteux à ses yeux, cette compagnie lui avait enfin semblé la récompense des sacrifices qu'elle avait faits pour obtenir un travail convenable. Ses rêves s'étaient depuis envolés.

Dans la salle du presbytère, certaines personnes, après avoir bu un café et savouré quelques biscuits à la mélasse, échangeaient leurs impressions. Quelqu'un précisa au prêtre, qui écoutait en hochant la tête, qu'il avait un beau-frère psychologue. Celui-ci lui avait affirmé qu'il fallait tout simplement changer sa façon de voir les événements de la vie et que chacun avait le choix d'être heureux. Ce psychologue lisait les livres du philosophe américain Joseph Murphy portant sur la puissance du subconscient. Il avait beaucoup d'adeptes aux États-Unis, pays qui donnait sa chance à tout le monde. Il n'y a pas d'échec, martelait ce psychologue, simplement des expériences. Cette phrase fit bondir Geneviève intérieurement. Elle avait beau tenter de se convaincre que ces déclarations avaient un certain sens, elle ne pouvait se résoudre à les appliquer à sa vie. Comme si tout cela était trop simple. Aujourd'hui, alors qu'elle ne trouvait rien qui puisse la satisfaire, elle se répétait que le fait d'avoir perdu son emploi était, après son divorce, le plus grand échec de sa vie. Si c'était une expérience, eh bien cela n'avait rien d'agréable. Geneviève n'était pas une femme qui rêvait en couleurs. *À mon âge*, se disait-elle, *je ne me raconte pas d'histoires. Si jamais je dois me résigner à ne plus travailler, je devrai faire contre mauvaise fortune bon cœur, sinon je risque de me rendre malade. Mais comment?*

Écoutant vaguement les discussions, elle s'imagina passer le restant de ses jours à la maison, en ne disposant que de moyens financiers de plus en plus réduits. Il lui faudrait sans doute déménager, c'était évident: son appartement lui coûtait beaucoup trop cher. Soixante-cinq dollars par mois pour un trois-pièces était une somme énorme. Mais l'infirmière sans travail tenait à rester dans ce quartier animé et très pratique de la ville. Maintenant, toutefois, elle envisageait plus que jamais de couper sa ligne téléphonique, mais sans pouvoir s'y résoudre. Comment Madeleine pourrait-elle alors la joindre? Viendrait-elle lui rendre visite rue Sainte-Famille? N'étant pas une femme dépensière, Geneviève aimait en revanche se faire plaisir de temps en temps. Mais étant donné les conditions qui s'annonçaient pour elle, car ce marasme perdurait, elle devrait renoncer à ses sorties au cinéma et au théâtre, et à partager un repas au restaurant avec ses amies. Cela la rendait très triste, car ces petits bonheurs lui allégeaient la vie. Elle se rappela ce jour où elle avait eu une promotion chez Moretti. En sortant de l'édifice, elle s'était dirigée dans un restaurant chic, afin de s'offrir un de ses plats préférés : une assiette de fruits de mer accompagnée d'un excellent verre de vin blanc. Il fallait fêter cela ! Elle ne s'était pas privée, car ensuite elle s'était rendue, rue Laurier, dans sa librairie préférée. Se promener chez Leméac, dans ses étages remplis de volumes, était chaque fois une aventure. Elle avait alors acheté une encyclopédie sur l'Europe qui pesait une tonne et qu'elle convoitait depuis longtemps. Quelle joie avait-elle eue de pouvoir enfin se procurer ce livre dont elle avait apprécié chaque page ! Aujourd'hui, il garnissait sa bibliothèque et elle le gardait précieusement, pareil à un bijou dans son écrin. Elle ne regrettait pas cette folie, alors qu'elle ne pouvait plus désormais s'offrir de distractions. *Quand j'aurai un nouvel emploi, je tenterai de prendre de bonnes habitudes de femme économe,* se disait-elle. Cela l'encouragea à doubler ses efforts pour se dénicher rapidement un travail.

Il était presque dix heures quand un homme pénétra dans le salon du presbytère et vint s'asseoir devant elle. Geneviève reconnut aussitôt l'inconnu de l'autobus, qu'elle n'avait pas revu depuis quelques semaines. Elle lui sourit et était intérieurement heureuse de le retrouver. Il lui fit un signe de la tête et se mit lui aussi à consulter les documents éparpillés sur la table. Après quelques minutes, il lui demanda à voix basse :

— Vous avez trouvé quelque chose ?

— Non, répondit Geneviève en soupirant, il n'y a rien qui corresponde vraiment à mes compétences. J'ai travaillé quelques jours comme infirmière remplaçante auprès d'un certain Dr Hébert, ce qui m'a permis de régler quelques factures. Mais rien depuis… je suis très inquiète. Et vous ?

Il l'observa et déclara :

— Non, moi non plus, mais j'espère toujours !

Puis il lui adressa un sourire de si belle façon que Geneviève ne put s'empêcher de lui répondre en manifestant le même enthousiasme :

— Nous faisons la même chose, alors…

Puis tous deux se remirent à éplucher les annonces. Après une quinzaine de minutes à prendre connaissance des offres d'emploi, l'homme parla de nouveau à Geneviève :

— Vous avez du temps de libre ? Voulez-vous que nous prenions un café ? Pardonnez mon audace, mais je crois que nous pourrions discuter de ce que nous vivons…

Geneviève retint son souffle, reconnaissant qu'elle avait espéré que cette rencontre apparemment fortuite dépasse l'étape d'un simple échange. Aussi accepta-t-elle l'invitation sans tarder. Ils quittèrent ensemble la salle où s'entassaient déjà d'autres personnes. Avant de partir, Geneviève prit néanmoins le temps d'aller saluer le curé, qui lui proposa de la bénir. Elle accepta et sortit toute ragaillardie.

Le temps s'était adouci après plusieurs jours où il avait fait plutôt frais, ce qui était surprenant en été. Les feuilles étaient encore partiellement teintées de vert clair. Geneviève noua un carré de soie autour de son cou, car le vent, même léger, était insidieux. Elle soupira pour elle-même. Elle n'avait pas d'emploi, pas d'argent non plus. Mais elle était heureuse de marcher près de cet homme qui, avec galanterie, lui ouvrit la porte du petit casse-croûte qui se trouvait à deux pas du presbytère : À la bonne marmite. Ils se dirigèrent d'un commun accord tout près de la fenêtre légèrement entrouverte sur cette journée qui, dans son cœur, lui semblait radieuse. Ils commandèrent : lui un café, elle un thé pour accompagner deux parts de tarte à la rhubarbe.

— Je vous ai vue souvent dans l'autobus, dit l'homme en la regardant avec vénération. Je m'appelle Ahmed, et vous ?

— Geneviève, souffla l'infirmière. Il est normal que l'on se croise, nous cherchons tous les deux du travail, n'est-ce pas ?

Ahmed hocha la tête, tout en gardant son air jovial.

— Tout à fait, répondit-il sur un ton sobre. J'ai perdu le mien il y a deux mois. Je suis un nouvel arrivant au pays. J'ai émigré ici il y a deux ans. Je viens d'Algérie. Dans mon pays, en 1962, comme vous le savez, ce fut la guerre. Je la sentais venir depuis longtemps. Nous vivions sous le joug français. Je suis parti de mon pays au moment où j'ai craint que ces troubles soient plus imminents que prévu. Cela m'a crevé le cœur, bien entendu. Mais j'ai aussi vécu ailleurs, par exemple en France et aux États-Unis. Et depuis que je me suis installé dans cette belle ville, je ne compte plus repartir. Je trouve les gens sympathiques à Montréal. Franchement, cette atmosphère de liberté me plaît.

Geneviève écoutait Ahmed parler, tout en prenant le temps de l'observer. C'était un homme qui devait avoir cinquante ans. Il portait ses cheveux très courts. Ceux-ci, bruns, étaient striés de fils d'argent. Il avait des yeux d'un noir profond. Son sourire était franc, ses dents étincelantes. Geneviève cacha sa surprise d'être abordée par un tel homme. Car Ahmed avait tout pour plaire. Il se tut un moment, puis il dit :

— Depuis quand cherchez-vous un emploi, Geneviève ?

Elle aima la façon dont il prononça son prénom. Avec douceur. Avec respect.

— Depuis le mois de février ! avoua-t-elle, en décidant de parler franchement. Je suis découragée, à mon âge…

L'homme écarquilla les yeux et s'exclama avec sincérité :

— Ne dites pas cela, vous n'êtes pas vieille !

Geneviève se garda de tout commentaire et prit cette phrase comme un compliment. Cependant, malgré le ton assuré d'Ahmed, elle ne se faisait pas d'illusion : cet homme pouvait très bien être un charmeur sachant trouver les mots pour séduire.

— Je suis réaliste, rétorqua-t-elle. J'aimais beaucoup mon ancien travail.

— Que faisiez-vous au juste ? s'enquit Ahmed.

— J'étais infirmière dans une usine d'alimentation. Moretti, vous connaissez ? Leur immeuble est à l'est de la ville, non loin d'un asile : Saint-Jean-de-Dieu.

— Non, reconnut l'Algérien. Mais j'ai dû voir cette compagnie en marchant, car j'ai travaillé dans ce quartier.

Ahmed se mit alors à raconter qu'il avait été engagé dans une entreprise d'ingénierie, dès son arrivée au pays. Son bureau se trouvait donc non loin de celui de Geneviève.

— Quelle coïncidence, dit-elle, nous étions voisins sans le savoir et voilà que nous nous retrouvons tous les deux ici.

Ils se sourirent. Il y eut un silence, puis Geneviève enchaîna :

— Avez-vous confiance de pouvoir trouver un *job* très bientôt ?

— À vrai dire, confia Ahmed, je ne compte plus avoir un emploi dans mon domaine, mais je suis ouvert à d'autres possibilités.

Ils conversèrent ainsi pendant plus d'une heure. Le temps avait filé à leur insu. Ahmed racontait volontiers des choses plus personnelles, décrivant sa vie qui s'était passée sur plusieurs continents.

Né dans les environs d'Alger, il avait poursuivi des études supérieures en France – dans le sud du pays, non loin de Nice.

— Comme c'est drôle, dit Geneviève, la mine réjouie. J'aime tant ce coin de France. Il m'attire. La Côte d'Azur, la Méditerranée dont on dit qu'elle est tellement bleue ! Les casinos de Monte-Carlo. J'aimerais tant pouvoir y aller un jour… Marcher sur la Promenade des Anglais…

— Et le casino, avez-vous dit ! renchérit Ahmed, avec un sourire complice. Vous avez raison, la ville des casinos demeure Monte-Carlo… Gouvernée par sa magnifique princesse, Grace Kelly… Et par son mari, bien sûr, le prince Rainier.

Geneviève rit en hochant la tête.

— Je suis allée au casino, poursuivit-elle, mais à Atlantic City. Or je n'aime pas jouer. Je suis en colère quand je ne gagne pas, ce qui signifie neuf fois sur dix.

— Je comprends, approuva Ahmed, j'ai moi aussi ce tempérament : jouer me frustre. Je n'ai pas ce vice. Mais j'ai travaillé dans ce casino à Monaco, figurez-vous, pendant mes études. Pas comme croupier, car je n'avais pas ce talent. En vérité, je travaillais dans les cuisines.

Geneviève pensa que cela était une qualité. Qu'un homme sache préparer de savoureux plats le rendait encore plus intéressant et humain. Elle pensa à son ex-mari, qui, lui, avait le vice du jeu. Combien de nuits l'avait-elle attendu, alors qu'il jouait au poker chez des amis ? Dieu sait combien d'argent il avait perdu !

— Je suis resté en France quelque temps, précisa l'Algérien. Puis, je suis parti aux États-Unis. Je ne désirais pas nécessairement m'en aller, mais il y avait un poste qui se libérait dans mon domaine, au fin fond de l'Iowa. D'autres personnes auraient certainement hésité, mais j'ai néanmoins plié bagage, en me disant que je devais faire confiance à cette opportunité qui s'offrait à moi. J'ai appris l'anglais là-bas. J'ai beaucoup aimé cet emploi. J'y serais resté plus longtemps, mais la compagnie a fermé après plusieurs mois et, en raison de mes origines, il m'était difficile d'avoir un permis de travail et, surtout, la résidence américaine. C'est alors que mon patron m'a suggéré de venir ici. On parle français à Montréal et cela me plaisait.

Ahmed narrait des étapes de sa vie sans que Geneviève le lui demande. Des images défilaient dans sa tête. Elle imaginait cet homme comme un nomade, pouvant quitter à tout moment des villes et des gens qu'il avait pourtant aimés. Elle le trouvait aimable et il lui paraissait sincère. Doué, aussi. Un ingénieur… Désormais chômeur… C'était terrible.

L'homme consulta sa montre et, pour ne pas paraître impoli, il lança :

— En bonne compagnie, on ne voit pas le temps passer !

Geneviève détourna son regard, réprimant un sourire. Cela faisait deux fois qu'il se montrait un peu trop flatteur à son égard. Était-ce voulu ? Naturel ? Elle ne voulait pas montrer qu'il l'intéressait, mais elle était prête à lui donner la chance de se faire connaître davantage. Elle gardait une attitude ouverte et simple. Il comprit qu'elle n'était pas farouche.

— Si vous le voulez bien, je vais vous laisser mon numéro de téléphone, lui dit-il.

Elle fut surprise de cette approche. Normalement, lorsqu'un homme faisait la cour à une femme convoitée, c'était plutôt lui qui lui demandait son numéro. Or, Ahmed procédait différemment. Geneviève apprécia cette délicatesse.

— Vous n'êtes pas marié ? lança-t-elle à brûle-pourpoint.

Elle savait que la question était audacieuse. Toutefois, et depuis toujours, elle se faisait un point d'honneur de respecter les gens mariés et de ne pas faire aux autres ce qu'elle ne voulait pas qu'on lui fasse. L'adultère était un péché. Et elle ne le commettrait jamais. Cependant, elle n'avait pas été à l'abri d'un piège finement tendu. L'homme qu'elle avait fréquenté lui avait mentionné qu'il était célibataire, un fieffé menteur. Pour ces raisons, elle préférait ne plus avoir à vivre de tels tourments. Cela s'était produit peu après son divorce. Elle était tombée follement amoureuse d'un ancien camarade d'enfance, qu'elle avait retrouvé par hasard. Ils s'étaient fréquentés pendant des semaines, et ils se sentaient libres et heureux. Puis, un jour, la femme de cet homme avait déniché le numéro de téléphone de Geneviève et l'avait appelée pour lui donner une leçon de morale que l'infirmière n'oublierait jamais.

— Vous n'êtes qu'une voleuse de mari ! lui avait-elle crié.

Cette insulte l'avait fortement ébranlée, car elle n'avait alors que des liens d'amitié avec cet homme. Oui, elle en était amoureuse, mais lorsqu'ils se voyaient, rien de compromettant ne se passait entre eux. Rien ne laissait présager non plus que Geneviève aurait pu aller plus loin dans cette relation. Mais l'accusation de cette femme en colère l'avait à tout jamais dégoûtée de s'engager avec un homme qui n'était pas libre.

— Je ne veux pas être indiscrète, répéta-t-elle à Ahmed, mais je ne veux surtout pas m'immiscer dans la vie d'un couple.

Ahmed la fixa avec des yeux pénétrants.

— Si je vous donne mon numéro de téléphone, répondit-il, c'est que je sais que vous n'aurez aucun problème.

Elle prit le papier qu'il lui tendit. Tout compte fait, Ahmed n'avait pas répondu à sa question. Geneviève se convainquit que cela n'avait pas d'importance, puisqu'il lui assurait sur un ton convaincant qu'elle pouvait communiquer avec lui.

— Je ne vous laisse pas le mien, exprima-t-elle. Je suis actuellement sur le point de déménager et je vous le donnerai plus tard.

Au fond, ce n'était pas tout à fait la vérité. Geneviève était prudente. Elle ne désirait pas s'engager davantage avec un inconnu, même si celui-ci lui semblait bien intentionné. Elle verrait au fil du temps et déciderait alors si elle pouvait lui faire confiance. Elle pensa aux conseils judicieux d'Émilie. Il faut d'abord s'apprivoiser l'un l'autre et, surtout, résister à la tentation d'aller trop vite.

Geneviève regarda Ahmed dans les yeux et déclara :

— Il est probable que nous nous reverrons encore au presbytère. À bientôt, Ahmed.

Elle se leva. Ahmed lui donna une poignée de main et elle constata aussitôt avec plaisir que celle-ci était franche et directe.

16

Dans la cuisine, Geneviève Boivin desservit la table pour ensuite laver sa vaisselle sale. Autrefois, au temps de Charles, presque quinze ans plus tôt, elle avait habité dans un grand appartement rue Cherrier ; un logement plus que confortable, bien meublé. Le couple possédait un poste de radio dernier cri pour y écouter les nouvelles et les radioromans populaires, ainsi que tous les électroménagers des plus modernes. Quand, pour ses trente ans, Charles lui avait offert un lave-vaisselle, Geneviève avait eu l'impression d'avoir réussi sa vie. Ce soir, dans son trois-pièces de la rue Sainte-Famille, elle se souvenait de cette émotion. Désormais, elle reconnaissait toute la futilité de cette réaction et cela la rendait mélancolique. Son divorce ne l'avait pas seulement obligée à faire sa vie seule, mais à abandonner un monde dont elle avait rêvé, enfant : un monde facile… *Ce n'était que du vent*, pensa-t-elle. *Ce qui importe, c'est que j'ai eu le courage de quitter un monde dans lequel je ne m'épanouissais pas. Si j'étais restée plus longtemps avec Charles, je n'aurais jamais été heureuse.* Elle ouvrit le poste de radio et sélectionna une chaîne qui diffusait de la musique. Elle reconnut un morceau, c'était une mélodie enjouée, mais tapageuse. Sans doute un succès de ces Beatles, quatre Anglais qui avaient conquis l'Amérique en peu de temps et qui étaient en passe de damer le pion à Elvis Presley. Geneviève se vit en train de danser lors de fêtes du temps de sa jeunesse et elle se mit à chantonner. Son cœur était léger. Elle avait alors vingt ans. Elle écoutait Bing Crosby et les Andrew Sisters.

Au Québec, les yeux se tournaient vers une magnifique chanteuse, Alys Robi. Geneviève fixa la vaisselle dans l'évier. Était-ce la rencontre d'Ahmed, cet homme croisé une nouvelle fois la veille au presbytère, qui la rendait aussi joyeuse, tout à coup ? *Voyons*, se dit-elle tout bas, *je n'ai plus quinze ans ! Je ne crois plus au prince charmant depuis longtemps.* Elle ne voulait surtout pas se conter des histoires et tomber dans le panneau de la passion qui vire au vinaigre. Mais tandis qu'elle se sermonnait, elle s'étonnait en même temps d'avoir pu encore séduire. Depuis que les difficultés pleuvaient sur sa vie, elle avait oublié qu'elle dégageait du charme et qu'un homme pouvait lui adresser des compliments. *C'est agréable de se faire dire des mots doux. Même si on n'y croit qu'à moitié*, songea-t-elle. Elle pendit un verre à son crochet, mais celui-ci se détacha et se brisa. Elle chassa l'idée que cela pouvait être un mauvais présage. Geneviève ne voulait pas que des superstitions aient raison de sa gaieté. Elle saisit le balai et ramassa les dégâts. *Un verre de moins !* marmonna-t-elle en se forçant à sourire. *J'irai en acheter un autre chez Rossy quand je passerai par là !* Elle se rappela alors la phrase d'un livre qui lui paraissait empreinte de sagesse : il ne faut pas laisser les petits désagréments de la vie devenir des drames. Elle se dirigea dans le salon et se blottit au creux du sofa. D'autres morceaux de musique se succédaient en sourdine à la radio. *Tout est bien*, se répéta-t-elle. *Demain, je retournerai chez le curé, je consulterai de nouvelles annonces, j'écouterai les conseils des gens qui sont dans le même pétrin que moi et, qui sait, je reverrai peut-être Ahmed.*

Son esprit se mit à divaguer. Elle aimait s'abandonner à ces moments de rêverie, c'était pour elle une forme de méditation. Les questions s'accumulaient dans son esprit. Comment se faisait-il qu'un homme comme lui ait perdu son emploi ? Elle comprenait tellement son désarroi. Sa sympathie venait du fait qu'elle vivait les mêmes tourments et que leurs parcours se ressemblaient. Jamais elle n'aurait pu, en effet, imaginer être un jour mise à pied. Soudain, le téléphone sonna, la tirant de ses réflexions. C'était Léontine dont elle n'avait pas eu de nouvelles depuis une semaine.

— Comment vas-tu? demanda aussitôt son amie.

— Toujours en recherche d'emploi, répondit Geneviève, d'une voix neutre.

Un soupir se fit entendre à l'autre bout du fil.

— Je ne sais pas comment tu fais, tu es courageuse, la complimenta Léontine.

— Oh non, s'écria Geneviève, je suis simplement déterminée. Cette situation ne peut pas durer éternellement. Je suis comme l'athlète qui lance au filet, je vais finir pas atteindre mon but!

Les deux femmes parlèrent de leurs préoccupations personnelles, quand Léontine demanda:

— Et puis, as-tu revu le bel homme dont tu m'avais parlé?

Geneviève resta interloquée. Elle ne se souvenait plus d'avoir déjà évoqué cet homme en présence de son amie.

— Tu as bonne mémoire, toi! s'exclama-t-elle. Oui. Il vient d'Algérie. Il m'a invitée à prendre un café.

— Oh là là! s'écria Léontine. Tu vas vite en affaires, toi.

Geneviève réprima un petit rire.

— Arrête de faire la coquine, Léontine. Ne saute pas si vite aux conclusions. L'homme en question m'a gentiment invitée et j'ai accepté, sans arrière-pensée. Nous avons quelque chose en commun: nous sommes tous les deux à la recherche d'un emploi, et sommes tous les deux au chômage ! Il avait lui aussi un poste intéressant, qu'il a perdu. Il travaillait dans une compagnie dans l'est de Montréal. Imagine, c'était à deux pas de Moretti. Nous nous sommes sans doute croisés dans la rue.

— Comment le trouves-tu ? s'enquit Léontine, avec enthousiasme. Tu voudrais le revoir ?

Geneviève eut une seconde d'hésitation. En son for intérieur, elle avait envie de se retrouver à nouveau en compagnie d'Ahmed.

— Bien, dit-elle doucement. On se reverra sans doute étant donné qu'il se pointe à l'occasion au presbytère, à Rosemont. Je n'en suis pas à tisser des liens d'affection, mais j'aimerais bien l'avoir comme ami. On ne sait jamais, il pourrait m'aider à trouver du boulot.

Geneviève entendit Léontine glousser à l'autre bout du fil.

— Je te reconnais dans cette phrase, s'écria celle-ci. Pragmatique, la tête froide. Geneviève, ne sois pas si vieux jeu ! Nous ne sommes plus dans les années cinquante ! La société a évolué, tout comme les femmes ! S'il t'a demandé d'aller dans un café, c'est qu'il s'intéresse à toi. Ne sois pas naïve. Le travail, c'est bien beau, mais n'oublie pas qu'une vie sentimentale harmonieuse est un plus dans l'existence. Même si ce n'était pas le Pérou avec Charles, tout est encore possible pour toi. Geneviève… Tu n'as rien perdu de ton charme et de tes désirs. Comme disait ma mère…

— Un amour dans le cœur, ça allège le quotidien, enchaîna Geneviève. Je la connais, ta mère, elle employait des proverbes pour toutes les situations de la vie. À propos, comment va-t-elle ?

Geneviève se réjouit de changer enfin de sujet. Léontine ne se fit pas prier et lui raconta que sa pauvre mère avait fait une chute et qu'elle avait dû aller à l'hôpital.

— Rien de grave, la rassura-t-elle, je dois aller la voir cette semaine. J'espère qu'on lui donnera son congé bientôt, car elle ne tient plus en place. Elle veut revenir à la maison, se préparer ses propres petits plats. Elle critique ceux servis dans cette institution : des patates en poudre et du tapioca en boîte ! Franchement ! Maman ne supporte pas de rester des journées entières au lit. Cela me rend triste.

— Je la comprends tellement, laissa tomber Geneviève.

Les souvenirs remontaient dans sa mémoire et serraient son cœur. Elle-même avait vécu de nombreux moments tout aussi difficiles avec sa propre mère. C'était quelques années plus tôt, une épreuve s'était ajoutée à celle de son divorce, de son congédiement. Un malheur ne vient jamais seul, elle l'avait alors appris, car sa mère avait été atteinte d'un cancer, et Geneviève avait dû s'occuper d'elle pendant ses traitements. Longtemps, l'infirmière avait pensé que le cancer de sa mère était peut-être dû, en partie, à sa déception à propos du mariage de sa fille.

— Oui, je te comprends, reprit-elle. Maman a beaucoup souffert, aussi. Je me sentais tellement impuissante. Elle avait besoin de moi, alors que tout s'écroulait autour de moi. J'étais irascible, il y avait de quoi… Je me suis reproché ma séparation d'avec Charles, qui l'avait tant affectée. Mais que pouvais-je y faire ? Allais-je continuer de vivre avec cet homme colérique pour faire plaisir à mes parents ?

— Je sais, précisa Léontine, avec un ton compatissant. J'ai bien connu ta mère. C'était une femme admirable. Je me souviens surtout des bonnes tartes qu'elle faisait. Surtout celle aux bleuets !

— Maman était un cordon-bleu, tu as bien raison, approuva Geneviève. Au couvent, jeune, elle avait excellé dans les cours d'économie familiale. Elle réussissait toutes les recettes. Plus tard, elle lisait des livres sur la gastronomie. Pendant un temps, elle voulait que je devienne cuisinière et non infirmière. Mon Dieu, je ne sais pas ce que cela aurait pu donner…

Léontine approuva, mais ne put terminer la conversation sans revenir avec quelques questions au sujet de l'homme qu'avait rencontré son amie.

— Il est marié ? demanda-t-elle.

Décidément, pensa Geneviève, *elle veut vraiment en savoir plus sur Ahmed.*

Léontine lui avait posé cette question, car elle se rappelait la mauvaise expérience que Geneviève avait déjà vécue : sortir avec un homme marié. Toutes deux avaient alors sympathisé, puisqu'elles avaient vécu semblable mésaventure. À l'époque, elles avaient été surprises d'avoir agi ainsi, sans aucune morale, comme frappées par Satan. En effet, ce n'était pas dans leurs valeurs de sortir avec un homme qui n'était pas libre. Léontine, elle, plus délurée, avait été plus loin. Elle avait eu une vraie liaison amoureuse avec un homme marié, une liaison qui avait tout de même duré, ce qui lui avait posé de sérieux problèmes de conscience.

— Je lui ai demandé par deux fois s'il était marié, répondit Geneviève. Mais Ahmed a esquivé la question. Je n'ai pas vu d'alliance à son annulaire. Tout ce que je sais, c'est que c'est un homme qui a beaucoup voyagé. Il a quitté l'Algérie avant 1962, c'est-à-dire avant que tous fuient ce pays en guerre pour trouver refuge en France. Il a donc vécu là-bas, puis s'est expatrié aux États-Unis. Tout le contraire de moi, qui suis une sédentaire. Je n'ai pratiquement pas quitté Montréal de ma vie, et je ne me suis jamais éloignée du quartier où je suis née. Je viens d'une famille qui n'avait pas l'habitude des voyages. Il est probable qu'Ahmed a eu, ou qu'il a encore, une femme… Ce n'est certainement pas quelqu'un qui est né de la dernière pluie. Sa vie semble fort mouvementée.

Léontine conseilla à son amie de faire confiance à ce qui lui arrivait. Ainsi, ce qu'elle lui racontait au sujet de cette rencontre lui paraissait prometteur.

— Oui, c'est ce que je me suis dit, reconnut Geneviève. Je reste toutefois concentrée sur mon désir de trouver un emploi au plus vite.

— Je suis passée par cette phase moi aussi, renchérit Léontine avec indulgence. Dommage que tu ne puisses pas travailler pour mon entreprise. J'aurais donné ton nom, tu sais que c'est souvent ainsi qu'on a une chance de vaincre le chômage. Quand on connaît des gens…

— Tu es gentille, Léontine, mais je n'ai pas tes compétences ! Tu es tellement bonne en calcul. Je peux me débrouiller, mais je n'aurais pas ta patience pour manipuler les chiffres pendant des journées entières.

— Ce n'est pas toujours gai, approuva Léontine. Surtout qu'on a coupé dans le personnel, chez nous aussi, et que je me démène pour garder mon boulot. Toi, comme je te connais, tu aurais fait des merveilles dans le domaine de la santé. Tu es toujours là pour prendre soin des autres. Ta mère m'avait confié combien elle se sentait bien et rassurée quand tu étais avec elle. Elle a pu compter sur toi lors de ses traitements.

Geneviève fut étonnée de cette confidence. Jamais sa mère ne lui avait fait un tel aveu. Cette femme avait eu une vie difficile et ne s'épanchait jamais. Geneviève s'était d'ailleurs souvent demandé si elle appréciait tous les gestes qu'elle faisait naturellement pour elle.

— Merci de me rappeler cette étape de ma vie, Léontine, exprima-t-elle avec émotion. Tes mots me réconfortent. Je suis contente de savoir que maman te parlait de moi. C'était une femme un peu froide, qui avait été habituée à cacher ses sentiments. Elle avait eu une vie si dure. Depuis son long séjour chez les religieuses, alors qu'elle était pensionnaire, elle s'était bâti une carapace qui lui servait d'armure. On m'a souvent répété que, pour ces raisons, je ferais une bonne garde-malade, c'est sans doute parce que j'ai toujours passé pour une femme bienveillante. Charles disait que j'étais la sainte de la famille. Il était ironique quand il tenait à mon égard ce genre de propos. Il avait raison cependant sur une chose : je pense que je l'ai aimé parce que je voulais le sauver.

Aujourd'hui, Geneviève se battait pour ne pas glisser de nouveau sur cette pente. Elle ne voulait plus jouer à la bonne fée. Elle voulait prendre soin d'elle, tout simplement. Si jamais un homme entrait dans sa vie, ce ne serait pas parce qu'elle en avait pitié. Plus jamais !

— Il y a des gens qui drainent notre énergie, ajouta-t-elle. Je n'ai plus envie de laisser les autres me miner. Je dois d'abord penser à prendre soin de moi et de mes désirs. J'ai vraiment envie d'être heureuse. Même le bon prêtre m'encourage à regarder la lumière dans ma vie. Il est très ouvert.

Léontine la félicita. Comme il était temps de se quitter, les deux femmes se saluèrent en se promettant de se donner des nouvelles.

— Embrasse ta mère pour moi quand tu iras la voir à l'hôpital, conclut Geneviève.

— Et toi, ton bel inconnu, rétorqua Léontine, en éclatant de rire. Je t'envie, c'est toujours si excitant au début !

17

De retour de son séjour aux États-Unis, Madeleine avait donné rendez-vous à sa mère chez elle. Geneviève avait accepté, mais avec une certaine réticence et en demeurant distante. Elle ne voulait pas montrer qu'elle s'était ennuyée de sa fille. Il ne s'agissait pas de la faire languir, mais plutôt de lui faire comprendre qu'en dépit du fait qu'elle était sans travail, elle demeurait une femme occupée. C'est pourquoi Geneviève ne voulait pas se libérer le jour même pour aller voir sa fille. « Oui, avait-elle répondu sur un ton volontairement évasif, on se verra la semaine prochaine, mardi, vers midi ? D'accord ? » Geneviève s'était dit que, d'ici là, elle aurait le temps de se calmer et de se mettre dans de meilleures dispositions à l'égard de sa fille. Geneviève avait un tempérament bouillant. Elle était rancunière. Malgré tous ses efforts, elle ne parvenait pas à contrôler ce défaut, et cela lui causait des soucis. Pourquoi en voulait-elle à sa fille, alors qu'elle l'aimait plus que tout au monde ? Se pouvait-il qu'elle soit jalouse de son enfant ? Elle chassa cette idée qu'elle considérait comme monstrueuse. Elle savait pourtant qu'il arrivait parfois que des mères envient leur fille. Des mères mal dans leur peau et ayant du mal à accepter que leur progéniture vole de ses propres ailes. Elle se souvint qu'un jour Charles lui avait fait des remontrances à ce sujet, ce qui l'avait fait bondir.

— Tu ne comprends pas que je l'aime. Que je ne veux que le bien de Madeleine ! avait-elle crié, piquée à vif.

Mais Charles avait vivement rétorqué :

— On n'impose pas le bonheur aux autres. Tu veux toujours t'immiscer dans sa vie. Tu l'étouffes !

Les paroles de son ex-mari lui revenaient en tête, mais elle ne voulait surtout pas qu'elles l'empêchent d'être lucide. Charles avait eu une nette tendance à la rabaisser, et c'était l'autre des raisons pour lesquelles elle l'avait laissé. *Je ne veux plus qu'il ait de l'emprise sur moi*, se dit-elle, *surtout pas après toutes ces maudites années, alors qu'il n'est plus dans ma vie. Ce qu'il me disait lorsque nous nous querellions, il faut que je l'efface pour ne pas empoisonner le reste de mon existence !* Pourtant, Geneviève continuait de s'interroger. Se pouvait-il qu'il ait eu raison de lui lancer à la figure de tels mots qui venaient la blesser comme des couteaux au cœur, et cela, comme s'il les avait prononcés la veille ? « Non ! » répliqua-t-elle cette fois à voix haute. *Madeleine est une femme qui sait se défendre. Je suis contente de voir qu'elle est capable de prendre sa vie en main.* Elle se rassura. Geneviève s'admit à elle-même qu'elle avait le droit d'en vouloir parfois à sa fille, qui, de toute façon, était loin d'être parfaite. Si, aujourd'hui, elle n'avait pas répondu tout de suite à son invitation, c'est qu'elle voulait lui montrer qu'elle menait sa propre vie. Elle ne dépendait pas de son enfant pour être heureuse. Elle avait trop vu sa propre mère lui quémander la moindre marque d'affection. Son besoin d'être aimée était si fort qu'elle était prête à s'humilier. Geneviève ne ferait jamais comme elle ! Ces relations mère-fille étaient bien compliquées. L'infirmière reconnaissait qu'elle enviait un peu sa jeunesse à Madeleine, cette nouvelle façon plus libre de s'habiller, de bouger, d'envisager l'avenir. Pour elle, à quarante-cinq ans, c'était trop tard. Non pas qu'elle ne pouvait rien attendre de la vie ! Elle avait encore de bonnes années devant elle, mais elle n'était plus si jeune et cette effervescence qu'elle constatait chez les jeunes, une effervescence qui ressemblait à la musique endiablée qu'ils écoutaient, ne serait jamais son époque à elle. Par ailleurs, elle comprenait que sa propre mère ait souffert de son éloignement, lorsqu'elle s'était séparée de Charles. Geneviève avait alors tant à faire, entre l'éducation de Madeleine et le fait de devoir à grand-peine gagner sa vie. Heureusement, tout s'était replacé en 1954, au moment de son entrée chez Moretti.

Enfant unique, Geneviève avait compris qu'elle devait compter sur ses propres moyens pour s'émanciper et qu'elle devait surtout ne pas se laisser envahir par un amour trop pressant de la part de ses parents, qui ne voulaient bien entendu que son bien. Lors de nombreux conflits portant sur des problèmes d'argent, ou encore de morale, elle avait souffert d'avoir été prise en otage par l'un et l'autre de ses parents. Elle ne leur en voulait pas, car elle savait qu'ils faisaient ce qu'ils pouvaient. Mais leur maladresse avait fini par laisser des traces dans sa conscience. Aujourd'hui, elle travaillait fort pour se libérer de ses mauvais souvenirs. Forte de ces nouvelles idées, de vraies résolutions, elle décida d'adopter une nouvelle attitude à l'égard de sa fille.

Geneviève comprit tout de suite que Madeleine ne s'était pas formalisée de ce délai. En arrivant chez sa fille, le mardi suivant, celle-ci, en voyant sa mère, fut tout heureuse de lui annoncer une belle nouvelle.

— Alex et moi, nous allons emménager ensemble ! déclara-t-elle de but en blanc.

Cette fois, Geneviève fut prise de court. Elle déglutit difficilement et tenta de masquer le fait que cette nouvelle la choquait, tout simplement. Elle regarda sa fille avec surprise.

— Mon Dieu, Madeleine ! Vivre ensemble ? Tu veux dire… sans être mariés ? lança-t-elle spontanément.

Madeleine lui jeta un regard noir.

— Maman! Au lieu de te réjouir, tu me fais la morale.

Geneviève se mordit les lèvres de sa maladresse et se reprit aussitôt:

— Pardonne-moi, Madeleine, je devrais apprendre à me taire. Je ne voulais pas te blesser. Tu sais que ton bonheur est le mien. Mais comprends-moi! N'est-ce pas hasardeux de vivre dans un contexte tout de même jugé par la société?

— Ah! siffla Madeleine. Tu es tellement vieux jeu! La société, comme tu dis, n'appartient pas seulement à toutes ces grenouilles de bénitier.

Geneviève tâchait de se contenir. Elle était outragée. Comment faire pour récupérer sa fille? Marcher sur ses principes? Aller à l'encontre de ce qu'elle estimait bon ou mauvais?

— Quand cela se fera-t-il? demanda-t-elle.

— À l'automne, répliqua Madeleine, se montrant de nouveau ouverte. Mais ce n'est pas tout: Alex va participer à la fameuse émission *Jeunesse d'aujourd'hui*. Il a obtenu une audition, car son 45-tours a enfin tourné sur les ondes radiophoniques. La chanson *Aime-moi comme je suis* a fait l'effet d'une bombe. Pierre Lalonde l'a trouvée formidable.

Geneviève baissa la tête et joua instinctivement avec sa fourchette, triturant avec nervosité l'entrée d'escargots à la crème persillée que venait de lui servir sa fille. Elle ne put retenir un autre commentaire acerbe:

— Ce garçon doit bien avoir trente ans et il va se produire dans une émission de jeunes! C'est presque ridicule!

— Je devine ce que tu penses, lui dit Madeleine. Tu crois qu'il est trop vieux pour s'inscrire dans cette nouvelle musique que tout le monde écoute. Fais-toi à l'idée, maman. Le rock'n'roll, c'est l'avenir. Les trompettes et les saxophones du jazz, c'est pour les vieux ! C'est dépassé ! Je te répète que si Alex a été accepté au canal 10, c'est parce qu'il a du talent.

Geneviève se sentait frustrée par tout ce que lui disait sa fille. Elle avait l'impression d'avoir cent ans. En fait, elle comprit de nouveau que c'était ce vent de légèreté qui lui faisait défaut et pour lequel elle prenait ombrage. Elle prit une grande respiration et affirma :

— J'espère sincèrement qu'il sera apprécié par le public et je souhaite surtout que vous soyez heureux ensemble. Il fait bon de voir sa fille vivre une belle histoire d'amour, de croire à ce sentiment qui fait battre les cœurs et tourner le monde.

Madeleine soupira, soulagée que la conversation reprenne un tour joyeux. Mais l'orage était passé bien près.

— Et toi, maman, comment vas-tu ? As-tu enfin trouvé un emploi qui te plaît ?

— Non, répliqua-t-elle sombrement. Cela fait des mois et des mois que je cherche, comme tu sais, et toujours rien. À part quelques jours chez le Dr Hébert à devoir fréquenter toutes ces femmes prises avec ces maladies honteuses.

Geneviève poussa un soupir d'exaspération. Elle pensa à Ahmed. Elle avait trouvé Ahmed. Ça, c'était une bonne nouvelle. Mais Ahmed n'était pas un emploi !

— Tu fais très bien la cuisine, ma fille, déclara-t-elle. Ces escargots à la crème sont excellents. Un peu d'ail, de moutarde, de persil, c'est ça ?

— C'est une recette que je fais souvent. Aussi, j'ai du poisson frit comme repas, tu vas aimer ça. Mais raconte-moi, maman ! Comment cela se passe-t-il ? Tu ne dois pas perdre espoir.

Geneviève s'expliqua volontiers, après avoir pris une bonne gorgée de vin blanc.

— Je me rends chaque jour au presbytère, comme tu le sais. Il y a là-bas une conseillère très sympathique.

— Tu veux dire une assistante sociale, maman ?

— Oui, c'est ça. Elle est engagée par le curé. Elle nous trouve toutes les annonces de postes imaginables. Elle est bien gentille, mais elle ne peut pas en faire davantage. Je me rends compte que mon expérience a vieilli. J'ai fait mon cours d'infirmière avant que tu naisses, avant 1940. J'ai beau lire des revues médicales, je ne vais pas aussi vite que le progrès. J'ai l'impression que je ne sers plus à rien ! Je te le répète : franchement, on dirait qu'il y a une date de péremption sur tous les efforts que j'ai faits pour avoir étudié et tant travaillé.

— Ne dis pas ça, fit Madeleine non sans soupirer. Il doit bien y avoir quelque part un travail qui te plairait, un endroit dans lequel tu serais bien. Ce n'est pas possible que ton expérience ne soit pas reconnue. As-tu regardé dans des revues spécialisées ?

— Tu sais, murmura Geneviève, j'ai de moins en moins d'argent. Je consulte sur place, au presbytère. C'est aussi pour cela que j'y vais. Ça m'évite d'acheter les journaux.

Madeleine baissa les yeux, attristée. Elle ne savait pas que sa mère connaissait des problèmes financiers aussi criants, et cela la chagrina.

— Parce que maintenant tu fais des économies de bouts de chandelle ? s'exclama-t-elle. Si tu me l'avais dit, j'aurais…

Mais Geneviève interrompit sa fille :

— Quoi ? Il n'est pas question que tu m'aides. Je ne vivrai jamais aux crochets de ma fille. Je me débrouille, ça va, et je pense comme toi : je me dis qu'un jour ça va débloquer. On dit souvent qu'on trouve quand on ne cherche plus. J'ai quelquefois l'idée de tout abandonner pour voir si c'est vrai.

Madeleine tapota la main de sa mère. Elle compatit à sa peine, à ce malaise qui n'en finissait plus.

— Je suis fière de toi, affirma-t-elle. À chaque épreuve, tu as su te relever. J'ai hérité de ton caractère, tu sais. Je ne baisse pas les bras, je fonce. Je parlais justement de cela tout récemment à Alex. Je lui disais qu'après ton divorce, malgré la pension que tu recevais de mon père, tu étais retournée sur le marché du travail et tu trouvais le moyen de m'élever. Ce n'était pas évident à l'époque. Tu l'as fait. Eh bien, moi je le sais : tu es encore capable de le faire.

Ces paroles émurent Geneviève même si, une fois de plus, elle avait frémi à l'horrible mot « divorce ». Elle constata qu'elle avait encore honte d'être une divorcée. Ce n'était pas beau, pas sain. Sous le coup de l'émotion, elle dut se retenir de pleurer. Ainsi, elle comprenait qu'elle avait su être un exemple pour sa fille, et c'était le plus bel héritage qu'elle lui ait laissé ; c'était le plus touchant des compliments, une magnifique récompense.

— Tu comptes donc faire ta vie avec Alexandre et avoir des enfants ? s'enquit-elle, pour changer de conversation. Moi qui ai souffert d'être enfant unique, je me le suis reproché pour toi. Je me suis toujours demandé si tu aurais souhaité vivre dans une famille nombreuse, avoir au moins un frère ou une sœur.

— Non, pas vraiment, répondit Madeleine spontanément. J'étais bien avec toi et papa. Quand vous avez choisi de ne plus vivre ensemble, oui, ça a été difficile. Aujourd'hui? Tout a changé. Je comprends qu'un homme et une femme qui se sont aimés peuvent en arriver à ne plus vouloir former un couple.

Geneviève sourit, de nouveau touchée.

— Ah, Madeleine, merci de formuler les choses avec cette délicatesse, je sais que tu ne veux pas me blesser et je t'en remercie. Tu veux dire que tu comprends que deux personnes qui se sont aimées peuvent en arriver à se détester?

Geneviève poussa un soupir et poursuivit:

— C'est déchirant d'accepter que nos rêves prennent fin. Mon univers s'est écroulé d'un seul coup, car j'avais investi dans ce bonheur du mariage pour la vie. Je me suis demandé si cette rupture dépendait de moi. Je me suis culpabilisée et c'est normal. Heureusement, Charles et moi, nous avons fini par faire la paix. Après bien des disputes. C'est un homme que j'ai beaucoup aimé, tu le sais, c'est ton père, et cela ne s'effacera jamais.

Madeleine se souvenait quand sa mère lui racontait la première fois où elle l'avait vu. Chaque fois, l'histoire s'allongeait, changeait: une nouvelle intrigue s'ajoutait ou encore prenait un nouveau détour. Cependant, Madeleine ne voulut pas aller plus loin dans le passé. Elle se dirigea à la cuisine pour préparer le plat principal, pendant que Geneviève observait par la fenêtre. Cette journée de juillet était ensoleillée, alors que le bulletin météorologique avait annoncé une tempête de vent et de nombreuses averses. Geneviève regardait au loin, apparemment dans le vague. Toutefois, elle n'était pas perdue dans ses pensées. Elle songeait à Ahmed, en se demandant ce qu'il faisait à ce moment même. Pensait-il à elle?

18

Geneviève Boivin fut tirée de ses pensées lorsque Madeleine surgit dans la salle à manger avec des plats appétissants qu'elle avait préparés avec soin.

— J'ai fait du riz, annonça la jeune femme. Tu te souviens à quel point je détestais cela quand j'étais petite ? Eh bien, avec le riz Duncan Hines, je me suis réconciliée avec sa cuisson.

Madeleine éclata de rire et enchaîna :

— Tu m'obligeais à en manger en me disant qu'il y avait dans le monde des enfants qui crevaient de faim et qui auraient été plus qu'heureux d'avoir ma portion. Le temps passe ! Aujourd'hui, je fais du riz tous les jours et je l'apprête de mille façons.

— Il fallait que je me batte pour que tu finisses ton assiette, rétorqua Geneviève, amusée de ces souvenirs. Tu étais si difficile, capricieuse, même. Tu n'aimais que les desserts.

Madeleine approuva de la tête en poursuivant :

— J'ai toujours la dent sucrée, reconnut-elle. Mais j'évite ta tarte sans pommes. Immanquablement, j'y pense chaque fois que nous nous voyons. J'ai fait des recherches là-dessus et j'ai appris que c'était un dessert qui avait été inventé au Québec, durant la crise économique. Les fruits étant rares et chers, il fallait se débrouiller avec ce qu'on avait sous la main : des biscuits, du pain rassis.

Madeleine se tut, puis demanda :

— À quoi pensais-tu, maman, quand je suis arrivée ? Tu semblais dans la lune.

— Je me demandais si je devrais me rendre tous les jours au presbytère, répondit Geneviève en soupirant. Je reviens à chaque fois déçue, plus angoissée qu'avant. Je devrais peut-être espacer mes visites. Ce lieu rempli de gens tristes ne m'aide peut-être pas, il me semble que ce salon, pourtant accueillant grâce à M. le curé, est devenu gris comme tous ces gens malheureux. Ils me renvoient une image que je ne veux plus voir de moi-même. Si tu savais… C'est tellement déprimant.

— C'est toi qui le sais, maman, si tu dois y retourner ou non, répliqua Madeleine. Comme tu l'as souvent répété : plus on veut quelque chose et plus cela nous échappe. Il faut laisser le hasard faire son travail. Il y a aussi d'autres moyens pour trouver un emploi.

— Ah ! J'ai passé une entrevue il y a déjà des semaines, ajouta Geneviève, qui ne cessait d'admirer le plat débordant de poissons, de légumes et de riz au beurre. Quand je vois de tels aliments succulents, je me dis que je devrais faire un régime au plus vite.

— Je profite de l'absence d'Alex pour cuisiner cela, précisa Madeleine avec un œil amusé. Mais je veux vraiment devenir végétarienne.

Sa mère la regarda avec perplexité.

— Tiens ! C'est nouveau, ça ? s'écria-t-elle. La dernière fois que tu m'as invitée, tu m'as dit que tu ne pouvais pas te passer de viande rouge !

Madeleine émit un petit rire.

— Oui, mais on a décidé cela sur un coup de tête, parce qu'Alex a vu un film américain sur les abattoirs et il est sorti convaincu qu'il fallait lutter contre cette cruauté envers les bêtes.

Elle fit une pause et passa à un autre sujet :

— Ah ! Une entrevue ? enchaîna-t-elle. Et comment cela a été ?

Geneviève se dérida.

— De mon point de vue, expliqua-t-elle, j'ai été excellente. Je n'ai pas fait de gaffes. J'ai répondu aux questions en anglais, moi qui n'ai pas pratiqué la conversation dans la langue de Shakespeare depuis un certain temps. C'était une entrevue de groupe, j'étais à l'aise, mais j'ai des doutes.

— Pourquoi ? Cela se fait de plus en plus dans les compagnies. Ils ont une vue d'ensemble des gens qui se présentent à leur entrevue. Ils peuvent mieux juger. Ils comparent les forces et les faiblesses de chacun. Ils voient si quelqu'un a un bon comportement, de l'entregent. À ce propos, tu as dû vraiment marquer des points.

Geneviève haussa les épaules et rétorqua :

— C'est précisément ce qui me tracasse : être jugée par rapport à des gens si différents. Tout cela pour un petit poste de réceptionniste dans un cabinet de médecins. C'est sans doute une bonne méthode, mais l'émulation, ce n'est ni dans ma culture ni dans mon éducation. Il y avait dans cet endroit des personnes si disparates. À mes côtés, une toute jeune femme, très jolie. Elle portait un bel ensemble, j'ai pensé à toi. Tu aurais aimé cette tenue. Un tailleur d'un bleu particulier. Devant moi, un homme plus âgé. Nous formions un groupe sans unité. Je ne vois pas en quoi je pouvais me démarquer.

Madeleine rassura sa mère en lui mentionnant qu'elle avait tort de se diminuer.

— Ton expérience chez Moretti comme infirmière reste un atout, insista-t-elle. Tu sais que tu faisais un bon travail. Tes patrons étaient satisfaits de toi.

— Mais alors, pourquoi m'ont-ils jetée comme une vieille guenille ? dit Geneviève d'un air fâché.

Mais elle se reprit aussitôt en précisant :

— Excuse-moi, Madeleine, je suis parfois furieuse quand je pense à mon ancien travail. Je suis encore déstabilisée. Cette affaire m'a tellement atteinte.

Madeleine lui sourit. Elle avait compris qu'elle avait touché un point sensible et qu'elle devrait changer de sujet de conversation si elle ne voulait pas que cette rencontre avec sa mère se termine par une dispute qui les éloignerait une fois de plus.

— Oui, comme je te l'ai dit, maman, Alex et moi, nous avons décidé de ne plus manger de viande. Nous avons commencé comme tout le monde en diminuant nos portions, en éliminant ce produit un jour par semaine. Puis, nous avons pris goût à ce régime. On se sent tellement mieux !

Geneviève hocha la tête et enchaîna :

— Ne pas manger de viande, c'est simplement ce que la religion catholique nous demande de faire le vendredi. Faire un jeûne, cela fait partie de toutes les religions, c'est une façon de nettoyer son corps et son esprit. Personnellement, je serais incapable de me passer d'un bon rôti de bœuf. J'aime les animaux, je ne veux pas qu'ils souffrent, mais je suis carnivore.

Je ne peux pas le nier ! J'aime tellement faire la cuisine… Si je devenais végétarienne, je devrais jeter à la poubelle les dizaines de livres de recettes que j'ai accumulés au fil des ans.

Madeleine sourit et répliqua :

— Tu as raison, mais l'idée est tout simplement d'adapter nos recettes, de faire un pain de viande avec des légumineuses, par exemple. Cela devient une seconde nature.

Geneviève continuait de manger en réfléchissant. Elle se disait que cet Alexandre, dont sa fille était de toute évidence follement amoureuse, lui avait mis dans la tête cette nouvelle lubie. Encore une mode folle qui ne durerait pas. Connaissant Madeleine, qui ne faisait jamais les choses à moitié, Geneviève savait qu'elle était encore une fois emballée par ce nouveau mode de vie.

— Je prends soin de ma santé, maman, renchérit la jeune femme, sentant sa mère sceptique. Je mène une vie impossible : je travaille même les week-ends à faire de la photo, à filmer plein de choses pour avancer un peu dans la voie qui me fait réellement envie. Je suis épuisée.

— Pourrais-tu donc réaliser ne serait-ce qu'un petit film cette année ? demanda Geneviève avec espoir.

— Justement, non. J'ai décidé de réduire mon horaire, le montage à l'ONF me prend trop de temps. L'idée est de durer, de m'acharner. J'ai le pied à l'étrier. Je côtoie des réalisateurs tous les jours. Certains d'entre eux savent très bien que je pourrais devenir assistante à la caméra. C'est déjà un bon début. Mais je suis une femme ! Les caméramans sont des hommes. Sais-tu pourquoi ? Pour une question de force, car les caméras, c'est lourd. Donc, on relègue les femmes au montage, bien assises toute la journée. Cette mentalité va me retarder. Je ne m'en fais pas, même si je ne suis pas sûre de trouver un emploi dans le domaine que je veux. Tu en sais quelque chose, n'est-ce pas ?

Geneviève ne releva pas le commentaire et s'enquit plutôt de la suite :

— Donc, c'est le cinéma ou rien ?

— Oui, répondit Madeleine, et plus précisément le film documentaire. Je veux montrer ce qui touche les femmes. J'ai hâte. Je sais que ce sera difficile. J'ai des idées plein la tête. Je sais que je peux faire la différence. Je veux que ça bouge. Mon patron m'a dit que j'avais les qualités pour y arriver.

Madeleine soupira et enchaîna :

— Ça ne peut plus durer, maman. Il faut que la société change. Il faut que les femmes cessent d'avoir honte de tout ce qu'elles font. On doit parler de divorce, de sexualité, d'avortement !

— Madeleine ! s'exclama Geneviève, outrée. Tu vas trop loin !

Le regard de sa fille se durcit.

— Non, justement, on ne va pas assez loin. Pourquoi cacher ces réalités ? Elles existent ! Veux-tu que toutes les femmes passent leur vie à se morfondre parce qu'elles ont osé quitter leur maudit bonhomme, comme tu l'as fait ? Ou encore qu'elles se crèvent l'utérus avec une aiguille à tricoter ?

Geneviève frémit d'indignation et de chagrin. Sa fille lui faisait l'effet d'une révoltée. Elle ploya la tête sous l'insulte. Et pourtant… il y avait du vrai dans cet éclat verbal.

Un silence se fit. Lourd. Geneviève tenta rapidement de se ressaisir et de se montrer avec de meilleurs sentiments. Elle reconnut que Madeleine voulait au fond faire le bien. Elle avait hérité de sa mère une bienveillance naturelle. Aider les gens dans le besoin lui était en effet nécessaire pour se réaliser. Geneviève reconnaissait dans cet enthousiasme la petite fille qui était toujours prête à secourir les autres. Dès la maternelle, Madeleine avait montré des qualités de bonté et de sollicitude qui la faisaient se démarquer de ses camarades. Elle se souvint du jour où elle était entrée à la maison, se précipitant dans sa chambre pour en ressortir avec un ballon qu'on lui avait offert pour sa fête. *Mon amie Josée n'en a pas. Je vais lui donner le mien,* avait-elle déclaré avec autorité.

— Je suis fière de toi, lui avait alors dit sa mère, très sincèrement.

Aujourd'hui, Geneviève reprenait les mêmes mots pour la féliciter :

— Je suis fière de toi au fond, je l'admets, murmura-t-elle.

Ces paroles dites spontanément surprirent Madeleine. Était-il possible que les deux femmes se soient réconciliées et qu'elles aient enfin fait la paix, en dépit de toutes les idées qui pouvaient les séparer ? En dépit d'un apparent conflit de générations insurmontable ?

— Maman, merci, souffla Madeleine. Je sais que le parcours que j'ai choisi n'est pas des plus simples, mais j'ai confiance de tracer ma voie dans ce monde d'hommes. Mais en attendant, ma priorité, c'est d'abord ma vie sentimentale. Je suis tellement heureuse avec Alex, si tu savais.

Geneviève se rembrunit à la seule évocation de ce prénom. Elle ne voulait surtout pas détruire les rêves de sa fille, mais elle souhaitait qu'elle soit moins naïve. Elle se dit qu'elle devait la laisser vivre, au risque d'illusions qui viendraient se briser sur les vagues de la réalité. Et elle ne voulait pas non plus lui dire que la profession, le travail étaient plus importants que l'amour, du moins dans la jeunesse. Il fallait prioriser les assises.

— Tu comptes donc emménager bientôt avec lui ? demanda-t-elle sur un ton anodin.

— Probablement cet automne, comme je te l'ai dit. C'est le seul moment où nous disposerons d'un peu de temps, profitant de la fin de semaine de la fête du Travail. Ce sera peu après le passage d'Alex à *Jeunesse d'aujourd'hui*. Comme tu sais, il va chanter sa propre composition. Il aura au moins la chance de se faire connaître par le public. Des milliers de téléspectateurs regardent cette émission. Qui sait si un producteur ne le remarquera pas ?

— C'est ce que je lui souhaite, affirma sans conviction Geneviève. Et comment furent vos semaines aux États-Unis ?

Madeleine lui adressa un sourire radieux.

— Fabuleux voyage ! s'exclama-t-elle. Nous avions décidé au dernier moment de faire cette escapade, nous sommes partis avec un seul bagage. Je suis restée habillée de la même façon pendant quinze jours !

Madeleine éclata de rire. Geneviève, qui aimait tellement la mode, ne parvenait pas à imaginer que sa fille ait pu se contenter d'une jupe et d'un petit chemisier durant deux semaines. Pour elle, cela avait relevé de l'aventure.

— J'espère au moins que tu t'es lavée, se moqua sa mère. Vous vous êtes rendus jusqu'où ?

— Nous avons longé la côte est des États-Unis. Alex voulait qu'on aille jusqu'en Floride, mais nous n'avions plus assez d'argent. Arrivés en Caroline du Sud, nous avons rebroussé chemin. Nous avions l'impression d'être comme des enfants, libres et un peu fous. C'était vraiment formidable. Nous avons décidé que nous ferions notre lune de miel de la même façon : partir sans savoir où nous irions. C'est vraiment excitant !

Geneviève se rappela son propre voyage de noces avec Charles. Tous les deux avaient commencé à travailler chacun dans son métier, c'était le début de la guerre, et ils avaient économisé chaque sou pour se rendre eux aussi aux États-Unis. Ils ne voulaient pas faire comme tout le monde et se rendre à Niagara Falls.

— En ce qui nous concerne, ton père et moi, ce fut en Nouvelle-Angleterre, raconta-t-elle à sa fille. Nous voulions aller à Portland, à Boston et même à Salem, la ville des fameuses sorcières. Mon rêve était bien simple, sinon puéril : être seule avec mon mari, comme si je découvrais le monde entier. Je sais que c'est un cliché... Mais à l'époque, j'étais crédule et sans aucune expérience de la vie.

Madeleine s'esclaffa, et Geneviève poursuivit sur sa lancée :

— Cela te fait rire, n'est-ce pas ? Tu me fais penser à ton père dont le discours était toujours sensé, du moins en apparence. Sans arrêt, il invoquait la raison. Mais ce voyage de noces fut merveilleux. Je ne pouvais pas croire que je découvrais tous ces coins. Et l'océan. Magnifique. Nous marchions sur la plage d'Old Orchard en nous tenant la main. C'était tellement romantique. C'est un beau souvenir.

Madeleine approuva de la tête, amusée et touchée par ce récit.

— Je me souviens des photos que tu me montrais, maman. Tu étais serrée contre lui. Vous aviez l'air de deux vrais tourtereaux.

— C'était magique, reconnut Geneviève non sans nostalgie. Charles connaissait bien les États du Maine, du Massachusetts et du New Hampshire, puisque son travail l'avait obligé à y aller pour étudier les méthodes de vente des concessionnaires Ford. Il me parlait beaucoup de son métier. Il connaissait toutes les voitures par cœur. J'étais subjuguée. Ces moments-là, on ne peut pas les oublier.

De nouveau, Madeleine approuva de la tête. Décidément, mère et fille étaient sur la même longueur d'onde.

— Alex est lui aussi un esprit curieux, précisa-t-elle. Il n'a malheureusement pas terminé ses études, il vient d'une famille défavorisée et il a dû travailler tôt dans la vie. Cela ne l'a pas empêché de s'éduquer par lui-même, il est un véritable autodidacte. Il a appris la musique tout seul, et ce n'est pas facile !

Madeleine se leva pour se rendre dans sa chambre, puis elle revint avec une guitare. Sa mère la regarda, très étonnée.

— Alex m'a montré à en jouer, s'enthousiasma Madeleine. Je ne suis pas douée, mais je me débrouille.

Elle colla l'instrument contre elle et se mit à gratter quelques notes. Geneviève reconnut une chanson qui passait à la radio.

— *Le premier bonheur du jour*, de Françoise Hardy, précisa Madeleine en chantonnant.

Elle se réjouit que sa mère écoute avec attention cette jolie ballade de la chanteuse française.

— Depuis quand t'es-tu mise à jouer ? demanda Geneviève.

— Quelques mois. C'est un morceau qui s'apprend facilement, du moins l'introduction est faite pour les débutants. Je n'ai pas la prétention de jouer comme une virtuose, mais Alex m'a indiqué que, si je faisais des efforts, je pourrais peut-être l'accompagner lors de son passage à *Jeunesse d'aujourd'hui*.

Geneviève eut une expression de surprise, puis se ravisa.

— Pourquoi pas ? enchaîna-t-elle. Quand on a un but, on avance plus vite.

Madeleine posa la guitare par terre.

— C'est juste un projet comme ça, précisa-t-elle. Il faudrait que j'y consacre plus d'heures pour vraiment y arriver. Et je ne veux pas trop me détourner du cinéma.

Elle se leva et déclara, tout en desservant la table :

— J'ai préparé un bon dessert. Tu prends toujours du thé ?

— Oui, répondit Geneviève.

Puis, comme si elle se parlait à elle-même, elle souffla :

— Charles, lui, était un grand buveur de café…

Madeleine observa sa mère. Elle remarqua qu'elle avait changé depuis la dernière fois où elle l'avait vue. Elle semblait plus légère, moins tendue, et s'en étonna, car cela faisait des mois qu'elle la voyait avec un visage chiffonné. C'était sans doute en raison de cette entrevue qui semblait s'être bien passée. Cependant, sa mère n'avait pas été rappelée par le cabinet médical. Madeleine ne voulait pas lui demander comment allait sa vie sentimentale. C'était pour elle une question taboue. Elle ne voulait surtout pas imaginer Geneviève amoureuse. Elle n'arrivait pas à concevoir que cette dernière ait pu étreindre le corps d'un homme, faire l'amour comme elle-même le faisait avec Alexandre. Elle était rassurée d'entendre sa mère lui parler encore de Charles, son père, bien que les deux ne soient plus ensemble depuis longtemps. Au fond d'elle-même, Madeleine était encore l'enfant qui espérait que ses parents renouent, voire se remettent ensemble. Il y a des histoires d'amour qui prennent parfois des tournures inattendues. C'était ce que la jeune femme s'acharnait à croire. Bien que son père ait refait sa vie avec une autre femme, Madeleine souhaitait en son for intérieur que le destin réunisse ses parents à nouveau. Elle changea de conversation, tandis qu'elle posait sur la table un splendide gâteau glacé au café qui donnait le goût de le croquer avec avidité.

— Il faudrait bien que l'on aille au cinéma un de ces jours. Il y a actuellement d'excellents films à l'affiche, il s'agira juste que tu choisisses. On peut aussi aller à la Cinémathèque. On y passe souvent de bons films canadiens-français.

— Bonne idée, dit Geneviève avec sincérité. Tu te souviens, Madeleine, quand je t'amenais voir les classiques du septième art ?

— Oh ! Oui ! C'était chaque fois la fête. J'ai raconté cela à des amis récemment. Ils n'en revenaient pas que tu amènes une petite fille voir des films de cinéastes français, comme Jean Renoir ou Abel Gance. Mais ce sont des chefs-d'œuvre ! leur ai-je répondu. Il n'y a pas d'âge pour être en contact avec des films qui ont transcendé le temps.

Geneviève rappela à sa fille le jour où elles s'étaient retrouvées toutes les deux seules dans une salle pour voir un film allemand sous-titré en anglais.

— J'avoue que parfois j'exagérais, ajouta Geneviève en riant. Mais après tu voulais que je t'achète des pâtisseries allemandes et tu m'avais demandé des livres sur le Tyrol. Tu m'as reproché à ce moment-là de ne pas t'avoir donné un prénom allemand.

Madeleine éclata de rire à ce souvenir.

— Tu m'avais même acheté un petit costume de Tyrolienne. Que je garde précieusement. Ce sera peut-être pour ma propre fille, si j'ai des enfants.

Madeleine se souvenait particulièrement d'une journée. C'était un samedi matin, sa mère l'avait amenée au cinéma, puis elles étaient allées au restaurant manger un club sandwich et des frites. Elles étaient comme deux enfants qui faisaient l'école buissonnière. Elle se demanda où étaient passés ces bons instants.

— Il faudrait que l'on refasse la même chose, énonça-t-elle en se levant pour embrasser tendrement sa mère. Nous avons du temps à rattraper, maman ! Qu'en penses-tu ?

Geneviève comprit que sa fille regrettait de l'avoir délaissée pendant quelques mois. Et que la relation mère-fille lui manquait. Elle se dit qu'elle avait bien agi en se maîtrisant et en cessant d'émettre des commentaires sur Alexandre. Dorénavant, elle se montrerait plus indulgente à l'égard des amours de Madeleine, et moins cassante au sujet des principes qui doivent régir la vie d'une jeune femme de bonne famille.

— Oui, fit-elle avec fougue. Choisis le jour et l'heure, ma fille, et nous irons ensemble voir un film et, même si c'est dans une langue totalement inconnue, on saura l'apprécier !

Les deux femmes éclatèrent de rire, tout à coup très complices.

— Mais, dis-moi, maman… D'où te venait donc cette passion pour le cinéma que tu tenais tant à me transmettre ?

— J'ai toujours aimé le cinéma, répondit Geneviève. Quand j'étudiais chez les Hospitalières, je n'étais pas loin des salles de la rue Saint-Denis. Je m'y rendais après le cours, pour me détendre et me distraire. J'avais quelques amies avec qui j'y allais.

C'était un vrai bonheur! Nous étions une petite équipe. Après nous allions prendre un café et nous discutions de ce que nous avions vu. Ces soirées étaient fabuleuses. C'était stimulant. Je crois bien que j'aurais aimé évoluer dans ce domaine artistique, mais je n'en avais pas le talent. J'aurais aimé être une actrice et pourquoi pas une réalisatrice, quoiqu'en ce temps-là, les femmes n'avaient pas pris leur place derrière la caméra. Pas plus qu'aujourd'hui, semble-t-il, si je me fie à ce que tu m'as raconté. C'était encore un métier pour les hommes.

Madeleine soupira et poursuivit:

— Ça va changer, maman, je te le confirme. Mais dis-moi: toi qui es en recherche d'emploi, pourquoi n'essaies-tu pas de faire des demandes en ce sens? Dans quelque chose que tu aimes, justement?

Geneviève fit des yeux ronds:

— Actrice? s'écria-t-elle. Mais tu n'y penses pas, ma pauvre enfant!

— Non… De la figuration, comme je l'ai fait. À l'ONF, on demande toujours des figurants pour diverses productions cinématographiques. J'ai rencontré des personnes sympathiques. De tous les milieux.

— Peut-être, reconnut Geneviève, je pourrais toujours…

— Ne dis pas «pouvoir», maman, dis plutôt que tu vas t'inscrire carrément dans une agence de casting. Des femmes de ton âge…

— Tu veux dire: des vieilles? trancha Geneviève, sur la défensive.

— Maman! Ne sois pas susceptible. Ne prends pas personnellement une remarque sans mauvaise intention. Il y a toutes sortes de rôles, tu le sais bien! Et tu n'es pas vieille!

— Je te taquine, Madeleine. Tu sais bien que j'insiste sur mon âge parce que je sais que je ne suis pas si vieille. J'ai encore de l'énergie à donner.

Madeleine lui fit remarquer que, justement, elle ne l'avait jamais vue aussi en forme.

— Je suis peut-être amoureuse, avança d'un ton moqueur Geneviève, ce qui surprit désagréablement sa fille.

Madeleine se leva d'un bond pour desservir la table.

— Tu as aimé le dessert ? demanda-t-elle, en changeant brutalement de sujet. C'est une recette que m'a donnée la sœur d'Alex. J'ai ajouté dans la pâte des morceaux d'ananas, d'où le petit goût sucré.

— Oui, excellent. Tu es vraiment une fille à marier, ajouta-t-elle, en se demandant si elle n'était pas allée trop loin dans sa confidence faite sur un ton badin.

Geneviève fit semblant de n'avoir rien dit et poursuivit en racontant qu'elle avait revu une ancienne camarade de travail, Émilie. Jusqu'à la fin de la soirée, elle ne parla plus de sa situation sentimentale, pour ne pas créer de malaise.

19

Le temps avait vite passé pour Geneviève, depuis son congédiement en mars chez Moretti. L'été tirait déjà à sa fin. Il s'était écoulé sans que l'infirmière, toujours sans travail, s'en soit aperçue. Le mois d'août était bien installé et, pourtant, les journées étaient aussi chaudes qu'en juillet. Assise sur le petit balcon de son appartement, rue Sainte-Famille, devant des arbres matures verdoyants, Geneviève Boivin s'offrait du bon temps en lisant un roman qu'elle avait emprunté à la bibliothèque. Enfin, elle s'accordait une pause bien méritée ! Ce matin-là, elle avait décidé de ne pas aller au presbytère, mais plutôt de faire des courses et d'aller à la bibliothèque municipale de la rue Sherbrooke, située à vingt minutes de marche de chez elle. C'est là qu'elle avait pris un roman publié une trentaine d'années plus tôt et qu'elle avait déjà lu : *Un homme et son péché* de Claude-Henri Grignon, un livre qui avait inspiré un feuilleton radiophonique, un film ainsi qu'un téléroman : *Les belles histoires des pays d'en haut.* Elle ne manquait jamais cette émission passionnante depuis qu'elle possédait un poste de télévision. Aujourd'hui, elle souhaitait replonger dans ses souvenirs et profiter d'un après-midi au soleil à relire la passion de Donalda pour Alexis, en cachette du méchant Séraphin.

L'image des amoureux de Sainte-Adèle rappela à Geneviève celle de sa fille dont le cœur battait pour un musicien. Elle eut l'impression qu'elle avait fait la paix avec Madeleine, c'est pourquoi elle se sentait plus décontractée qu'à l'habitude. Elle se faisait néanmoins encore bien des soucis pour son travail : elle n'avait reçu aucune confirmation quant à l'entrevue qu'elle avait passée pour le poste de réceptionniste, il y avait de longues semaines. On avait dit qu'on appellerait ceux que l'on choisirait pour une seconde rencontre. Geneviève se convainquit qu'il fallait faire preuve de patience et se rappela qu'il y avait beaucoup de gens qui avaient postulé pour ce travail. Elle n'était pas seule ! Elle essaya de se concentrer pour lire ce roman dont les pages étaient léchées par un rayon de soleil. Mais elle n'y parvenait pas. Ses pensées divaguaient. Elle ferma le livre et déplaça sa chaise pour goûter pleinement la douce chaleur de cet après-midi de tranquillité. Elle ferma les yeux, se sentant prise dans un douillet confort. Engourdie, elle en arriva presque à sommeiller. Elle revoyait Madeleine. Que pouvait-elle souhaiter de plus que de savoir sa fille enfin heureuse, même si elle était choquée par son comportement quasi immoral. Il faisait bon de l'avoir vue aussi radieuse. Le voyage aux États-Unis lui avait été de toute évidence bénéfique. *Je devrais moi aussi prendre des vacances,* se dit-elle à elle-même. *Cela fait plus de deux ans que je ne suis pas partie de chez moi. Avec un peu d'argent, je retournerais peut-être aux États-Unis.* Elle rêvassait, l'âme pratiquement sereine. Puis, elle pensa à cet homme qui avait travaillé en Iowa. Ahmed, rencontré au presbytère, il y avait déjà longtemps, et avec qui elle avait pris un café. Que fait-il maintenant ? se surprit-elle à se demander. J'espère le revoir prochainement.

Geneviève ne voulait pas se l'avouer, mais au fond d'elle-même, elle savait qu'elle était amoureuse de cet étranger croisé à quelques reprises. Des moments furtifs, mais impressionnants. C'était sans doute la raison pour laquelle elle s'était montrée plus indulgente envers sa fille et sa décision de vivre en concubinage. Elle partageait ses émois et, plus que jamais, elle les comprenait. Geneviève changea de position sur sa chaise pour être davantage caressée par le soleil et tenta de se faire violence en chassant ces idées de son esprit, mais les phrases qu'elle murmurait le concernaient, lui, Ahmed, et personne d'autre. *Après tout, je ne le connais même pas. Je ne l'ai vu que quelques minutes et il ne m'a rien dit sur lui. Il n'a même pas voulu me préciser s'il était marié.* La raison la rattrapait. Elle soupira et ouvrit les yeux. C'était bientôt l'heure du retour à la maison pour la plupart des travailleurs et une longue file d'automobiles commençait à se former rue Sherbrooke, la belle rue que, depuis son balcon, elle pouvait apercevoir. Le bruit de cette circulation fébrile la dérangeait. Elle se leva pour aller préparer le repas du soir et se promit de se rendre au presbytère le lendemain sans faute. Elle se réjouit que, même pendant les vacances d'été, le bon prêtre garde ouvert ce refuge. Puis elle se rendit compte qu'elle s'était fait cette remarque comme un reproche d'avoir perdu une journée à ne rien faire.

Geneviève voyait d'un mauvais œil qu'il y ait du retard dans la réponse à son entrevue. Dès le lendemain, elle composa le numéro qu'elle avait gardé. Il était huit heures et le cabinet venait tout juste d'ouvrir ses portes. Cependant, elle se trompa et dut recommencer par deux fois avant de composer le bon numéro. Après une longue attente, une femme répondit enfin.

— Bonjour, madame, dit Geneviève sur un ton qu'elle voulait le plus poli possible. J'ai passé récemment une entrevue pour le poste que vous affichiez.

— Récemment, siffla la femme. C'était quand?

Geneviève sentit son agacement, mais elle enchaîna:

— Quelques semaines, c'est sûr, précisa-t-elle. Une entrevue de groupe pour être réceptionniste dans votre cabinet de médecins. Je n'ai pas eu de réponse. J'aimerais savoir si j'aurai la chance de refaire une autre entrevue comme on nous le proposait.

Un silence se fit à l'autre bout du fil.

— On a dit qu'on appellerait seulement ceux qui seraient choisis, précisa la femme en soupirant.

Puis, sur un ton plus aimable, elle ajouta :

— Dites-moi votre nom, je peux toujours vérifier.

Elle revint quelques minutes plus tard pour confirmer qu'on n'avait pas encore fait le tri final et que Geneviève Boivin devrait attendre pour connaître la réponse.

— Merci beaucoup, dit piteusement Geneviève.

Encore une fois, tôt le matin, elle se retrouva plongée dans l'angoisse de ne pas savoir ce qui allait lui arriver. Elle détestait ces moments où elle avait l'impression d'être suspendue entre ciel et terre. Inutile. Laissée à la dérive. Surtout à l'approche de l'automne qui annonçait un renouveau de travail, après la pause estivale. Comme elle se l'était promis la veille, elle se prépara néanmoins pour aller sur la rue Masson. C'était dans ses habitudes de s'habiller avec goût, mais, aujourd'hui, elle le fit avec une plus grande attention.

Devant le grand miroir accroché au mur de sa salle de bain, elle commença à se maquiller. Elle n'aimait pas mettre trop de poudre ni de rimmel, mais cette fois, elle prit un petit pinceau qu'elle glissa sur le pain de teinte vert foncé. Cette touche de couleur allait rehausser le coin de ses paupières. Du rouge sur ses joues, de la poudre diaphane, un rouge à lèvres foncé. Ce maquillage sembla lui aller à ravir. Elle se regarda et se trouva rajeunie et plus jolie. Pourtant, elle ne parvenait pas à maîtriser une certaine angoisse qui l'avait étreinte depuis le lever. Mais qu'ai-je donc ? se demandait-elle. On dirait que je tremble de la tête aux pieds.

Elle se dirigea dans la cuisine pour fouiller au fond d'une armoire. Elle espérait y trouver une vieille bouteille de cognac qui y traînait depuis au moins deux ans.

— La voilà ! s'écria-t-elle en l'agitant.

Bien piètre trouvaille, car il n'y restait qu'un maigre fond jaunâtre qui tirait sur le brun. Elle ouvrit le bouchon qui était figé dans du sucre. Elle sentit la liqueur.

Ce vieux cadeau de mes quarante ans me semble encore bon, se réjouit-elle.

Elle versa le contenu dans un verre, qu'elle avala cul sec. Normalement, Geneviève n'agissait pas de cette façon. Que lui arrivait-il pour qu'elle ait besoin d'alcool pour calmer cette soudaine bouffée d'anxiété ?

— Ah ! s'exclama-t-elle. Cela fait du bien. C'est chaud, un petit remontant ne fait de mal à personne.

Il était déjà l'heure de partir et elle devait se presser si elle ne voulait pas rater l'autobus. Comme il faisait plus frais ce jour-là, elle recouvrit sa robe de jersey d'une mante attachée avec une petite broche. Autour de son cou, elle noua un carré de soie couleur mandarine. Elle se sentait bien et, pourtant, sa nervosité ne la quittait pas.

Au bout du long trajet la menant au presbytère, Geneviève Boivin retrouva le groupe habituel des chômeurs en quête d'un nouvel emploi. Elle se dirigea vers une table, plus précisément vers celle qu'elle préférait, au fond, loin des regards et des bruits. Sans l'admettre, elle craignait qu'un ami ou un parent ne la reconnaisse. N'avait-elle pas grandi dans ce quartier ?

Ses parents avaient tenu une mercerie rue Masson pendant des décennies. Ils avaient connu tant de gens. Que leur diraitelle, alors ? Quel mensonge leur raconter ? Qu'elle avait perdu son emploi ? C'était pour elle une honte, c'est pourquoi peu de personnes de son entourage avaient reçu ses confidences à ce sujet. Elle avait même été réticente à confier à sa fille son licenciement, qu'elle considérait comme un véritable drame dans sa vie. Lorsque, en désespoir de cause, elle avait enfin révélé la chose, c'était comme si elle avait avoué un péché. Aujourd'hui encore, elle se faisait discrète au cas où elle aurait à s'expliquer sur cet événement qui avait fait chavirer sa vie. Geneviève se mit à feuilleter la documentation dispersée sur la table. Sa bouche était épaisse. Un haut-le-cœur la saisit. *Je n'aurais pas dû prendre ce cognac,* se dit-elle, *je ne prends jamais d'alcool le matin. Quelle idée ai-je eue de le faire aujourd'hui ? Mon Dieu que je peux être stupide parfois !* Elle s'en voulait d'avoir agi comme une étourdie ou comme une femme déraisonnable. Après tout, cette anxiété était normale étant donné sa situation présente, il fallait qu'elle apprenne à la gérer de façon plus intelligente. Elle se leva pour se diriger aux toilettes, situées derrière le salon, près de la porte d'entrée. Instinctivement, elle balaya la pièce du regard. Où est-il ? se demanda-t-elle. Elle comprit alors que sa nervosité venait en partie de son désir inconscient de revoir Ahmed.

Elle avait beau regarder autour d'elle, le bel étranger ne s'y trouvait pas. Sans se l'expliquer, Geneviève avait envie de le revoir. Elle voulait en savoir davantage sur cet inconnu dont les paroles avaient ravi son cœur. *Je suis folle,* se reprocha-t-elle. *Cet homme n'est peut-être même pas en recherche d'emploi. Il est pareil à ceux qui courent les endroits publics, juste pour faire des rencontres.*

Comme Geneviève ne se sentait pas bien, elle décida de partir. Sa journée en recherche d'emploi était finie. De retour chez elle, elle se déshabilla et se fit chauffer de l'eau avec du citron pour alléger sa digestion. *Pas de repas ce soir,* se dit-elle en prenant cette décision. Elle entreprit plutôt d'aller se coucher pour être en forme les jours suivants.

Le lendemain, elle eut l'idée de rappeler Gérard, cet ami de Charles Guindon qui ne l'était plus. Jadis, il l'avait chaudement félicitée d'avoir accepté un emploi chez Moretti, tout comme il l'avait soutenue lorsqu'elle s'était résolue à quitter Charles. Cela faisait très longtemps qu'elle n'avait pas communiqué avec cet homme qu'elle avait fréquenté au temps de son mariage. Ils n'étaient pas réellement des amis, mais au cours de cette époque déjà lointaine, ce dernier l'avait souvent aidée à voir plus clair dans sa vie. Il était également dans le domaine de la vente, et Geneviève avait aussi bien aimé son épouse. Le jeune homme venait d'une bonne famille honnête de Rosemont. Cherchant dans sa mémoire, elle se rappela que son nom était Valiquette. Elle trouva un vieux carnet dans lequel figuraient d'anciens numéros de téléphone. *Tout a tellement changé depuis le temps de mes années d'études chez les Hospitalières. J'ai l'impression d'être un dinosaure avec mes vieux appareils*, pensa-t-elle avec une certaine honte. Elle trouva deux Gérard, dont le premier s'appelait Plante. Elle déduisit que celui qu'elle cherchait ne pouvait qu'être le second, Véronneau, qui avait en commun la première lettre de Valiquette. Mais cela ne ressemblait en rien à son souvenir. Elle tenta tout de même sa chance. Elle composa le numéro. Il n'y eut pas de réponse. Aussitôt, elle se reprocha son audace. Appeler un homme marié ! Un homme qu'elle n'avait pas vu depuis plus de dix ans ! C'était ridicule. Il était presque dix heures du matin. Sans doute ces gens travaillaient-ils. Elle les aurait dérangés de toute façon. Irait-elle au presbytère aujourd'hui ? *Non. Je vais espacer mes sorties à cet endroit. Je m'aperçois que je n'y vais plus pour dénicher un emploi, mais pour revoir cet inconnu. Je dois prendre sur moi et cesser de laisser germer toutes sortes d'idées incongrues dans ma tête.* Elle se convainquit de se ressaisir. Il lui fallait obtenir un boulot au plus vite.

Se calant dans un fauteuil, elle prit toutefois le temps de siroter un café, laissant divaguer ses pensées. Madeleine lui avait parlé de faire de la figuration et de passer une audition à l'ONF. Pourquoi pas ? Elle se leva et, après quelques minutes de recherche, elle trouva le bottin téléphonique sous la table d'entrée, caché par une pile de livres sur la peinture. Elle éprouva presque du plaisir à faire marcher ses doigts sur les pages salies de cet annuaire. Tomba sur le numéro. Téléphona aussitôt. La réceptionniste lui répondit que l'ONF recrutait en effet régulièrement des figurants. Il suffisait d'envoyer un portfolio avec des photos et des renseignements sur soi, pour faire partie d'une équipe gagnante en constitution. Des gens de tous âges et de toutes nationalités étaient sollicités. Geneviève nota l'adresse. C'était loin de chez elle. À l'autre bout du monde, même, car l'ONF avait ses bureaux sur le chemin de la Côte-de-Liesse, à Ville Saint-Laurent. Il ne lui restait plus qu'à s'habiller et à se maquiller pour s'y pointer au début de l'après-midi. *Pourquoi ne pas tenter ma chance ?* se demanda-t-elle, revigorée par l'idée qu'elle ferait peut-être de la télévision ou du cinéma. Décidément, elle ne se reconnaissait plus dans cet accès de confiance en elle et en la vie. Sa fille était-elle responsable de cet élan ?

À une heure et demie de l'après-midi, Geneviève se retrouva devant l'édifice de l'ONF. Comparé aux bureaux de Moretti, ce bâtiment était énorme. Elle ne put s'empêcher d'avoir un pincement au cœur en voyant des gens qui y entraient. *Moi aussi,* se dit-elle, attristée, *je serais heureuse d'y passer mes journées, si au moins j'avais un travail.* Le ciel était d'un bleu limpide. Pour elle, c'était de bon augure, et elle poussa la lourde porte d'entrée.

La salle de casting se trouvait au rez-de-chaussée, ainsi que le lui indiqua la personne à la réception. Des bureaux s'y suivaient les uns après les autres. Geneviève prit le temps de jeter un coup d'œil à l'intérieur. Peut-être apercevrait-elle Madeleine? Croisant quelques jeunes femmes, portant des jupes au-dessus du genou et ajustées à la taille et aux hanches, Geneviève se sentit soudainement très décalée et déplora ne plus avoir les moyens de faire les boutiques et de s'acheter des robes seyantes. Cela faisait une éternité qu'elle ne s'était pas offert une belle jupe, un chemisier ou même une robe de nuit. Elle se réconforta en se disant que toutes ces choses matérielles étaient bien inutiles et qu'au fond, rien de tout cela ne rendait heureux. *Tu perds tout ton argent pour de la guenille,* lui avait déjà reproché une amie, qui lui avait conseillé de faire des économies pour plus tard, ignorant alors que Geneviève perdrait en effet son emploi.

Toujours en avançant dans le couloir, Geneviève fit la moue. Cette amie avait bien raison, mais c'était en vain: elle savait qu'elle ne se soignerait jamais de son goût immodéré pour les objets. C'était son côté cigale plus que fourmi. Elle aurait dû apprendre à mettre des sous de côté. Si cela avait été le cas, elle aurait à présent un compte en banque rempli de dollars. Mais ces moments de dépenses impulsives chez Eaton ou Morgan lui étaient encore mémorables. Ils faisaient partie de ses souvenirs les plus heureux, parce qu'elle aimait plus que tout cette sensation d'insouciance qu'elle retrouvait devant une vitrine remplie de jolis vêtements. Elle se sentait alors comme un enfant devant un kiosque de bonbons. Pourquoi devait-elle faire comme si cela était mauvais? Pourquoi ressentait-elle perpétuellement de la culpabilité?

Geneviève se rappela soudain l'incendie qui avait frappé sa famille alors qu'elle n'était qu'une enfant. C'était sans doute la raison qui la faisait réagir ainsi. *Depuis ce jour,* pensa-t-elle, *j'ai besoin de me rassurer en achetant d'une façon compulsive.* Ce drame avait laissé de douloureuses traces dans sa mémoire et qui ne s'effaçaient pas facilement, même après des dizaines d'années. Elle habitait alors avec sa famille dans leur logement de la 9e Avenue, à Rosemont. C'était une de ces soirées où il faisait très froid, en hiver. La tempête avait sévi pendant de longues heures, puis le vent du nord s'était levé avec fracas. Geneviève revoyait la neige derrière la fenêtre couverte de givre et dont les carreaux vibraient sous les coups du blizzard. Elle s'était couchée de bonne heure, car, le lendemain, elle avait un examen à passer. Le feu avait éclaté en pleine nuit chez un voisin, qui avait laissé son chauffage d'appoint sans surveillance. Sans plus tarder, comme une traînée de poudre, tout un pâté de maisons s'était enflammé. Les pompiers s'étaient précipités, mais ils avaient eu du mal à utiliser les lances d'incendie, le froid polaire ayant gelé les tuyaux. Les hommes, frigorifiés, avaient dû attendre de longues minutes pour pouvoir accomplir leur travail. Geneviève revoyait sa mère qui avait littéralement bondi dans sa chambre pour la tirer de là. Elle s'en souvenait. Elle était petite et elle criait, tandis que sa mère l'enveloppait dans des couvertures. Dans la tourmente, l'enfant qu'elle était n'avait pas eu le temps d'apporter ni ses jouets, ni ses livres, ni ses cahiers. Cette belle poupée qu'elle avait reçue à son anniversaire, elle l'avait abandonnée aux flammes qui se propageaient à une vitesse incroyable.

— Vite, le feu va nous dévorer, avait crié sa mère, il faut partir !

Affolées, mère et fille s'étaient retrouvées sur le trottoir avec d'autres familles qui avaient voulu échapper aux flammes et qui pleuraient de désespoir. Son père, qui, de temps en temps, travaillait de nuit comme gardien pour boucler leurs fins de mois, était revenu chez lui. Les cherchant parmi la foule qui s'entassait sur les lieux, il s'était jeté sur Geneviève en pleurant, la prenant dans ses bras. C'était la première fois qu'elle avait vu des larmes rouler sur les joues de cet homme qui lui avait toujours paru invulnérable.

— Ma petite ! s'était-il écrié. Ma petite fille, tu n'es pas blessée ? Que s'est-il passé ? Pourquoi ?

La voix tremblante de son père lui parvenait aussi clairement que si elle l'avait entendue la veille. Cet événement avait été un traumatisme dans sa vie et elle s'apercevait que ce déchirant souvenir revenait souvent la hanter, particulièrement quand elle était préoccupée ou triste. Ce « Pourquoi ? » lui était devenu une question obsédante. Ses parents et elle ne méritaient pas de vivre pareille tragédie, ils n'avaient rien fait de mal. Pourquoi fallait-il qu'ils aient tout perdu en une seule nuit ? Les années qui avaient suivi cet incendie avaient été très dures pour eux. Étant donné qu'ils n'avaient pas les moyens de souscrire une assurance, ils s'étaient retrouvés à la rue, sans le sou. Leur mercerie avait subi de lourds dégâts. Obligés de recommencer à zéro une vie qu'ils avaient bâtie de peine et de misère, ils avaient dû se résigner à mettre Geneviève en pension pendant quelques mois chez des amis qui habitaient à la campagne. Geneviève n'était pas près d'oublier cette période. Elle avait beaucoup souffert de cette séparation. Heureusement, elle avait pu retrouver ses parents après qu'ils eurent finalement trouvé un appartement meublé grâce à des dons provenant du public, sur la même rue Rosemont. Dans tout ce drame, Geneviève avait appris qu'il y avait des élans de générosité dans le monde et qui permettaient de croire à la bonté des gens.

Enfin, elle parvint à la salle où l'on accueillait les aspirants figurants. Une jeune femme vêtue d'un tailleur orangé s'approcha et lui demanda son dossier.

— Quel dossier ? demanda Geneviève, le cœur serré.

La femme insista, sur un ton expéditif :

— Un portfolio, des photos de vous !

Geneviève se sentit défaillir. S'était-elle rendue aussi loin dans la ville en n'ayant pas pris soin de se munir de quelques photos ?

— Oh ! J'ai oublié, bredouilla-t-elle, humiliée.

La femme la toisa et soupira avant de déclarer :

— Eh bien, ma chère dame, il ne vous reste plus qu'à revenir demain !

20

Où sont mes photos? s'interrogea Geneviève Boivin quand elle rentra, dépitée, dans son appartement. Elle ouvrit plusieurs boîtes afin de trouver celles qui la mettraient le plus en valeur. Comme aucune ne la satisfaisait, elle dut se contenter de photos qu'elle avait sous la main. Au moins, il y en avait une qu'elle aimait bien: celle où s'étalait derrière elle un paysage de campagne et où elle était tout sourire. Elle avait les cheveux ramassés en une torsade qui dégageait son visage peu maquillé. Cette photo avait été prise environ un an plus tôt, lors d'une randonnée près d'une chute dont on apercevait au loin les cascades. Geneviève se souvenait de cette journée passée à marcher dans la nature. Elle ressentit le même bonheur qu'elle avait eu alors.

Comme c'est étrange, se dit-elle, *parfois nous avons l'impression de vivre un moment du passé qui s'avère encore plus présent que celui que nous vivons. J'étais si heureuse ce jour-là.* Madeleine l'avait accompagnée et avait apporté son appareil photo. Or Geneviève n'était jamais à l'aise avec son image et s'était rebutée lorsque sa fille avait voulu la photographier. Elle s'était fait prier, et avait fini par se placer devant l'objectif. Puis elle avait lancé en boutade: «Ce sera la photo pour ma nécrologie!» Jamais alors elle n'aurait pu se douter que cette photo lui servirait peut-être un jour à décrocher un emploi. Et dans l'industrie cinématographique!

Le temps passait. Geneviève se lassa de chercher d'autres photographies et en choisit deux dans l'une des boîtes qu'elle avait ouvertes. Puis elle murmura en elle-même : *Si on me choisit pour faire de la figuration, ce sera grâce à ma personnalité. Après tout, je ne vais pas à l'ONF pour demander un premier rôle dans Les belles histoires des pays d'en haut !*

Le lendemain, elle se pointa à la même heure, au même endroit. Comme elle l'avait prévu, elle n'était pas la seule à se présenter à l'ONF, là où l'on promettait des emplois à des personnes de tous âges et de toutes nationalités. Le bureau de l'accueil était vaste et bien éclairé. Par les fenêtres, on voyait un immense stationnement rempli de voitures et, au loin, le chemin de la Côte-de-Liesse. Geneviève avait choisi de tenter sa chance en début d'après-midi pour faire la grasse matinée chez elle, ce qu'elle n'avait pas fait depuis longtemps. Des gens étaient déjà sur place et, parmi eux, de nombreux jeunes, mais aussi un homme aux cheveux blancs, dont le visage buriné le faisait ressembler à un Autochtone. Il lui sourit alors qu'elle s'assoyait près de lui.

— Vous êtes venue pour l'audition ? lui demanda-t-il aimablement.

— Euh, hésita-t-elle, l'audition ? Je croyais que nous ne donnions que nos portfolios.

L'homme sourit.

— C'est donc la première fois que vous venez ici ? s'enquit-il.

— Oui. C'est ma fille, en fait, qui m'a suggéré de faire de la figuration. Elle travaille ici, figurez-vous.

L'homme hocha la tête.

Geneviève ne voulait pas révéler qu'elle avait perdu son emploi et qu'elle comptait sur la possibilité de faire de la figuration pour gagner un peu plus d'argent.

— C'est comme un passe-temps, dit-elle nerveusement, scrutant les personnes qui étaient dans la salle d'attente.

Elle s'attarda sur tous ces individus qui patientaient sagement. La plupart étaient dans la vingtaine et la jeune trentaine. Elle fut surprise de reconnaître parmi eux un visage familier. C'était un comédien qu'elle avait souvent vu autrefois au théâtre. Il semblait embarrassé et il regardait par terre. Elle se dit qu'il avait eu sans doute du mal à trouver un emploi dans le domaine artistique. Peut-être avait-il espéré un débouché à la télévision ? Autrefois tête d'affiche, voilà qu'il était obligé de se vendre comme second et même comme troisième acteur de soutien. C'était triste de voir cette déchéance. *Il a malgré tout probablement plus de chance que moi qui n'ai jamais monté sur les planches*, soupira Geneviève.

— Je m'appelle John, dit soudainement l'homme à ses côtés.

— Moi, Geneviève. J'étais en train de me demander quelles étaient mes chances d'avoir ce boulot... Je ne suis pas comédienne, vous savez.

L'homme l'observa avec bienveillance.

— Moi non plus. Mais ne sommes-nous pas tous des comédiens sur la scène de la vie ! Je sais que l'ONF a besoin de gens sérieux. L'organisme produit surtout des documentaires, mais aussi quelques films de fiction. J'aime l'atmosphère des plateaux. Je ne vise pas un trophée ni la reconnaissance du public. Je ne suis pas la prochaine célébrité des journaux à potins, mais l'idée de côtoyer ce milieu m'enchante.

Geneviève l'avait écouté avec grand intérêt. Elle trouva cet homme très positif dans son raisonnement.

— Vous voyez juste, approuva Geneviève. Je suis comme vous. Je n'ambitionne pas de mener une carrière artistique, contrairement à ces jeunes qui voient peut-être dans la figuration un tremplin pour aller plus loin. Comme je vous l'ai précisé, c'est ma fille qui m'a encouragée à venir ici. De moi-même, je n'y aurais pas pensé. Mais…

Geneviève fut interrompue, car une femme demanda à chacun de lui donner les documents requis pour poser sa candidature. Se plantant devant la petite assemblée, elle précisa :

— Votre portfolio, vos coordonnées, si vous avez une lettre de recommandation, c'est un atout.

Elle passa devant chaque personne en remerciant chacune d'elles avec politesse. Geneviève lui sourit timidement. C'était la même femme que la veille. Cette fois, elle revêtait une robe rose clair.

— Je n'ai pas de lettre, dit Geneviève, comme pour s'excuser. Je ne connais personne dans ce milieu.

Aussitôt, elle se dit que Madeleine n'avait pas proposé de la prendre sous son aile ! C'était sans doute pour ne pas interférer dans la vie de sa mère et pour laisser le destin suivre son cours.

— Cela ne fait rien, répliqua la femme, nous allons consulter votre parcours. Dans quelques minutes, nous ferons passer une courte entrevue à toutes les personnes ici présentes.

John la rassura à son tour :

— Vous verrez, cela va vite, dit-il en riant. Et c'est moins douloureux que chez le dentiste !

L'attente dura néanmoins plus d'une heure. Geneviève songea même à partir. Elle tombait dans des pensées obsédantes, sur son âge, son allure, sa vie entière, son sentiment d'être complètement décalée dans cette société qui évoluait si rapidement. Puis, elle tâchait de se remonter. À chaque fois que la porte s'ouvrait, la femme appelait un autre nom. Puis arriva le tour de Geneviève Boivin. Celle-ci se pencha vers John pour le remercier.

— J'espère sincèrement qu'on vous prendra, lui dit-elle. Et merci de m'avoir soutenue.

— Je fais le même vœu pour vous. Peut-être nous reverrons-nous sur un plateau de tournage, ajouta-t-il en lui faisant un clin d'œil complice.

Le bureau était petit et sans fenêtre. Les murs étaient couverts d'affiches de spectacles et de photos de vedettes. Geneviève reconnut la publicité de l'émission qu'elle ne manquait jamais à la télévision. On y voyait un homme avec des lunettes fumées. Il y avait également des affiches de documentaires, dont un sur le Grand Nord. À la vue de cette affiche, Geneviève frémit.

— Assoyez-vous, madame Boivin. Je m'appelle Philippe, dit l'homme qui se leva à moitié de son siège pour accueillir Geneviève.

Celle-ci remarqua qu'il avait devant lui un sandwich entamé et un thermos ouvert. Elle imagina la femme de cet homme. Le matin même, sans doute, elle lui avait préparé ce petit repas. Ou peut-être était-il seul ? Cela voulait donc dire que c'était lui qui avait choisi ces aliments pour sa pause de midi, qui n'en était pas une, apparemment, puisqu'il travaillait. L'homme semblait nerveux, occupé. Il avait une expression lunatique. Il s'excusa auprès de Geneviève d'avoir à manger ainsi devant elle, tandis qu'il devait lui poser des questions.

— Je n'ai pas eu une minute pour moi depuis ce matin, dit-il en guise d'explication. Si cela ne vous dérange pas, madame. Je sais bien que ce n'est pas poli, mais j'ai une journée chargée.

— Non, bien entendu, répondit Geneviève, conciliante.

Du coup, elle aima qu'il se soit montré, malgré les apparences, bien élevé.

En revanche, elle trouva dommage qu'un employé n'ait même plus le temps de quitter ne serait-ce que quelques minutes son bureau pour se sustenter, sinon se reposer un peu. Comment évaluer des candidatures dans ces conditions ?

— Voilà, continua Philippe. J'ai jeté un coup d'œil à votre CV. Vous avez travaillé loin d'ici pendant dix ans, chez Moretti, n'est-ce pas ?

Pendant un instant, Geneviève sentit monter une pointe d'inquiétude et ne voulut pas répondre, comme si elle était sur la défensive. Elle usa d'un ton volontairement posé.

— Oui, en effet, dix ans.

— J'ai bien aimé vos photos, ajouta l'homme. Et cela tombe bien, car nous avons besoin de gens crédibles pour un documentaire portant sur les milieux hospitaliers. Nous avons besoin de personnes de votre âge.

Il sourit à Geneviève, qui ne se montra nullement choquée de ce commentaire qui pouvait sembler à première vue insolent ou déplacé.

— J'ai quarante-cinq ans, précisa-t-elle en décidant de ne rien cacher d'elle-même.

— Vous ne les faites pas, répliqua l'homme, comme pour s'excuser. Nous venons tout juste de signer un contrat avec des cinéastes pour produire cette série de documentaires, que nous vendrons ensuite à la télévision. Ils auront besoin de femmes comme vous pour représenter des infirmières, se tenir dans les corridors, etc. Je vois que vous n'avez aucune expérience en théâtre, mais cela importe peu. Les rôles sont muets. On ne vous demande qu'une chose : être naturelle. Ne regardez jamais la caméra. Nous ne voulons surtout pas de figurants qui essaient de voler la vedette à nos vedettes.

Geneviève réprima un petit rire. Tout cela était tellement évident.

— Je comprends. Je suis moi-même spectatrice et je n'aimerais pas voir ce genre de comportement à l'écran. C'est déplacé. Et, surtout, ça nuit à la vraisemblance.

Avec cette remarque judicieuse, elle crut marquer un bon point.

— Nous avons eu récemment des plaintes de comédiens, enchaîna Philippe, presque sur le ton de la confidence. Ils n'arrivaient plus à suivre leur texte parce que des figurants prenaient trop de place sur les plateaux de tournage. Imaginez-vous qu'un d'entre eux s'était permis de s'habiller de façon très tapageuse, il avait mis une cravate jaune à pois verts !

Philippe rigola et continua :

— Nous avons dû le renvoyer à la maison. Il avait sûrement trouvé cette astuce ridicule pour se faire remarquer. Mauvaise initiative.

Philippe mordit dans son sandwich, une tranche molle d'un poulet couleur grisâtre tomba sur sa table ; il la saisit d'un geste rapide, pour l'avaler goulûment. Il prit aussitôt une autre bouchée.

Il mâchait en souriant béatement. Il ressemblait à un comique d'un film muet. Geneviève réprima une fois de plus une envie de rire.

La bouche encore pleine, il continua sur sa lancée :

— Alors, madame Boivin, dit-il, vous acceptez de signer ce contrat avec nous ? En voici les conditions, ajouta-t-il en tendant trois feuilles agrafées. Je pense que vous aurez bien du plaisir, car ces documentaires sont vraiment très bien faits et par une équipe très dynamique.

Il lui tendit un papier sur lequel étaient consignés les heures de travail et le montant de la rétribution. Geneviève ne put s'empêcher de sursauter.

— Oui, je sais, déclara Philippe aussitôt, vous trouvez que ce n'est pas payé cher.

— Je suis surtout étonnée qu'on me demande de travailler huit heures durant, répondit Geneviève avec calme. J'imagine que je ne suis pas présente durant tout ce temps à l'écran.

— Bien sûr que non. Cette série, c'est comme au cinéma. On passe des heures sur le plateau à attendre deux ou trois scènes. Vous devez être prête quand le réalisateur a besoin d'une personne de plus devant un lit d'hôpital ou dans une salle d'opération. Il peut aussi arriver que vous remplaciez une absente.

Geneviève écoutait avec attention. Elle était déjà en train d'organiser son horaire, d'imaginer la suite.

— Je travaille de nuit ? s'enquit-elle. Et pendant une semaine ? C'est bien cela ?

— Pour cette fois, oui, obtempéra Philippe. Ce qui compte, c'est de mettre le pied à l'étrier. On ne sait jamais ce qui peut arriver, c'est un domaine où l'imprévu et le hasard sont rois. Vous pouvez rencontrer un artiste qui souhaite retravailler avec vous. Un metteur en scène peut vous remarquer plus qu'une autre figurante. Il vous demandera alors de vous joindre à un autre tournage. Tout peut s'enchaîner très vite dans ce métier. Il y a des gens qui font de la figuration depuis vingt ans.

Les deux s'observèrent un instant, puis Geneviève déclara :

— Je ne vise pas en faire une carrière.

Elle s'aperçut que ces mots, elle se les disait à elle-même.

Philippe lui adressa un air très surpris.

— Mais alors, pourquoi êtes-vous ici ?

Il ne lui cacha pas son impatience. Geneviève le sentit et se reprit aussitôt, ne voulant pas perdre la chance que lui donnait cet homme.

— Merci, cher monsieur, je suis très contente de faire partie de votre équipe. Ce sera pour moi un nouveau défi, vos conseils sont précieux, et je croise les doigts.

Elle allia le geste à la parole et se leva pour saluer Philippe, qui l'invita à remettre à la secrétaire les documents signés après qu'elle y aurait répondu.

— Si vous avez des questions sur quoi que ce soit au sujet de cet emploi, elle vous aidera, assura-t-il.

Après l'avoir accompagnée jusqu'à la porte, il appela tout de suite une autre personne, tandis que Geneviève se dirigeait à une table. Il ne lui restait plus qu'à relire lentement les conditions du contrat pour être certaine que tout soit en ordre, le signer et le donner à la réceptionniste, qui lui remit une carte professionnelle.

En sortant, elle vit John qui lui fit un charmant sourire. Il vint vers elle en lui tendant la main.

— J'espère qu'on se reverra, lança-t-il.

— Je le souhaite moi aussi, répondit Geneviève sur un ton joyeux.

Et elle quitta les lieux, se sentant légère et confiante. La journée lui semblait resplendir, à l'image de son cœur. Les nuages du matin avaient disparu pour faire place à un ciel d'un bleu royal. Dans la rue, les gens portaient des vêtements encore estivaux. Il y en avait même qui se déplaçaient avec de simples sandales aux pieds. Pour Geneviève, il ne faisait pas si chaud pour être vêtu comme si on était en juillet. Mais elle aima cette impression de liberté qu'apportent les derniers rayons de soleil avant l'automne. Elle continua de marcher jusqu'à l'arrêt d'autobus. Elle avait l'impression de renaître. Ce petit contrat de figuration n'était pas le Pérou, bien sûr, mais elle avait enfin la possibilité de travailler, ce qui était une étape de plus dans sa vie.

21

— Devine ce que j'ai fait aujourd'hui ?

Geneviève n'avait pas résisté à téléphoner à Madeleine. Sa fille se montra étonnée d'entendre cette voix si joyeuse.

— J'ai suivi ton conseil, expliqua Geneviève. Je suis allée à l'ONF.

— Non ! s'écria sa fille.

— Et tu sais quoi ? demanda Geneviève, tout excitée.

— Laisse-moi deviner, maman. On t'a prise !

— Oui ! lança la quadragénaire. Je suis tellement contente. Je vais faire un peu d'argent et je vais surtout rencontrer des gens, ça peut m'aider pour plus tard.

À l'autre bout du fil, Madeleine riait de bonheur.

— C'est une intuition que j'avais. Je te vois bien dans ce milieu, maman. Moi, quand j'ai fait un peu de figuration, j'ai trouvé l'expérience enrichissante, ne serait-ce que parce que tu vis un certain temps dans un univers magique. L'ONF est une institution en pleine ébullition : on ne fait plus seulement que des documentaires, on réalise de plus en plus des films de fiction, d'où la chance que tu as eue… Est-ce qu'on t'a dit ce que tu ferais ?

— Le monsieur, enfin l'homme qui m'a interviewée, m'a dit que je ferai justement une infirmière en salle d'opération, ou encore dans un couloir, ou devant le lit d'un malade, des choses comme ça, répondit Geneviève, qui n'arrivait pas à se calmer.

— Tu seras fantastique ! déclara Madeleine avec conviction.

— N'exagère pas, ma fille, rigola Geneviève. Je n'ai pas décroché un premier rôle dans un film à Hollywood, tout de même. On ne va pas me demander des autographes ! Mais ça m'excite. J'ai hâte d'être dans les coulisses, de voir comment cela se passe sur un plateau de tournage. C'est le salaire minimum, pour huit heures, une semaine, la nuit.

Madeleine poussa un soupir que Geneviève entendit bien distinctement.

— Je sais, dit Geneviève, ce sera dur. Je sais à quoi m'attendre. J'ai accepté en me disant que je faisais cela seulement pendant un moment, le temps de trouver autre chose. Je suis toujours à la recherche d'un emploi stable et bien payé. Cela ne changera pas.

— Tu raisonnes sagement, maman, approuva Madeleine. Je suis certaine que tu vas aimer l'atmosphère fébrile du milieu du cinéma. Tu vas rencontrer des gens intéressants.

— Oui, approuva Geneviève. D'ailleurs, tandis que j'attendais, il y avait à mes côtés un homme très gentil, qui lui aussi venait pour ce travail. Il semblait connaître le milieu.

— Tu vas apprécier la compagnie des artistes, car tu as cette fibre sensible, tu vas te sentir à ta place, renchérit Madeleine.

Les deux femmes continuèrent de parler de choses et d'autres. Madeleine, pour sa part, avait un nouveau projet qui lui tenait à cœur : elle avait l'intention de participer à une marche pour les Droits de l'Homme, qui devait avoir lieu dans une semaine à Montréal.

— Alex va même y interpréter l'une de ses chansons, figure-toi.

— Vas-tu l'accompagner à la guitare ? s'enquit Geneviève.

Au grand étonnement de sa mère, Madeleine prit cette question comme une moquerie.

— Maman ! siffla-t-elle. Tu sais bien que je maîtrise à peine trois accords. Il y aura des milliers de gens, je ne veux pas être ridicule.

Geneviève changea de sujet, pour ne pas provoquer davantage sa fille. Elle était trop heureuse de leur nouvelle belle entente pour mettre celle-ci en péril. Les deux femmes se quittèrent en se promettant d'aller au cinéma, comme elles devaient le faire depuis la soirée où elles avaient été ensemble.

— Ce n'est pas un vœu pieux, ajouta Madeleine. Il faudra vraiment qu'on trouve un moment comme on le faisait quand j'étais petite. Donne-moi des nouvelles de ton nouveau travail. Je suis vraiment heureuse pour toi, maman.

Geneviève raccrocha, puis elle se dirigea lentement à la cuisine, d'un pas léger. Elle ne savait pas quoi manger. Et elle avait faim. Dans le réfrigérateur, rien n'était vraiment alléchant et il y avait beaucoup de pots de condiments à moitié vides. Cependant, il y avait encore des restes qu'elle avait mis dans des contenants en verre. Elle prit le premier qui se trouvait devant elle : c'était des morceaux de bœuf dans une sauce brunâtre. Rien d'appétissant. Toutefois, comme elle n'avait pas envie de faire une autre recette, elle décida que cela ferait l'affaire pour ce soir.

Après tout, maintenant qu'elle avait décroché ce boulot, il lui fallait garder la ligne. Elle se rappela l'homme qui avait mangé devant elle un peu plus tôt, l'interviewant, tandis qu'elle-même, ce soir, sortait un plat pour simplement le réchauffer dans un poêlon.

C'est tout de même désolant, se dit-elle, *que l'on soit obligé de manger durant nos heures de travail. Cela devrait être interdit. J'imagine que cet homme a tellement peur de perdre une minute qu'il fait montre d'un zèle qui nuit à sa santé.*

Elle songea à ce jour chez Moretti. James Cartridge, celui-là même qui devait la congédier plus tard, lui avait demandé si elle ne pouvait pas lui prêter un peu d'argent. C'était deux jours avant que les employés ne reçoivent leur paye et il se trouvait sans le sou.

— J'ai oublié de me faire à manger, avait-il expliqué, je suis parti trop tôt, et j'ai aussi oublié mon portefeuille ! Je vais te le remettre jeudi, c'est juste pour un sandwich.

Comme elle n'avait pas assez d'argent sur elle, elle lui avait offert un morceau de son propre lunch : un bon sandwich à la salade aux œufs.

— J'en ai vraiment trop, avait-elle argué pour mettre à l'aise le chef de production. Si ça ne vous dérange pas, je peux vous donner ce que j'ai.

Il l'avait remerciée comme un enfant tout heureux de recevoir un cadeau inattendu. Pourtant, plus tard, c'était cet homme-là qui l'avait congédiée. Geneviève n'avait jamais failli à ses habitudes : elle se faisait toujours de bons repas pour le travail, le midi. Elle était heureuse de pouvoir partager ce qu'elle possédait. Elle avait vu avec plaisir, ce jour-là, James Cartridge repartir vers son bureau, tout en mordant à pleines dents dans le sandwich qu'elle s'était préparé la veille.

Et dire que cet homme m'a montré froidement la porte quelques mois après, soupira-t-elle. *Son arrogance me reste en tête. Maintenant, je comprends pourquoi il a gardé son travail, lui. Il était tellement obséquieux et à la fois condescendant. Toujours prêt à faire le petit toutou devant les patrons et le tyran avec les employés.*

Une bouffée d'amertume vint soudainement la submerger. Geneviève n'avait pas fait le deuil de son licenciement. Elle avait au cœur cette profonde blessure qui s'ouvrait à tout moment. Elle se reprocha ces mauvaises pensées qu'elle entretenait à l'égard de cet homme. Elle se demanda si, un jour, elle parviendrait à oublier son ancienne vie chez Moretti. Sans qu'elle le veuille, elle se trouvait prisonnière d'un passé qui ne s'effaçait pas. Or elle savait qu'elle devait accepter, pardonner, pour pouvoir s'en sortir.

Elle se mit à table, son assiette n'avait rien de très ragoûtant, la viande en filaments baignait dans une sauce dont elle ne savait plus si c'était au poivre ou à la moutarde. Il était dix-sept heures et déjà, dehors, le soleil déclinait, annonçant l'automne et sa morosité. Par la fenêtre, elle vit le ciel pâlir. Elle pensa que l'été avait été trop court et qu'elle n'avait pas profité de la belle saison, étant trop repliée sur ses problèmes. Elle se rappela une fois de plus que la seule chose à faire, c'était de jouir de l'instant présent ! On ne pouvait pas rattraper le passé ni prévoir l'avenir. Heureusement, elle devrait commencer à faire de la figuration dès la semaine prochaine. Déjà, cela l'occuperait à temps plein. Elle compta dans sa tête combien elle gagnerait d'argent en tout et pour tout. Une cinquantaine de dollars. Ce n'était vraiment pas grand-chose ! Toutefois, elle ne lèverait pas le nez sur ce montant qui lui servirait au moins à payer un compte d'électricité en retard. *Au moins,* se dit-elle, *je serai tranquille pour ce mois-ci. Mais après ?* Elle ne voulut pas sombrer davantage dans les soucis. L'important, c'était que cette entrevue ait porté ses fruits. Et ça avait été le cas ! Qu'avait-elle à se plaindre ? Geneviève Boivin venait de signer un premier contrat et elle se répétait ces mots comme une douce musique. On avait voulu d'elle, on avait besoin de ses talents, elle qui s'était crue trop âgée déjà, malgré sa quarantaine entamée, pour revenir sur le marché de l'emploi. Elle avait son explication. Toujours la même. Son départ de Moretti lui avait fait perdre confiance, avait saboté son amour-propre. Elle était devenue sa propre ennemie en se dénigrant elle-même. Mais maintenant, avec cet engagement positif dans cette entreprise cinématographique, elle pouvait croire qu'elle pourrait aller plus loin. Elle piqua un morceau de viande qu'elle trempa dans la sauce. Cela n'avait rien d'un banquet, mais elle se sentait bien. Ayant trouvé dans une armoire une bouteille de vin rouge qui lui restait, elle s'en versa un grand verre. La chaleur de l'alcool lui fit un bien immédiat. À la seconde bouchée de viande, elle rejeta ce qu'elle avait pris, car c'était froid.

J'aurais dû cuire ces restes au fourneau au lieu de les rôtir dans un poêlon, maugréa-t-elle.

Elle attribua sa mauvaise humeur au fait qu'elle était seule à honorer ce repas. Sans personne à qui dire le moindre mot. Elle se dit que cela n'était pas une raison pour ne pas manger de la bonne nourriture. Elle saisit son assiette et en versa le contenu dans un poêlon. Tant qu'à faire, elle réchaufferait ce ragoût correctement. Elle ouvrit le poste de radio et décida de se jouer la comédie à elle-même : elle ferait comme si elle était au restaurant. Ce serait bon, cette fois-ci.

Quand elle eut fini, elle visionna, comme elle le faisait chaque semaine, son émission préférée et elle se demanda si elle pourrait même un jour faire de la figuration dans l'un de ses épisodes. *Pourquoi pas ? Ce serait une belle expérience,* se dit-elle en caressant cet espoir. Elle fut très surprise de voir dans cette émission ce comédien aux lunettes dont elle avait remarqué le visage sur une affiche dans le bureau de casting. Il était toujours aussi enjôleur. Il lui rappela Charles. Son ex-mari, lui aussi, avait un côté Don Juan. Ce trait de sa personnalité charismatique l'avait subjuguée lorsqu'ils s'étaient rencontrés. Elle était alors si jeune, si naïve. *Un peu trop, j'étais comme Madeleine avec Alexandre, je pensais que c'était pour durer toute la vie entre lui et moi. J'espère seulement que ma fille n'aura pas à subir mes tourments,* implora-t-elle en silence.

Alors qu'à la télévision il était question d'une dispute de famille, Geneviève perdit le fil : ses pensées divaguaient. Elle se mit à penser à ce qu'elle avait noté depuis qu'elle parlait davantage avec sa fille : Madeleine répugnait à ce qu'elle lui parle de ses sentiments amoureux. Comme si la fille voyait sa mère comme une femme sans désir. Geneviève comprenait son malaise, mais elle aurait aimé pouvoir parler de ses histoires de cœur avec elle. Elle n'aimait pas trop se livrer à ses amies, craignant toujours leur jalousie, leur envie ou leurs mauvais conseils. Geneviève s'interrogeait. *Pourquoi Madeleine fait-elle toujours semblant de ne rien entendre quand je souhaite me confier ? Pourquoi change-t-elle aussitôt de sujet lorsqu'il est question d'un homme que j'ai remarqué pour son allure ou pour sa gentillesse ? Il n'y a aucun mal à cela !* Ces temps-ci, elle aurait tellement voulu lui demander conseil. Mais sa fille restait fermée. Qu'aurait-elle pu penser d'Ahmed, cet inconnu qui obsédait sa mère sans qu'elle le sache ? Intérieurement, Geneviève aurait voulu retourner au presbytère, mais à la seule idée d'entrer dans la salle, elle ressentait une grande nervosité. Cette fébrilité ne lui était pas arrivée depuis longtemps à l'égard d'un homme. Les hommes, elle ne les voyait même plus depuis son divorce. Comme si elle était éteinte. Mais pas avec Ahmed ! Cet étranger ténébreux et à la fois chaleureux avait changé sa perception. Du reste, Geneviève ne voulait surtout pas perdre une chance de pouvoir trouver un emploi, sous prétexte qu'elle voulait fuir cet homme dont elle avait l'impression qu'il s'était moqué d'elle. Ce n'était pourtant qu'une impression, car, après tout, il ne lui avait rien promis. *Voilà une réflexion très sage*, soupira-t-elle. Puis elle se rappela qu'Ahmed lui avait donné son numéro de téléphone. À ce souvenir, une douce chaleur l'envahit. Elle aima cette sensation. C'était rassurant.

À la fin de l'émission, elle éteignit sans tarder le téléviseur et se leva pour aller fouiller dans son sac à main. Le numéro était bel et bien là, un morceau de papier fripé sur lequel étaient griffonnés des chiffres. À vingt et une heures, elle hésita : était-il trop tard pour essayer de joindre Ahmed ? Cela se faisait-il ? Elle ferait comme si elle avait pensé à lui, ne voulant pas le déranger, juste pour savoir s'il avait trouvé un emploi. Elle saisit le combiné du téléphone et commença à composer le numéro, le cœur battant la chamade, puis elle raccrocha. *Non,* se dit-elle. *Ce sera pour une autre fois. Si je dois le revoir, ce sera autrement.* Cependant, elle prit le précieux papier et le mit dans une boîte. Elle ne voulait surtout pas le perdre, car il avait un goût d'avenir.

22

Après avoir passé la semaine à faire de la figuration à l'ONF, Geneviève n'avait plus jamais été appelée par la société cinématographique. On lui avait assuré qu'elle avait été bonne, mais que l'établissement souffrait de manque de budget. Il fallait attendre. Ainsi, dès le 15 septembre, après sept jours à la fois épuisants et gratifiants de travail, Geneviève s'était de nouveau retrouvée au chômage, accablée. Elle avait rappelé au cabinet de médecins, dans le nord de Montréal, pour se faire dire qu'une jeune femme avait été prise pour le poste de réceptionniste. Une jeune femme… Évidemment.

Les allers au presbytère avaient alors recommencé. Ceux-ci avaient duré jusqu'au début du mois d'octobre. Le prêtre lui-même avait annoncé à Geneviève que, de source sûre, il savait que le grand magasin Eaton, sur Sainte-Catherine, cherchait des vendeuses. Geneviève s'était résolue à accepter ce poste en se disant qu'au moins elle serait entourée de belles choses, même si elle ne pouvait pas se les offrir. Mais à l'aube de ses quarante-six ans, elle trouvait cela vraiment humiliant.

Les premières semaines s'étaient bien passées. Geneviève faisait de son mieux pour apprendre le métier de vendeuse. Elle avait comme atout son entregent. Seule ombre au tableau : sa superviseure était une femme dure. Et voilà qu'aujourd'hui même, l'orage grondait.

Se pouvait-il, en effet, qu'elle ait à subir pour la seconde fois un tel affront ? Il était dix-sept heures trente quand elle entra dans le bureau de M. Claude Laflamme. Il lui fit un signe de la main, mais sans prendre la peine de la regarder. Geneviève en déduisit qu'il l'invitait à s'asseoir et elle prit place devant son pupitre.

— Bonjour, assoyez-vous, assoyez-vous, répéta-t-il sans même lui jeter un regard.

Sur son pupitre, des dizaines de dossiers étaient ouverts. Il régnait dans ce vaste bureau un désagréable désordre. L'homme semblait fuyant, il avait une attitude détachée, presque hostile. Geneviève le trouva de prime abord carrément antipathique. Elle l'observa en silence pendant un moment, puisqu'il semblait travailler. Il paraissait en effet préoccupé, et il finit par lever les yeux sur elle, après une minute qui parut des heures à la quadragénaire.

— Vous allez bien ? demanda-t-il, sur un ton sans expression.

— Oui, merci, répondit-elle en faisant tout pour paraître à l'aise.

Sa voix tremblait un peu, elle se racla la gorge.

— Comment s'est passée cette journée ? enchaîna l'homme.

— Très bien, répliqua Geneviève d'une voix posée.

— Beaucoup de ventes ? continua Claude Laflamme.

Geneviève ne se démonta pas. Depuis le temps, elle avait l'habitude des questions incisives.

— Excellentes, affirma-t-elle.

Toutefois, elle avait l'impression de passer un examen oral comme lorsqu'elle était à l'école. Elle agissait en bonne élève, ce qu'elle avait toujours été. Cet interrogatoire était intimidant, mais elle tentait de se munir de son bouclier invisible.

— Mme Dahlia Sarto, votre superviseure, m'a parlé de vous, poursuivit Laflamme.

Geneviève se pinça discrètement les lèvres. Elle aurait bien aimé avoir un verre d'eau pour se désaltérer. Plus la conversation avançait, plus elle se sentait la gorge sèche.

— Elle a bien aimé ce que vous faites, déclara l'homme d'une traite.

M. Laflamme avait insisté sur le mot « bien », comme pour signaler qu'il y avait quelque chose qui clochait. Geneviève, une fois de plus, tenta de ne pas se laisser démonter et soutint le regard sévère du patron. Elle ne voulait pas se sentir paranoïaque. Peu lui importait qu'il lui désigne sèchement la porte maintenant. Au seul prénom de Dahlia, elle avait envie de partir.

— En fait, ajouta-t-il avec une expression déplaisante, elle trouve que vous n'êtes pas efficace. Je suis désolé de le dire aussi directement, mais c'est le rapport qu'elle m'a remis sur vous. Dahlia est l'une de nos employées les plus fidèles, elle est fort appréciée de tous, je crois donc à ce qu'elle m'écrit.

Cette fois, Geneviève était décontenancée. Elle ne savait pas quoi répondre. Elle se sentit soudainement très triste et ressentit un fort sentiment d'abandon. Toutefois, elle luttait, ne voulant pas céder à ce sentiment négatif. Il y avait dans le diagnostic de cet homme un ton sans réplique. Geneviève se disait surtout que cela était faux. Certes, elle avait encore beaucoup à apprendre, mais elle ne faisait presque plus d'erreurs. Elle maîtrisait bien la caisse enregistreuse et elle avait même réussi à la fermer à la fin de ses journées de travail, ce qui lui avait demandé un certain effort. Si elle avait été vraiment inefficace, comme l'affirmait cette Dahlia, elle n'aurait pas fait autant de ventes.

Elle prit discrètement son souffle. Il fallait bien répondre.

— J'admets avoir commis certaines erreurs, répliqua-t-elle en regardant droit dans les yeux l'homme qui ne souriait pas, mais j'aime de plus en plus mon travail et cela se voit dans la satisfaction des clients que je sers.

À une autre époque, elle n'aurait jamais eu le cran de répondre à ce patron arrogant qui lui rappelait James Cartridge chez Moretti, un vrai bourreau. Elle l'observa. Il plissa les yeux, cela lui donna une tête plutôt comique. Les épreuves et les difficultés avaient endurci Geneviève. Elle était décidée à ne pas s'en laisser imposer par des individus qui ne la connaissaient pas et qui lui donnaient une image d'elle qui ne lui correspondait pas du tout. Qui était donc Dahlia pour prétendre qu'elle n'était pas efficace ? Que savait cette femme des efforts qu'elle avait faits pour trouver cet emploi et de ceux qu'elle multipliait pour le garder ? Ses ventes étaient bonnes, les clients l'aimaient, certains, même, revenaient la voir au comptoir, car ils étaient contents de son service aimable et attentionné. La journée qu'elle venait de terminer en était la preuve.

— J'ai reçu des compliments aujourd'hui, poursuivit-elle comme pour se justifier contre des reproches injustes.

M. Laflamme haussa les épaules.

— Madame, continua-t-il, je ne doute pas un seul instant que les gens vous apprécient… Mais cela est la moindre des choses quand on est dans la vente ! Vous devez suivre des règles strictes. Dahlia Sarto est là pour les faire respecter. J'ai ici devant moi une note d'il y a deux semaines. Vous deviez, écrit-on, faire le ménage des comptoirs, ce que vous avez fait en retard. On a dû vous le signaler, alors que vous deviez le faire spontanément. Puis, on vous a demandé de laver, d'essuyer et de ranger les flacons de parfum, mais vous les avez placés au fond de l'armoire, alors qu'il fallait les mettre en avant ! Allons, comment ne saviez-vous pas cela ? Comment voulez-vous que les clientes les achètent si elles doivent faire de la gymnastique pour atteindre le produit qui leur fait envie ?

Cette fois, le directeur avait un air furibond.

Geneviève se rappelait parfaitement cette soirée : Dahlia lui avait ordonné de faire ce travail ardu et insignifiant. Comme il n'y avait personne au comptoir, Dahlia lui avait dit d'un ton ferme de ne pas rester longtemps à se croiser les bras.

— Vous connaissez les règlements ? avait-elle sifflé. Il y a toujours quelque chose à faire sur le plancher, sachez-le. Vous avez vu les flacons de parfum ? Quand les clients sont rares, on doit faire le ménage.

Sur ces mots, Dahlia avait carrément lancé un chiffon et un vaporisateur à Geneviève.

Estomaquée par tant de rudesse, Geneviève s'était dirigée prestement un peu plus loin, là où il y avait une grande armoire ouverte. Des bouteilles de toutes les couleurs étaient disposées çà et là sur les tablettes. Elle décida de commencer par l'étagère du haut. Perchée sur un escabeau, elle devait épousseter chacune des bouteilles, puis les mettre en rangs serrés selon chaque couleur et selon les marques. Tout naturellement, elle eut l'idée de commencer par les mettre au fond, de sorte que certaines rangées étaient pleines, d'autres moins. Il y avait donc parfois un espace devant les étagères. Pas de quoi en faire un drame, puisque les clients pouvaient facilement continuer d'identifier les bouteilles. Sans oublier que le travail que venait de faire Geneviève allait être défait tôt ou tard. Mais le hasard avait fait en sorte qu'un patron était passé au moment où elle était affairée à ce rangement.

— Que faites-vous là ? lui avait-il crié d'un ton effaré, comme si elle avait commis un crime.

Elle s'était retournée, se demandant à qui ces reproches pouvaient bien être adressés.

— Madame, avait sifflé l'homme, il faut que les flacons soient bien en vue. Devant, toujours devant !

Le ton brusque avait choqué Geneviève. Néanmoins, elle ne s'était pas formalisée davantage de cette remarque. Elle avait repris son travail en suivant ces directives. Plus tard, elle avait vu cet homme qui gesticulait devant Dahlia. Ce faisant, il pointait à l'occasion d'un doigt vengeur en sa direction.

Se peut-il qu'ils parlent de moi ? s'était interrogée Geneviève, soudain effrayée. *Après tout, il n'y a rien là-dedans pour faire un tel drame. Et s'ils ne sont pas contents, qu'ils viennent le faire, ce boulot éreintant !*

En effet, pour finir, elle avait dû s'agenouiller pendant plusieurs minutes pour atteindre l'étagère du bas. Elle y avait mis tout son cœur, mais il semblait à présent qu'elle s'était trompée. Elle avait eu tort de considérer cet événement comme un simple détail. Elle en avait bien la preuve aujourd'hui, alors que Claude Laflamme lui remettait en pleine figure sa maladresse. C'était donc pour cette faute qu'elle manquait d'efficacité aux yeux de Dahlia ? Tout le reste ne comptait plus ? Geneviève soupira en silence. Elle comprit alors que ce travail était ingrat, en plus d'être mal payé. Et, surtout, il ne fallait jamais, jamais oublier que tous les gens sans exception qui passaient dans le magasin étaient des clients potentiels : ces flacons de parfum devaient donc être bien visibles, car ils devaient à tout prix être vendus, de façon qu'un employé en rajoute sans cesse d'autres sur les étagères. Tout individu était d'abord un acheteur. Geneviève l'avait-elle donc oublié ? Elle avait failli à sa tâche en ne mettant pas en vue ces flacons de toutes les couleurs. Maintenant, devant M. Laflamme qui semblait de plus en plus de mauvaise humeur, elle attendait piteusement sa sentence, avec une désagréable impression de revivre toujours la même histoire. L'homme la tança. Il montrait qu'il était le plus fort, il était pareil à un juge devant lequel Geneviève ne put s'empêcher de se sentir coupable.

— Je ne vous cacherai pas, dit-il, que cela me cause des ennuis, mais je suis obligé de vous dire que nous…

Geneviève retint son souffle. Il lui semblait que le temps s'étirait et même qu'il s'arrêtait. Le couperet du congédiement allait-il tomber une fois de plus ?

— Nous devons diminuer vos heures de travail, précisa le cadre. D'ici le temps des Fêtes qui arrive à grands pas, vous continuerez à travailler un peu, mais après, nous n'aurons plus besoin de vous. Je préfère vous le dire d'avance : vous avez donc le temps de chercher un emploi ailleurs.

Geneviève aurait pu s'effondrer de dépit. Au contraire, elle se sentit soulagée sans vraiment savoir pourquoi. Elle se consola en se disant que ce n'était pas une mise à la porte fracassante. On lui donnait du temps, quelques semaines au moins, pour tenter de rebondir après avoir accusé le coup. Elle pourrait mettre un peu d'argent de côté ; elle pourrait aussi entreprendre à nouveau des recherches d'emploi. Geneviève s'imagina se rendre chaque jour au presbytère, et en plein hiver, comme elle l'avait fait pendant des mois. Cette image la rendit triste, inconsolable.

De retour dans la salle du curé, elle aurait sans doute une pensée pour Ahmed. C'était là où elle avait aperçu cet homme bienveillant la première fois. Ce souvenir ne s'oubliait pas.

Elle se leva sans dire un mot.

— Vous aurez votre nouvel horaire demain matin, dit M. Laflamme. Vous n'aurez qu'à appeler et l'on vous précisera la journée de votre retour.

Après avoir salué le directeur, elle sortit de son bureau et se dirigea au vestiaire. Elle avait le cœur gros. Une forte envie de pleurer la tenaillait, mais elle n'allait pas céder à cette émotion. Elle était victime d'injustice, il lui fallait être forte pour contrer cet affront. Elle se mit à réfléchir et à tirer des conclusions: depuis le premier jour, Dahlia l'avait prise en grippe, elle s'était acharnée contre elle sans aucune véritable raison. Il n'y avait aucune réponse aux questions qui se bousculaient dans sa tête. Une autre superviseure l'aurait peut-être mieux comprise. En fait, il n'y avait simplement pas eu d'atomes crochus avec cette femme qui l'avait traitée de haut dès le début. Geneviève s'habilla rapidement. Il faisait froid ce soir, en ce début du mois de novembre. Elle avait pris soin le matin de porter un gros manteau et d'enfiler des bottes de mouton. Elle mit son béret, puis ses gants doublés. Elle s'apprêta à sortir, prête à affronter la première vraie tempête de neige de la saison. Dehors, des flocons lourds avaient commencé à étendre un tapis blanc sous lequel étaient cachées des plaques de glace noire. En sortant du magasin, elle faillit tomber quand son pas pressé glissa sur l'une d'elles. Désirant arriver au plus tôt à son appartement, Geneviève marchait vite en direction de l'arrêt d'autobus. Elle voulait oublier cette journée qui avait pourtant si bien commencé.

23

Sans l'obligation de travailler aussi souvent, ses heures ayant radicalement diminué depuis la semonce de Claude Laflamme, Geneviève commença vite à trouver le temps long. L'argent viendrait aussi à manquer, il était temps qu'elle retombe sur ses pieds.

Un mardi matin, elle décida de se rendre au presbytère sans vraiment espérer trouver quelque chose qui lui plaise et si rapidement. Elle n'aimait pas avoir de telles pensées, car celles-ci étaient accablantes, mais elle voulait rester lucide. En se dirigeant vers l'église Saint-Esprit, à Rosemont, elle se mit à rêver. Revoir Ahmed… Quel bonheur ce serait dans sa déconfiture. À la seule idée qu'elle pouvait croiser l'homme de qui elle s'était secrètement éprise, elle se sentit plus légère et confiante.

Comme elle entrait au presbytère, elle fut accueillie par le prêtre. Il avait un large sourire et tenait dans sa main une lettre. Il la lui tendit.

— Vous souvenez-vous d'un certain Ahmed ? lui demanda-t-il d'un air complice. Il m'a demandé de vous transmettre cette missive. En effet, il a trouvé du travail dans le Grand Nord. Entre deux séjours, il est revenu ici me remettre cette lettre à votre intention.

À ces mots, Geneviève crut défaillir. Elle venait de penser à ce miracle dans l'autobus ! Et voilà que celui-ci se produisait !

C'était prodigieux. Elle trembla en saisissant la lettre et en remerciant le prêtre en même temps. Lorsqu'elle l'ouvrit, elle lut avec délice qu'Ahmed lui précisait qu'il n'avait pas oublié ce café qu'ils avaient pris ensemble et qu'il avait trouvé enfin du travail. Cependant, il revenait à Montréal à l'occasion, et souhaitait ardemment la revoir. Était-elle d'accord ? Une larme coula des yeux de Geneviève. Après toutes ces épreuves, cette douceur l'attendrissait au plus profond d'elle-même. Le curé s'en aperçut et lui fit un signe d'encouragement.

Geneviève gardait la lettre entre ses mains tremblantes. Tout se bousculait dans son esprit et dans son cœur. L'amour allait-il revenir dans sa vie ? Elle ne cessait de relire le mot « ardemment ». Elle avait gardé un mauvais souvenir de Charles. Lorsqu'il était parti aux États-Unis pour visiter un certain nombre d'usines de la compagnie Ford, il lui avait promis à plusieurs reprises qu'il lui enverrait une lettre chaque semaine et des cartes postales. Geneviève avait attendu en vain, sentant la frustration monter en elle. Elle n'avait rien eu. Rien ! Durant tout son séjour là-bas, Charles n'avait pas pris le temps de lui envoyer un seul mot. À son retour, il lui avait inventé une histoire à laquelle elle n'avait jamais cru.

— Geneviève, ne fais pas cette tête-là ! avait-il argué, piteusement. Je m'excuse, j'aurais dû t'envoyer au moins une belle carte avec une vue de Washington ou encore de Miami ! Mais il y avait tant de touristes dans les boutiques. Ils étaient tous agglutinés devant les présentoirs, ils prenaient toute la place. Je ne voulais pas non plus attendre pour acheter un timbre. Je n'avais jamais de monnaie dans mes poches.

Elle l'avait écouté raconter ce qu'il voulait bien lui dire, sans réagir vraiment ni trop faire de reproches. Toutes ces balivernes la dégoûtaient. Mais Geneviève bouillonnait de l'intérieur et son visage trahissait sa réception. Toutefois, elle n'avait pas tardé à lui pardonner. Charles savait se faire aimer. Et il était le père de Madeleine ! Même lorsqu'elle avait découvert qu'il avait profité de ce séjour d'affaires pour faire un détour par Atlantic City et jouer au casino, elle avait décidé de passer l'éponge. L'idée était de sauver son mariage à tout prix. Néanmoins, elle n'avait pas oublié l'attente frustrante qu'il lui avait fait subir. Et maintenant, de longues années avaient passé. Elle éprouvait toutefois ce même malaise irritant. Elle refusait de se faire prendre encore à ce piège. Attendre un homme lui paraissait déplorable.

Mais je n'ai donc pas eu ma leçon, se disait-elle. *Ahmed n'aura donc pas trouvé un moment pour m'annoncer ce départ dans ce coin reculé. Il aurait justement pu laisser une simple lettre au curé, comme il l'a finalement fait, cela m'aurait fait tant plaisir. Je voudrais tant qu'il me parle de lui, moi qui pense si souvent à lui.*

Elle se ressaisit. Ahmed n'avait-il pas le droit de faire ce qu'il voulait ? Elle ne le connaissait même pas, et voilà qu'elle lui en voulait déjà ! Pourtant, elle avait une lettre de lui dans ses mains ! Que pouvait-elle souhaiter de plus ?

— Geneviève, Geneviève ! s'écria-t-elle à voix haute, comme si elle réprimandait une autre personne qu'elle-même. Sois patiente.

Il était presque midi et demi quand elle sortit du presbytère. Maintenant, elle savait exactement où elle voulait aller : rue Sherbrooke, dans l'est, en prenant deux autobus. Elle s'arrêterait à la bibliothèque municipale. Quand elle arriva en ce début d'après-midi, l'endroit était presque vide et elle s'en réjouit : il y avait quelques étudiants, quelques personnes âgées et les inévitables rats de bibliothèque qu'elle y croisait toujours. Geneviève se dirigea vers une table à l'écart. S'assoyant, elle sortit de son sac un calepin. Elle souhaitait répondre à Ahmed. Ensuite, elle remettrait la lettre au curé. Elle étouffa un rire. Un curé entremetteur ? C'était la meilleure.

Avant de se mettre à écrire, elle réfléchit longuement. Son regard balaya les immenses rayonnages remplis de livres et les énormes fenêtres qui laissaient passer une lumière diffuse. Elle se rendit compte qu'elle procédait presque à un bilan de sa vie. Au début de 1965, elle aurait quarante-six ans. Était-on vieux à quarante-six ans ? Bien sûr que non. Même si des rides commençaient à apparaître au bord de ses yeux et de ses lèvres, elle restait une belle femme. Elle n'avait pas un seul cheveu gris. Sa silhouette était toujours attrayante. Elle avait du charme. La preuve : Ahmed lui avait écrit. Il lui fallait respirer à fond pour intégrer cet événement majeur dans sa vie. Une lettre n'était pas rien. Une lettre voulait tout dire. Elle ne pouvait pas se cacher la vérité et jouer au chat et à la souris. Est-ce qu'un homme écrivait à une étrangère sans intention ? Il était évident qu'elle plaisait à cet Algérien. Alors, pourquoi tergiverser ? C'était clair : lorsqu'ils avaient pris un café ensemble, des mois plus tôt, ils s'étaient très bien entendus. Ils s'étaient plu. Pourquoi le cacher ?

Au fur et à mesure de ses pensées, Geneviève choisissait la voie à emprunter. Elle serait vraie, franche, authentique. Qu'avait-elle à perdre ? Sa dignité ? Non, puisque Ahmed avait été le premier à lui écrire. Ainsi, elle pouvait lui livrer son cœur, tel qu'il était. Cet homme était seul. C'était un étranger. Pire : un exilé. Elle aussi, d'une certaine façon, elle était exilée dans sa propre ville. Elle s'interrogea encore un peu avant de se lancer. Dans quelques années, pourrait-elle compter sur Madeleine et Alexandre pour la distraire ? Sûrement pas. Souhaitait-elle croupir dans un hospice, telle une vieille oubliée, et finir sa vie sans amour ? Non ! Il y avait maintenant quatorze ans qu'elle s'était séparée de Charles Guindon. Tout au long de ces années de solitude, elle n'avait eu qu'une seule liaison, hélas, avec un homme qui s'était avéré marié. Elle n'avait échangé que quelques baisers. Était-ce cela la vie d'une femme ?

Geneviève décida qu'elle était prête. Elle écrirait le brouillon de sa lettre ici, à la bibliothèque, dans un calepin. Saisissant son stylo, elle attaqua :

Bonjour Ahmed,

Ce matin je me suis rendue au presbytère, car de nouveau, je suis sans travail. Quelle ne fut pas ma surprise de voir le prêtre s'approcher de moi et de me tendre une lettre.

Une lettre de vous…

Je vous avoue être très étonnée, mais aussi, je vous avoue que je suis très heureuse d'avoir de vos nouvelles. J'ai compris que M. le curé ne voyait pas d'inconvénient à se transformer en boîte à lettres. C'est pourquoi j'ose vous écrire aujourd'hui.

Je suis heureuse que vous ayez enfin trouvé du travail. Le Grand Nord, c'est bien loin et, comme Algérien, vous devez trouver ce coin du monde bien froid… Au moins vous avez du travail, et je m'en réjouis pour vous.

De mon côté, je n'ai cessé de chercher du travail. Toutes mes tentatives d'en trouver se sont avérées vaines ou bien difficiles. Pourtant, je suis dûment diplômée et j'ai une grande expérience. Tout cela me fait l'effet d'une espèce de malédiction… Une infirmière qui ne trouve pas à se placer, cela est-il même possible ?

Sur les conseils de ma fille, qui a vingt-quatre ans et qui travaille à l'ONF, j'ai fait de la figuration pour un documentaire sur le milieu hospitalier, justement. Ce fut extrêmement exigeant. Depuis, je n'ai plus de contrats dans ce domaine. J'ai tenté de décrocher un poste de réceptionniste dans un cabinet de médecins, mais on a engagé une femme plus jeune que je ne le suis.

Enfin, j'ai travaillé comme vendeuse à la parfumerie chez Eaton. Hélas, une fois de plus, on m'a annoncé que je serais congédiée. Ce n'est pas que j'ai fait une erreur, au contraire, je crois que les clientes m'aimaient bien, mais je ne suis pas, disons, au goût du jour, c'est-à-dire une lionne de la vente. Je ne le serai jamais.

Heureusement, du côté de Madeleine, ma fille, tout va bien. Avec son compagnon, Alexandre, elle a passé des vacances réussies aux États-Unis. Aussi, Alexandre, un chanteur en devenir, a passé dans une émission pour les jeunes, Jeunesse d'aujourd'hui. Aux dernières nouvelles, étant donné ce passage à la télévision, au canal 10, son 45-tours se vend très bien ! Mon Dieu ! Ma fille aime une future vedette de la chanson populaire. Je suis tout étonnée de cela.

Voyant que tout le monde trouve sa place autour de moi, je me suis un peu découragée. Mais… ce matin… votre lettre m'a revigorée. Vous m'avez permis de croire en moi un peu plus ! Comment vous remercier ? Reviendrez-vous bientôt à Montréal ? Nous pourrions peut-être nous rencontrer pour prendre un café à ce moment-là, comme l'autre fois ? De toute façon, j'espère que vous recevrez bientôt cette lettre, et j'espère encore plus que vous ayez envie d'y répondre.

Je vous souhaite bonne chance. Bon courage.

Votre amie,

Geneviève Boivin

Geneviève posa son stylo, le souffle presque coupé d'avoir écrit cette missive d'une traite. Elle souhaita se rendre au plus vite à son appartement pour la retranscrire sur un papier à lettres bleu ciel. Après, elle attendrait que la nuit passe rapidement pour se rendre au presbytère et donner l'enveloppe au prêtre.

En rentrant chez elle à pied, Geneviève se sentit profondément heureuse. Elle eut une joie qu'elle n'avait plus éprouvée depuis des années. Une joie qui s'était manifestée lorsqu'elle avait pris un café avec le bel étranger. Cela s'appelait l'amour.

24

Le lendemain matin, Geneviève se leva tôt, s'habilla avec élégance, revêtit un ancien manteau de vison datant de son mariage, un chapeau assorti et se rendit rue Masson. Tout le trajet en autobus lui parut durer une éternité. La lettre en main, elle chancelait de fébrilité. Lorsqu'elle pénétra dans la salle, comme toujours remplie de gens, elle était pimpante. Elle n'avait pas du tout l'air d'une chômeuse sans espoir. Le prêtre remarqua immédiatement sa bonne humeur évidente. Il s'approcha d'elle, lui fit une bénédiction. Puis, sans qu'elle ait à le lui demander, il lui posa la question non sans une pointe de malice.

— Avez-vous quelque chose à me confier, ma fille ?

Geneviève ne put s'empêcher de rougir comme une jeune fiancée. Tirant la lettre de son sac à main en cuir verni, elle la tendit à l'homme d'Église.

— J'ai cru comprendre, mon père, que vous connaissiez l'adresse de l'étranger, Ahmed.

— Oui, en effet, approuva le prêtre, une lueur gaie dans les yeux. Voulez-vous que je lui expédie ce courrier ? J'ai une adresse pour lui dans le Grand Nord. Il me l'a laissée au cas où…

Geneviève n'osa pas demander au curé si Ahmed avait surtout pensé à elle.

Elle se sourit à elle-même. Comment avait-elle pu douter un seul instant qu'il ait pu l'oublier ? La confiance est la clé d'une bonne entente. Elle devait retrouver cette qualité au plus vite.

— Merci, mon père, se contenta-t-elle de dire en baissant les yeux.

Puis elle se dirigea vers la table où l'assistante sociale donnait les listes d'emplois offerts un peu partout à Montréal et même aux alentours de la ville. L'infirmière se plongea dans leur étude, bien assise dans son fauteuil habituel. Celui-ci était toujours libre, comme s'il attendait Geneviève. Elle feuilleta les annonces assez rapidement, car, avant d'être congédiée pour de bon, elle avait un horaire réduit à respecter au rayon de la parfumerie chez Eaton et devait, par conséquent, se rendre au grand magasin au début de l'après-midi.

Les semaines passèrent. Le mois de décembre arriva, avec ses jours raccourcis remplis de neige. C'était féerique. Mais ces jours annonçaient également la fin de son emploi chez Eaton. Après les fêtes de fin d'année, Geneviève devrait se remettre activement à la recherche d'un autre travail. Cependant, étrangement, cette pensée ne l'angoissait plus autant. Elle savait que son rayon de soleil s'appelait Ahmed. Toutes ses pensées étaient tournées vers l'ingénieur algérien en train de travailler dans le Grand Nord. Elle n'avait pas encore reçu de lettre, mais elle ne désespérait pas qu'il lui réponde. Il fallait donner le temps au temps et aussi à la poste canadienne d'acheminer les courriers.

Parfois, rarement, elle se demandait si elle n'était pas allée trop loin avec ses confidences sur elle-même. Puis, elle se reprenait. Non ! Elle avait bien fait de dire toute la vérité sur son compte et ne pas jouer de jeu avec cet homme. Si elle voulait bâtir un lien d'amitié solide et clair, alors il fallait l'être.

Elle n'avait pas besoin de conseils de ses amies Léontine et Émilie pour lui indiquer la marche à suivre. Elle croyait au pouvoir de la prière qu'elle faisait chaque soir avant d'aller au lit pour lui montrer le bon chemin.

Un vendredi, elle se rendit au presbytère. Comme chaque matin, elle espérait une lettre d'Ahmed. Mais elle se contenait et ne montrait jamais son impatience au prêtre. Celui-ci manifestait beaucoup de discrétion également devant cette situation. Ce matin-là, ce fut néanmoins lui qui se précipita presque vers elle, lorsqu'elle poussa la porte de la grosse maison de briques si accueillante.

— Ma fille, s'écria-t-il. J'ai reçu ceci pour vous, pas plus tard qu'hier.

Sur ce, il lui adressa un large sourire et lui tendit une enveloppe. Geneviève tressaillit. Enfin, une lettre de l'Algérien ! Ses émotions se mirent à s'intensifier. Certes, elle était ici pour consulter l'assistante sociale, mais elle avait trop hâte de découvrir ce qu'Ahmed avait répondu à sa longue missive !

— Merci, mon père, fit-elle en se composant une attitude très calme.

Le prêtre ne fut pas dupe.

— Bonne recherche de travail, Geneviève, lui souhaita-t-il.

Geneviève hocha la tête et se dirigea vers la table. Elle se saisit rapidement d'une liste d'emploi et prit place à son fauteuil. Elle s'arrangea pour ouvrir la lettre sans bruit et la posa sur la liste, de façon que personne ne s'aperçoive qu'elle était loin de lire des petites annonces.

Chère Geneviève,

Quel plaisir d'avoir reçu votre lettre, mon amie.

Puis-je vous appeler mon amie ? Je suis très heureux de ce travail, mais je ne vous cacherai pas que l'ennui est ici au rendez-vous. Permettez-moi de vous dire que je me surprends à penser souvent à notre rendez-vous, à ce café que nous avons pris ensemble et à notre intéressante conversation. Cela me manque. Comment vous dire les choses sans vous choquer ? Je vous connais si peu. Et vous me connaissez si peu également ! Laissez-moi vous ouvrir mon cœur. En effet, je croyais ne plus jamais vivre de tels émois. Me voilà comme un jeune homme. Vous m'avez bouleversé, Geneviève. Depuis, je ne cesse de penser à vous. Mais je dois vous parler de mon travail.

C'est beau, le Grand Nord, mais pour s'y rendre, ce fut très long. Nous avons dû prendre deux avions pour pouvoir enfin nous rendre à nos habitations. Il fait froid, pas comme à la ville. Ici, c'est plus cinglant. Bien sûr, je n'ai jamais expérimenté cela dans mon pays d'origine ! Il y a déjà eu trois grosses tempêtes de neige depuis quelques semaines à peine. Le paysage est désertique, même s'il me paraît bizarre d'utiliser cet adjectif, moi qui connais bien les déserts de l'Afrique du Nord. Les gens sont sympathiques. Ce sont des familles qui ont vécu bien des bouleversements. Aujourd'hui, ces gens aiment raconter leur histoire à ceux qui s'y intéressent. J'ai goûté diverses choses étranges, comme du phoque. C'est rouge, cela évoque un mélange de viande et de poisson.

Chère Geneviève, je reviens à vous. Vous êtes dans mes pensées. Ne soyez pas scandalisée par mes confidences. Je vous précise que je suis ici jusqu'au 30 décembre. Je reviens à Montréal après. Dites-moi que vous m'attendez et que vous souhaitez me revoir.

Bien respectueusement,

Ahmed

Geneviève avait les larmes aux yeux. Elle retint même un sanglot. Tant de tendresse la réconfortait tout comme cela la rendait nostalgique. Elle pensa à Madeleine, sa fille. Elle se sentait coupable d'être heureuse et de vivre une si belle aventure. Elle n'était jamais rassurée quant à Alexandre. Elle le trouvait trop vieux pour sa fille. Six ans d'écart, c'était beaucoup. Surtout qu'il gagnait bien mal sa vie en dépit de son récent succès. Mais pourquoi avait-elle ces pensées ? Au contraire, elle devait se réjouir qu'Ahmed lui ait enfin ouvert son cœur. Reprenant la lettre entre ses mains, Geneviève respira profondément. C'était si rapide, tout cela ! Elle avait tant et si souvent pensé à Ahmed. Maintenant, il lui écrivait, lui déclarant clairement ses sentiments. Il s'agissait d'amour, bien entendu. Il n'avait pas pris de détour pour le lui faire comprendre. Ce serait à elle de faire en sorte que cela se concrétise.

Un peu haletante étant donné toutes ces émotions, Geneviève relut attentivement la chère lettre. Dans sa tête, elle commença à répondre à Ahmed. Puis elle lut rapidement la liste des emplois. Il n'y en avait aucun qui correspondait à ce qu'elle cherchait. Elle comprit qu'elle n'avait pas du tout l'esprit à réfléchir à sa vie professionnelle, maintenant que sa vie sentimentale se dessinait pour elle, et si bien ! Tout ce dont elle avait envie en ce jour, c'était de retourner dans son appartement, bien au chaud, et de répondre à l'homme que, comprenait-elle, elle aimait depuis déjà des mois.

25

De retour chez elle, Geneviève décida de se calmer. Pourquoi ne pas prendre un bon bain rempli de bulles ? Elle fit couler l'eau dans la baignoire, sortit des sels de bain à la lavande et se déshabilla. Lorsqu'elle referma la porte de la petite pièce, pour y garder la chaleur, elle prit un moment pour s'observer dans le miroir derrière la porte. Elle tenta de poser sur elle-même un regard sans complaisance. Pouvait-elle susciter le désir d'un homme ? Elle se tourna de tous les côtés, examinant son ventre, la courbure de ses hanches et celle de ses cuisses. Son verdict fut plutôt positif. Geneviève était encore une fort belle femme à la silhouette appétissante. Elle avait des formes, elle était pulpeuse. Ses beaux longs cheveux bruns bouclés, lorsqu'elle les dégageait, tombaient en cascades sur ses épaules bien rondes et sur sa poitrine pleine et ferme.

Satisfaite, Geneviève s'enfonça dans l'eau et ferma les yeux. Elle avait l'impression de flotter sur un nuage, comme après une tempête. Les soucis, qu'elle avait encore pourtant, lui semblaient appartenir au passé. Du simple fait que cet homme l'aime, elle se sentait forte, prête à tout. Prête à un nouveau départ. Elle soupira néanmoins. Comme elle aurait voulu partager son bonheur avec quelqu'un ! Mais elle ne pouvait pas se confier. Elle sentait depuis longtemps que Madeleine préférerait toujours son père aux hommes que sa mère pourrait rencontrer. Sa fille, c'était évident, la voyait comme une mère, pas comme une femme capable d'aimer un homme. Et encore moins comme une femme qu'un homme pouvait désirer! Or, c'était le cas. Ahmed le lui avait bien fait comprendre. Elle ne souhaitait pas non plus se confier à Léontine ou à Émilie. Elle ne voulait pas recevoir aucune remarque qui puisse la déstabiliser.

Après avoir passé un long moment de repos dans la baignoire, Geneviève se releva, se sécha à fond et revêtit un peignoir épais. Chaussant ses pantoufles, elle se dirigea vers son petit secrétaire et sortit son papier à lettres bleu. S'assoyant ensuite à la table de la cuisine, elle ne chercha pas son inspiration pour répondre directement à Ahmed, après avoir pris la décision de ne pas tourner autour du pot.

Cher Ahmed,

Quel grand bonheur de recevoir une lettre de vous ce matin. Vos mots si tendres m'ont enchantée. Et vos descriptions m'ont transportée dans un autre monde. Je suis contente que vous viviez cette expérience professionnelle dans ce coin exotique et grandiose. Je suis certaine que vous faites de belles et enrichissantes rencontres, et que les gens qui vous côtoient sont heureux d'être avec vous. Vous êtes si attachant. Je serais vraiment ravie de vous revoir, quand vous reviendrez à Montréal, à la toute fin du mois. Je ne peux y croire: 1965 est déjà à nos portes… Comme le temps passe vite! En attendant le jour de notre rencontre, surtout n'hésitez pas: écrivez-moi toutes les fois que vous en sentez l'envie. Je n'aurai jamais assez de vos lettres, je le sais, je le sens. Vous aussi vous me manquez.

Avec tendresse,

Geneviève

Geneviève relut la lettre, le cœur haletant. Elle hésita un peu, puis elle ajouta ses propres coordonnées pour qu'Ahmed puisse à son retour venir la voir chez elle. C'était un sentiment si bouleversant que celui d'aimer un homme, encore un inconnu.

Elle plia soigneusement la feuille bleue et la glissa dans une enveloppe assortie. Elle fit ce geste avec une grande émotion, comme si elle scellait son amour à jamais. Cependant, elle était rassurée ou, du moins, elle était en paix avec elle-même. Elle n'avait aucune crainte de montrer ce qu'elle ressentait pour Ahmed. Parvenue au milieu de la quarantaine, elle avait envie de faire encore ce voyage de l'amour avec ce qu'il contenait de bagage de joies et de déceptions. Il était naturel qu'elle ait douté pendant un moment que cet homme parti si loin d'elle ait pu l'oublier. Il était libre, après tout. Ils se connaissaient si peu. Ils n'avaient échangé aucune promesse. Il avait bien le droit de ne plus l'aimer ou, du moins, de ne plus penser à elle et de faire sa vie. Mais elle s'était trompée. Elle était attachée à cet homme comme lui à elle, selon ce qu'il disait. Et elle le croyait. La vie tourmentée et difficile d'Ahmed avait rendu celui-ci plus réceptif aux qualités humaines de Geneviève, une femme d'une grande sensibilité.

Geneviève passa une nuit paisible. Le lendemain, elle alla au presbytère, bien davantage pour remettre la lettre au prêtre que pour consulter une nouvelle liste d'emplois. Cependant, elle vit Rollande Jasmin. L'assistante sociale lui recommanda de se rendre dès qu'elle le pourrait dans un centre de recrutement non loin du presbytère. Aujourd'hui, on y recevait des employés possédant un diplôme dans le domaine de la santé.

— Allez-y donc tout de suite, Geneviève, lui recommanda la femme. Ne perdez pas de temps. Je sais qu'un hospice est à la recherche de personnes comme vous.

— Mais, bredouilla l'infirmière, c'est que…

Geneviève souhaitait simplement retourner chez elle, étant un peu fatiguée, mais le prêtre renchérit à voix basse :

— Geneviève, allez-y, c'est moi qui vous le recommande. Vous aurez ce poste.

Il la fixa d'un air entendu.

— Que voulez-vous dire, mon père ?

Il soupira et expliqua :

— Écoutez, cet hospice est géré par les sœurs de l'Immaculée-Conception. Elles ne s'en sortent plus sans véritable infirmière. Un petit endroit, trente-cinq vieillards tout au plus… Je vous garantis que vous aurez le poste, car j'ai parlé pour vous.

Geneviève voulut intervenir, frappée par tant de bonheur en si peu de jours, mais le curé l'en empêcha :

— Chut ! Cependant, vous devez faire comme si de rien n'était et vous rendre officiellement au bureau de recrutement. C'est une condition des religieuses. Il faut que tout soit fait dans les normes.

— Merci, mon père, je m'y rends tout de suite, renchérit Geneviève, tremblante de joie.

Les larmes aux yeux, Geneviève obtempéra donc. Elle saisit le papier que Rollande Jasmin lui tendit. En effet, le bureau où l'on recrutait était plus à l'ouest, sur le boulevard Saint-Joseph. Un autobus à prendre et elle y serait. Prenant son courage à deux mains, Geneviève s'y rendit dans la foulée et se retrouva une fois de plus dans une grande salle morne. Elle ressentit alors une grande frustration. Elle avait pourtant espéré ne plus jamais avoir à revenir dans un endroit aussi déprimant qui ressemblait bien plus à l'échec qu'à l'espoir. Elle avait souhaité que son emploi de vendeuse chez Eaton soit le dernier. Peu importait si elle devait renoncer à la profession d'infirmière. Mais cela n'avait pas été le cas. La procédure recommençait, une fois de plus. Toutefois, forte de l'amour qu'elle portait en elle pour un homme qui s'était battu dans la vie, et surtout forte de la promesse du bon prêtre, elle accepta de faire preuve de bonne volonté. Enfin, elle se sentait arriver au bout du tunnel.

Elle s'assit sur une chaise inconfortable après avoir pris le numéro 21. Autour d'elle, il y avait toujours les mêmes stéréotypes de chercheurs d'emploi. Des jeunes femmes et des plus âgées. Toutes attendaient enfin de sortir du marasme auquel la vie semblait les avoir condamnées. Elle reconnut des visages comme celui de cette jeune fille qu'elle avait côtoyée, il y avait presque un an maintenant. Les deux échangèrent un sourire afin de marquer une solidarité entre personnes abonnées à la malchance.

Geneviève, assise sans bouger, avait le temps de laisser divaguer ses pensées. Alors que certaines personnes jouaient frénétiquement avec une revue ou leur sac, elle ferma les yeux pour se retrouver en elle. Ahmed et Madeleine étaient présents, comme s'ils l'avaient accompagnée dans sa recherche d'emploi. D'autres aussi venaient toutefois la hanter, comme Dahlia Sarto. La dernière fois où elles avaient travaillé ensemble, elles avaient préparé les ventes pour le temps de Fêtes. C'était son dernier jour de travail chez Eaton. Geneviève avait alors voulu affronter sa superviseure, mais elle n'avait pas osé lui dire ce qu'elle ressentait à son égard. Les mots étaient trop gros pour qu'elle puisse exprimer correctement sa pensée. Elle était restée muette, et frustrée. Au magasin, cette période d'avant Noël était un moment de joie. On avait même réservé un étage au complet pour le père Noël, la Fée des étoiles et les lutins. Tout ce branle-bas de combat avait ému Geneviève. Elle s'était promenée pendant un long moment parmi les étrennes, les jouets et les cadeaux emballés sous du papier rouge, vert et doré. Elle s'était souvenue quand elle emmenait Madeleine voir l'illustre personnage à la barbe blanche. Tout cela semblait si loin, et pourtant elle avait l'impression d'être encore à cet instant où sa fille avait emprunté l'allée pour aller s'asseoir timidement sur les genoux du généreux père Noël. *Je demanderai au père Noël qu'il fasse revenir Ahmed auprès de moi le plus vite possible*, soupira-t-elle.

Elle ouvrit les yeux. Une femme appelait le numéro 21. Elle se leva en se disant que c'était sans doute la dernière fois qu'elle vivrait cette épreuve.

26

— Nous allons ouvrir un nouveau dossier, si vous le voulez bien.

La femme d'une cinquantaine d'années, portant des lunettes à bout pointu aux verres légèrement fumés et coiffée d'un strict chignon tirant sur le gris, sourit à Geneviève. Elle se nomma : Monique Boucher. L'infirmière la trouva agréable de prime abord, malgré son allure sévère.

— Donc vous n'avez pas d'emploi, demanda la femme en triturant une broche à son corsage.

— Bien sûr que j'ai un emploi, répondit Geneviève. Cela fait quelques mois que je suis vendeuse chez Eaton, au centre-ville.

La femme changea d'expression. Elle se ferma et fronça les sourcils.

— On vous a congédiée ? demanda-t-elle. Sinon, que faites-vous ici ?

La question vint la frapper de plein fouet. Le mot était comme une claque à la figure. C'est comme si on lui avait dit qu'elle était incompétente. Comme cela faisait quelques fois qu'elle ne réussissait pas à garder un emploi, elle en était arrivée à reconnaître qu'elle n'avait pas le profil de l'employée modèle.

— Euh… oui, balbutia-t-elle. Enfin, on m'a dit qu'on était satisfait dans l'ensemble de mon travail. Mais on avait moins besoin de vendeurs. Et qu'après les Fêtes, on ne retiendrait plus mes services.

Geneviève ne voulut pas passer pour une menteuse, cependant elle craignait que la mauvaise note que lui avait plaquée Dahlia puisse avoir des conséquences sur ses futures demandes d'emploi et même sur celle-ci, poste que le curé lui avait pourtant garanti.

La femme ne voulut pas insister, ayant deviné le malaise palpable de Geneviève.

— Avez-vous au moins pris connaissance de l'offre d'emploi qui est affichée sur le mur ? s'enquit la femme, en faisant bien comprendre qu'elle n'avait pas de temps à perdre.

— Oui, madame, répondit aussitôt Geneviève, avec docilité. J'ai noté : il s'agit d'un poste d'infirmière dans un hospice. Je crois que j'aurai les capacités et les qualités pour effectuer ce travail.

Monique Boucher poussa un soupir d'agacement.

— Ne dites jamais que vous croyez que vous avez les qualités qui répondent aux critères de sélection. Quand vous passez une entrevue, soyez affirmative : dites que vous possédez les qualités de l'emploi. Vous serez peut-être étonnée jusqu'à quel point ce simple changement d'attitude a un effet qui vous permettra enfin de trouver un travail.

Geneviève apprécia ce conseil qui lui paraissait judicieux et utile, mais elle se sentit humiliée. Par ailleurs, sachant qu'elle aurait l'emploi grâce à l'intervention bienveillante du curé, elle n'en rajouta pas.

— Vous avez rempli votre formulaire ? demanda encore la femme. Donnez-le-moi, cela complétera votre dossier.

La femme feuilleta les documents ouverts devant elle.

— Savez-vous, madame Boivin, que nous offrons ici même des ateliers pour vous aider dans vos recherches d'emploi ?

Geneviève toussota.

— Oui, bien sûr, rétorqua-t-elle sur le même ton docile. En fait, je vais très régulièrement au presbytère de l'église Saint-Esprit, sur la rue Masson.

— C'est votre choix, dit la femme. Mais sachez que nous ne sommes plus dans les années cinquante. L'aide charitable des gens d'Église est une chose, l'aide de professionnels en est une autre.

Geneviève hocha la tête, bien résolue à ne pas argumenter.

— Sachez que si jamais ces ateliers vous intéressent, vous pouvez revenir vers moi. Je suis là pour vous aider. Mais revenons à l'emploi d'aujourd'hui. Il s'agit d'un poste à pourvoir dans cet hospice géré par des religieuses…

Geneviève écouta attentivement la description que Monique Boucher lui en fit. Son cœur battait fort. Tout lui plaisait dans les tâches qu'elle aurait à accomplir. En plus, enfin, elle pourrait se montrer charitable avec les personnes âgées sans risquer d'être renvoyée pour zèle de gentillesse.

— Bien entendu, poursuivit la femme, votre principal atout est ce poste que vous avez occupé de 1954 à 1964 comme infirmière chez Moretti.

La femme toisa Geneviève.

— Puis-je me permettre de m'enquérir de ce qui s'est passé pour que vous perdiez un tel emploi ?

Geneviève décida de jouer franc jeu et de raconter que, comme infirmière, elle donnait leur congé à tous les ouvriers mal en point et que la notion de production lui répugnait un peu.

— Bien entendu, approuva la femme. Je vous comprends. Dans un hospice, il s'agit d'être efficace, mais la plus grande qualité d'une infirmière demeure l'amour de son métier et celui de ses patients.

Geneviève dodelina de la tête. Cette femme n'était pas facile, mais elle était intelligente et pleine de bon sens. Elle sourit. Monique Boucher lui rendit son sourire en l'invitant à se lever.

Geneviève s'exécuta, rassembla ses affaires et dit :

— Cet emploi dans cet hospice, vous comptez en faire le suivi, n'est-ce pas ?

— Bien sûr, madame Boivin. Je vous fais signe si vous l'obtenez. Cela dit, continuez de chercher du travail. Il y a au moins vingt personnes qui veulent exactement ce poste dans la salle à côté, ainsi que vous avez dû le constater.

Geneviève sourit encore avec politesse.

— Bonne chance, madame Boivin, conclut la femme.

Traversant la salle d'attente sous le regard des autres femmes, Geneviève se sentit le cœur léger. Elle se disait qu'elle avait vraiment envie de faire ce travail et qu'elle avait bien des atouts pour cela. Le prêtre ne l'avait pas recommandée pour rien aux religieuses de l'Immaculée-Conception. Il connaissait sa valeur. Par ailleurs, l'infirmière savait qu'elle possédait en elle des ressources qui ne se tarissaient pas. Elle se savait courageuse. Toutes les épreuves passées avaient été des étapes nécessaires pour avancer. Une force inextinguible l'avait poussée à réagir, à accepter des emplois qui n'avaient pourtant rien à voir avec ses compétences. Elle eut l'impression d'enfin revivre. Peut-être était-ce parce qu'elle était amoureuse qu'elle avait ce sentiment ?

Elle pensa fort à Ahmed, alors qu'elle attendait le bus qui la conduirait jusqu'à proximité de son appartement. Que faisait-il à cette heure ? Il était passé midi. Une fine neige commença à tomber avec un vent froid et décoiffant. Elle enfonça son béret sur sa tête, releva le col de son manteau. Elle frissonnait. Puis elle songea que ce poste était plus que bienvenu, car il était grand temps qu'elle ait les moyens de s'acheter un manteau plus chaud pour le long hiver qui s'annonçait.

27

Le trajet pour aller à l'hospice des sœurs de l'Immaculée-Conception durait presque trente minutes, qui parurent très longues à Geneviève.

L'édifice était situé à l'angle d'une rue, en bas de la montagne. Devant, il y avait un joli parc. Lorsqu'elle descendit de l'autobus, Geneviève dut faire attention pour ne pas être bousculée par quatre jeunes hommes aux cheveux plutôt longs qui avaient bravé le froid en ne portant que des costumes. Ils avaient du mal à ralentir le pas étant donné que la chaussée était glissante. La neige devint plus dense, de gros flocons lourds se mirent à tomber, offrant un décor digne du temps des Fêtes.

Geneviève poussa la lourde porte en bois munie d'une vitre mate. Un corridor se dessina devant elle. À gauche, une ouverture avait été pratiquée dans le mur de façon que la réceptionniste puisse voir chaque personne qui entrait dans l'immeuble.

— Bonjour, dit Geneviève, je viens pour le poste d'infirmière.

— Assoyez-vous, je vais vous donner une feuille sur laquelle vous inscrirez vos coordonnées, déclara la jeune secrétaire. Vous tombez bien, la directrice devait faire plusieurs entrevues aujourd'hui, mais plusieurs personnes ont annulé leur rendez-vous. Ainsi, ce ne sera pas long.

Geneviève ne répliqua pas. Elle savait qu'elle aurait le poste vu que le curé l'avait recommandée personnellement. Toutes ces formalités étaient pour la galerie. Au fond, c'était elle, Geneviève Boivin, qui deviendrait l'infirmière de cet établissement.

Elle se dit néanmoins que c'était son jour de chance et que le fait de voir rapidement la directrice lui éviterait de jouer un rôle inutile. Elle s'assit en attendant qu'on l'appelle. Des minutes plus tard, une porte s'ouvrit ; la directrice accompagnait une jeune femme venant de terminer son entrevue. La secrétaire fit signe à Geneviève de se préparer. *C'est vous la prochaine*, lui fit-elle comprendre, avec un sourire très aimable.

Geneviève se retrouva dans un bureau plutôt petit qui ressemblait presque à un cagibi. La directrice était une religieuse encore jeune ; elle portait la tunique blanche à ceinture bleue et le voile assorti. Geneviève n'aurait pas pu deviner la couleur de ses cheveux, mais à ses yeux d'un bleu ciel et à son teint clair, elle supposa que cette sœur était blonde ou rousse. Elle était assez jolie. Geneviève se demanda pourquoi cette femme était entrée dans les ordres.

— Assoyez-vous, l'invita la sœur. Je suis très heureuse de vous rencontrer, après les chaudes recommandations que nous avons eues.

La religieuse ne nomma personne, comme si les murs avaient des oreilles. Elle débita son boniment comme si Geneviève était une candidate parfaitement banale.

— Quand exactement êtes-vous allée dans ce bureau de recrutement ? demanda la sœur.

Geneviève hocha la tête.

— Pas plus tard qu'avant-hier, ma sœur, répondit-elle.

— Sœur Anselme.

— Sœur Anselme. Ravie de faire votre connaissance.

— Bon ! Je vous demanderais d'apporter un curriculum vitæ en bonne et due forme que nous garderons dans nos dossiers, si jamais vous avez l'emploi.

La sœur lui adressa un clin d'œil. Geneviève retint un petit rire et remercia le prêtre secrètement.

— Mais dites-moi, garde Boivin. Où avez-vous donc fait votre cours d'infirmière ?

— À l'Hôtel-Dieu, chez les Hospitalières, répondit Geneviève. J'ai obtenu mon diplôme en 1939.

— Ah, l'Hôtel-Dieu, reprit sœur Anselme. Je suis très proche de Jeanne Mance dans mon cœur, je la prie souvent, j'invite les gens à lui faire des neuvaines. Combien de grâces obtenues !

Geneviève approuva. Elle savait la puissance d'intercession de Jeanne Mance. Quand on la priait, elle écoutait. N'avait-elle pas en plus fondé Montréal avec le sieur de Maisonneuve ? C'était une grande âme et une femme de conviction.

— Oui, chez les Hospitalières, on voue un culte à Jeanne Mance, j'avoue que je comprends pourquoi, déclara Geneviève.

— Ainsi, votre cours d'infirmière, en dépit de votre bon diplôme, ne vous a pas apporté que de la joie à ce que j'ai pu comprendre de votre parcours, enchaîna la religieuse. Mais ici, nous aimons les gens qui ont su vaincre les difficultés. N'oublions pas que nous sommes missionnaires. L'Asie, l'Afrique, l'Amérique du Sud… n'ont pas de secret pour nous. Combien de nos sœurs ont consacré leur vie à servir dans ces pays si malmenés !

Geneviève approuva de la tête en souriant. Elle aima le fait que la directrice emploie ce *nous* avec cet aplomb. Elle se sentit du coup appartenir à cette communauté religieuse, même si elle n'était pas une nonne. Elle savait par ailleurs que ces religieuses étaient en effet fort débrouillardes et très instruites. Elles possédaient des écoles, des couvents, partaient justement en mission et s'occupaient des vieillards. Derrière le pupitre, il y avait une petite commode. Plusieurs photos attiraient le regard. C'était pour la plupart celles de très jeunes enfants. Un était dans le sable, l'autre devant un prie-Dieu. Un petit Africain au sourire craquant. Ou encore un petit Chinois beau comme une poupée de porcelaine. Sœur Anselme feuilletait un dossier dans lequel elle glissa le formulaire de demande d'emploi de Geneviève.

— Avez-vous de l'expérience avec les personnes âgées? demanda sœur Anselme.

Geneviève voyagea rapidement dans ses pensées. Pendant dix ans, chez Moretti, elle avait surtout soigné des ouvriers dans la force de l'âge, ou encore jeunes. Ces hommes se faisaient des blessures sans gravité, ou contractaient des maladies dont on se remet parfaitement bien. Puis, elle revit les patientes du Dr Auguste Hébert. Surtout des prostituées souffrant de maladies vénériennes. Il était hors de question qu'elle les mentionne à sœur Anselme! Puis elle se rappela sa mère. Quand celle-ci avait été très malade, quelques années plus tôt, elle en avait pris grand soin. Sa mère avait eu une longue agonie, que sa fille avait rendue moins pénible grâce à sa présence généreuse et constante. Geneviève se dit qu'elle pourrait considérer son comportement envers sa mère comme une telle expérience.

— J'ai soigné longtemps ma mère, répondit-elle sans hésiter.

— C'est très bien, approuva la directrice, mais nous voulons des employés qui soient vraiment capables de s'occuper de personnes très âgées, des personnes inconnues ! Cela prend de l'altruisme, un oubli de soi presque complet, le comprenez-vous, garde Boivin ?

— Bien sûr, sœur Anselme, et vous verrez, vous n'aurez pas à vous plaindre de moi, décréta-t-elle, en se souvenant des recommandations de la femme du centre de recrutement.

— Oui, vous comprenez qu'il est presque naturel de s'occuper d'un proche.

La religieuse sourit et ajouta :

— Mais cela peut être également naturel chez plusieurs…

Geneviève sourcilla. *Non*, pensa-t-elle. *Peu de gens ont eu une attitude aussi bienveillante que j'ai eue envers ma pauvre mère.* Enfant unique, elle aurait pu être égoïste et abandonner sa mère à la fin de sa vie. Son père étant mort tragiquement dans un accident d'automobile avant la maladie de sa mère, il n'avait pas eu besoin d'aide. Sa mère lui avait survécu et elle avait connu une fin de vie assez pénible. Elle n'avait pas eu le temps ni l'envie de refaire sa vie, puisqu'un cancer virulent l'avait frappée. Seule sa fille comptait à ses yeux. Geneviève en avait été accablée, elle-même aux prises avec sa vie morne de divorcée et son poste à temps plein chez Moretti. Toutefois, elle s'était sentie obligée de rendre à sa mère le temps que celle-ci lui avait consacré quand elle était enfant. Mais elle n'aimait pas avoir cette pensée. Car si elle avait fait preuve d'abnégation pour sa mère, c'était tout simplement parce qu'elle l'aimait. Même si cette femme n'avait pas un caractère facile. Elle avait gardé des derniers moments de sa fin de vie les souvenirs les plus touchants.

Geneviève voulut confier ses pensées à la directrice, mais elle se tut. Elle s'imaginait capable de faire les mêmes gestes avec autant de sollicitude dans le cadre de ce travail qu'elle était certaine d'obtenir.

Sœur Anselme était occupée à mettre en ordre des feuilles qu'elle avait sorties pour compléter le dossier de Geneviève Boivin.

— Parlez-moi de vous, dit-elle sans quitter des yeux ses papiers. Vous êtes mariée ? Vous avez des enfants ?

Devant la sœur, Geneviève se sentit démunie, honteuse de devoir avouer qu'elle avait péché. Mais elle joua de nouveau le tout pour le tout en disant la vérité.

— Je suis divorcée, sœur Anselme, dit-elle, contrite. J'ai une fille dans la vingtaine, elle travaille. Comme vous le savez, j'ai travaillé une dizaine d'années chez Moretti. C'était un emploi que j'appréciais beaucoup. Mes patrons aimaient ce que je faisais, mais certains chefs de production ont été remplacés pour des questions de rentabilité, certainement. Vous connaissez la suite…

Geneviève s'arrêta de parler et pensa à Madeleine. Lorsqu'elle l'avait eue au téléphone la semaine précédente, la jeune femme avait éclaté en sanglots. Geneviève avait compris à ses mots que tout était fini entre Alexandre et sa fille. La séparation était inévitable. Elle n'avait su que dire et depuis se rongeait d'inquiétude. Elle se demanda si elle faisait bien de continuer de parler ainsi de Moretti, étant donné que la directrice avait cessé d'écrire. Sœur Anselme la fixa longuement.

— Ce travail, dit-elle, n'avait rien à voir avec celui que vous désirez faire maintenant. Ne croyez-vous pas que vous regretterez d'être ici ? Car il vous faut savoir que cet hospice est presque un cloître. Il est réservé aux membres de notre communauté. Ce ne sont que des religieuses âgées. Malades. Elles ont peu de visites. Pour dire vrai : l'endroit n'est pas très gai.

Geneviève pouvait parfaitement imaginer ce qui l'attendait. Elle ne voulait pas se montrer trop cupide, et vouloir à tout prix gagner de l'argent. Aussi hésita-t-elle avant de répondre. Elle se rappela les mots de Monique Boucher, au centre de recrutement : « Soyez affirmative ! »

— Je sais que l'emploi que vous offrez sera un défi pour moi, déclara-t-elle, mais j'ai la volonté, l'énergie et surtout l'expérience pour l'accomplir. Je suis en recherche d'emploi depuis presque un an, ma sœur, ce qui m'a permis de connaître davantage quelles étaient mes forces et mes faiblesses. Quand j'ai entendu parler de ce poste, comme vous le savez, au presbytère de l'église Saint-Esprit, j'ai tout de suite eu envie de venir vous voir. Je crois qu'il y a là un bon présage. Ayez confiance en moi et je ne vous décevrai pas.

Geneviève disait ces mots avec netteté. La directrice lui sourit et elle semblait satisfaite d'entendre ces propos.

— Je garde votre dossier près de moi. J'ai encore trois ou quatre candidates à rencontrer. Nous ferons le choix vendredi prochain. Nous vous appellerons si vous êtes retenue.

Geneviève ne se formalisa pas de cette réponse, même si celle-ci était inquiétante. Le curé ne pouvait pas lui avoir menti. C'était elle, Geneviève Boivin, qui obtiendrait cet emploi. Sœur Anselme se leva pour la raccompagner.

— Je vous souhaite une belle soirée et je vous remercie d'avoir répondu à notre offre d'emploi, dit-elle avec un sourire complice.

Geneviève sortit du bureau, puis de l'immeuble le cœur léger. Le décor d'hiver était plus somptueux qu'auparavant. Comme il neigeait encore et qu'il ne faisait pas froid, Geneviève choisit de marcher le plus longtemps possible. Ses pas étaient lents. L'hospice, situé au pied du mont Royal, tout près de l'avenue de l'Esplanade, n'était tout compte fait pas si loin de chez elle. C'était une longue promenade, mais saine. Geneviève prenait de longues respirations pour s'emplir les poumons de cet air si vivifiant. Peu à peu, elle sentit le calme prendre le dessus sur sa frénésie intérieure. Elle avait confiance en l'avenir sans vraiment avoir de preuves que la lumière allait enfin briller pour elle.

Elle rentra à la maison à l'heure du repas. Cet après-midi était passé comme par magie et elle était surprise qu'il soit si tard. Que ferait-elle ce soir ? Sans doute regarder un peu la télévision, ce qui était devenu pour elle un divertissement incontournable. Il arrivait souvent qu'elle ouvre le poste sans même savoir ce qui se passait au petit écran. Le seul bruit des voix devenait sa compagnie. Depuis des mois, elle suivait fidèlement certains téléromans. La vie des autres l'habitait. La rassurait sur son propre compte. Peu lui importait que toutes ces histoires soient prévisibles. Elles avaient l'heur de la distraire et de la sortir de ses pensées moroses.

Dans le réfrigérateur, il y avait encore les restes d'un rôti de porc qu'elle avait fait cuire quelques jours plus tôt, croyant que Madeleine viendrait dîner à la maison. Mais celle-ci avait appelé à la dernière minute pour annuler l'invitation. Quelques jours avant, Geneviève avait été très surprise, en téléphonant à sa fille, de l'entendre éclater en sanglots. Madeleine lui avait vaguement expliqué qu'il se passait des choses entre elle et Alexandre, alors que les tourtereaux avaient eu comme projet d'emménager ensemble. Madeleine avait été évasive et Geneviève, ne sachant que dire, s'était montrée flegmatique. Depuis, les deux femmes ne s'étaient pas reparlé. Geneviève pensait que Madeleine ne lui avait pas pardonné sa froideur. Elle s'en voulait de ne pas avoir pu trouver des mots plus doux pour apaiser sa fille. Elle avait toujours douté d'Alexandre. Elle ne fut donc pas surprise de voir cette relation s'effriter. Que faire, maintenant ?

Elle pensa à Ahmed, tandis qu'elle sortait une assiette et des couverts pour dresser la table. Sur la cuisinière mijotait du riz. Cela lui rappela la première et unique fois où ils avaient été au restaurant ensemble. Ils n'avaient alors commandé qu'un café, mais les effluves de la cuisine flottaient jusqu'à eux. Ahmed lui avait alors parlé de sa mère qui, selon lui, faisait le meilleur couscous au monde. Ce soir, Geneviève aurait souhaité apprêter son rôti à la mode maghrébine, mais elle se contenta de le réchauffer avec des légumes. Elle avait grand-faim et elle s'attabla, heureuse de cette journée qui lui semblait des plus réussies.

Elle passa la soirée affalée sur le sofa, à regarder la télé et à se faire des commentaires sur les acteurs et sur les séries qui se suivaient les unes après les autres. Elle trouvait que les intrigues manquaient de vraisemblance. Par exemple, cette femme divorcée qui ne connaissait aucun problème financier ! Cela indisposait Geneviève, qui souffrait de ne pas pouvoir s'offrir des petits plaisirs de la vie, comme faire des sorties, surtout au cinéma, ou s'acheter à l'occasion une bonne bouteille de vin. Elle devait se priver de ces choses qui adoucissent le quotidien, faute d'argent. Geneviève remarquait aussi que toutes les femmes dans ces téléromans étaient minces et ravissantes, du moins les héroïnes, comme la jolie Donalda des *Belles histoires des pays d'en haut*. Sans rides, elles ressemblaient à des mannequins de plastique. La réalité était différente pour Geneviève, qui pourtant n'était pas obsédée par ces canons de beauté qui paraissaient sur les couvertures des magazines. Le papier glacé semblait les mettre davantage en valeur. Toutefois, elle admettait s'être laissée aller après son divorce, au point de ne plus vouloir séduire. Elle se souvenait qu'elle avait passé des semaines seule à la maison sans se laver les cheveux et sans prendre de bain. Quelques ablutions suffisaient. Elle était uniquement préoccupée par le bien-être de sa fille et l'obligation de se chercher du travail. Heureusement, elle s'était reprise. Elle avait eu assez d'orgueil pour se dire qu'elle n'avait pas besoin de Charles pour rester une femme désirable, à l'aube des dernières années de sa quarantaine. Elle éteignit le poste de télévision et prit un livre, au lieu d'écouter ces histoires peu crédibles. Puis elle consulta sa montre : l'heure était venue de se faire couler un bon bain. C'était pour elle un temps où elle relaxait avant d'aller au lit. Et où elle pouvait penser en paix à Ahmed.

28

Geneviève connut une nuit agitée. Elle rêva à Ahmed. Le bel étranger lui annonçait qu'il s'installait définitivement dans une ville très éloignée, au nord. Il n'y avait aucune route ni aéroport pour s'y rendre.

Au matin, elle se réveilla en sueur et perturbée. Elle se sentait aussi fatiguée que si elle avait passé une nuit blanche. Elle n'aimait pas ces images qui étaient restées gravées en elle. Ce rêve était-il prémonitoire ? Elle chassa cette idée de la main. *Ahmed est un homme trop sincère pour m'annoncer pareille nouvelle*, tenta-t-elle de se convaincre. Il lui avait répété qu'il reviendrait à la toute fin de l'année et qu'il n'avait pas l'intention de s'établir définitivement dans cette contrée lointaine. Le besoin de travailler l'avait mené dans le Grand Nord, sinon ils auraient été ensemble en ce jour neigeux.

Geneviève se prépara un petit-déjeuner très simple : un jus, du pain grillé et du fromage. Elle se promit d'aller faire des courses. Il ne restait plus de céréales au blé entier, ses préférées. Comme l'épicerie n'ouvrait que dans une heure, elle s'installa au salon pour lire. Elle ouvrit le roman qu'elle avait entamé la veille, un titre américain traduit ayant connu un succès phénoménal et qui devait être porté à l'écran dans un an. Le style était simple, et elle aimait cette histoire qui ressemblait à celle de sa fille. Comme elle, l'héroïne avait beaucoup aimé un garçon. Puis, un jour, elle avait fini par trouver un autre amoureux. Geneviève avait l'intention de faire lire ce livre à Madeleine, pour lui montrer qu'il était possible d'être heureux après un chagrin d'amour. Ce récit renfermait des pistes de réflexion susceptibles de l'aider.

Elle souhaitait tellement que sa fille soit heureuse qu'il lui arrivait parfois d'oublier de l'être elle aussi. Par ailleurs, elle maudissait cet Alexandre prétentieux qui avait fait tant de peine à Madeleine. Malgré ce qu'elle lui avait dit à propos des difficultés qui s'étaient immiscées dans leur couple, Geneviève savait qu'ils étaient séparés. Elle comprenait son enfant. De son côté, elle avait eu la sagesse de rester loin des hommes après sa séparation d'avec Charles. Elle savait qu'il valait mieux vivre un temps de solitude avant de retomber amoureux de quelqu'un, pour éviter d'être à nouveau blessé. Aussi Geneviève avait-elle appris, au fil du temps, à ne pas en vouloir à Charles, reconnaissant elle-même ses propres torts. Elle en avait conclu que son couple ne pouvait plus survivre à leur mésentente. Elle était restée longtemps sans chercher un autre homme dans sa vie, car elle aurait eu l'impression de vouloir camoufler un chagrin dont elle ne pouvait plus supporter la souffrance. Geneviève eut l'envie de téléphoner à sa fille pour la consoler, mais elle se retint. Madeleine, de toute façon, devait être à l'ONF. Pas question de la déranger au travail.

La journée fut des plus tranquilles. Après avoir fait des courses, Geneviève revint à la maison pour faire un peu de ménage. Elle aurait souhaité avoir des nouvelles de cet emploi pour lequel elle savait être la principale candidate, mais elle devait être patiente. La directrice lui avait dit qu'elle avait d'autres candidates, même si elle doutait que ce soit vrai, et qu'elle ferait le choix final ce vendredi. Elle espérait avoir de bonnes nouvelles, car elle avait envie de travailler au plus tôt. Le lendemain, elle profita de ne plus avoir d'heures à faire chez Eaton pour aller au presbytère remercier le prêtre de son intervention. Celui-ci la félicita et lui demanda d'espérer. Il comptait fort sur son influence pour que Geneviève soit choisie. Il lui dit de bons mots au sujet de sœur Anselme, qu'il connaissait personnellement.

L'infirmière passa les deux derniers jours de la semaine à la maison, car elle ne voulait pas rater l'appel tant attendu. Et, surtout, elle ne voulait pas dépenser. Elle souhaitait se rendre à la bibliothèque municipale. Puis, portée par un élan qu'elle ne pouvait maîtriser, elle reprit l'autobus pour se rendre rue Masson. Elle sentait que le prêtre aurait sans doute une lettre d'Ahmed à lui remettre. Lorsque le curé la vit entrer dans le salon réservé aux chômeurs, il lui sourit et lui fit signe d'approcher. Ouvrant un coffre en bois, il en tira trois enveloppes et les lui tendit. Ahmed ! Ahmed avait écrit. Geneviève se félicita de son intuition.

— Toujours pas de nouvelles de sœur Anselme, ma fille ? s'enquit l'homme d'Église.

Geneviève hocha la tête en signe de négation. Le prêtre la bénit et déclara :

— Gardez espoir, mon enfant, le Seigneur pourvoit à chacun de nos besoins. Ne l'oubliez pas !

Certes, et l'infirmière se réjouissait en son cœur de ces lettres qu'elle dévorerait aussitôt seule. Elle ouvrit chacune selon l'ordre chronologique. Dans les deux premières, Ahmed confiait surtout son désir de revoir son amie au plus tôt. Il lui racontait aussi sa vie à Frobisher Bay. La dernière missive était la plus chaleureuse. N'ayant toujours pas eu de réponse de Geneviève, Ahmed se montrait inquiet, ce qui la rassura. Il voulait donc qu'elle soit constante et loyale. La seule raison qui motivait son silence était qu'elle attendait une lettre de l'Algérien pour lui répondre. Jamais elle ne se serait autorisée à lui écrire tout simplement parce qu'elle en avait envie. Cela ne se faisait pas. Sa mère lui avait toujours enseigné à se faire désirer. Elle précisait que les hommes étaient des chasseurs. Une proie facile ne les intéressait pas. Ahmed appréciait ses collègues et il osait même parler d'une femme, une certaine Aurélie, qui avait dans la trentaine et qui était une ingénieure, l'une des premières au Canada. *Si tu la voyais*, insistait-il, *tu serais comme moi : admiratif. Elle est brillante.* Le sang de Geneviève ne fit qu'un tour. Elle replia brusquement la feuille de papier, prête à la chiffonner. Comme si elle avait voulu effacer ce qu'elle venait de lire. Puis elle se reprit, se reprochant cet élan de jalousie qu'elle ne voulait pas ressentir. Elle rouvrit la page, piquée par la curiosité de savoir ce qui suivait. Il n'était pas question qu'elle succombe à ses vieilles habitudes dont elle tentait de se défaire. La jalousie était un sentiment négatif qu'elle abhorrait chez les autres et qui la rendait malheureuse. *Quand même !* se répétait-elle doucement. *Je n'en suis pas au point de vouloir qu'Ahmed ne soit pas sensible à la beauté et à l'intelligence des femmes qui l'entourent. Cela serait ridicule de ma part, surtout à mon âge.*

Geneviève était fière d'elle, de ses efforts pour se libérer des défauts qui avaient empoisonné sa vie. Elle sortit du presbytère après avoir rédigé un court message à Ahmed. Elle lui racontait ses démarches pour trouver un autre emploi. *Eh oui !* disait-elle, *je ne travaille plus comme vendeuse.* Elle ne donna pas la raison de son congédiement de chez Eaton, elle préférait la lui dire de vive voix. Elle termina sa courte lettre en insistant sur son désir de le revoir au plus vite. Quel bonheur de retourner au restaurant où ils avaient jadis pris un café.

Le temps passait et elle n'avait toujours pas de nouvelles de sœur Anselme. Devait-elle mettre un trait sur cet emploi d'infirmière dans un hospice de religieuses ? Elle commençait vraiment à désespérer.

Le lendemain, elle fit une longue promenade pour tuer le temps. Elle éprouva un vif sentiment de soulagement et eut l'espoir qu'elle aurait bientôt des nouvelles de son prochain emploi. Cependant, marchant dans la neige parmi les passants qui, pressés, se bousculaient sur les trottoirs à l'approche de Noël, elle renonça à poursuivre sa balade. Rentrer chez elle au chaud lui paraissait la plus agréable des perspectives.

Comme elle fit bien ! Elle avait décidément le destin de son côté. En effet, vers trois heures, on frappa à la porte. C'était Madeleine. Sa fille lui rendait visite à l'improviste. Geneviève en fut stupéfaite tant elle ne s'attendait pas à cette surprise. Elle l'invita aussitôt à s'asseoir au salon et lui proposa d'emblée un café ou un jus de fruits, que sa fille refusa.

— Je viens te voir entre deux courses avant les Fêtes, déclara la jeune femme. Je veux juste t'avertir que je pars pour deux semaines dans le Sud.

Geneviève resta bouche bée. Son cœur lui fit mal. En effet, elle avait prévu faire tous les efforts possibles pour rétablir des rapports harmonieux avec sa fille et pour l'inviter à déguster un bon repas chez elle le 24 décembre. Elle passerait les Fêtes dans la solitude, cela la rendit triste.

— Je ne savais pas que tu avais assez d'argent pour partir comme ça en ce début d'hiver ! s'écria-t-elle. Cela va te coûter une fortune. Et l'ONF ? Tes congés sont-ils si longs ?

Sa fille leva les yeux au ciel. C'était le commentaire qu'elle appréhendait le plus de la part de sa mère. Aussitôt, Geneviève regretta ses paroles maladroites et remplies de jugement. Elle prit conscience qu'elle se mêlait de ce qui ne la regardait pas. Elle comprit, au regard réprobateur de Madeleine, qu'il valait mieux qu'elle se taise. Son cœur se serra de nouveau à l'idée, à la fin de cette dure et ingrate année, de devoir être seule à Noël, sans sa fille, sans Ahmed. Un peu plus, elle en aurait pleuré.

— J'ai ramassé un peu d'argent, assez pour me donner du bon temps, répliqua Madeleine, sur la défensive. Je travaille très fort à l'ONF. Cet automne a été très exigeant. Je pars avec une copine, et nous parcourrons un circuit que ne font pas les touristes. On dormira chez l'habitant ou dans des campings. Ce sera l'aventure, j'en ai besoin. En fait, j'ai besoin de repos, précisa-t-elle, pour clore la discussion.

Geneviève, qui ne voulait surtout pas envenimer les relations avec sa fille, se tut. Elles avaient été assez tendues depuis ces derniers temps. Elle ne put s'empêcher de soupirer et de souffrir pour elle.

Madeleine baissa les yeux. Geneviève en profita pour l'observer. Sa fille avait changé. Elle s'était durcie. Sa soudaine rupture avec Alexandre l'avait rendue ombrageuse, et elle se mettait facilement en colère. Elle s'emportait à la moindre remarque qui lui déplaisait. La mère espéra que ces vacances impromptues allaient aider sa fille à se calmer et à devenir plus agréable.

Finalement, Madeleine renonça à faire ses courses. Les deux femmes passèrent la soirée à bavarder de l'actualité des dernières semaines. Elles aimaient discuter de politique, tant celle du pays que tout ce qui se passait à l'étranger. Le Québec était de plus en plus indépendant. Il possédait son électricité. Il commençait à se démarquer. Puis, pour la première fois, Geneviève parla d'Ahmed et de l'amour qu'elle ressentait pour cet homme.

— Il est différent de ceux que j'ai fréquentés.

Madeleine éclata d'un rire qui indisposa sa mère.

— Différent de papa, tu veux dire? lança-t-elle, sur un ton moqueur.

— Je ne parlerai jamais en mal de Charles, que j'ai aimé sincèrement. C'est un amour de jeunesse, je n'ai pas le goût d'en garder de mauvais souvenirs. Même si notre rupture fut douloureuse, et tu en as été témoin, je ne parlerai pas en mal de ton père. Ahmed est différent, je le dis en toute lucidité. Je ne croyais jamais connaître un tel sentiment, une impression aussi forte. Je t'en parle pour que tu sois consciente de ne pas perdre confiance en la vie. L'amour arrive quand on s'y attend le moins, crois-moi, ma fille. Cela fait presque quinze ans que je suis seule...

Madeleine l'écoutait sans dire un mot. Elle baissa la tête et pinça ses lèvres, comme si elle avait voulu dire quelque chose qui aurait pu blesser sa mère. Elle se retint. Elle semblait douter de cet amour dont elle lui parlait avec tant d'enthousiasme.

— J'ai plus de quarante-cinq ans, dit Geneviève, et je crois encore à ce sentiment si bouleversant. J'avais renoncé à toute nouvelle aventure, mais cette fois, c'est vrai. Ne fais pas cette tête incrédule. J'ai perdu un emploi que j'aimais, qui me valorisait, j'avais de l'argent, je faisais une belle vie. Tout a changé quand j'ai dû quitter Moretti. J'étais perdue, je me sentais diminuée. Je me suis dit: je suis trop vieille. C'est ce que j'ai ressenti quand on m'a montré la porte. J'ai rencontré Ahmed au presbytère, chez notre bon prêtre. Lui aussi était en recherche de travail, désemparé comme moi. Nous avons sympathisé. Il me comprenait, il ressentait mon désarroi. Il savait par où j'étais passée, quels étaient mes états d'âme. Et surtout, cela m'a fait du bien qu'un homme me dise que je suis belle, que je suis encore désirable.

Madeleine regardait au loin. Elle n'aimait pas que sa mère se confie sur sa vie sentimentale. D'autant plus qu'elle-même était en totale déroute.

— Tu n'aurais donc pas pu t'aider par toi-même ? lança-t-elle sur un ton tranchant. Serais-tu, par hasard, une dépendante affective ?

Geneviève frémit au ton rude de sa fille. Mais elle décida de ne pas élever le ton.

— Je me suis posé la question, répondit franchement Geneviève. Je dirais simplement que la présence d'Ahmed me réconforte. Je pourrais me débrouiller sans lui, bien sûr, mais je trouve la vie plus simple et plus facile, grâce à sa seule présence. Il ne me protège pas. Il est libre. N'a-t-il pas choisi de s'exiler dans le Grand Nord pour son travail ?

Madeleine ne savait pas que cet homme était à présent loin de sa mère et elle trouva que celle-ci faisait montre d'indépendance dans ses paroles. Peut-être pour cette raison elle se laissa aller à quelques confidences et avoua à sa mère qu'Alexandre avait rencontré une jeune femme sur le plateau de l'émission *Jeunesse d'aujourd'hui*. Depuis ce soir fatal, il avait changé. En fait, il s'agissait d'un coup de foudre. Cette fille était maquilleuse. Sans doute l'avait-elle ensorcelé ? Quoi qu'il en soit, Madeleine n'avait pas tergiversé. Aucun pardon. Elle n'avait plus revu Alexandre et avait pleuré seule son projet de déménager avec lui.

La soirée se termina plus joyeusement. Madeleine semblait très contente de parler de ses prochaines vacances. Elle avait fait des recherches sur le parcours qu'elle prévoyait faire avec sa copine au Mexique. Elle semblait à cet instant avoir oublié Alexandre. Le chagrin d'amour n'était plus aussi vif, et cela fit plaisir à

Geneviève. Elle crut qu'elle pouvait être sur le chemin de la guérison. Elles se quittèrent en se promettant de se revoir au retour de Madeleine.

— Je t'enverrai des cartes postales. Je sais comment tu les aimes.

— Tu es gentille, mais ne fais pas trop de détours pour en trouver une. Utilise tout ton temps pour te reposer. Profite de ce beau coin du pays, et sois prudente. Tu me raconteras tout !

29

Le lendemain, Geneviève se leva très tôt. Elle avait passé la nuit blanche à se demander si elle devait retourner au presbytère, pour tenter de trouver un autre emploi que celui qu'elle attendait. Alors qu'elle préparait son petit-déjeuner, le téléphone sonna. De toute façon, à quoi bon ? Qui allait embaucher quelqu'un à quelques jours de Noël ?

— Madame Geneviève Boivin, s'il vous plaît, dit une voix de femme.

— Oui, c'est moi, répondit-elle, un peu anxieuse.

— Nous vous appelons pour l'emploi à l'hospice des sœurs de l'Immaculée-Conception.

Sous le coup de l'émotion, Geneviève fut obligée de s'asseoir. Elle tremblait de joie.

— Vous avez été choisie, enchaîna la femme. Vous commencez à travailler demain matin, à sept heures précises, pour une période d'essai de trois mois. Nous savons que nous vous engageons à quelques jours du congé de Noël. Nous nous attendons toutefois à ce que vous soyez libre pendant les célébrations de fin d'année. Les malades ne prennent jamais de vacances, eux, comme vous le savez…

Geneviève tâcha d'intégrer toutes ces exigences rapidement, tout en essayant de ralentir les battements de son cœur. Comme elle n'avait pas de réponse au bout du fil, la réceptionniste ajouta :

— Êtes-vous toujours intéressée à travailler, madame Boivin ?

— Bien sûr ! s'écria Geneviève. Je vous remercie. Je serai demain à l'hospice.

— Nous vous demandons de vous habiller sobrement, sans bijoux. Une jupe sombre, un chandail ou une chemise de couleur unie. Nous vous fournirons un sarrau ici même.

Geneviève n'avait jamais ressenti une joie aussi grande. Elle qui avait commencé à faire le deuil de cet emploi, voilà qu'elle s'imaginait en train de prendre soin de personnes âgées qu'elle aimait déjà. Elle était surtout heureuse de ne pas avoir à retourner rue Masson pour de nouveau passer en revue des listes d'emplois.

Posant le combiné, elle se répéta ce qu'on venait de lui dire : ne pas porter de bijoux – ce qui lui rappela sa courte expérience dans le cabinet du Dr Hébert. C'était quelques mois plus tôt. Elle s'y était présentée, son curriculum vitæ à la main, et elle avait demandé à voir le médecin. Ce dernier l'avait accueillie gentiment et lui avait appris que le remplacement ne durerait pas plus qu'une semaine.

— Ma garde a eu un accident de voiture, avait-il expliqué. Merci de la remplacer, je crois que vous ferez l'affaire.

Puis, l'observant, il avait ajouté :

— Mais il ne faut pas porter de bijoux, je vous passerai le sarrau de ma garde-malade.

En plus, Geneviève avait dû porter une coiffe pour retenir ses cheveux, ce qui était normal. Sur le coup, cette consigne lui avait déplu, car elle aimait être coquette pour aller au travail. Une façon de s'amuser quelque peu. Mais voilà qu'elle devait, encore une fois, en faire son deuil. Cela demeurait toutefois un détail. Elle était contente de faire à nouveau des projets. *Enfin,* se dit-elle, *j'aurai un peu d'argent pour sortir. Et peut-être même, aussi, pour prendre des vacances comme Madeleine. Mais moi, je me rendrai dans le Grand Nord pour aller voir où travaille Ahmed.*

Le lendemain, elle se leva tôt, elle avala un jus d'orange et une rôtie recouverte de tranches de banane. Elle ne but pas de café, elle se sentait trop nerveuse pour en ingurgiter la moindre goutte. Elle mit sa montre à son poignet droit, il lui restait peu de temps avant de prendre le premier autobus qui partait dans quinze minutes.

Lorsque Geneviève arriva devant l'hospice, plusieurs employées se pressaient à la porte. Elle se dit qu'il devait s'agir des cuisinières, des femmes de ménage ou autre. Elle se rendit à la réception. Une sœur maigre à l'air fatigué l'accueillit.

— J'ai mal dormi, dit-elle à Geneviève, comme si elle avait été heureuse de trouver une personne à qui se confier sans avoir à subir de conséquences.

— C'est ma première journée, répliqua Geneviève.

— Bienvenue parmi nous. Vous aimerez votre environnement, l'assura la sœur en réprimant un bâillement. Vous vous appelez ?

— Geneviève. Geneviève Boivin.

— Voici ce que vous devez signer, dit la religieuse en lui tendant une feuille. On vous a dit que vous avez trois mois de probation ?

— Oui. Merci, ma sœur.

Elle demanda un crayon, que lui donna la femme.

— Rendez-vous à l'étage. Vous y rencontrerez sœur Raymonde, qui vous supervisera dans vos tâches.

Dans le corridor, des religieuses à l'allure fringante poussaient des chariots remplis de plats, de bouteilles de jus et de lait. C'était pour les religieuses, les plus âgées et les plus malades, qui devaient rester au lit toute la journée.

L'une des employées remarqua Geneviève, qui paraissait perdue.

— Vous cherchez quelqu'un ?

— On m'a dit de venir ici, je viens d'être engagée comme infirmière. Je cherche sœur Raymonde.

— Oui, deuxième porte à gauche.

Quelques instants plus tard, Geneviève rencontra une femme qui avait atteint la trentaine. Sa jeunesse l'étonna.

— Bonjour, lui dit-elle, en présentant sa main. Je suis la nouvelle…

— Je sais, je sais, dit sœur Raymonde. Allez dans la salle du fond. Il y a une armoire avec des sarraus. Prenez-en un plus grand que votre taille. Vous devez être à l'aise dans vos mouvements.

Geneviève s'habilla promptement. Elle devait commencer son travail dans cinq minutes. Une collègue se présenta.

— Je suis sœur Adrienne. Vous pouvez me suivre.

Les deux femmes se rendirent dans une chambre, dont la porte était ouverte et qui était au fond du couloir. Une religieuse alitée y semblait fort mal en point.

— Comment ça va, ma sœur, aujourd'hui ? demanda sœur Adrienne.

Puis, se tournant vers Geneviève, elle ajouta :

— La pauvre fait un début de démence, mentionna sœur Adrienne d'un ton neutre. Nous devrons la déplacer dans un mois. Elle ira à l'étage supérieur, là où les sœurs gravement malades sont surveillées davantage.

Geneviève trouva cette remarque indélicate et surprenante de la part d'une religieuse qui devait faire preuve de charité chrétienne. Cette malade pouvait entendre ce commentaire désobligeant !

— Comment s'appelle-t-elle ? demanda Geneviève.

Il lui paraissait plus poli de s'adresser à cette religieuse âgée par son nom.

— Sœur Jean-de-la-Croix, répondit la nonne. Elle a des neveux et des nièces, mais ils ne viennent jamais la voir. Quant à son frère, il est mort.

Elle disait ces mots sans émotion, tout en se dirigeant vers la malade. Elle la souleva et poussa son corps mou contre deux coussins.

— On vous apporte votre déjeuner, ma sœur, martela-t-elle. Du bon gruau et un jus d'orange.

Geneviève fit la moue. Elle était choquée par le comportement de sœur Adrienne, qui interpellait toujours la vieille dame avec ce ton expéditif. Elle savait que certains employés œuvrant dans des hospices avaient la mauvaise habitude de traiter ainsi les patients. Elle se promit de ne jamais utiliser un langage aussi sec. Pour elle, les vieillards méritaient plus de considération. Ce n'est pas parce que ces religieuses étaient impotentes qu'elles devaient être traitées comme des enfants.

Geneviève se fit rapidement des amies parmi les malades, qui appréciaient sa diligence et sa politesse. Sœur Jean-de-la-Croix, entre autres, attendait que ce soit elle qui la serve et lui apporte les repas, alors que ses tâches étaient limitées aux soins médicaux.

— Vous, vous n'êtes pas comme les autres, disait cette femme qui avait presque quatre-vingt-dix ans.

Même si ce compliment flattait Geneviève, elle n'aimait pas que ces paroles soient entendues par ses collègues, car cela risquait de créer un climat de concurrence malsaine.

— Je vous remercie, mais vous savez que toutes les sœurs ici font de leur mieux.

— Non, trancha la vieille religieuse, sur un ton qui ne supportait pas la réplique. Vous ne le croirez pas. Même dans un couvent, dans lequel on devrait toutes s'aimer, à l'image du Christ, toutes ne sont pas si gentilles. Au contraire ! Elles sont le plus souvent de mauvaise humeur. Et quand on doit me déplacer dans mon lit, on le fait brusquement. J'ai mal à mes os. J'ai mal partout et on me secoue comme si j'étais un sac à patates.

Tout en cédant à sa demande spéciale et en lui donnant son repas, Geneviève se rappelait en effet que l'une des sœurs avait récemment reçu une réprimande parce qu'elle avait laissé tomber une malade en la retournant.

— Vous parlez de sœur Adrienne ? demanda Geneviève. Mais vous savez bien qu'elle ne l'a pas fait exprès. Elle était pressée.

— Elle est toujours à la course ! critiqua la religieuse. Je sais qu'on vous en demande trop, mais on gagnerait tous à avoir de meilleures conditions. Autrefois, les religieuses qui prenaient soin des malades avaient plus de délicatesse.

Geneviève ne put qu'approuver en silence. Elle se souvint de ses lointaines années passées chez les Hospitalières, qui portaient très bien leur nom. Deux ou trois avaient l'habitude de ronchonner, mais c'était peu par rapport au nombre qui vivait dans la communauté. Geneviève posa l'assiette de gruau sur la table, et elle s'assit sur le bord du lit pour essuyer la bouche de sa patiente.

— Vous êtes injuste, sœur Jean-de-la-Croix, murmura-t-elle pour l'apaiser. Je sais que vous dites ces mots parce que vous souffrez. Vous savez bien que tout ce qui se passait autrefois n'était pas aussi rose qu'on le dit.

Une larme coula sur la joue de la nonne. Geneviève sortit un mouchoir et la tapota tendrement.

— Je sais que je perds la mémoire de jour en jour, mais je voudrais qu'on me considère comme la religieuse que j'ai toujours été, geignit la nonne. Vous savez, j'ai été longtemps la sœur économe, je m'occupais des finances !

Voulant lui changer les idées, Geneviève lui posa des questions sur sa vie.

Avant d'entrer dans les ordres, cette femme avait été mariée. Son époux était mort à la guerre, la laissant seule.

— Je faisais des ménages pour arrondir les fins de mois. Vous avez raison, madame Geneviève, tout n'était pas rose bonbon dans mon passé, mais j'étais à cette époque jeune et vaillante. Le deuil de mon mari m'a fait voir ma vocation. À trente ans, j'ai décidé de prononcer mes vœux. Au fond, j'étais faite pour la communauté. Quand je suis entrée chez les sœurs de l'Immaculée-Conception, j'étais autonome, jeune encore! C'est difficile de vieillir au quotidien, car on a besoin des autres pour les gestes routiniers.

La vieille sœur soupira et poursuivit:

— Et vous, vous êtes mariée?

— Je vis seule et j'ai une fille dans la vingtaine. De mon côté, j'ai aussi surmonté des épreuves. Mon mari était dur. J'ai été obligée de m'en séparer. Cela n'a pas été facile, mais j'ai beaucoup appris sur moi-même à la suite de cette rupture.

Elle se tut soudainement et se leva, car, à l'étage, une quinzaine de religieuses nécessitaient ses soins. Cependant, elle voulut confier à cette inconnue dont elle se sentait proche les émotions qu'Ahmed lui faisait vivre.

— Et maintenant, donc, vous êtes seule dans la vie? insista la religieuse. Vraiment? demanda encore la patiente.

— Non, avoua Geneviève.

— Ne me cachez rien, même si je ne suis qu'une religieuse, mon enfant. J'ai assez de vécu pour reconnaître quand le cœur d'une femme bat pour un être cher. Qui est-il?

Geneviève aimait ce jeu: faire semblant qu'elle ne pensait pas à cet homme qu'elle aimait. La cloche sonna. Il était l'heure pour les employées des cuisines de rapporter les plats et les repas qui n'avaient pas été terminés.

— Mais vous n'avez presque rien mangé, sœur Jean-de-la-Croix ! Vous devez prendre des forces.

— Je n'ai pas faim, dit-elle. Demain, peut-être je serai plus en appétit.

Une jeune religieuse entra pour venir chercher le plateau. Il fallait maintenant donner un bain aux patientes et changer les draps du lit. Geneviève se pencha contre l'oreille de la vieille femme.

— Ma sœur, murmura-t-elle. Soyez plus sage, car je risque de me faire gronder si on voit que vous laissez plus de la moitié de vos repas. J'ai trop parlé avec vous, la prochaine fois…

— Ne dites pas cela, coupa la nonne. Vous ne savez pas combien cela m'a fait du bien de parler de moi, de mon passé et d'en apprendre plus sur vous. Et laissez-moi vous donner un conseil : ne cachez pas l'amour que vous avez, c'est ce que vous possédez de plus beau et de plus riche.

Geneviève s'éloigna de la vieille religieuse et voulut lui donner un baiser sur le front. Elle ne se le permit pas, car l'autre sœur aurait pu surprendre ce geste d'affection. Au-delà de la différence d'âge et de leur vie si différente, les deux femmes partageaient une même sensibilité. Geneviève avait envie de la revoir et de reparler avec elle.

30

Geneviève se réjouissait d'avoir un travail qui la motivait à ce point. Et qui lui permit surtout de traverser les jours difficiles des fêtes de Noël, qu'elle aurait forcément passées seule. Elle aimait de plus en plus son emploi d'infirmière dans cet hospice, même s'il était très exigeant au point de vue physique et qu'elle ne profitait que d'un seul jour de congé. Il lui arrivait souvent, le soir, de revenir à la maison courbatue. Elle était obligée de se masser avec des produits dont l'odeur était repoussante. La nuit, elle dormait comme une souche tant elle avait passé son temps à gravir les escaliers d'un étage à l'autre pour aller soigner trente-cinq religieuses, chacune à son tour. Elle appréciait dans l'ensemble ses collègues religieuses, surtout celles qui s'occupaient des soins médicaux. Cependant, comme dans toute société, tout n'était pas parfait. Même chez les sœurs, la méchanceté pouvait s'inviter chez elles. Geneviève se disait que ces femmes n'avaient pas la vocation, sinon elles auraient été bonnes. C'était peut-être des femmes qui étaient entrées dans les ordres par dépit. Combien d'entre elles, en effet, choisissaient cette voie pour échapper à la pauvreté ou à une vie morne ? Ainsi, dans cet hospice, deux ou trois religieuses la traitaient de haut. Cela lui rappelait le mauvais souvenir de Dahlia, sa petite patronne du grand magasin Eaton. Elle remarquait que, dans tout emploi, il y avait trop de compétition. Le plus surprenant était que les sœurs n'étaient pas rétribuées pour travailler. Malgré cela, la rivalité régnait, tout comme l'envie ou la mauvaise volonté. Comme Geneviève était en probation de trois mois, et qu'elle était laïque, elle se sentait un peu en marge dans cet environnement. Quand elle se retrouvait dans la petite salle à manger du rez-de-chaussée, elle avait l'impression d'être tenue à l'écart de la vraie vie de l'hospice. Certes, lorsqu'elle la croisait, sœur Anselme, la directrice qui l'avait engagée, était toujours aimable, tout comme sœur Raymonde, sa superviseure. Mais ce n'était pas le cas avec toutes les religieuses. Sœur Adrienne était une femme dure et tranchante. D'autres montraient peu d'enthousiasme. Par contre, sœur Béatrice semblait vouloir le meilleur pour elle. Elle avait le même âge que Geneviève. Née à la campagne, elle était entrée au couvent à l'âge de dix-sept ans.

— Lorsque vous obtiendrez votre permanence, ce que je vous souhaite ardemment, Geneviève, vous verrez qu'ici, comme ailleurs dans le monde, les relations sont à peu près les mêmes, lui révéla la religieuse un matin. Or, l'important n'est-il pas le bien-être de nos aînées ?

Geneviève avait approuvé de la tête, puisqu'elle était tout à fait d'accord avec les propos de cette aimable femme. Pendant ce temps, elle pensait à sœur Adrienne, qui bousculait souvent les pauvres vieilles alitées.

Geneviève avait en effet remarqué qu'il y avait des clans parmi les religieuses, ce qu'elle n'avait jamais aimé. Lorsqu'elle était chez Moretti, où l'ambiance était pourtant très bonne, il y avait également à l'occasion ce genre de climat de rivalité entre les employés. Cela avait d'ailleurs mené à des mises à pied. Geneviève, qui avait passé son enfance seule, n'était pas une femme qui cherchait à se mêler à un groupe. Elle fuyait comme la peste tout affrontement. Chez Moretti, auprès des secrétaires et du personnel féminin, sauf exception, cette attitude lui avait valu une mauvaise réputation. On la jugeait antisociale.

Cela n'était pas du tout le cas, puisqu'elle aimait être entourée d'amis, mais elle trouvait que l'adhésion à un groupe provoquait souvent des affrontements inutiles.

— J'aimerais bien être permanente, déclara-t-elle un peu tristement à sœur Béatrice. Enfin, je le souhaite.

— Vous faites du bon travail? demanda cette dernière, sachant pertinemment que l'infirmière était compétente.

— Oui, je le crois, déclara Geneviève, convaincue. Mais cela fait à peine quelques jours que je suis ici. Je fais de mon mieux. Et j'aime travailler auprès des religieuses. Elles ont tant à nous apprendre.

Sœur Adrienne, qui avait un caractère grincheux, passa près de sa table, s'arrêta net et lui dit:

— Ma pauvre, on voit bien que vous êtes nouvelle dans cet établissement!

Sœur Béatrice fit signe à Geneviève de ne pas prêter attention à ce commentaire venimeux et de ne pas se préoccuper de ce que cette religieuse venait de lui dire à voix haute.

— Cette sœur a un certain pouvoir ici. Elle est assignée aux chiffres, à la comptabilité si vous voulez. Jadis, avant d'entrer dans les ordres, elle a étudié. Elle en nourrit de l'orgueil, ce qui est contraire à nos principes... Que voulez-vous...

Geneviève se leva, il lui restait une bonne trentaine de minutes avant son quart de travail.

— Si vous le permettez, sœur Béatrice, je vais aller prendre un peu d'air, même s'il fait un froid de canard. Je reviens bientôt.

En effet, il faisait un temps glacial en cette mi-décembre. Mais le ciel était clair, d'un bleu qui annonçait les beaux jours dont tous se languissaient déjà, même si ce n'était pas demain la veille.

Bien emmitouflée, Geneviève fit quelques pas dans le parc de l'Esplanade, admirant le mont Royal et la fière croix érigée en son sommet. Elle marchait tranquillement et elle remarquait que tout avait bien changé depuis le temps où, jeune, il lui était arrivé de se promener dans ce quartier. Les maisons avaient été ravalées, les balcons repeints. Finalement, l'infirmière se dirigea jusqu'à une charmante boulangerie, sur Mont-Royal. Des clientes élégantes sortaient avec des beignes sous le bras ou de petites boîtes joliment enrubannées. Dans la grande fenêtre s'étalaient des macarons, des petits gâteaux et des pains de toutes les dimensions. La faim la prit et Geneviève entra d'un pas assuré. Pourtant, elle avait mangé à midi. C'était sans doute le froid qui la creusait. Un homme était à la caisse en train de compter des sous. Il leva les yeux et, la remarquant, il la salua.

— Bonjour, monsieur, fit-elle, pour lui renvoyer la pareille.

Elle s'arrêta net et reconnut ce vendeur. C'était John, qu'elle avait vu alors qu'elle se trouvait à l'ONF afin d'y poser sa candidature pour faire de la figuration.

— Que faites-vous ici ? C'est fini, le cinéma ? s'enquit-elle, en lui souriant.

— Il n'y a pas d'avenir dans ce domaine pour des gens comme nous, répondit-il. Je travaille ici depuis deux mois. C'est un ami qui en est le propriétaire. Et vous ?

John avait l'air accablé. Visiblement, il n'était pas heureux.

— J'ai enfin déniché un poste d'infirmière à l'hospice, dans la grosse bâtisse en briques, à deux coins de rue d'ici.

Elle consulta sa montre. Elle vit qu'elle pouvait rester encore quelques minutes.

L'homme lui raconta que son ami avait l'intention de vendre incessamment cette boulangerie.

— Nos ventes sont bonnes, mais cet homme est âgé. Il sera peut-être bientôt dans votre hospice, car sa santé décline vite.

— Cela est impossible, car cet hospice n'accueille que des religieuses du couvent… Votre homme devra se trouver un autre refuge, expliqua-t-elle. Mais, dites-moi… J'ai vu des boutiques fermées, vous réussissez tout de même à faire des profits ?

— Oui, mine de rien, le quartier se développe avec la proximité de la rue Laurier, de plus en plus commerçante. Il y aura bientôt de nouvelles constructions. Des immeubles à logements. Nous aurons encore plus de clients. Je suis inquiet pour mon avenir, je croyais avoir trouvé du boulot, il faudra que j'aille en quémander ailleurs.

— Je connais cette chanson par cœur, avoua Geneviève, moi aussi je suis passée par là. Depuis que j'ai perdu mon emploi, je passe d'un petit boulot à un autre, sans stabilité. J'espère à chaque fois qu'on me gardera. Cependant, je dois faire trois mois avant d'être engagée pour de bon chez les sœurs. J'aimerais que cette fois-ci soit la bonne !

Geneviève commanda un petit gâteau nappé d'un glaçage rose et une tartelette au sirop d'érable.

— Ça a l'air tellement délicieux, lança-t-elle. Je prendrais volontiers tout ce que vous avez d'étalé sur le comptoir. Je vous souhaite bonne chance, John. Qui sait, peut-être que votre ami reprendra du mieux ou qu'un acheteur fera l'acquisition de cette boulangerie, en vous gardant comme employé ?

— Je me le souhaite. La prochaine fois, restez plus longtemps, on prendra un café ensemble. Repassez, puisque vous êtes une voisine maintenant.

Geneviève repartit vers l'hospice, sous une neige qui se faisait de plus en plus menaçante. Elle craignait que la tempête ne souffle fort à la fin de sa journée de travail.

Et si elle devait rester à cause des rafales, ce n'était pas plus mal. Elle montrerait aux religieuses que le travail supplémentaire ne lui faisait pas peur. Voyant ces deux pâtisseries dans les mains, elle se dit qu'elle offrirait la tartelette à sœur Jean-de-la-Croix.

31

Quand Geneviève arriva à l'hospice, sœur Adrienne l'attendait de pied ferme, l'air fâché.

— Vous êtes en retard ! grogna-t-elle.

Geneviève regarda sa montre. Elle n'avait pourtant pas commis de faute : il était bel et bien treize heures. Comme elle ne voulait pas s'engager dans une discussion inutile, elle préféra s'excuser.

Elle se dirigea à l'étage, là où les religieuses étaient le plus mal en point et où on lui avait assigné son quart de travail. Elle se sentait fatiguée, mais prête à relever le défi. La rencontre avec John avait éveillé en elle d'agréables souvenirs. Lors de sa furtive incursion dans le milieu artistique, et plus précisément du cinéma, c'était là qu'elle avait rencontré les gens les plus fervents, ceux qui croient le plus en leur étoile. Tous caressaient le profond désir d'être une vedette de l'écran, même si leur rêve risquait de s'envoler en fumée. Geneviève avait fait de la figuration pour gagner un peu d'argent, mais aussi pour le plaisir. Cependant, n'ayant jamais eu l'envie d'aller plus loin dans le métier, elle n'avait pas souffert de ne plus être rappelée. Elle n'avait pas ressenti les affres liées au rejet. Cette courte expérience lui avait fait découvrir sa timidité. Sa pudeur l'empêchait de croire à une carrière artistique en cinéma. Cependant, elle appréciait toujours autant les œuvres qu'on produisait en ce domaine. Elle avait surtout saisi pourquoi sa fille était si heureuse de travailler, même comme monteuse, à l'ONF. Elle comprenait que Madeleine espérait pouvoir enfin réaliser un jour son propre film.

L'après-midi, à l'hospice, c'était toujours plus calme. Bien des patientes faisaient une sieste. D'autres regardaient le seul téléviseur que possédait la maison mère et qui se trouvait dans une grande salle commune munie de lourds fauteuils en cuir capitonné. Les émissions étaient programmées justement l'après-midi et rassemblaient les patientes qui pouvaient se déplacer. Pendant ce temps, Geneviève en profitait pour faire du rangement dans son local, pour veiller à ce que les flacons d'alcool, de peroxyde, de mercurochrome, ainsi que divers gazes et pansements soient bien en place en cas de besoin. Elle en profitait aussi pour stériliser les seringues et les bassines. Elle ne chômait pas. Si elle avait terminé ses tâches, elle aidait à la préparation du goûter qu'on allait servir aux étages. Elle sortait des biscuits à thé, des sablés et divers petits gâteaux. Puis elle versait le lait et le jus dans des carafes. Il y avait aussi de la tisane, du thé et du café. Ces bonnes odeurs de boissons chaudes se répandaient un peu partout dans le couloir.

Geneviève était diligente et délicate. Elle n'oubliait jamais que certaines religieuses voulaient de la crème plutôt que du lait dans leur infusion, avec quelques morceaux de sucre. Cet après-midi-là, elle se dirigea vers les chambres en poussant le chariot des aliments, délivrant ainsi la sœur assignée à cette tâche. Les patientes la remerciaient, et Geneviève se disait qu'enfin elle semblait avoir trouvé sa place. *Bien sûr*, pensa-t-elle, *cet emploi est très exigeant, mais tant que j'aurai la force de l'exercer, je le ferai avec bonheur.* Elle était surtout satisfaite de la relation qu'elle avait nouée avec les malades, en particulier avec ces malheureuses sœurs qui ne recevaient jamais de visite.

Toutefois, certaines d'entre elles étaient plus difficiles que d'autres. Toutes les religieuses employées à l'hospice s'entendaient pour dire que le deuxième étage était le plus lourd, car il y avait des cas de démence. Les femmes frappées par ce trouble avaient des comportements violents et imprévisibles. Geneviève croyait qu'avec la douceur, elle pourrait les apprivoiser. Mais elle apprit durement la leçon à ses dépens.

Cette journée-là devait se terminer une heure plus tard, quand Geneviève se dirigea pour la première fois dans la chambre d'un patient. Dans le corridor, sœur Béatrice lui fit signe :

— Attention à celui-ci. C'est le seul homme que nous soignons dans cet établissement. Il s'agit du père Georges ; il a obtenu un passe-droit de la révérende mère, car pendant longtemps il a dit la messe dans un des couvents de la congrégation de l'Immaculée-Conception. Normalement, il aurait dû être chez les Sulpiciens, mais ils manquaient de place. Cet homme est corpulent et fort. Ce sont des infirmiers qui devraient en prendre soin, mais, comme vous le savez, il n'y a que des religieuses ou des laïques au service de nos malades.

Sœur Béatrice sourit avec indulgence.

— Merci pour la mise en garde, je ferai attention, dit Geneviève.

L'infirmière entra dans la chambre. Le vieil aumônier paraissait assoupi. Geneviève ne fit aucun bruit pour ne pas le réveiller, mais ce dernier ouvrit l'œil, l'air méchant.

— C'est qui ? grogna-t-il. On vient encore me déranger ! Je dormais. Qui êtes-vous donc ?

L'homme semblait vouloir sortir de son lit, repoussant furieusement ses oreillers et ses couvertures. Cela effraya Geneviève, mais elle se rappela que le prêtre était dément. Il ne savait pas ce qu'il faisait. Elle courut vers l'homme dont le physique était imposant.

— Laissez-moi, laissez-moi ! Ne me touchez pas ! vociféra-t-il.

Georges poussa Geneviève qui, en tentant de garder son équilibre, aurait pu tomber.

— Allez-vous-en ! criait l'homme. Je veux sortir d'ici. C'est vous qui me retenez dans cette prison.

Malgré la rage qui déformait son visage ridé, cet homme faisait pitié. Geneviève, très professionnelle, reprit ses esprits et se tint droite pour défier le père. Elle s'avança en poussant le chariot. C'était à la fois une protection et un alibi.

— Vous devez manger, déclara-t-elle. Nous vous avons préparé un bon goûter.

Elle faisait mine de ne pas avoir peur, mais elle tremblait de tout son corps. C'était la première fois qu'elle se sentait vulnérable. On lui avait raconté que, parfois, des employés avaient été victimes de coups portés par des malades. Elle était convaincue qu'elle n'aurait pas à subir de tels affronts, car elle croyait avoir assez de tact et surtout de métier pour maîtriser ces cas désespérés.

L'homme arborait toujours son air défiant. Il serrait les mâchoires, prêt à bondir.

— Je n'ai pas faim ! beugla-t-il. Vous êtes une folle. C'est vous qui me gardez ici dans cette maison. C'est vous qui m'obligez à rester dans ce lit. Je veux sortir ! Je veux m'en aller !

Comme il s'apprêtait à se lever, Geneviève le retint de se dresser. Mais l'homme, plus fort qu'elle, se mit debout et la frappa. Geneviève tomba sur le chariot, qui se renversa sur elle. Toutes les boissons chaudes et les petites douceurs se déversèrent sur elle, qui se retrouva par terre, haletante. Elle cria comme elle put et des religieuses vinrent à son secours.

— C'est une folle ! rugissait Georges, qui crachait ses injures, la bave aux lèvres. C'est elle la coupable.

Trois sœurs se précipitèrent pour neutraliser le prêtre.

— C'est un cas de sédatif, précisa l'une d'elles. Je reviens tout de suite.

L'homme se débattait et on parvenait difficilement à le maîtriser. Une autre sœur surgit dans la chambre avec des sangles, pour immobiliser le prêtre.

— Taisez-vous, lui criait-on. Calmez-vous !

Geneviève s'était relevée avec l'aide de deux religieuses. Son tablier était taché de café et détrempé à l'eau bouillante. Elle avait reçu des plats et des couverts. En tombant, sa tête avait heurté le coin d'une armoire. Elle était sonnée et elle avait du mal à se tenir debout.

— Comment vous sentez-vous, Geneviève ? lui demanda doucement sœur Béatrice, qui était accourue en entendant ce fracas. Ça va ?

Geneviève, mortifiée, acquiesçait d'un signe de tête. Elle n'y était pour rien, mais une fois de plus, elle eut peur qu'on lui reproche d'avoir commis une faute dans l'exercice de ses fonctions.

— Laissez-moi lui administrer sa dose, dit une religieuse garde-malade, en préparant le bras du patient agité.

Elle le frictionna à l'alcool puis fit l'injection. Le père Georges grognait, mais il était maintenu par des sangles. On souleva ensuite Geneviève. La pauvre s'effondra dans un fauteuil à côté du lit. On lui tendit une serviette pour éponger son front. Puis on l'aida à sortir de la chambre en l'escortant. Dans le couloir, un homme avançait à grands pas vers elle. Il était vêtu d'une blouse blanche. C'était le médecin de l'hospice. Le Dr Ostiguy se présenta à Geneviève. Il lui apprit qu'il était appelé sur les lieux chaque fois qu'une urgence se présentait, son cabinet se trouvant tout à côté. Il était accompagné d'une femme et la présenta à Geneviève comme étant sa garde-malade. C'était une laïque, Adèle Morin. Puis il prit son pouls et scruta son visage. Geneviève avait une ecchymose au-dessus de l'œil gauche. Elle semblait très mal en point. Était-elle victime d'une légère commotion cérébrale ?

— Comment vous sentez-vous ? lui demanda-t-il. Qu'est-il arrivé ? dit-il en se tournant vers sœur Béatrice, qui était restée près de l'accidentée.

— C'est le patient de la chambre spéciale, le père Georges. Il l'a frappée. Nous nous plaignons depuis le mois de novembre qu'il y a sur cet étage des malades dangereux pour une seule employée. Une femme est démunie avec un patient de sexe masculin. Geneviève est une nouvelle employée, sœur Raymonde n'aurait pas dû l'envoyer auprès de lui.

— Ce n'est pas le temps de faire des revendications, coupa le médecin. Occupez-vous de cette femme, articula-t-il.

On installa Geneviève derrière un rideau, pour qu'elle puisse être examinée dans l'intimité.

— Reposez-vous pendant quelques minutes, madame, ordonna le médecin. On vous fera un pansement et on vous administrera des antidouleurs. Quand vous vous sentirez mieux, vous pourrez repartir chez vous.

Il regarda sœur Béatrice en lui faisant signe de s'en aller. Garde Morin aida Geneviève à s'allonger sur la civière qui se trouvait dans son bureau. Elle avait un verre d'eau et des cachets dans la main.

— Allongez-vous, madame, dit la garde-malade. Je vais éteindre la lumière, fermez les yeux, je reste tout près ; si vous désirez quelque chose, je suis là.

Geneviève n'osait plus bouger. La chute avait été brutale. Ce qui avait semblé un banal accident se révélait plus grave qu'elle ne l'avait pensé. En tombant sur le coin de l'armoire, elle avait à coup sûr aggravé son cas.

32

Après avoir fait une sieste d'une vingtaine de minutes, Geneviève se réveilla avec un mal de tête lancinant. La garde était toujours à ses côtés. Elle vint l'aider à se relever de la civière.

— Vous désirez quelque chose ? s'enquit-elle. Peut-être du thé ?

— Non, cela va aller, remercia Geneviève. Je pense qu'il vaudrait mieux pour aujourd'hui que je retourne chez moi.

— Je vais prévenir sœur Raymonde, dit la garde, et m'assurer qu'on vous apporte votre manteau, vos bottes et votre béret. Passez à la réception demander un congé de quelques jours. Vous y avez droit. C'est un accident de travail.

Geneviève remercia la garde et s'habilla avec difficulté. Quand elle emprunta l'escalier en se tenant fermement à la rampe, sa tête tournait encore un peu. Les pilules l'avaient assommée.

— Vous êtes tombée ? lui demanda sœur Anselme, qu'elle croisa près de l'entrée de la réception. On vient de me faire part de ce terrible incident.

Sœur Anselme l'observait avec une douceur sévère.

— Aviez-vous aux pieds les souliers réglementaires ? Étaient-ils bien lacés ?

Elle saisit une feuille et se mit à écrire sans regarder Geneviève.

— C'est le père Georges qui m'a frappée, expliqua Geneviève, très embarrassée. Il était en crise. J'étais seule dans la chambre avec lui.

Sœur Anselme leva les yeux et semblait dubitative. Elle ajouta :

— Comment est-il possible que sœur Raymonde vous ait laissée entrer seule dans sa chambre ? Ce patient est dangereux.

— Je ne m'y attendais pas, balbutia Geneviève. C'était mon initiative, ma superviseure n'a rien à voir dans tout cela.

— On vous a mal conseillée, voilà tout, trancha sœur Anselme. Voilà ce qui arrive quand il y a un manque d'employés.

Sœur Anselme continuait de prendre des notes, sans doute pour justifier un éventuel congé. Elle continuait à poser des questions embarrassantes à Geneviève. Voulait-elle trouver des raisons pour ne pas lui accorder son congé ? Cherchait-elle à la prendre en défaut ? Pourtant, sœur Anselme lui avait paru si aimable.

— Est-ce que vous vous sentiez bien quand vous avez commencé la journée ?

— Bien sûr ! dit Geneviève avec véhémence. J'étais sur le point de terminer mon quart de travail. J'ai remplacé sœur Adrienne au pied levé, car elle semblait débordée avec le goûter. C'est tout ! La matinée s'est passée sans problèmes.

Geneviève avait du mal à se tenir debout et elle demanda à s'asseoir.

— Garde Morin m'a dit que je pouvais prendre des jours de congé, osa-t-elle dire. J'en ai besoin.

— Combien ? fit sœur Anselme.

— Je ne sais pas, ma sœur. Vous êtes mieux placée que moi pour me le dire. Deux jours au moins, pour que je me remette de cet incident.

La religieuse relut sa feuille.

— Cela se passe avant même la fin des trois mois de probation, dit-elle en maugréant tout bas.

— En effet, et vous m'en voyez désolée, articula Geneviève, pétrifiée.

— Vous devez signer cette feuille, puis je demanderai à sœur Raymonde de la signer. Vous reviendrez donc jeudi matin à sept heures.

Geneviève se leva péniblement et saisit un stylo bille. Elle avait du mal à former des lettres, et sa main tremblait. Deux jours ne lui paraissaient pas de trop. Elle souhaita que l'on appelle un taxi.

L'attente sur l'avenue de l'Esplanade lui parut longue avant qu'elle puisse monter dans la voiture. Pour se rendre sur le perron, elle avait dû longer les murs du hall d'entrée de l'immeuble, car ses jambes flageolaient et ses genoux risquaient de plier. Ce malaise recommença quand elle dut descendre du taxi et grimper les marches une à une menant jusque chez elle. Avant d'ouvrir la porte, elle vérifia si le facteur avait déposé du courrier dans sa boîte aux lettres. Quel bonheur de constater qu'il y avait une lettre d'Ahmed ! Maintenant, elle n'avait plus à se rendre rue Masson, au presbytère, pour récupérer ses lettres, puisqu'elle avait osé donner son adresse personnelle à Ahmed. Aussitôt dans son appartement, elle ne put retenir ses larmes, puis elle se prépara un thé pour se calmer.

Que m'arrive-t-il? s'interrogeait Geneviève, assise dans sa cuisine. *J'ai terriblement mal à la tête, pourtant j'ai pris plusieurs comprimés. Le mieux est que j'aille me coucher. J'ai besoin de repos et de dormir. Cela va passer, sinon j'irai consulter un médecin aux urgences.*

Elle passa la soirée au lit, croyant que le sommeil l'aiderait à se mettre sur pied. Rien n'y fit. Au milieu de la nuit, Geneviève se leva. Il était à peine trois heures. Elle avait toujours ce mal de tête lancinant, comme si elle portait un chapeau de torture. Dans le miroir, elle remarqua que son ecchymose changeait de couleur. Elle palpa sa nuque : elle y trouva une bosse sensible au toucher, ce qui l'inquiéta. Elle préféra se recoucher, plutôt que de se rendre à l'hôpital. Au matin, elle n'avait d'autre choix que d'y aller sans plus attendre.

L'aube colorait le ciel d'un bleu sans éclat. C'était un matin d'hiver qui s'annonçait froid et humide. Quand Geneviève avait ouvert l'œil, la lumière au plafond lui parut tourner. Elle s'habilla sans tarder pour se rendre à l'Hôtel-Dieu, non loin de chez elle. Elle connaissait bien cet hôpital et savait qu'elle y serait bien soignée.

Une fois dans le taxi, elle se rappela la lettre d'Ahmed reçue la veille. Comme elle ne se sentait pas bien, elle n'avait pas pleinement profité de ce bonheur : Ahmed lui annonçait son retour très rapidement, plus tôt que prévu. Elle se souvenait de son geste : elle avait posé la lettre sur son cœur, après l'avoir lue d'une traite. Elle avait même pleuré. Le malheur qu'elle venait de subir était adouci par les tendres mots de son amour. Mais pourquoi fallait-il qu'ils se revoient alors qu'elle souffrait tellement ?

Le chauffeur entra dans le stationnement destiné aux urgences. Il fallait qu'elle descende vite avant que n'arrive une ambulance.

— Voulez-vous que je vous aide ? lui demanda l'homme au moment où elle ouvrait la portière.

— Non, non, je suis capable toute seule, dit Geneviève, peu convaincue.

En effet, elle marchait avec difficulté. Pourtant, elle entra dans l'hôpital en avançant dans le long couloir qui menait à la salle d'attente. Même s'il était à peine cinq heures du matin, il y avait déjà beaucoup de personnes. Tous les sièges étaient occupés. Geneviève ne pouvait pas rester debout, elle avait l'impression qu'elle allait tomber. Un homme qui la remarqua se leva.

— Prendriez-vous ma place ? proposa-t-il avec amabilité. Vous paraissez plus mal en point que moi.

— Merci. En effet, j'ai le tournis et j'ai mal au cœur.

— Qu'avez-vous eu ? s'enquit-il, affable.

— Je suis infirmière dans un hospice. Mais en fait, je constate qu'on me demande de m'occuper un peu de tout. Bref, un patient m'a frappée. Je suis mal tombée.

— Ma pauvre dame, s'écria l'homme. Il n'y a pas de bonne façon de tomber quand on reçoit un coup, dit-il en jetant un regard à la ronde.

Personne ne réagit. Tous semblaient souffrir et avaient hâte de voir un médecin pour rentrer au plus vite chez soi.

Geneviève se calma et se cala de son mieux sur la chaise droite. Puis elle ferma les yeux. Si Madeleine avait été à Montréal, et non au Mexique, elle l'aurait appelée pour lui raconter son accident et pour la rassurer. Elle avait surtout besoin d'une oreille attentive. Elle imagina sa fille sur une plage. Avec sa camarade. Ces deux-là, jeunes et libres, devaient avoir du plaisir. Là-bas, il faisait chaud, le soleil se levait pour dorer les touristes. Geneviève se sentit très seule. Son espoir était de revoir Ahmed. Elle craignait sa réaction, car elle savait qu'elle aurait l'air abîmée. Comment aurait-il pu imaginer qu'elle se trouve à présent aux urgences ? *Très bientôt, quand nous nous reverrons enfin, j'irai mieux. Je le souhaite.* C'est ce qu'elle se répétait.

L'attente fut longue. Comme Geneviève avait mal dormi, elle croyait qu'elle pourrait sommeiller malgré le va-et-vient incessant de la salle. La journée commençait, et l'atmosphère était chargée de fébrilité et de nervosité. À côté d'elle, une femme ronflait. Corpulente, elle avait du mal à respirer et elle prenait beaucoup de place, ce qui forçait Geneviève à se déplacer plus à droite. Des infirmières marchaient d'un pas décidé. Elles étaient concentrées à leurs tâches. Au mur, l'horloge marquait déjà neuf heures. Il lui semblait que le temps s'était arrêté : Geneviève ne savait plus comment se tenir droite sur sa chaise inconfortable. Toutefois, elle ne voulait pas se lever, au risque qu'un autre patient ne vienne prendre sa place. Son mal de tête n'avait pas diminué. La blessure au front lui faisait encore plus mal. Elle avait vraiment besoin d'être rassurée. Elle se tourmentait de savoir si elle verrait un médecin avant midi. Une garde-malade passa près d'elle et devina qu'elle avait besoin de soins sans tarder.

— Pouvez-vous marcher ? lui demanda-t-elle.

— Oui, répondit Geneviève, mais avec difficulté. Je peux me tenir debout, à la condition de ne pas être trop longtemps dans cette position.

— C'est bon signe. Suivez-moi, lui dit la garde. Vous êtes tombée, après avoir été bousculée ? Ou vous avez glissé sur une plaque de glace ? Les trottoirs sont si mal déblayés.

— On m'a frappée ! geignit Geneviève.

Elle martela ce mot et poursuivit :

— J'ai été victime de coups. Tout s'est si vite déroulé. Je me rappelle que l'homme était plus costaud que moi et que je n'avais aucune chance de m'en sortir.

Quand elle entra dans une pièce, on tira un rideau pour qu'elle soit à l'abri des regards. Un homme vêtu d'un sarrau blanc se présenta à elle : c'était le médecin. Petit, massif, il était d'humeur joviale.

— Comment allez-vous, madame ? s'enquit-il. Je sais, vous allez dire mal, vu que vous êtes ici. Mais je suis là : votre sauveur !

Geneviève sourit, cela lui faisait du bien, ces petites blagues sans importance. On lui fit passer plusieurs tests qui occupèrent le reste de la journée, si bien qu'elle sortit de l'hôpital plus fatiguée que lorsqu'elle y était entrée le matin même.

De retour chez elle, elle se fit un thé, mais elle manquait d'appétit. Aussi préféra-t-elle n'avaler qu'un morceau de pain garni d'un filet de sirop d'érable. Elle relut la carte postale de Madeleine, reçue juste à temps pour Noël. C'était la photo d'une plage. Sa fille lui signalait qu'elle était bien arrivée à Acapulco. Elle comptait partir en promenade durant plusieurs jours. Une dernière phrase était inscrite sur le côté de la carte : *Ne sois pas inquiète si je ne donne pas de nouvelles. Je suis en sécurité. Prends soin de toi.*

Geneviève se disait qu'elle aurait aimé pouvoir parler à sa fille. Lui dire qu'elle aussi avait des choses à raconter. Elle avait surtout besoin de son enfant qu'elle aimait et qui aurait pu l'écouter. Elle souffrait de ne pas l'avoir près d'elle. Puis, elle se ravisa. *Au moins*, pensa-t-elle, *elle vit des vacances sans inquiétude*. Elle aurait peut-être voulu revenir si elle avait été mise au courant de ce stupide accident.

Après avoir lavé la vaisselle qui s'était accumulée depuis plusieurs jours, Geneviève alla se coucher. Elle prit les médicaments que lui avait prescrits le médecin. Elle avait encore mal à la tête, mais elle avait moins de vertiges, ce qui la rassura. Enfin, au bout de cette journée cauchemardesque, elle s'endormit.

33

Cela allait de soi que Geneviève ne pourrait pas revenir au travail comme prévu, à savoir deux jours plus tard. Elle avait davantage besoin de repos. Le choc qu'elle avait eu était un véritable traumatisme. Bien sûr, elle ne retournerait plus dans la chambre du père Georges. Les autorités de l'hospice avaient eu leur leçon. Il était hors de question qu'elles aient à gérer un autre problème comme celui de Geneviève. À part le Dr Ostiguy et sa garde-malade, Geneviève était l'une des très rares laïques à travailler dans l'établissement. Sinon, la majorité des tâches étaient dévolues aux sœurs de la congrégation. Elles pouvaient s'entendre entre elles en cas d'ennui. Mais pour une personne issue de l'extérieur, s'il surgissait un problème, cela pouvait jusqu'à entraîner des représailles.

Geneviève n'avait tout simplement pas la force de reprendre son travail, pas dans son état actuel. C'était sans compter qu'elle se sentait coupable. Alors qu'elle avait enfin trouvé un emploi qu'elle aimait, voilà qu'elle risquait de le perdre. Était-ce une malédiction ? Elle craignait de se faire congédier. Elle se revoyait se rendre chaque jour rue Masson pour y rencontrer le prêtre et l'assistante sociale, et parcourir à nouveau les sempiternelles listes d'emplois. Cela lui donnait encore plus le tournis.

Pendant plus d'une heure, elle hésita à appeler sa superviseure, sœur Raymonde. Puis elle se décida enfin. Au bout du fil, la réceptionniste lui demanda le but de son appel.

— Vous êtes madame Boivin ? répéta-t-elle. Attendez un instant, je dois aller chercher le formulaire pour votre demande de congé. Je sais que sœur Anselme en a fait un stencil, donc nous l'avons en double. Merci de votre patience. Mais… vous n'êtes pas ici depuis plus de trois mois, n'est-ce pas ?

Geneviève soupira et répondit :

— Je n'ai pas encore franchi ma période de probation. J'avais droit à deux jours de congé en raison de blessures qu'un patient m'a infligées.

Elle insista sur le mot « patient » pour se disculper. Tout le monde savait qu'il s'agissait du père Georges. Ce n'était pas par refus de travailler qu'elle demandait ce repos auquel elle avait droit, mais bien parce qu'elle ne le pouvait pas.

— Voilà, j'ai retrouvé le papier, dit la réceptionniste. Vous n'aurez pas à communiquer avec votre superviseure, elle est occupée à des tâches plus importantes. Je ne la dérangerai pas. Donc, vous demandez combien de jours de repos supplémentaires ?

— J'aimerais revenir au début de la semaine prochaine peut-être, osa dire Geneviève.

— Certes, répliqua la réceptionniste. En comptant la fin de semaine, il s'agit donc de trois jours de plus.

Elle toussota, ce qui fit sursauter Geneviève. La réceptionniste enchaîna :

— C'est beaucoup, vous savez, madame Boivin. Vous venez juste d'arriver, dit-elle à voix basse, comme si elle se parlait à elle-même.

— S'il le faut, je peux prendre ce congé dont j'ai besoin à mes frais, argua Geneviève.

Elle prononça ces mots tout en sachant qu'elle n'avait pas les moyens de se permettre un tel arrêt, mais elle n'avait pas d'autre choix que de proposer ce compromis.

— Comprenez-moi bien, je veux revenir au travail, mais pas pour le moment, car j'ai encore mal à la tête. Je suis allée aux urgences, hier. Mon médecin était d'accord pour appuyer ma demande.

— Madame Boivin, souffla la réceptionniste, ce n'est pas moi qui prends la décision en dernière instance. Je prends note de ce que vous me dites, on vous appellera en fin de journée.

Geneviève raccrocha le combiné en se disant qu'elle laisserait le destin choisir ce qui était le mieux pour elle.

Vers seize heures, le téléphone sonna. *Enfin,* se dit Geneviève, *sœur Raymonde m'appelle pour me donner de bonnes nouvelles!* Mais quelle ne fut pas sa surprise d'entendre la voix d'Ahmed. Son cœur battit très fort. Car dans une lettre, elle avait osé lui donner son numéro de téléphone.

— C'est vous? dit-elle dans un souffle. Je suis si heureuse d'entendre votre voix.

— Je suis revenu hier dans la nuit, précisa aussitôt l'Algérien. Comment allez-vous, chère Geneviève?

L'infirmière blessée ne répondit pas tout de suite. Elle craignait de l'inquiéter.

— Assez bien, articula-t-elle, évasive.

— Comment « assez bien » ? s'écria Ahmed. Vous voulez dire que ça ne va pas ! Que s'est-il passé ? Geneviève, répondez-moi !

— J'ai eu un accident à l'hospice où je travaille. Un patient m'a frappée. Je suis tombée, mal, je me suis cognée contre une armoire et j'ai reçu une carafe d'eau sur le front.

— Comment? s'exclama Ahmed. Mais… vous êtes allée à l'hôpital? C'est grave ce que vous me racontez là. Vous pourriez avoir eu une commotion cérébrale.

— Je ne crois pas, dit Geneviève, qui n'osa pas avouer qu'elle avait encore des douleurs lancinantes à la tête. Je suis allée aux urgences de l'Hôtel-Dieu, un hôpital que je connais bien. J'ai passé toute une série d'examens. On m'a dit que tout était beau, mais que j'avais besoin de repos. Ne soyez pas inquiet, cher Ahmed. J'aurais préféré avoir de meilleures nouvelles à vous annoncer, cela ne fait aucun doute. Mais cet accident est survenu il y a peu. J'ai demandé un prolongement de congé. Évidemment, les autorités religieuses ne sont pas très heureuses de devoir m'accorder une telle faveur. Je viens tout juste de commencer cet emploi.

— Non, ce n'est pas une faveur, affirma l'étranger. Vous avez des droits en tant qu'employée qui est victime d'un accident de travail. Cependant, vous ne m'aviez pas dit que vous aviez perdu votre place de vendeuse chez Eaton et que vous aviez enfin trouvé un emploi dans votre domaine.

— J'aime tellement travailler auprès des personnes âgées. Ces vieilles religieuses sont pour la plupart fort aimables.

— Mais… si ce travail n'est pas sécuritaire, que comptez-vous faire?

— Ce n'est pas le travail qui pose problème, affirma l'infirmière, mais le fait qu'il y a un manque de personnel. C'est une institution gérée par des religieuses. J'ai proposé à la dernière minute d'alléger la tâche d'une sœur et de donner un repas à un patient. Un homme costaud qui présente un début de démence. Il croyait que j'étais responsable de son isolement et m'en voulait pour cela. La présence d'un homme dans cet établissement est exceptionnelle. Il s'agit d'un vieil aumônier.

Au bout du fil, Ahmed souffla son mécontentement.

— Mais quelle idée a-t-on d'envoyer une femme seule auprès d'un homme sénile ? grogna-t-il.

— C'est rare, je vous le concède. En fait, comme je vous l'explique, ce cas est exceptionnel. Le père Georges a été transféré dans notre hospice, faute de place ailleurs. Il aurait profité en quelque sorte d'un passe-droit, d'une faveur.

— Mais enfin ! maugréa Ahmed. On savait qu'il était dangereux et qu'il souffrait, de toute évidence, d'un grave problème mental. Geneviève, je veux vous voir au plus vite. Vous m'avez tant manqué ! Est-ce possible ce soir ? Pardonnez mon audace.

Geneviève ne voulait pas que le bel étranger la voie dans cet état. Elle était en robe de chambre, ses cheveux nécessitaient un shampoing. Elle ne se sentait pas assez belle pour l'accueillir.

— Cher Ahmed, dit-elle, je voudrais bien qu'on soit ensemble ce soir, mais si vous le voulez bien, venez plutôt demain. Comme vous le savez, j'habite sur la rue Sainte-Famille.

— Nous nous étions entendus pour aller à notre restaurant pour célébrer mon retour, dit Ahmed. Ne craignez rien. Il ne sera pas fermé comme la plupart des autres cafés. Mes compatriotes restaurateurs ont besoin de travailler, même pendant les congés.

— Je sais, reconnut Geneviève, tristement. J'espérais tellement cette belle soirée. Je la voyais comme une fête. Figurez-vous que, récemment, je me suis lancée dans la préparation d'un couscous et j'ai pensé à nous deux, à notre premier rendez-vous que nous devions renouveler. Je suis malheureuse de tout cela.

— Geneviève, ne dites pas cela. Je n'aime pas entendre ce mot dans votre bouche. Je suis là. Je suis de retour pour au moins trois semaines. J'ai tant de choses à vous raconter. Nous aurons le temps d'être ensemble. Reposez-vous, pardonnez mon insistance, je viendrai vous voir demain, vers midi. Je suis très impatient de vous revoir.

— Moi aussi, cher Ahmed. Je reconnais que j'ai très hâte de vous revoir également.

Geneviève attendait toujours l'appel de l'hospice qui confirmerait son congé prolongé. Le téléphone sonna vers vingt heures.

— Madame Boivin, déclara la réceptionniste, on vous accorde le repos que vous demandez. À votre retour, lundi, nous voulons toutefois une confirmation en bonne et due forme de votre maladie signée par votre médecin. Nous avons besoin de cette preuve pour nos dossiers.

Geneviève se sentit soulagée. La justice était de son côté. Elle était heureuse pour la première fois depuis plusieurs jours. Depuis son accident, elle était passée par toutes les gammes d'émotion. Elle avait l'impression d'avoir fait un tour en montagnes russes. Elle se félicita d'avoir eu la présence d'esprit de demander une lettre au médecin de garde, prouvant qu'elle avait besoin d'un congé.

34

Le lendemain, Geneviève s'éveilla dans un grand état de fébrilité. Elle avait plus ou moins bien dormi, rêvant à Ahmed et à son accident. Cet événement l'avait fouettée. Était-ce un signe ? Un avertissement à ne plus perdre une minute de son précieux temps ? Ainsi, Geneviève laissa tomber ses défenses, ouverte à cet amour naissant. Car il s'agissait de ne plus se le cacher : Ahmed et elle s'aimaient, c'était indéniable. La preuve, toute cette correspondance qu'ils s'envoyaient depuis des mois. Alors, pourquoi attendre ? Faire preuve de bienséance n'était plus de mise. Afficher des principes dépassés n'avait plus de sens non plus. Geneviève se vêtit d'une jolie robe en crêpe émeraude et laissa sur ses épaules ses chatoyants cheveux bouclés. Elle se maquilla légèrement, vérifia la ligne de ses sourcils et se parfuma d'une fragrance de Grès, un grand couturier français. Un peu avant midi, tandis qu'elle se mit à tourner dans son logement, on frappa à la porte. Bien sûr, c'était Ahmed. Geneviève ouvrit. Les deux se regardèrent longuement et intensément. Puis, sans plus résister, faisant fi de toute convenance, ils s'enlacèrent. L'étreinte perdura. Le cœur de Geneviève battait à tout rompre et elle sentait celui d'Ahmed. Il y avait si longtemps qu'elle n'avait pas senti un corps viril contre elle ! Ils étaient si heureux d'être enfin ensemble, comme deux enfants émerveillés.

— Ahmed, enfin ! Ahmed ! murmura Geneviève, pleurant de joie dans les bras de son amoureux.

Il retira son manteau, entra dans l'appartement et extirpa d'un sac volumineux quelques souvenirs du Grand Nord. Une statuette représentant des chasseurs, faite par des Esquimaux, comme on appelle les habitants de cette région.

— Comme c'est magnifique, répétait Geneviève en caressant la pierre polie.

— J'ai aussi des aliments, expliqua Ahmed avec entrain. Rares et très bons. J'ai une boisson macérée de petits fruits exotiques.

Geneviève était toujours faible et étourdie. Elle tâchait de ne pas le montrer. Cependant, elle se dirigea d'un pas presque assuré dans la cuisine et sortit deux jolis verres d'une armoire pour y verser cette concoction.

— Cela fait si longtemps que je suis seule, déclara-t-elle alors qu'ils trinquaient. J'avais oublié comme il est agréable de partager un bon verre avec celui qu'on aime.

Ahmed ne se retint plus. Il s'approcha, s'empara tendrement de la main de Geneviève. La quadragénaire eut un frisson. Puis il l'embrassa sur les lèvres. Après, ils se regardèrent en silence. Aucun mot ne pouvait traduire cette vive émotion qui scellait leur amour. Ils avaient eu si peur de se perdre. Ahmed se déplaça vers le salon. Geneviève le suivit, la main dans la sienne.

— Je ne vous ai même pas demandé comment vous alliez, s'excusa Ahmed. Je vois une vilaine blessure au-dessus de votre œil. Souffrez-vous, Geneviève ?

— Quelle histoire ai-je vécue ! reconnut-elle, touchée par les mots de l'homme. Maintenant, ça va. Enfin, un peu mieux. Je n'aurais pu retourner au travail comme prévu. J'ai encore des vertiges. Je dois éviter de me lever trop brusquement.

Ahmed l'écoutait avec attention.

— Vous vous sentez coupable, n'est-ce pas ? dit-il. Je l'entends dans votre voix.

— Oui, admit l'infirmière, émue. Vous avez deviné mes pensées. Je sais que je me fais plus de mal que de bien. Mais j'ai travaillé à peine trois semaines, et déjà l'on me paye des jours de congé. J'ai l'impression d'être une profiteuse, de leur voler quelque chose. Et puis...

— Et puis quoi ? la pressa Ahmed.

— Je n'aurais pas dû parler à ce vieillard malade, le pauvre père Georges. Je suis naïve. Je croyais qu'avec de la douceur, je l'aurais amadoué. Je me reconnais tellement dans cette attitude.

Elle pinçait les lèvres avec nervosité. Elle fixait le sol, se parlant à elle-même. Ahmed sirotait lentement son verre. Il ne l'interrompait pas, car il ne voulait pas l'empêcher de se confesser. Elle avait besoin de se confier, un flot de paroles se déversaient pour laver sa maladresse. À un moment, il intervint, toujours avec douceur :

— Mais non, mais non, Geneviève, chuchota-t-il tranquillement. Vous grattez le bobo, comme on dit, et vous mettez à vif votre plaie mentale en prenant sur vous ce qui vous est arrivé. Pourtant... Vous êtes raisonnable, non ? Vous savez bien, au fond, que les véritables responsables sont les autorités de cet établissement, qui ont pris la décision de vous permettre l'accès à un malade dangereux. Cet homme ne pouvait pas vous comprendre, Geneviève. Il est dans la souffrance. Sa violence est son seul recours, la seule façon qu'il a de se défendre. La seule façon de parler, de se faire voir.

Geneviève sourit à Ahmed. Il avait trouvé les mots pour la calmer.

— Vous avez mille fois raison, cher Ahmed. Mais au fond, ce que je crains, c'est que l'on me renvoie de cet hospice. On pourrait m'accuser d'être incompétente, un mot que je ne peux plus tolérer. Je risque de perdre des privilèges pour ce poste que j'aime. Cet accident est arrivé à un très mauvais moment.

À force de s'interroger sur ce qui s'était passé, Geneviève avait commencé à croire qu'on avait voulu tester ses compétences en l'envoyant auprès du père Georges. Elle s'en ouvrit à Ahmed.

— Sans doute, confirma-t-il en hochant la tête. Il arrive souvent qu'on envoie les novices aux barricades. Je me souviens quand j'ai fait un stage dans l'enseignement, en France. On m'avait offert les classes les plus difficiles dès le premier jour. Les anciens ayant le privilège de choisir, ils nous laissaient les élèves le plus récalcitrants.

Il lui raconta qu'un jour, alors qu'il faisait de la suppléance dans un collège privé, il avait eu envie de quitter une classe à problèmes.

— Je vous avoue que, cette fois-là, j'ai eu vraiment peur. Et je suis un homme. Je suis bien plus gros que vous ! Ces collégiens m'avaient eu à l'usure. Au lieu d'envenimer la situation et de commencer une bataille, je suis sorti dans le corridor, pour ventiler. Quand je suis revenu, ma décision était prise : c'était fini pour moi l'enseignement. Je suis revenu à mes études d'ingénierie.

Geneviève écoutait, fascinée, bercée par tant de récits. *Je ne peux pas croire que j'ai un amoureux, cet homme si tendre,* se disait-elle, dans le secret de son cœur.

— Parlez-moi de votre travail là-bas, dans le Grand Nord. J'ai si souvent pensé à vous, Ahmed.

— Ma belle Geneviève !

Il s'approcha d'elle. Ils étaient l'un contre l'autre sur le sofa, ils s'embrassèrent de nouveau. Mais cette fois, ce fut un long baiser enflammé et affolant pour Geneviève, qui frémissait sous les lèvres brûlantes de l'étranger. Il faisait très beau et le soleil illuminait le salon du petit appartement. Par la fenêtre, on voyait des branches d'arbres noires et sèches. Mais elles finiraient par bourgeonner à la fin de cet hiver qui s'annonçait long et froid. Au moins, le ciel était d'un bleu enchanteur.

Ahmed se détacha et continuait de parler.

— Je ne pensais jamais aimer un coin aussi lointain, moi qui viens d'un pays chaud, expliqua-t-il. J'ai été gâté par ces froids intenses. Je pensais par ailleurs être un homme de la ville et j'ai pourtant apprécié la beauté de ces paysages rares et sauvages.

— Comment se passaient vos journées ? s'enquit Geneviève.

Ahmed s'arrêta et prit son visage entre ses mains. Il la fixa avec amour. Puis il dit :

— Je vous répondrai, ma chère Geneviève, mais à une seule condition…

Geneviève sentit un souffle d'inquiétude monter en elle. Que voulait-il ? Lui demander quelque chose d'impossible ? Il sourit et décréta :

— Je crois qu'après ce qui vient de se produire entre nous, nous pouvons… nous dire… tu ! Qu'en pensez-vous ? Qu'en penses-tu ?

Elle éclata d'un rire sonore. Elle était soulagée.

— Oui ! Oui ! répondit-elle, comme si un prêtre lui avait demandé devant l'autel si elle voulait épouser cet homme entre tous les autres.

Ahmed sourit, lui baisa la main, et poursuivit :

— Je travaillais fort. Tous les jours, même la fin de semaine. Je me levais à cinq heures. Je n'ai jamais mis le nez dehors avant le lever du soleil. Quand il rayonnait, car le plus souvent le temps était gris. Je supervisais une quinzaine d'employés sur un chantier de construction. La plupart du temps, je me déplaçais en camion pour aller les rejoindre. Les chemins étaient cahoteux et le décor, à couper le souffle. Vous… Tu as lu l'histoire de la grosse tempête ?

Dans une récente lettre, Ahmed avait raconté à Geneviève qu'il avait eu très peur quand un camion dans lequel il prenait place avec cinq hommes s'était enlisé dans un immense banc de neige.

— Ton récit m'a donné froid dans le dos, ajouta Geneviève, heureuse d'avoir pu si aisément tutoyer l'homme qu'elle était certaine d'aimer. Heureusement, je savais qu'il s'était bien terminé. Tu es là avec moi !

— Là-bas, poursuivit Ahmed, le mot « tempête » prend tout son sens véritable. Les vents soufflent violemment. Ils sont féroces. Glaciaux. Je n'avais jamais vu autant de neige et de glace de toute ma vie. Nous sommes donc descendus du camion pour dégager les roues. Six hommes n'ont pas suffi à nous sortir de ce pétrin. Nous avons attendu plus de quatre heures avant que l'on vienne nous secourir. J'ai eu la frousse de ma vie et j'ai aussi appris des choses sur moi-même. Le risque de geler comme des rats était certes criant, mais six hommes enfermés dans un habitacle et craignant de mourir asphyxiés, c'est une expérience encore plus unique à vivre. J'ai pu évaluer mes forces et mes faiblesses. Certains avaient si peur qu'ils en venaient à se confesser ! termina Ahmed avec un air presque amusé.

— Devant l'épreuve, tu as eu la même pensée que j'ai eue moi-même. C'est un miroir qui nous renvoie à ce que nous sommes réellement.

Les deux amoureux se serrèrent tendrement, car ils prenaient conscience de la fragilité de la vie. Ils auraient pu ne plus jamais se revoir, et ils étaient heureux de se retrouver dans ce salon que baignait une lumière éclatante.

— La vie est bonne pour nous, répétait d'une voix douce Ahmed. Envers et contre tous les échecs, nous nous sommes rencontrés et nous ne nous quitterons jamais. Et si nous allions au restaurant pour le dîner ?

Il était prévu qu'ils essaient un charmant restaurant tenu par un compatriote d'Ahmed et où l'on servait apparemment un savoureux couscous, avenue du Mont-Royal. Geneviève se montra néanmoins réticente à sortir, d'autant plus que l'établissement n'était pas situé très loin de l'avenue de l'Esplanade.

— Si jamais quelqu'un de l'hospice me voyait ? On penserait que je ne suis pas vraiment malade, argua-t-elle.

— Allons, ne sois pas inquiète ! Tu as tout de même le droit de manger. Être au restaurant ne veut pas dire que tu es guérie. En plus, tu as besoin d'air, cela te fera du bien de sortir de la maison.

Geneviève comprenait son discours. Oui, elle avait envie d'être séduisante et de montrer cette jolie robe qu'elle s'était achetée récemment.

— Tu mettras beaucoup de fond de teint pour cacher ton vilain bleu, la taquina Ahmed en l'embrassant sur son arcade sourcilière.

Elle se leva et se dirigea dans sa chambre. Elle saisit dans sa penderie un châle vert très foncé, assorti à sa robe émeraude. Elle brossa sa soyeuse chevelure, après avoir caché son ecchymose. Elle avait les yeux rouges, tant d'émotion l'avait émue. Les paroles et la présence d'Ahmed la bouleversaient. Elle mit du rouge à lèvres. Elle était radieuse. Puis elle revêtit un manteau doublé.

Ahmed l'attendait pour partir.

— Il fait froid mais beau, nous allons marcher un peu. Quand je suis arrivé en ville, je n'en revenais pas de voir les trottoirs en partie déblayés. Là-bas, dans le Grand Nord, on est toujours emprisonnés sous des montagnes blanches.

Geneviève ajusta sur sa tête un petit chapeau de velours à liseré de fourrure, après avoir passé sa main dans ses cheveux fous. Ahmed approcha son corps de celui, tremblant, de sa compagne.

— Je t'aime, dit-il tout simplement.

— Je suis bien avec toi, répliqua Geneviève, plus heureuse qu'elle ne l'avait jamais été de toute sa vie.

35

Le restaurant était situé à près d'une demi-heure de marche. Geneviève croyait être trop faible pour faire une si longue promenade, mais elle se rendit compte que l'air froid la vivifiait, au contraire. Ahmed et elle se tenaient par la main comme deux jeunes amoureux qui viennent de s'embrasser pour la toute première fois. N'était-ce pas ce qu'ils étaient, de toute façon ? Parfois, Geneviève se rapprochait de l'étranger, en posant sa tête contre son épaule. Enfin, ils arrivèrent devant le restaurant.

— On appelle ça un boui-boui, souligna Ahmed en riant, mais tu verras, la nourriture qu'on y sert est délicieuse !

Il n'était pas encore l'heure où abondent les clients. Il restait de bonnes places, et c'est au fond de ce charmant petit restaurant que les deux choisirent une table à l'abri des regards. Un serveur vint leur apporter de l'eau et le menu.

— Nous savons ce que nous voulons : votre délicieux couscous, celui de mon ami Mehdi, confirma Ahmed en faisant un clin d'œil à Geneviève.

— Non, mais pas meilleur que celui de ta maman ! lui dit-elle en caressant sa main.

Le serveur arriva avec les plats copieux et appétissants. Dans un récipient en terre cuite, le chef avait ajouté un petit tajine afin que ses clients goûtent à ce mets typique du Maghreb.

— On commande une bouteille de vin ? s'enquit Ahmed.

— Je ne sais pas, hésita Geneviève en raison de son léger mal de tête.

Jusqu'à maintenant, elle avait cru qu'Ahmed était un musulman pratiquant. Or il buvait de l'alcool. Comprenant sa question silencieuse, l'Algérien lui apprit que son grand-père était français, catholique, et qu'il s'était établi au Maghreb au début du siècle.

— Un seul verre, alors, obtempéra-t-elle après ces explications, car je crains que cela n'empire mes vertiges. L'alcool et les médicaments ne font jamais bon ménage.

— Tu en prends beaucoup ? demanda l'Algérien, le regard inquiet.

— Six comprimés, répondit Geneviève sans mentir. Deux au lever, deux après les repas et deux autres avant d'aller au lit. Je n'en ai jamais pris autant. Les migraines me font souffrir : j'ai parfois l'impression de recevoir des coups de marteau-piqueur sous les tempes. Heureusement, ces analgésiques font effet et endorment ma douleur. Je souhaite seulement que ça finisse bientôt. C'est étonnant comment un corps peut résister à la souffrance. Mon désir est de retourner au plus vite au travail.

— Justement, dit-il, parle-moi de cet emploi que tu aimes tant, parce qu'il te rappelle tes anciennes fonctions d'infirmière, n'est-ce pas ?

— Je crois bien, oui, qu'il y a un peu de nostalgie dans mon rapport au travail auprès des personnes âgées, reconnut-elle. J'ai été si heureuse chez Moretti. Chez les sœurs, c'est différent. Certes, j'ai des tâches médicales, mais on dirait que je suis davantage assignée à tous les soins en général : faire les lits, retourner les malades, leur servir une collation, disposer leurs oreillers…

— Comment avais-tu trouvé ce boulot chez Moretti, qui semblait plus gratifiant ?

— À l'époque, il était sans doute plus facile de décrocher un emploi. J'avais fait des études chez les Hospitalières. Un poste s'ouvrait dans l'entreprise, une religieuse y connaissait quelqu'un et je l'ai eu. Quand je l'ai perdu, je suis allée au presbytère, là où l'on offrait la possibilité d'en trouver un autre. Tu connais la suite, cher Ahmed…

Elle lui sourit avec tendresse et complicité. De beaux souvenirs les unissaient. Ahmed n'avait rien oublié du premier regard qu'ils avaient échangé dans le salon du prêtre. Les yeux de Geneviève étaient toujours d'un gris-bleu qui les faisait ressembler à la mer. Elle se rappelait qu'il l'avait longuement observée, en ce jour déjà lointain. Ce qui lui aurait semblé insolent chez un autre lui avait paru chez cet inconnu comme une marque de confiance en soi.

— Tu es toujours aussi belle, Geneviève, murmura-t-il avec admiration.

— Même si je suis aussi abîmée qu'un vieux cheval qui vient de s'écrouler ! lança-t-elle en riant. Tes paroles douces me font du bien. Après une telle épreuve, je profite entièrement d'être enfin avec toi aujourd'hui. Tu m'as manqué. J'ai pensé à toi tous les jours.

Désormais, et elle en était très heureuse, Geneviève n'avait aucune pudeur à révéler les sentiments profonds qu'elle avait pour Ahmed.

— Combien de jours resteras-tu ici ? demanda-t-elle.

— Sept, rétorqua-t-il. Je repars jeudi prochain.

Elle crut avoir mal compris. Elle resta sans mots pendant un moment.

— Sept jours seulement ? balbutia-t-elle, le cœur serré. Mais je pensais que tu étais en congé pendant presque trois semaines !

Ahmed fit semblant de ne pas entendre ses propos lancés sur un ton quasi paniqué, ce qui étonna Geneviève. Pourquoi éluda-t-il la question ?

— Ce couscous de mon ami Mehdi est aussi délicieux que lorsque je suis arrivé à Montréal, il y a des années de cela : il était tout simplement souverain. À Frobisher Bay, dans l'île de Baffin, un ami m'a envoyé par la poste une boîte de couscous instantané. Il l'avait sans doute trouvé aux États-Unis. C'était infect. Mais j'avais tellement envie de manger un mets de mon pays que j'ai dévoré ce plat presque immonde. C'était probablement un jour où je m'ennuyais de mon pays et de ma mère.

Il se tut. Des larmes embuaient son regard sombre.

— Je serai à jamais un exilé, laissa-t-il tomber, ému.

— Pourquoi dis-tu cela ? Tu t'es bien adapté. Tu connais mieux notre culture que bien des gens d'ici. Tu en as fait la tienne.

Ahmed hochait la tête.

— Ce long séjour dans le Grand Nord m'a ramené aux premiers émois que j'avais ressentis quand je suis descendu de l'avion.

Ahmed avait en effet quitté l'Algérie en catastrophe, peu avant la guerre d'indépendance. Ce conflit armé l'avait forcé à laisser derrière lui une bonne partie des gens qu'il aimait.

— Et ta famille ? s'enquit Geneviève.

Ahmed ne répondit pas tout de suite.

— La majorité de la fratrie s'est dispersée, hélas. Mes deux sœurs ont tenté de rester au pays jusqu'en 1962, puis elles sont parties en Tunisie. Mes trois frères se sont installés en France et en Belgique. Quand j'étais dans le Grand Nord, j'ai reçu une lettre m'apprenant le décès de mon père. Je n'en sais pas plus. Il avait quitté ma mère pour émigrer en Égypte, où apparemment il a fait une petite fortune en travaillant pour le gouvernement. Pendant que nous crevions de faim, il avait trouvé un bel emploi ailleurs ! J'ai toujours pensé qu'il avait joué un rôle décisif pendant la Seconde Guerre mondiale, sans doute était-il de mèche avec les colonisateurs français. Quand ça a commencé à se corser en Europe, ce fut un total bouleversement.

Geneviève n'avait jamais vu Ahmed aussi nostalgique. Sa colère faisait rougir ses tempes. Il commanda une bouteille de vin blanc, après avoir fait signe au serveur de venir à la table.

— Buvons à la santé de nos retrouvailles, dit-il encore.

— Je ne boirai pas, je te l'ai dit. Ou à peine un fond de verre, ajouta Geneviève. Mais tu n'as pas répondu à ma question : pourquoi restes-tu seulement sept jours à Montréal, alors que tu devais y passer trois semaines ?

Ahmed baissa la tête et tritura sa serviette de table. Puis il dévoila sa pensée :

— Je dois retourner en Algérie, fit-il sans émotion.

À cette nouvelle, Geneviève resta sans mots. Elle se sentit entièrement trahie, défaillir. Pourquoi lui annonçait-il cela, alors qu'elle avait tant espéré ce moment unique ?

— Mais pourquoi ? balbutia-t-elle. C'est donc fini entre nous ?

Ahmed lui prit la main et la serra très fort.

— Non ! Que vas-tu croire là ? Folle ! Je pars à peine quinze jours. Je reviendrai vers toi, vers notre amour qui survivra à toutes les épreuves. Je dois aller dans mon pays pour ce court laps de temps, y régler des questions d'héritage. Je suis l'aîné des enfants, c'est à moi que revient ce rôle. Comme ma mère est malade, elle ne peut pas s'occuper de ce genre d'affaire. Papa aurait laissé un montant d'argent assez considérable, il ne faut pas qu'il soit dilapidé ni perdu.

Geneviève approuva son amoureux, après avoir craint qu'il ne lui ait dissimulé la vérité. Ahmed ne la lâchait pas des yeux. Son regard intense la transperçait. Aussi le crut-elle lorsqu'il déclara :

— Nous serons ensemble ces sept prochains jours, puis je partirai dans mon pays pendant quinze jours.

Cela n'empêcha pas Geneviève de s'assombrir.

— Si je comprends bien, Ahmed, après ton retour, tu repartiras dans le Nord pour au moins trois semaines, n'est-ce pas ? Ainsi, nous nous verrons juste le temps de nous dire au revoir. C'est insensé.

Même si Ahmed lui avait dit la vérité, Geneviève ne pouvait cacher ses sentiments. Elle était déçue. Elle repoussa son assiette de couscous et son verre de vin, qu'elle avait à peine goûté. Elle boudait comme une enfant.

Ahmed fut choqué par son attitude. Il n'aimait pas ce comportement qu'il jugeait infantile et injuste.

— Geneviève, plaida-t-il. Je t'explique ce qu'il en est et tu es de mauvaise humeur. Je comprends ton mécontentement, je suis moi aussi fâché de ce contretemps. J'avais prévu que nous serions ensemble pendant cette vingtaine de jours de congé, je dois m'accommoder des circonstances. Que veux-tu que je fasse ? Crois-tu que cela m'amuse, tous ces avions, tous ces déplacements, tous ces longs jours séparés de toi ?

Ces paroles eurent l'heur d'apaiser Geneviève. Elle sourit à l'Algérien, sachant que cela ne donnait rien de se montrer amère. Ahmed avait raison et son désappointement était sincère. Si sa famille avait besoin de lui, il devait partir à la rencontre des siens. Ce n'était ni un caprice ni un plaisir.

— En plus d'aller là-bas pour obtenir l'argent de cet héritage, précisa-t-il, je dois mettre de l'ordre dans les papiers de mon père. Ce ne sera pas facile de revenir sur son passé, mais je pense que je trouverai des secrets enfouis depuis des lustres. S'il a joué un rôle déterminant durant la guerre, je serai enfin mis au courant de ses allées et venues. Il a menti toute sa vie, mais sa mort va me révéler la vérité.

Ahmed serra très fort la main de Geneviève. Ses yeux brillaient de confiance et de fierté. Elle eut un léger mouvement de réticence. Se pouvait-il qu'il joue un jeu ? Que ses mots soient des mensonges ? Elle tenta de chasser ces mauvaises pensées. Elle se répétait à elle-même qu'elle devait faire confiance à son amoureux. Jusqu'à maintenant, ne lui avait-il pas été fidèle ? Ne lui avait-il pas écrit de nombreuses lettres ?

— Je suis inquiet pour toi, dit-il. Je pars quand tu es malade. Cela me tourmente de prendre l'avion en sachant que tu souffres.

— Ça va aller, l'apaisa Geneviève. Je recommence à travailler lundi. Je serai sur pied si j'ai la chance de te voir à ton retour en ville.

— Oui, je ferai une courte escale avant de repartir pour Frobisher Bay.

— Alors pars en paix, mon cher Ahmed. Tu as un devoir à exécuter, concentre-toi sur ce que tu as à faire. Notre amour est plus fort que l'éloignement. Souhaitons-nous dès maintenant une excellente année.

— Tu as raison, approuva l'homme, soulagé. Je n'ai jamais cru au proverbe « loin des yeux, loin du cœur ». Combien de gens vivent collés les uns contre les autres et sont incapables de s'apprécier ! Nous avons entretenu notre amour par des lettres.... Tu étais présente dans mon cœur partout où j'étais. Tu le seras en Algérie.

— Toi aussi, Ahmed, renchérit l'infirmière, et tu seras avec moi pour longtemps. Vive 1965 !

Le serveur vint à leur table pour leur demander s'ils désiraient un dessert.

— Pas pour moi, dit Geneviève, je prendrai seulement un café.

Ahmed, lui, prit un thé au citron.

Ils quittèrent le restaurant à la fin de l'après-midi. Une longue soirée entre amoureux les attendait, puis ils auraient toute la nuit pour eux, ils allaient s'aimer avec passion.

Les sept jours passèrent vite, d'autant plus que Geneviève reprit le travail. Ahmed se montra de plus en plus nerveux à la veille de son départ. Il décida de louer une chambre à l'hôtel non loin de l'aéroport de Dorval, car il devait s'envoler avant l'aube. Geneviève comprit que c'était la meilleure chose à faire. Quand il la quitta, sur le seuil de sa porte, l'air bouleversé, Geneviève prit sur elle pour l'encourager avec de doux mots.

— J'espère que tout ira pour le mieux, dit-il à Geneviève, qui renouvela sa promesse de l'aimer pour toujours.

36

Geneviève n'avait pas recouvré entièrement la santé. Néanmoins, elle prenait du mieux. Parfois de légères migraines empoisonnèrent ses journées, mais les médicaments faisaient leur effet. Le lundi, comme prévu, elle se rendit à l'hospice, même si elle se demandait si elle avait les forces nécessaires pour accomplir son travail. Quand elle arriva au local servant de vestiaire, elle remarqua que plusieurs religieuses la regardaient de travers. Elle devina que certaines d'entre elles doutaient qu'elle ait eu besoin de tant de jours de congé.

— Déjà de retour ? lui lança ironiquement sœur Adrienne.

La religieuse avait parlé haut et fort dans le corridor.

Geneviève fit semblant de ne pas entendre cette pique qui s'adressait à elle. Elle avait encore mal à la tête, et elle ne voulait pas que cela paraisse. Si elle avait eu sa permanence, elle aurait profité de congés supplémentaires sans avoir à donner d'explications. Heureusement, il y avait Ahmed qui était dans son cœur. Toute la semaine précédant son départ, il prit soin de son amoureuse. Chaque soir, il lui mitonna des plats délicieux comme l'aurait fait un chef. Elle le revoyait dans sa tête. De belle allure, grand, le regard profond. Son sourire illuminait son visage creusé à peine de quelques rides.

— À mon escale à Paris, confirma-t-il, je tenterai de te téléphoner. Pour toi, ce sera le matin. Quand je serai dans mon patelin, ne sois pas inquiète de ne pas recevoir de mes nouvelles. Je serai trop occupé avec ma famille et à gérer tout ce qui a trait à l'héritage. De toute façon, nous sommes ensemble dans quinze jours.

— Oui, mais ensemble pour une seule journée, déplora Geneviève.

— Ne fais pas cette tête, répondit Ahmed.

Ce matin-là de janvier, elle pensa à ses paroles, tandis qu'elle commença sa journée de travail. Elle était contente de revoir les aînées dont elle était responsable. Cependant, une nouvelle l'effondra. On lui apprit que sœur Jean-de-la-Croix, qu'elle considérait presque comme une grand-mère, était décédée au cours de la nuit. Elle en fut chagrinée, car elle avait l'impression d'avoir perdu un membre précieux de sa famille.

Geneviève avait glissé un mot de cette femme à Ahmed durant sa courte convalescence.

— Tu sais, avait-elle dit, je me suis attachée à certaines vieilles religieuses qui sont d'une fragilité touchante. Sœur Jean-de-la-Croix est l'une de ces personnes. Elle me parlait de sa jeunesse avec des étoiles dans les yeux. Elle n'avait rien perdu de son enthousiasme, même si son corps ne répondait plus.

— Je comprends tes sentiments, avait-il enchaîné. Ne crois pas que tu sois trop sensible. Tu as les qualités pour effectuer ce travail.

Geneviève le savait déjà. Pour œuvrer au sein de cet hospice, les employées devaient faire preuve d'empathie envers les religieuses qui étaient confinées dans leur chambre, voire clouées au lit. Les premiers jours, elle croyait qu'il fallait simplement avoir de la compassion. Mais elle comprit rapidement que les vieillards ne veulent pas de pitié. Ils désirent être traités comme des adultes et non comme des enfants. En dépit de leurs incapacités physiques, ils s'allument quand on s'intéresse réellement à eux. Geneviève avait même ajouté qu'elle avait hâte de revoir sœur Jean-de-la-Croix.

Mais sœur Adrienne lui avait annoncé sans ménagement à son retour :

— Geneviève, à la chambre 18, il y a une nouvelle patiente. L'autre est morte.

Ces paroles avaient eu l'effet d'un électrochoc sur elle. Geneviève aurait voulu en savoir davantage, mais son travail l'appelait. Elle ne pouvait pas se permettre de perdre une seule minute, car elle avait des tâches à rattraper.

Depuis son congé forcé, le climat dans l'hospice s'était détérioré. On sentait beaucoup de fébrilité comme avant l'annonce d'un changement majeur. Un jour, sœur Béatrice prit Geneviève à part.

— À la dernière réunion, nous avons eu une proposition d'une importante agence immobilière. Les sœurs de la congrégation possèdent de nombreux immeubles à Montréal et ailleurs. La société se laïcise de plus en plus. Les grèves se multiplient. Les promoteurs lorgnent nos biens avec envie. Nous aurons bientôt des propositions pour vendre cet établissement, qui sera rendu public. Certaines religieuses sont contre, d'autres pour. Mais c'est l'avenir. Je ne crois pas que nous pourrons dorénavant travailler avec le même zèle.

En ce début de 1965, en effet, les grèves semblaient être devenues une véritable mode. Le climat social se transformait, une nouvelle génération émergeait et ses revendications se faisaient pressantes. Geneviève avait un peu de mal à comprendre ce qui se passait vraiment. À son âge, elle se sentait coincée entre deux mondes. Elle avait l'impression d'être décalée par rapport à ce qui survenait dans la société. Sœur Béatrice, qui avait son âge, tentait de convaincre sa collègue de comprendre que l'hospice n'en avait plus pour longtemps à opérer comme autrefois. Geneviève était dépitée. Elle passa devant la chambre 18, dont la porte était entrouverte. Elle l'ouvrit doucement. Une autre religieuse âgée lui sourit.

— Vous êtes ma nouvelle garde-malade ? Vous êtes mon ange.

Geneviève se permit d'aller près d'elle. Sa gentillesse la charma.

— Un ange ? C'est bien la première fois que l'on m'appelle ainsi. J'accepte le compliment, ma sœur. Comment allez-vous aujourd'hui ?

Elle nota le nom qui était inscrit au-dessus de la tête du lit.

— Sœur Suzanne, ajouta-t-elle.

— Je vais bien, répondit la religieuse d'une voix fluette. Dans les limites que la vie m'impose. Vous voir avec votre beau sourire est un rayon de soleil. Et vous savez, c'est si difficile de se reconnaître dans ces nouveaux noms. C'est le monde moderne qui veut ça !

— Que voulez-vous dire ? s'enquit Geneviève.

— Bien… Pendant des années, mon nom était sœur Saint-Jude-du-Bon-Conseil… Maintenant, on nous appelle par nos prénoms !

— C'est vrai, admit Geneviève. Ça me fait tout drôle à moi aussi.

Geneviève pensa à sœur Jean-de-la-Croix. Elle était sans doute trop âgée pour qu'on change son nom à la veille de son trépas. Elle inspecta la chambre. Il y avait une petite fenêtre que cachaient des rideaux foncés. Elle alla les ouvrir. Le soleil du matin éblouissait maintenant la pièce.

— Il fait très beau. Hier, il y a eu une autre tempête… Tout le monde espère que ce sera la dernière, mais c'est impossible, nous sommes en plein cœur de l'hiver. Les rayons vont vous réchauffer le cœur. Si vous avez besoin de quelque chose, n'hésitez pas à m'appeler. Je suis infirmière, mais je m'acquitte également de nombreuses autres tâches ici.

— Je n'ai besoin de rien, la remercia sœur Suzanne, tandis qu'elle se dirigea dans le corridor. Vous partez tout de suite ? enchaîna-t-elle. Restez avec moi, je suis si seule.

— Ne soyez pas impatiente, ma sœur, lança Geneviève. On vous apportera bientôt votre petit-déjeuner, ce sera délicieux. Bonne journée !

Geneviève appréciait de telles marques de sympathie. Cette femme avait tant besoin de compagnie qu'elle cherchait par des mots doux à se faire aimer. Elle semblait en mauvaise forme.

— Qu'est-il arrivé à la patiente de la chambre 18 ? demanda Geneviève à sœur Adrienne en la croisant dans le couloir.

— Elle est tombée la semaine dernière, au réfectoire. Elle s'est fracturé la hanche. On vous attend au deuxième étage, garde Boivin, dit encore la religieuse. Sœur Anselme veut vous voir.

Geneviève se sentit nerveuse. Que lui voulait donc la directrice ? La première fois qu'elle l'avait rencontrée, lors de son embauche, cette religieuse lui avait semblé des plus aimables. Cependant, son accident causé par le père Georges avait tout changé. La directrice s'était soudainement montrée sous un autre jour, beaucoup plus dure. Lorsqu'elle fut près du local de la directrice, celle-ci était occupée à mettre de l'ordre dans ses papiers. D'un geste, elle invita Geneviève à s'asseoir.

— Et puis ? demanda sœur Anselme, d'une voix neutre.

La question laissa Geneviève perplexe. Elle se sentit défaillir, comme sous le coup d'une insulte déguisée.

— Et puis ? répéta la directrice. Comment allez-vous ?

— Très bien, sœur Anselme, affirma Geneviève, je reviens en force. J'avais hâte de revenir au travail.

La religieuse maugréa et enchaîna :

— Mmm... Comme vous savez, ici, les murs ont des oreilles et tout se sait. Vous avez donc sûrement entendu parler de ce qui menace cet établissement, n'est-ce pas ?

Geneviève hésita avant de répondre. Était-ce un piège ?

— Oui, même si je suis relativement nouvelle ici, des religieuses, enfin, l'une d'entre elles m'a raconté des choses... Des changements possibles...

La religieuse approuva du chef et poursuivit :

— Il s'agit d'un dossier qui pourrait évoluer plus rapidement qu'on croit. Je vous avertis par conséquent que votre situation est précaire. Comme vous n'êtes pas une religieuse de notre congrégation, il se peut que vous ne puissiez pas nous suivre dans nos nouvelles structures, ou même que vous ne soyez plus utile, si nous devions réinstaller nos malades...

Geneviève entendait bien ce que voulait lui signifier sœur Anselme. Le même sort s'acharnait contre elle. Dès qu'elle trouvait un emploi, elle le perdait tôt ou tard. Ici, à l'hospice, elle faisait très bien son travail, elle aimait son métier, et voilà que le bouleversement social changeait ce qui était établi depuis des siècles. Les congrégations perdaient en importance. Ces institutions, qui jadis avaient tout géré dans la province, depuis l'éducation jusqu'aux soins infirmiers, devaient battre en retraite contre les forces de l'entreprise privée et du capitalisme. Geneviève comprenait surtout que ses collègues surveilleraient sa réaction. Maintenant qu'elle était au courant que son emploi était menacé, elle pourrait, en effet, faire preuve de négligence au travail, voire se chercher un autre emploi.

— Ah oui, lança de nouveau sœur Anselme. Je vous annonce que nous aurons sous peu de nouveaux patients, ici, à l'étage. J'ai bien dit «patients», le mot est au masculin. En effet, il y a eu un incendie dans un hospice non loin de notre établissement et la direction a accepté d'y accueillir deux prêtres. On dit que prochainement, en raison de ces changements à venir, il y aura des hospices mixtes… Moi je n'y crois pas, mais, en attendant, nous hébergerons ces deux vieillards. Il est donc possible que vous ayez à leur servir à manger. Pour la toilette intime, des hommes s'en chargeront. Ainsi, vous aurez moins d'heures de travail. Cela ne vous dérange pas, j'espère.

Geneviève fit signe que non. Puis elle comprit que l'entretien était terminé. Elle se leva en saluant sa directrice, pour se rendre aux chambres qu'on lui avait désignées.

À l'heure du midi, elle choisit d'aller faire une promenade, comme elle le faisait chaque fois qu'elle se sentait nerveuse et inquiète. La journée était froide, malgré un réchauffement annoncé. L'air frais était vivifiant et il y avait peu de gens dans le quartier. Plus loin sur l'avenue du Mont-Royal, une partie des immeubles avait été démolie. Un projet municipal visait à abattre ces anciennes bâtisses pour y construire des immeubles à logements, des cages à poules, plus modernes et plus pratiques.

Geneviève comprenait que les religieuses voyaient clair et que ce changement social était bien réel. Ce qui s'était passé un an plus tôt chez Moretti, à savoir l'importance de la production, gagnait à présent la société tout entière. On pensait modernité, efficacité, rendement. Les vieux parquets de bois cédaient peu à peu la place à des revêtements de linoléum, les vieilles pierres s'effondraient sous des murs de briques jaune clair. Le paysage urbain se transformait. Geneviève soupira. Elle avait toujours rêvé de pouvoir acheter une maison bien à elle. Peu avant son divorce, Charles et elle avaient eu l'intention de s'installer sur la Rive-Sud, non loin de la ville de Longueuil, un endroit qui s'était rapidement développé. Les papiers étaient presque signés quand son couple avait été mis à l'épreuve, les sujets de dispute s'étant multipliés. Geneviève avait découvert que Charles la trompait. Elle se souvint de cette journée comme si elle y était. Elle préparait les vêtements pour la lessive quand elle avait trouvé au fond de la poche d'un pantalon un papier avec un prénom, Jacqueline, et un numéro de téléphone. À l'envers, il y avait ces mots qui lui avaient percé le cœur: «Je t'aime, appelle-moi!» C'était comme dans une comédie sentimentale qui tournait au vinaigre. Cette Jacqueline, c'était bien une ancienne voisine que connaissait Geneviève. Elle était la femme d'un couple d'amis qu'elle fréquentait avec Charles. Depuis un certain temps, elle se doutait bien qu'il se passait quelque chose d'étrange et que son époux lui cachait sa double vie. Son intuition ne l'avait pas trompée. Plus distant, plus que jamais prompt à la colère, il lui reprochait sans cesse la moindre faute. Cette période avait été difficile pour Geneviève. Heureusement, tout cela était loin d'elle. Cependant, cette épreuve l'avait obligée à renoncer à son rêve de devenir propriétaire. Aujourd'hui, elle vivait dans un petit appartement dont elle aimait surtout qu'il fût situé dans un endroit calme. Ne fallait-il pas se contenter de ce qu'on avait et, surtout, se montrer reconnaissant? Tant de gens manquaient de tout sur cette Terre.

Pendant qu'elle se promenait, à pas lents, elle admira l'architecture des maisons arborant d'anciennes corniches et des fenêtres à vitraux. Ce quartier avait beaucoup changé depuis le temps où elle y venait avec sa mère. Il s'était nettement commercialisé. Elle passa devant la boulangerie dans laquelle travaillait John, mais elle ne s'y arrêta pas. Elle jeta un œil à sa montre, il était déjà temps pour elle de retourner auprès de ses malades.

La journée passa sans trop de problèmes. L'infirmière dut faire quelques pansements pour des blessures bénignes, deux ou trois frictions à l'alcool et administra à sœur Suzanne un léger calmant, car elle la trouva très triste et agitée. Geneviève quitta l'hospice avec une nouvelle feuille de temps. Un changement de dernière minute, avait précisé sœur Raymonde. Elle devrait travailler la fin de semaine suivante. Geneviève ne s'en fit pas pour autant, puisqu'elle était seule. Ahmed ne serait pas de retour avant un moment et elle était toujours sans nouvelles de Madeleine, même si sa fille devait maintenant être revenue du Mexique.

Si l'atmosphère à l'hospice n'avait pas été si pesante, voire menaçante, Geneviève aurait été heureuse de son sort. Malgré l'exigence de son travail, malgré le fait qu'elle devait se lever tôt, souvent avant le lever du soleil, et malgré un long trajet en autobus, elle avait toujours plaisir à retrouver ces personnes âgées qu'elle aimait. Il y avait bien sûr des religieuses plus acariâtres que d'autres, mais elle n'avait pas à les côtoyer. Elle était convaincue d'avoir enfin trouvé de la stabilité dans sa vie professionnelle. Côté sentimental, Ahmed ne quittait pas son cœur: il faisait partie de son bonheur tranquille. Depuis qu'il était parti, elle comptait les jours qui la séparaient de lui. Elle n'avait plus de crainte, sa confiance était inébranlable. Malgré le chagrin de ne pas partager dès maintenant son quotidien avec l'homme qu'elle aimait plus que tout, elle avait trouvé la sérénité, car elle avait renoncé à vouloir changer les impondérables de la vie. Elle était surtout contente d'avoir une paye chaque semaine, ce qu'elle n'avait pas connu depuis trop longtemps. Elle pouvait respirer enfin, et elle pouvait sortir. Décidément, la vie était plus ensoleillée pour elle que jamais. Et cela, en dépit des nuages gris qui s'amoncelaient dans le ciel de son existence.

37

Grâce à son salaire, Geneviève commençait à mieux respirer. Elle s'était procuré un billet pour assister à une pièce de théâtre et elle allait parfois au restaurant, des petits plaisirs qu'elle s'accordait désormais sans culpabilité. C'est ainsi qu'elle se rendit, un jeudi soir, dans un bistro qui venait d'ouvrir dans l'est de la ville. C'était la première fois qu'elle retournait non loin de l'usine Moretti. Elle craignait d'avoir une bouffée de nostalgie, mais elle avait plus que tout envie d'aller déguster les mets que vantaient les critiques gastronomiques. En entrant, elle ne put s'empêcher de chercher s'il ne s'y trouvait pas d'anciens collègues. Elle ne reconnaissait personne dans cet endroit à l'éclairage tamisé. Un serveur dans la jeune vingtaine, portant un costume sombre et un nœud papillon, la mena à une table libre au fond. Ce charmant restaurant commençait visiblement à s'emplir peu à peu. Il serait comble dans peu de temps.

Geneviève s'assit et commanda un apéritif, un Cinzano sur glace bien frais et acidulé. Elle prit le temps de savourer cette boisson, tout en pensant à son lieu de travail, c'était plus fort qu'elle. Cette menace d'achat par des promoteurs immobiliers serait terrible. Le clivage entre le monde religieux et le monde laïque était profond : les religieuses souhaitaient vendre leur bâtiment à profit, tout en continuant d'exercer leurs œuvres caritatives. Elles craignaient surtout que leurs négociations échouent. On entendait de plus en plus dire que les institutions ecclésiastiques seraient dorénavant remplacées par des établissements publics. Ce qui signifierait, pensa Geneviève, que chaque patient de cet hospice serait replacé dans d'autres hospices tenus par des congrégations moins menacées que celles qui étaient en ville. Avenue du Mont-Royal, les commerces se multipliaient. Ces transformations qui s'annonçaient étaient inévitables. Geneviève savait qu'étant une des dernières arrivées à l'hospice, et n'étant pas une religieuse, elle risquait tout simplement d'être mise à pied. Elle chassa cette idée terrifiante, car elle voulait profiter entièrement de sa soirée. Elle pensa à Madeleine. Elle était certainement revenue à Montréal. Elle lui préparerait une belle surprise pour l'accueillir : un repas comme elle les aimait, bien frais et sain, avec beaucoup de légumes et du poisson qu'elle irait acheter chez Waldman, rue Roy. Ce repas serait arrosé d'un bon mousseux, plus festif. Un sourire irradia le visage de Geneviève. Elle s'ennuyait de sa fille, qui ne lui avait envoyé aucune carte ni aucune lettre. La mère en elle comprenait que la jeune femme avait d'autres chats à fouetter que d'écrire des phrases banales à sa petite maman. Toutefois, l'infirmière avait hâte de revoir sa fille et elle était sûre que ce voyage lui avait fait du bien. Elle espérait surtout que Madeleine, si douée pour la caméra et la photographie, fasse enfin ce film dont elle rêvait. Enfin, Geneviève souhaitait surtout que sa fille ait mis un trait définitif sur Alexandre.

Le serveur arriva avec une pintade aux figues mouillée d'une sauce au vin. Elle huma le savoureux arôme du mets tout en appréciant sa beauté. Elle était surtout heureuse de ne pas avoir eu à le préparer et d'être épargnée d'une vaisselle à laver. C'était un cadeau qu'elle se faisait pour se consoler du départ d'Ahmed et de la crainte de perdre son travail. Elle goûta chaque bouchée de ce délicieux plat. On vint la débarrasser puis, quelques minutes plus tard, alors qu'on lui apportait le dessert, un short-cake aux fraises qui croulait sous la crème fouettée, elle leva les yeux et reconnut Émilie, une ancienne collègue de chez Moretti. Elle ne l'avait pas vue depuis leur dernière rencontre au restaurant Da Giovanni. Geneviève n'avait jamais rappelé sa collègue, ayant été aux prises avec ses si nombreux problèmes. Les deux se saluèrent et, comme chacune était seule à sa table, Émilie se déplaça pour rejoindre Geneviève. Elle tenait sa tasse de café dans la main en sautillant de joie.

— Geneviève, ma belle Geneviève ! Je pensais justement à toi récemment. Comment vas-tu ?

— Assois-toi, l'invita Geneviève joyeusement. As-tu pris ton dessert ?

— Oui, dit Émilie, du tapioca crémeux comme je les aime. Je viens souvent ici, et toi ?

— Non ! Je ne viens pratiquement plus dans le coin. Ça me rend triste de revoir l'usine Moretti, j'y ai passé de si belles années.

— Ma pauvre, ils ont été si injustes envers toi. Tu faisais du bon travail, mais tu étais trop bonne, les gens ont abusé de toi.

— Je ne crois pas. Je donnais des congés mérités. Certains en demandaient davantage, mais c'était des pères et des mères de famille.

— Ils ne t'ont pas remplacée, tu sais. Maintenant, s'il y a un problème, les ouvriers rentrent chez eux ou vont chez le médecin. Des cas graves, il n'y en a jamais… Si cela arrivait, ce serait l'ambulance.

Émilie était encore au sein de la compagnie. Son poste de secrétaire avait un peu changé, mais elle continuait à faire son travail qu'elle aimait.

— J'aurai cinquante-cinq ans le mois prochain, dit-elle. Je pense à la retraite ! Peut-être dans cinq ans. J'ai lu dans le dernier *Pour vous Madame* que la société des loisirs, c'est l'avenir de nos sociétés.

Geneviève eut un regard dubitatif et déclara :

— Qui peut se permettre de vivre sans travailler après la soixantaine ? On veut nous faire croire qu'on aura assez d'économies pour être libres, ironisa Geneviève.

— Je le peux, ma belle ! rétorqua Émilie. J'ai mis assez d'argent de côté pour quitter mon emploi. Si tu étais restée chez Moretti, tu serais heureuse de ne plus y retourner.

Geneviève pensa qu'Émilie lui disait ces mots pour la consoler d'avoir perdu son poste d'infirmière dans cette entreprise. La différence, c'était que son amie avait pu garder son travail, de sorte que cette stabilité financière lui avait été profitable à bien des égards. De son côté, Geneviève avait butiné d'un endroit à l'autre, subissant l'humiliation d'être traitée sans ménagement, en plus de voir son compte de banque fondre comme neige au soleil. Elle avait gardé un souvenir amer des petits boulots instables et mal payés qu'elle avait dû accepter. Pas question pour elle de penser à des projets de retraite comme Émilie.

Pimpante et volubile, celle-ci lança :

— Et je suis tombée amoureuse !

La secrétaire avait la mauvaise habitude d'alimenter seule la conversation, en raison de son penchant marqué pour le monologue.

— Ah bon ! dit Geneviève, qui souriait en pensant qu'elle pouvait elle aussi se vanter d'avoir un bon compagnon. Qui est-il ?

Émilie avait rencontré cet amoureux lors d'un voyage en Floride.

— C'est du passé, une mauvaise aventure. Mais je ne regrette rien. C'était un Cubain qui avait quitté son île quand Castro a pris le pouvoir en 1959. J'ai eu de bons moments avec lui, il était irrésistible. Mon cœur était à prendre, j'étais vulnérable.

Après avoir poussé un long soupir, elle mentionna :

— Je n'avais jamais vécu une telle aventure auparavant. Il voulait m'épouser.

— Était-il plus jeune que toi ? demanda Geneviève.

— Un peu.

Émilie hésita avant de préciser :

— Environ une dizaine d'années. Un bon garçon. Toute sa famille était restée à Cuba, il voulait faire venir ses parents. Tu sais, c'est un régime communiste là-bas. Ils ne sont pas libres. Ils peuvent nous envahir.

Geneviève s'amusait de ce que lui racontait son amie et elle n'osait pas l'interrompre. Comment une femme aussi intelligente qu'Émilie pouvait-elle être aussi naïve ? Ses yeux étaient embués de larmes. Geneviève comprenait son chagrin et sa déception. En plus de sa peine d'amour, elle avait subi un affront personnel. La honte s'ajoutait au chagrin.

— Je te remercie de te confier à moi, dit-elle en tapotant tendrement sa main. Je te comprends.

— Oui, Geneviève. Toi aussi tu as connu des échecs personnels et tu t'en es toujours sortie. Tu as rajeuni depuis la dernière fois où je t'ai vue. Comment vas-tu ?

Émilie s'intéressait à elle, pour une fois, ce qui la toucha. *Enfin, elle veut que je parle de moi*, en déduisit-elle.

— J'ai passé beaucoup de temps à chercher du boulot. Heureusement, dans la paroisse de Rosemont, le curé est dynamique. Il a engagé une assistante sociale qui réunissait le nombre croissant de chômeurs pour les aider. J'ai fait le parcours de la combattante. À mon âge.

— Qu'est-ce que tu dis? siffla Émilie. Comment oses-tu parler de ton âge? Tu es plus jeune que moi, tu n'es pas vieille.

Geneviève haussa les épaules.

— J'ai eu quarante-six ans en janvier. Je sais que je peux encore travailler. Mais il y a de plus en plus de jeunes sur le marché du travail. Regarde les journaux, on ne parle que des *baby-boomers*, ceux qui sont nés après la guerre. Ils sont dans la vingtaine, ils nous poussent dans le dos. Ils demandent à prendre leur place et c'est bien normal. Je comprends avec le recul que j'ai perdu mon emploi à un mauvais moment. Certains employeurs ont des préjugés défavorables envers les femmes de mon âge, ils préfèrent donner une chance à la génération qui monte et qui commence sa vie professionnelle. Ils ont raison, c'est plus difficile de débuter au bas de l'échelle quand on a largement passé la quarantaine.

Émilie grogna et rétorqua:

— Ces gens qui ont le pouvoir manquent d'imagination et d'audace. On ne comprend pas que le milieu du travail devra s'adapter aux bouleversements de la société. Nous sommes à l'aube d'une ère nouvelle, je l'ai entendu récemment à la radio. Toutes ces constructions dans la ville de Montréal l'annoncent et c'est le branle-bas de combat, car il y aura l'Exposition universelle et, très bientôt, nous aurons un métro ! Comme à Paris, New York ou Londres !

— Si j'avais eu assez d'argent, ajouta Geneviève, je serais restée chez moi à ne rien faire ! Je n'aurais plus voulu travailler. Chercher un emploi est tellement dur pour l'estime de soi. Essuyer autant de refus est une véritable humiliation.

Émilie hocha négativement la tête.

— Non, décréta-t-elle, pourquoi resterais-tu à ne rien faire ? Tu es énergique. De nous deux, c'est toi qui t'es le mieux remise du divorce.

Le serveur vint à leur table pour leur servir d'autre café.

— Apportez-nous l'addition, dit Geneviève.

Elle se demandait si elle devait parler d'Ahmed à Émilie. Elle hésita en regardant autour d'elle, comme si elle cherchait l'approbation de tout un chacun. Puis, n'y tenant plus, elle s'écria :

— J'ai un compagnon dans ma vie.

— Quoi ? s'étouffa Émilie, en avalant une gorgée de son café chaud. Vraiment ? Qui est-il ? Où l'as-tu rencontré ? Depuis quand ?

Elle pressait son amie de questions, qui souriait de la voir aussi animée.

— Je l'ai rencontré lors d'une matinée de recherche d'emploi au presbytère, rue Masson. Il était chômeur comme moi. Mais il a un emploi maintenant. C'est un Algérien.

Émilie regarda Geneviève avec étonnement. Cette dernière devina que son ancienne collègue doutait de la sincérité de cet homme, vu qu'elle avait elle-même parlé de sa mauvaise expérience avec un Cubain.

— C'est un homme sérieux, souligna Geneviève, qui voulait défendre Ahmed et rassurer son amie. N'aie pas de préjugés, Émilie. Tu as connu un garçon malhonnête, mais tous les hommes ne sont pas comme ça, tu le sais bien.

— Qu'est-ce qu'il fait dans la vie ? enchaîna la secrétaire.

— Il est ingénieur. Il a travaillé quelque temps à Frobisher Bay, dans le Grand Nord, mais il est revenu ici.

Elle se tut. Elle avait l'impression que cette histoire avec Ahmed contenait des moments creux. L'attitude et le regard d'Émilie la firent soudain douter de l'honnêteté de son amoureux. Le silence de son amie avait ouvert la plaie de la jalousie et de la méfiance. Elle ne voulait pas perdre confiance, mais elle prenait conscience de la fragilité de son amour. Elle pensa à Ahmed. Que faisait-il en ce moment ? Cet héritage était-il un prétexte pour aller retrouver une autre femme qu'il avait laissée dans son pays ? Geneviève préféra ne pas dire à Émilie qu'il était maintenant en Algérie.

— Madeleine est partie en vacances au Mexique, dit-elle pour faire diversion.

— Je sais, dit Émilie.

— Comment ? demanda Geneviève, aussitôt craintive.

— Elle est partie avec Charles !

Geneviève manqua de s'étouffer avec ce qui restait de son dessert.

— Quoi ? Que dis-tu ? J'ai toujours pensé qu'elle était partie avec une de ses copines !

— Mais tu ne le savais donc pas ? ajouta Émilie, confuse, qui avait peine à croire à l'étonnement de l'infirmière. C'est Laurent, mon ex-mari, qui me l'a dit.

Émilie était restée proche de son ancien époux, qui était le meilleur ami de Charles Guindon.

— Si j'avais su que cela te causerait une si grande surprise, je n'aurais rien dit, regretta sincèrement Émilie. Ne t'en fais pas, Charles prend soin de sa fille.

— Mais elle m'a dit qu'elle partait avec une copine !

— Tu sais bien que Madeleine est une adulte, elle n'a pas à tout confier à sa maman.

Ce qui choquait le plus Geneviève, c'était que Madeleine lui ait raconté une histoire. Pourquoi lui avait-elle menti ? Elle comprenait maintenant davantage le côté évasif de sa fille.

— Tu n'es donc pas contente que les deux soient ensemble ? demanda Émilie.

— Non, ce n'est pas cela, se défendit Geneviève, déçue de sa fille. Si Madeleine m'avait dit la vérité, j'aurais compris... Je sais bien que Charles et elle se sont rapprochés depuis deux ou trois ans. Le divorce fut pénible pour elle. C'était encore une enfant. Une enfant unique. Je sais que maintenant ils sont complices et je m'en félicite.

Au fond d'elle-même, Geneviève avait un pincement au cœur. Elle les imaginait, père et fille, sans elle, sur la plage, sous un soleil radieux, et elle se sentit malheureuse. Elle ne se rappelait plus depuis quand elle avait pris des vacances. Cela faisait si longtemps.

— Non, répéta-t-elle comme pour se convaincre, je ne les envie pas. Charles travaille très fort comme premier vendeur pour son concessionnaire. Je me réjouis qu'il soit avec sa fille.

Ces paroles qu'elle prononça d'un ton très doux la calmèrent. Elle parvenait ainsi à maîtriser la colère qui lui était montée à la tête. Émilie ne parlait plus. Elle cherchait dans son sac à main son argent.

— Je dois partir. Il est tard.

Geneviève sortit son portefeuille et vérifia les billets qu'elle aurait à lui remettre. Une petite fortune, puisque sa part s'élevait à douze dollars et quinze sous.

— Je suis heureuse de t'avoir revue, dit Geneviève.

— Moi aussi, fit Émilie. Pardonne-moi pour cet impair au sujet de ta fille et de ton mari. Je parle trop, je suis incorrigible.

— Cesse de t'accuser de toutes les fautes, tu n'as rien fait de mal. Madeleine a eu une terrible peine d'amour. Si elle est heureuse, je le suis.

— Elle n'est plus avec Alexandre ?

— Non, dit Geneviève avec un certain soulagement. Ils s'apprêtaient à vivre sous le même toit… Je n'étais pas d'accord, tu penses bien. Sans les liens du mariage, la cohabitation est… Enfin, tu saisis ce que je veux dire. Mais elle m'a fait comprendre qu'elle préférait vivre en union libre, pour qu'ils apprennent à se connaître dans l'intimité. Si Madeleine peut passer de bons moments dans le Sud avec son père, elle pourra panser son chagrin. Laisse-moi ton numéro de téléphone, Émilie, à moins que ce soit toujours le même. J'aimerais que l'on garde contact.

Émilie lui précisa que son numéro était le même. Après s'être embrassées, les deux femmes se quittèrent devant la porte du restaurant.

— Tu prends l'autobus ? demanda Émilie.

— Non, pas tout de suite, je vais marcher jusqu'au prochain arrêt, pour mieux digérer. De plus, malgré le froid, il fait si beau ce soir.

Geneviève fit quelques pas, se retourna pour saluer son amie une dernière fois, puis poursuivit son chemin.

38

À l'hospice, l'atmosphère était de plus en plus fébrile et malsaine. La transaction de la vente de l'immeuble semblait imminente. Geneviève comprenait maintenant beaucoup de choses. Ces trois mois de probation étaient un leurre. En fait, en l'engageant, sœur Anselme savait déjà que la congrégation céderait le bâtiment, devant l'insistance du promoteur immobilier. Ce dernier voulait peut-être même le démolir et le remplacer par une construction plus moderne, plus rentable une fois loué. Les religieuses n'en soufflaient mot, mais l'infirmière les sentait impatientes et déçues. Elles auraient voulu se rebeller. Mais que pouvaient-elles faire ? C'était la première fois que Geneviève devait affronter un tel problème au travail. Comment poursuivre ses tâches, en sachant que l'épée de Damoclès pendait au-dessus de sa tête ? De plus, comme non-religieuse, elle se sentait écartée des discussions. Tout en étant solidaire avec ses collègues, elle craignait tout de même de perdre son emploi et de manquer à terme d'argent. Elle devinait que la prochaine décision allait provoquer un changement qui risquait de la toucher. La rumeur voulait que l'on réduise le plus tôt possible le nombre de patients et d'employés pour amenuiser l'agitation qu'allait causer cette vente.

— Mais comment peut-on couper le nombre de sœurs aidantes quand on a deux patients de plus et qu'on a du mal à servir les malades ? s'enquit-elle, incrédule.

— Il y aura toujours moyen d'en demander plus à chacune d'elles, lui répondit sœur Adrienne. On mettra les bouchées doubles. Cette vente est inévitable. Comme il y a de moins en moins de jeunes filles qui entrent dans les ordres et de plus en plus qui en sortent, il n'y a plus de relève. Que notre établissement soit vendu ou pas, notre congrégation finira par mourir d'elle-même. Celles qui sont à la tête de la direction sont trop vieilles pour mener une guerre contre ces entrepreneurs sans foi ni loi. Elles seront prochainement nos patientes ! On prévoit que, dans dix ans, ce sera le gouvernement qui prendra en charge les hospices. La face de ce monde va changer, je le crains.

Geneviève comprenait le problème. Elle s'était fait une raison. Ainsi, un jeudi matin, quand sœur Anselme la fit venir dans son bureau pour lui annoncer que la vente de l'immeuble venait d'être signée, elle s'attendait à cette funeste nouvelle. Afin de mieux l'absorber, elle sortit prendre un peu l'air. Geneviève trouva à l'extérieur d'autres religieuses, consternées par cette nouvelle qu'elles avaient récemment apprise. Une neige fine tombait. Geneviève, qui avait oublié ses gants dans l'autobus, écouta non sans sentir ses doigts gourds cette religieuse lui raconter que tout cela se dessinait depuis des mois ! Elle trouva les conditions des religieuses déplorables, car celles-ci craignaient pour leur avenir. Elles devraient être placées dans divers couvents et certaines d'entre elles ne se reverraient peut-être jamais plus. Cependant, grâce à cette situation, Geneviève avait rencontré d'autres employées, des femmes laïques comme elle qui, pour leur part, étaient affectées au ménage ; c'est pourquoi elle ne les croisait jamais quand elle était de service. Elle sympathisa aussi avec Évelyne, une soixantenaire assez costaude qui, elle, travaillait aux cuisines.

— Cela fait combien de temps que vous êtes ici ? lui demanda cette dernière. Vous me paraissez assez nouvelle, car vous semblez consternée par la vente de notre bâtisse.

— En effet, répondit Geneviève en poussant un long soupir. Je comprends maintenant que tout était joué d'avance.

— Et vous êtes déjà solidaire avec nous !

Cette phrase la fit sourire. Elle s'imagina au front, prête pour une bataille dont elle ne voyait pas l'issue. Une autre ! Elle n'en pouvait plus.

— Je suis comme tout le monde, répondit-elle. Interloquée par cet événement. Je me sens un peu à part des religieuses, puisque je n'en suis pas une, et aussi parce que j'ai été en congé pendant plusieurs jours.

— La belle vie, ironisa Évelyne. On se paye de belles vacances.

— Mais pas du tout ! répliqua sèchement Geneviève. Un patient m'a frappée.

— Un homme ?

— Oui, un malade qui venait tout juste d'être transféré au second étage. Le père Georges. Violent…

— On ne veut pas la mixité dans les hospices ! grinça la femme. Je sais que, dans les établissements publics, on voudra l'imposer, mais nous, les employées, on va résister. Je suis désolée pour vous.

— Ce n'est rien, dit Geneviève. J'ai accompli cette tâche de mon plein gré auprès du père Georges. On m'a dit que la présence d'un homme ici était exceptionnelle.

— Tu es la victime, pas la coupable ! argua la cuisinière. Maintenant, tu comprends pourquoi ce genre d'hospice, ça ne peut pas marcher à long terme. Des employées comme toi qui sont blessées, il y en a tous les jours. De toute façon, on sera bientôt toutes congédiées.

— Je suis d'accord pour défendre ce genre de revendications, argumenta Geneviève, assez surprise de ce tutoiement. Mais encore faut-il avoir un emploi pour le faire ! Je pense à mon avenir. Je crains que ce ne soit pas rose pour moi.

Évelyne raconta qu'elle travaillait dans cet hospice depuis plus de vingt ans.

— Je suis une ancienne religieuse, confia-t-elle franchement. Ne fais pas cette tête-là, il y en a plusieurs comme moi parmi les employées. Comment as-tu eu cet emploi ?

— Au presbytère, le curé m'a parlé d'une ouverture de poste.

La femme rigola.

— Et voilà ! Par l'intervention d'un ecclésiastique. Mais sache-le, garde : il faudra s'habituer à voir de plus en plus d'anciens religieux revenir à la vie civile. Je déteste le mot *défroqué*, je le trouve vulgaire. J'ai peut-être jeté ma *froc,* comme le veut la métaphore, mais je suis restée profondément croyante.

Geneviève n'était pas offusquée. Elle se montrait plutôt curieuse. Quand elle étudiait chez les Hospitalières, elle avait pensé devenir elle-même religieuse. Si elle n'avait pas rencontré Charles, qui sait si elle ne serait pas comme Évelyne aujourd'hui ?

— Vous faites donc la cuisine ici ? demanda-t-elle.

— Dis-moi « tu ». Je suis plus vieille que toi, mais je ne veux pas être traitée comme une vraie vieille ! Je suis née au début de ce siècle et j'aurai soixante-cinq ans bientôt. On dit que dans quarante ans, peut-être moins, on pourra prendre sa retraite à la mi-cinquantaine. On nous vante une nouvelle société. Imagine que maintenant on étudie le phénomène de la récréation, celui des loisirs ! Je ne serai plus là pour voir cela. Oui, je travaille aux cuisines, c'est pour cela qu'on ne s'est jamais vues. J'étais très jeune lorsque je suis entrée novice, car j'étais orpheline. J'ai effectué toutes les tâches lorsque j'étais religieuse. J'ai nettoyé et ciré les planchers, j'ai été au service des prêtres. Comme j'ai reçu une bonne éducation, j'ai pu enseigner le français et les mathématiques à des enfants. Quand je suis partie du couvent, j'étais perdue. Je pensais même que je serais une clocharde. Je n'avais pas d'argent ni de famille pour m'aider. J'ai même passé des nuits à la belle étoile, couchée sur un banc public. J'ai heureusement rencontré une amie qui m'a parlé de l'ouverture de cet hospice. Et toi ? Ton expérience de quelques semaines me dit que tu as travaillé ailleurs. À moins que tu aies été une reine au foyer.

— Oh non ! s'exclama Geneviève, presque choquée. J'ai toujours été indépendante. Comme je l'ai dit tantôt, j'ai fait mon cours d'infirmière chez les Hospitalières de l'Hôtel-Dieu, je voulais exercer ce métier, ce que j'ai fait pendant près de dix ans chez Moretti. J'aimais tellement mon travail !

Évelyne comprit que Geneviève était nostalgique et qu'elle regrettait de ne plus être à l'emploi de cette entreprise.

— Tu es partie sur un coup de tête ?

Geneviève soupira avant de répondre :

— J'ai été mise à pied. Après un divorce, c'était toute une épreuve, et j'étais désemparée, dit-elle en ne cachant pas son émotion.

Elle prit une respiration et ajouta, pour se montrer forte :

— Cela fait des années que je vis seule. Ma fille a vécu avec moi jusqu'à ce qu'elle décide de quitter le foyer. Elle est maintenant une jeune adulte indépendante et a des projets à l'ONF. Je suis fière d'elle. Quand je travaillais, j'avais un bon salaire, tout allait bien. J'ai frappé le mur. Je me suis retroussé les manches et je suis partie à la recherche d'un nouvel emploi. J'étais tellement heureuse de me retrouver dans cet hospice. Le travail auprès de ces religieuses vieilles et malades est celui qui se rapproche le plus des tâches que j'accomplissais comme infirmière. Je me sens dans mon élément. Je ne veux pas partir. Je peux enfin utiliser mes compétences et mes talents.

Évelyne tenta alors de l'encourager du mieux qu'elle le pouvait, lui répétant qu'il était possible qu'on ait encore besoin de ses services dans un couvent ou un autre établissement appartenant à la congrégation de l'Immaculée-Conception.

— Cependant, intervint l'infirmière, sœur Anselme m'a fait comprendre que je ne devais pas me faire trop d'illusions. J'espère toutefois pouvoir finir l'année ici. Je ne me vois pas retourner au presbytère dans les prochains jours. C'est décourageant de voir des gens comme moi rechercher la stabilité dans leur vie professionnelle.

Les deux femmes rejoignirent le petit groupe de sœurs rassemblées sur le balcon. Geneviève ne s'attarda pas à bavarder, car il faisait froid. Elle retourna à l'intérieur accomplir ses tâches.

39

Les jours se suivaient et, à l'hospice, tout était en suspens. Les sœurs allaient d'un côté et de l'autre, agitées, surtout après que trois hommes en costume-cravate furent venus passer un long moment dans le bureau de sœur Anselme. Les choses se gâtaient pour elles. Pourtant, la directrice ne donnait aucune instruction, se contentant d'afficher un sourire sans expression. Geneviève n'en pouvait plus de cette ambiance. Après avoir passé une longue nuit blanche à réfléchir, elle préféra risquer de tout perdre plutôt que de continuer à travailler dans ces conditions. Elle eut l'audace de solliciter un entretien auprès de sœur Anselme le lendemain, non sans trembler. La directrice sembla comprendre sa démarche et répondit à ses questions. Geneviève craignait plus que tout de perdre son emploi. Elle affirma à sœur Anselme qu'elle accepterait même une baisse de salaire tout en multipliant ses tâches. La directrice lui expliqua qu'elle entendait bien son discours. Mais… Devant les événements qui se précipitaient, Geneviève n'était à l'abri de rien. Il fallait qu'elle vive malgré cette inquiétude. En serait-elle capable ? L'infirmière acquiesça, le cœur chaviré. Tout semblait se reproduire comme lorsqu'elle fut mise à pied chez Moretti. Voyant sa détresse, la directrice lui laissa vaguement entendre qu'un temps partiel serait envisageable. Dans tous les cas, il fallait attendre. Pour Geneviève, après avoir mis tant de mois à se trouver un travail stable, cette situation était difficile à supporter. Mais elle n'avait d'autre choix que d'accepter son sort. Si elle perdait les quelques dollars qu'elle y gagnait, que lui resterait-il ? Une fois encore, elle devrait reprendre le chemin du presbytère. Cela la bouleversait.

Ce soir-là, Geneviève revint chez elle dépitée, malgré les minces encouragements de sœur Anselme. Malheureusement, elle eut aussi la surprise de voir surgir son propriétaire, car elle avait payé son loyer en retard.

— Je suis sur le point de perdre mon travail, mentit-elle à moitié.

— Madame Boivin, coupa l'homme, vous savez que je ne peux pas vous faire de cadeau.

— Je ferai attention le mois prochain, promit-elle.

Geneviève était accablée. Que ferait-elle si les portes de l'hospice se fermaient pour elle ? Tout cela était si précaire. Elle se dit qu'elle se priverait de manger plutôt que de perdre ce petit appartement sur la si jolie rue Sainte-Famille. Comme un malheur ne vient jamais seul , le propriétaire lui annonça, avant de la quitter, qu'il était possible qu'il mette l'immeuble en vente au printemps.

— Je vous avertis d'avance. Vous pouvez donc commencer à penser à déménager.

Cette fois, Geneviève crut s'effondrer. Malédiction, c'était bien le mot ! Ces ventes d'immeubles la poursuivaient-elles ? Toutefois, malgré son désarroi, elle n'était pas plus surprise qu'il ne le fallait. Elle croyait en effet qu'un malheur ne s'invitait jamais seul. Elle croyait également qu'après la pluie, le soleil allait briller à nouveau. Ces nuages sombres qui s'amoncelaient sans pitié sur elle allaient bientôt la quitter pour un ciel clair et bleu. Après le départ du propriétaire, elle pleura à chaudes larmes puis, prenant son courage à deux mains, elle choisit de faire confiance à la vie. Dans ses pensées, Ahmed était comme une lumière, un guide. Au début de l'après-midi, une autre lumière irradia sa journée quand sa fille lui téléphona. Elle était de retour de son voyage et elle accepta sans hésiter l'invitation de sa mère : partager un agréable repas à la maison.

Madeleine se présenta dans un ensemble à rayures bleues et blanches plus estival qu'hivernal, toute bronzée.

— Comme tu es belle ! la complimenta Geneviève. Je vois que tes vacances t'ont fait du bien. As-tu repris le travail ?

Puis Geneviève engagea sa fille à la suivre dans la cuisine.

— Oui, lui dit Madeleine, alors qu'elle prenait place à table. Ça brasse à l'ONF, les projets abondent. Il est loin le temps où l'on parlait de cette institution comme une fabrique de documentaires de caribous. Ça bouge de plus en plus.

— Je me souviens, en effet, de certains de ces documentaires qui passent en première partie des longs métrages. C'est bien fait, mais le plus souvent d'un ennui mortel.

— Aujourd'hui, poursuivit Madeleine, il y a des dizaines de cinéastes à l'ONF qui font de la fiction. La plupart sont de qualité. Il est possible que je fasse partie de l'équipe de Michel Brault pour son prochain film.

Geneviève se réjouit pour sa fille. Cette visite tombait à point nommé. Elle avait préparé un repas réconfortant, du poulet chasseur avec une purée de patates. Dans la cuisine, les deux femmes appréciaient ce beau moment qu'elles partageaient ensemble.

— Et toi, demanda Madeleine, comment ça va ?

L'infirmière poussa un long soupir.

— Il se peut que l'hospice ferme ses portes, avoua-t-elle, dépitée.

Madeleine ouvrit de grands yeux, incrédule.

Geneviève poussa encore un soupir et expliqua la situation.

— Mmm, grommela sa fille, tous ces achats de vieilles bâtisses, c'est dans l'air du temps. Montréal va changer de visage. Bien sûr, les promoteurs font leurs enquêtes et intimident les plus vulnérables. Ainsi, ces religieuses qui vieillissent, alors que de moins en moins de femmes veulent entrer en religion. Ces gens savent bien que ces congrégations vont bientôt crouler sous leurs biens. Ils proposent d'acheter. Mais en vérité, beaucoup de ces bâtiments seront détruits pour faire place à un paysage immobilier plus moderne.

— C'est la première fois que je suis devant ce genre de situation, rétorqua Geneviève. Cette menace… Une menace pour l'avenir… C'est éreintant pour le moral. J'ai l'impression d'être une compote ! On parle d'un règlement imminent, car les religieuses ont laissé entendre qu'elles vendraient le bâtiment. Évidemment, mon emploi ne saurait résister à cette manœuvre.

— Mais que deviendront les sœurs malades ? s'enquit Madeleine. Et les employées ? Et toi ?

— Je ne suis pas inquiète pour les malades, répondit Geneviève. Il est question que le gouvernement achète éventuellement cet hospice pour en faire un nouveau, public celui-là. Cela dit, ce n'est pas là que les religieuses iront. Elles seront replacées, ici et là, dans les nombreux couvents de cette congrégation. Certaines employées, des sœurs, les suivront. D'autres aussi, peut-être, comme Évelyne, cette cuisinière que j'ai rencontrée récemment et qui est là depuis vingt ans. Quant à moi, eh bien, je me débrouillerai. Chaque fois que j'ai perdu un emploi, j'en ai trouvé un autre. Le chemin est difficile, mais j'ai pu acquérir de l'expérience. Comment trouves-tu le repas ?

— Délicieux, excellent ! s'écria Madeleine, sincère. Je trouve la sauce juste assez épicée. Où as-tu pris la recette ?

— Tu n'as pas deviné ? Ma préférée : Mme Jehane Benoît, bien entendu. Son *Encyclopédie de la cuisine canadienne*, qu'elle a publiée l'année dernière, est un trésor.

— J'ai bien fait de te l'offrir en cadeau, se félicita Madeleine. C'est moi qui profite de tes talents de cordon-bleu, sous la baguette de cette grande dame.

Elles rirent de bon cœur. Chacune racontait des anecdotes qu'elles avaient vécues pendant qu'elles avaient été éloignées l'une de l'autre.

— Tu as eu du beau temps au Mexique ?

— Que du soleil, répondit Madeleine, à part un matin, où il y a eu de l'orage.

— Et ton amie, a-t-elle apprécié son séjour ?

Geneviève avait parlé sur un ton suave. En fait, elle tendait un piège à sa fille, voulant voir si celle-ci allait continuer de lui mentir. Madeleine hésita, elle dévia du sujet en demandant où était la poivrière.

— Je prendrais aussi du pain, ajouta-t-elle. Euh, oui, mon amie va bien.

— J'ai préparé un excellent dessert, dit Geneviève en desservant la table.

Elle résolut d'en rester là pour l'instant et de ne pas insister. Tout en préparant le café, elle sortit du réfrigérateur un gâteau au chocolat qui débordait de crème et qui était nappé d'un riche glaçage aux amandes.

Madeleine se taisait en se tripotant les doigts. Le café était chaud, son arôme embaumait la cuisine. Geneviève mit les tasses, sans regarder sa fille. Au centre de la table, le gâteau était prêt à être dégusté.

— Sers-toi, lui dit Geneviève. Avant de partir, tu pourras t'apporter une grosse portion.

Alors que sa fille cherchait à changer de conversation, Geneviève se dit qu'il valait mieux crever l'abcès et lui coupa la parole.

— Pourquoi ne me dis-tu pas la vérité, Madeleine ? Tu es partie en vacances avec ton père !

Madeleine releva la tête, le visage rouge de colère et de honte.

— Maman, pourquoi me parles-tu alors de mon amie, puisque tu sembles tout savoir ? dit-elle d'une traite. À quel jeu joues-tu avec moi ? Tu cherches à me prendre en défaut ?

Geneviève ravala son mécontentement. Elle ne voulait pas se fâcher contre sa fille.

— Je veux simplement que tu sois franche avec moi, répliqua-t-elle. Tu me traites comme si j'étais ton ennemie. Je t'aime, Madeleine. Tu es ma fille ! Pourquoi n'as-tu pas confiance en moi ?

Madeleine eut envie de se lever et de partir. Elle se retint, car elle ne voulait pas faire de la peine à sa mère. Elle voyait bien que celle-ci était confuse.

— Maman, je n'ai pas à te raconter ma vie, expliqua-t-elle. J'ai vingt-cinq ans. Je suis libre de te dire ce que je veux. J'ai trop souffert de la crise que tu as faite quand je t'ai tout simplement annoncé que je songeais partir vivre en appartement avec Alex.

— J'aurais préféré que tu te maries, souffla Geneviève, désolée que ce sujet revienne sur le tapis.

— Comment ? siffla Madeleine. Et me retrouver divorcée, comme toi ?

Madeleine regretta ces mots cruels.

— Non, ma fille, je crois toujours au mariage, figure-toi. Et j'ai toujours voulu ton bonheur.

— Je sais ce que je fais, maman. Je suis de mon époque. L'union libre est la nouvelle façon de vivre, on ne se marie plus à l'église comme tu l'as fait dans les années quarante. Maintenant on prend la pilule, on ne fait pas d'enfants stupidement ! Quant à mes vacances avec papa, je me suis dit qu'il était préférable que tu n'en saches rien.

Madeleine se renfrogna, boudeuse, puis elle demanda :

— Qui te l'a dit ?

— Une amie. Émilie. Tu sais bien... Son époux connaît bien Charles. C'est venu par hasard, je ne cherchais pas à savoir quoi que ce soit.

— Maman, chuchota Madeleine, je veux te dire quelque chose.

L'atmosphère devint très lourde.

— Je suis partie avec papa parce que c'est lui qui voulait que nous soyons ensemble quelques jours.

Elle se tut pendant quelques secondes, puis elle fixa Geneviève.

— Il est très malade, souffla-t-elle, la larme à l'œil.

— Son foie, c'est cela, lança Geneviève qui se montrait peu préoccupée. Il a toujours eu des problèmes de digestion. Je ne veux pas parler contre lui, mais il mange mal et il boit trop. Ses problèmes de jeu ne l'ont pas aidé.

— Non, tonna Madeleine, cette fois au bord des larmes. Ce n'est pas cela. Il a le cancer. Il est condamné. Le médecin lui a dit qu'il ne pouvait pas l'opérer et qu'il ne lui restait que quelques mois à vivre.

Geneviève resta figée sur sa chaise.

— Condamné ? balbutia-t-elle. Charles va mourir ?

— Oui, pas de doute, dit Madeleine d'une voix brisée. Il m'a montré la lettre qu'il a reçue. Il a beaucoup changé, son visage est émacié. Il doit subir encore des traitements, mais c'est pratiquement inutile.

Geneviève poussa un long soupir.

— Comment prend-il cette nouvelle ?

— Il est fataliste. Il a demandé à son patron de diminuer son horaire de travail. Les vacances au soleil lui ont fait du bien. Il a fait la paix avec son passé.

Geneviève n'osait pas parler. Sa gorge était nouée par l'émotion.

Madeleine reprit son souffle et se mit à manger sans appétit le morceau de gâteau qu'elle avait entamé.

— Veut-il me voir ? demanda Geneviève, d'une voix sans émotion.

— Je n'osais pas te le demander, rétorqua Madeleine. Je crois bien que lui aimerait te revoir. Si tu le souhaites, je pourrai arranger un rendez-vous.

Charles et Geneviève ne s'étaient pas vus depuis plusieurs années. Chacun avait refait sa vie après le divorce qui avait laissé des cicatrices. Charles s'était vite remis en couple avec Jacqueline, la voisine qu'il fréquentait déjà, mais cette union n'avait pas duré longtemps. Puis il avait rencontré une femme plus jeune que lui, qu'il avait bientôt quittée. Finalement, il avait vécu seul.

— Ton père n'est pas fait pour la vie à deux, avait un jour ironisé Geneviève devant Madeleine.

Même si elle avait coupé les ponts avec son ex-époux, elle avait toujours cherché à se renseigner sur la vie qu'il menait. Quand elle le savait amoureux, elle ressentait une pointe d'envie. Il est heureux, lui, quand moi je n'arrive pas à trouver un amoureux ! se disait-elle, hargneuse. Elle avait cependant compris que cette pensée puérile était mauvaise et que chacun suivait le chemin qui était le sien. La rencontre avec Ahmed lui avait permis de croire qu'elle plaisait encore et qu'elle pouvait avoir des projets d'avenir avec un homme.

Elle ne détestait pas Charles. Elle aurait seulement voulu qu'il soit différent, ce qui était impossible. Il était tout entier, avec ses qualités et ses défauts. Son gros problème de jeu avait été au cœur des disputes qui avaient fait éclater leur couple. À présent qu'elle apprenait la mort prochaine de Charles, elle se faisait des reproches. Aurait-elle pu faire autrement que divorcer ? Pouvait-on changer le passé ?

— Maman, dit Madeleine en voyant couler des larmes sur les joues de Geneviève. Tu n'as rien fait de mal. Cesse de te culpabiliser pour rien. Pour ton époux, pour ton emploi, pour ta fille ! En tant que femme, ne prends pas sur tes épaules le fardeau des épreuves d'une vie. Tu as fait de ton mieux dans les circonstances, avec les outils que tu avais.

— Merci, ma fille, articula Geneviève avec peine tant elle avait envie de pleurer. Merci pour tes mots réconfortants. Et merci pour ce que tu fais pour ton père. Nous t'aimons tellement.

Le temps passa. Lorsque Madeleine repartit, quelques heures plus tard, Geneviève avait décidé de revoir Charles Guindon. Tous ces événements l'avaient accablée. Elle se coucha sans même faire la vaisselle, tant elle était épuisée.

40

Lorsque Geneviève arriva au travail ce matin-là, elle constata d'emblée que l'atmosphère avait changé.

— Nous avons un peu de temps, déclara son amie sœur Béatrice, avant que la bâtisse ne soit vendue et qu'elle ne change de vocation… Ainsi, continuons notre bon travail, sans pour l'instant nous soucier d'un éventuel bouleversement.

Geneviève approuva, soulagée. Cette trêve la rassura. Même si son sort était incertain, l'infirmière décida de vivre une minute à la fois, sans trop s'inquiéter.

— Je ferai de mon mieux, dit-elle à sœur Béatrice. Je ne peux toutefois m'empêcher de craindre, une fois de plus, de ne plus parvenir à payer mon loyer. Je redoute le cauchemar des fins de mois.

Le même jour, sœur Anselme vint la voir pour lui indiquer qu'elle devait prendre soin des patientes, à l'étage des cas lourds. Comme elle le faisait depuis le début, Geneviève participa également à la distribution des repas. Elle poussa le chariot dans la chambre de sa première malade. Chaque fois qu'elle posait un plateau devant une vieille religieuse, elle en profitait pour faire son examen de routine. Dans le corridor, les religieuses marchaient plus rapidement, de nouveau motivées. Geneviève sourit à sa patiente. Elle était nouvelle. Sœur Graziella était une femme d'environ soixante-dix ans. Elle se montra immédiatement volubile. Née en Italie, elle avait quitté sa région natale très jeune, pour suivre son époux. La nonne lui raconta son histoire, tandis que Geneviève se mit à l'examiner.

— Je suis restée au pays avec quatre enfants pendant plus d'une dizaine d'années. Marcelo est venu ici après la guerre. Il avait besoin de travailler, il a dû partir. Moi, je l'ai attendu. Il avait promis qu'il viendrait me chercher.

— Vous étiez confiante en sa promesse, déclara Geneviève, toute à son écoute.

— Oui. Pourquoi me posez-vous cette question? Nous étions mariés devant Dieu et devant les hommes. Marcelo était un homme de parole. Je n'ai jamais douté que nous serions réunis.

Cette femme lui rappelait sa propre mère. Elles étaient d'une autre époque. Elles étaient fidèles à un seul homme jusqu'à la fin de leur vie, malgré les épreuves et les tourments. Le mariage était un sacrement, il ne fallait pas remettre en question cette institution.

— J'avais trente ans quand je me suis établie ici avec mes enfants, dont le plus vieux avait douze ans, enchaîna la dame. Ce ne fut pas facile. Je ne parlais pas français, je l'ai appris en écoutant la radio et en lisant les journaux.

— Vous êtes courageuse, ma sœur, et admirable, déclara l'infirmière.

Du temps passa. La religieuse se mit à manger. Geneviève se demandait comment elle avait pu devenir nonne, après avoir été mariée et mère de quatre enfants. Elle osa poser discrètement la question. Sœur Graziella répondit sans hésiter.

— Quand Marcelo est mort, je me suis sentie tellement seule. Je le suis, car mes enfants sont partout dans le monde, aux États-Unis, en Angleterre et en France. J'ai toujours été croyante. En Italie, je vivais dans un village très chrétien. On avait une dévotion pour sainte Rita. Savez-vous qu'elle est la patronne des causes impossibles ? Priez-la, et vous verrez. Elle vous exaucera. Ainsi, je l'ai priée intensément. Je lui ai demandé de m'indiquer la voie à suivre. Je me suis alors souvenue à quel point je me sentais proche du Christ, dans ma jeunesse, et j'ai compris que mon souhait était désormais de le servir.

Elle eut un petit rire et déclara :

— Je suis contente de vous voir. Vous êtes ma nouvelle infirmière ?

— Oui, précisa Geneviève. Mais je me livre également à toutes sortes de tâches, ici, à l'hospice. Vous êtes italienne… Figurez-vous que j'ai travaillé plus de dix ans chez Moretti, comme infirmière.

La religieuse écarquilla les yeux.

— J'ai bien connu la famille Moretti, affirma-t-elle. Ces gens avaient leur entreprise dans l'est de la ville, n'est-ce pas ?

— Oui, exactement, approuva Geneviève. C'est là où je travaillais. Mais les Moretti avaient d'abord ouvert leur affaire dans un quartier de Verdun.

— Les Moretti sont de la région d'où je viens : la Sardaigne. Guido était un ingénieur doué.

Geneviève écoutait attentivement ce que lui racontait cette femme étonnante. Entre-temps, elle prenait son pouls, l'interrompait pour regarder ses yeux, lui demandait d'ouvrir la bouche pour s'assurer que la couleur de sa langue indiquait une bonne santé.

Après ces vérifications, Geneviève dit :

— J'ai travaillé longtemps chez Moretti et j'ignorais l'histoire de son fondateur.

— Plusieurs de ses œuvres se trouvent encore dans des églises, précisa sœur Graziella. Vous savez, il y a eu ici plusieurs vagues d'immigration italienne. Ce sont de vaillants travailleurs que l'on venait recruter dans nos petits villages.

— Quand j'étais étudiante à l'Hôtel-Dieu, précisa Geneviève, j'aimais me rendre dans la Petite-Italie, c'était seulement là qu'on pouvait prendre un café *espresso* et déguster un *gelato* délicieux. Il y a tellement de petits restos sympathiques.

Geneviève se leva pour mettre les plats sur le chariot, puis elle versa un verre de lait qu'elle apporta à la religieuse parce qu'elle avait du mal à se mouvoir. Elle se mit à penser à sa propre vieillesse et se demanda ce qui lui arriverait plus tard. Elle non plus ne pouvait compter sur sa fille, Madeleine, pour la soutenir, étant donné le caractère indépendant de la jeune femme. Elle avait sa propre vie et ne se sentirait pas obligée de s'occuper de sa mère, fût-elle impotente ou pas. Et il y avait Ahmed. À cette pensée, le cœur de Geneviève se réchauffa.

— Êtes-vous satisfaite des soins que vous recevez dans cet hospice, ma sœur ? interrogea Geneviève.

— Je crois que oui, approuva la vieille femme. Je viens tout juste d'arriver. Au couvent, on ne voulait plus me garder, car maintenant j'ai de la difficulté à marcher, comme vous le savez. Ici les sœurs sont si généreuses pour nous. Et vous, particulièrement, vous êtes bien bonne.

Geneviève appréciait ces marques de considération. Elle pensa qu'elle travaillait autant pour son salaire que pour la reconnaissance des patients.

Sur ces entrefaites, sœur Anselme passa dans le couloir et lui fit signe de venir la voir.

— Après votre quart de travail, dit-elle, venez à mon bureau, j'ai quelque chose à vous dire.

Chaque fois qu'elle entendait des mots de ce genre, Geneviève devenait nerveuse. Plus tard, quand elle entra dans le bureau de la directrice, elle devina qu'il était question de son avenir.

— Bonjour, garde Boivin, comment allez-vous ?

— Très bien, dit sagement Geneviève, qui s'assit sur la chaise droite et inconfortable.

— Je suis désolée de vous retenir ainsi à la fin de votre quart de travail, garde Boivin, poursuivit-elle. Je remarque que vous allez mieux. Ça fait plaisir à voir.

Geneviève lui dit combien elle était heureuse de travailler à l'hospice.

— Cet emploi me convient, affirma l'infirmière avec véhémence. J'ai exercé ce métier pendant de nombreuses années. Je comprends que certaines personnes disent que mes tâches ne relèvent pas toutes des compétences liées au métier d'infirmière et que je dois vaquer à toutes sortes d'occupations, mais je m'accommode bien de ces directives. Mon accident est chose du passé, ma sœur, le repos m'a fait du bien. Je souhaite seulement que le prêtre qui m'a agressée aille bien lui aussi.

— Nous étions contre la mixité, expliqua la sœur, nous savions que c'était difficile. Mais il y a des exceptions. De toute façon, nous devons apprendre à être de notre temps. Il est prévu que, dans quelques années, cette question ne se posera plus. Nous, les religieuses, perdons déjà du terrain, dans l'enseignement, dans les hôpitaux. La société n'est plus celle que nous avons connue, bâtie ! Ainsi, il est question d'engager de plus en plus d'employés masculins. Les hommes, maintenant, en dépit des guerres, vivent plus longtemps, nous ne sommes plus au début du siècle où les veuves survivaient en grand nombre.

Geneviève sourit pour approuver les propos de la religieuse. Elle avait même vu un reportage à ce sujet à la télévision. On prédisait que, dans vingt ans, la proportion des hommes âgés rejoindrait celle des femmes.

— Mais je ne vous ai pas fait venir dans mon bureau pour parler de ce qui adviendra dans quelques années, enchaîna sœur Anselme. Ou plutôt, je voulais vous voir pour parler de vous et de votre futur. Malgré ce que vous avez pu remarquer ce matin, au sujet des transactions immobilières retardées, je vous annonce qu'il y aura d'importants changements dans cette institution. Nous avons tenté de tenir le coup le plus longtemps possible, mais il n'y a plus de relève. Nous ne comptons plus le nombre de religieuses qui quittent la communauté. Je vous l'ai dit, nous perdons du terrain, de la puissance, de l'influence. Tôt ou tard, le gouvernement décidera de tout, tout comme l'entreprise privée. Ces instances s'occuperont de nos hospices. Nous, les communautés, nous devrons nous adapter à cette nouvelle réalité. Des services comme nous offrons sont appelés à disparaître. Or, chère madame Boivin, vous venez tout juste d'arriver, à la veille d'un effondrement imminent. Je crains que vous ne puissiez continuer ici… Ce n'est pas viable. Vous devinez donc de quoi je veux parler.

— Je me doutais bien que mon statut allait me causer des problèmes. Je suis la dernière arrivée, la première à être licenciée, c'est bien ça ? Ainsi, ce que vous m'avez fait miroiter l'autre jour ne tient plus, je suppose ?

— N'ayez pas une attitude négative, garde Boivin. Les religieuses doivent se serrer les coudes et resserrer les cordons de leur bourse. Vous représentez des frais. Oui, vous devrez partir, mais il est possible que l'on vous engage de nouveau. Je ne veux pas vous donner de faux espoirs…

— Dans combien de temps ? Comment ? Occasionnellement ? demanda Geneviève avec fébrilité. Je ne peux me permettre le luxe d'attendre, ma sœur. J'ai accepté un horaire à temps partiel, car je ne travaille pas pour m'amuser ! Sans emploi, je n'ai pas d'argent. Et je ne peux non plus respecter mes obligations financières.

— Je ne peux répondre à cette question, garde Boivin. Même si je prie chaque jour, je ne suis pas dans le secret de Notre Père. Je vous demande simplement de ne pas ébruiter la nouvelle de la vente de l'immeuble. Certaines religieuses pensent toujours que la transaction sera annulée ou encore retardée. Or, cette transaction vient d'être signée. L'immeuble et le terrain ne nous appartiennent plus. La seule espérance que nous ayons, et c'est pour cette raison que je vous dis que nous pourrons peut-être vous réengager, c'est que le gouvernement, à qui nous avons vendu nos biens, ne changera pas la vocation de cette institution. Cet endroit, entendez-moi, restera un hospice. Qui offrira les meilleurs soins aux vieillards. Et plus seulement à des ecclésiastiques. Pendant cette transition, vous travaillerez. Ce laps de temps vous permettra de vous ressaisir et de trouver un autre emploi.

Geneviève fixait le tapis qui recouvrait le plancher. Des fleurs ocre, moutarde et bordeaux s'entrelaçaient pour former des arabesques. Ses pensées se perdaient dans ces dessins étranges.

— Sœur Anselme, dit-elle en relevant la tête, je vous remercie de votre bienveillance. Je suis sensible à vos conseils. Mais je ne vis pas dans l'avenir. Depuis mon départ de Moretti où j'étais infirmière, je n'ai plus la chance de faire des projets. Je vis au jour le jour. Dans quelques jours, je dois payer mon loyer. Je dois me nourrir. Je ne fais plus de dépenses folles comme autrefois. Je ne peux pas attendre que vous m'offriez du travail plus tard.

— Je vous comprends, c'est pour cela que je voulais savoir ce que vous feriez. Je voulais vous mettre sur une liste d'appels.

Geneviève soupira.

— J'hésitais à faire du temps partiel, même si je le dois. Aussi, en attendant de trouver ailleurs, gardez mon nom. Vous m'offrez un travail instable, mais c'est mieux que rien.

La sœur lui adressa un sourire.

— Votre prochain horaire sera prêt dès jeudi. Votre mise à pied ne prendra effet que dans un mois. Comme je vous l'ai dit, il y a de l'espoir dans cette situation précaire.

Geneviève se leva et tendit la main à la directrice. Il lui sembla soudain que le sol se dérobait sous ses pieds. Tout son corps chancelait. Elle s'attendait à cette nouvelle qui ressemblait à une gifle. Aux seuls mots de mise à pied, elle se revit lors de ses derniers jours chez Moretti, au début de cette chaîne d'événements qui l'avait menée jusqu'ici, dans cet hospice au destin vacillant. C'était une journée comme aujourd'hui, son employeur lui avait signifié sèchement qu'elle était renvoyée. Elle avait reçu cette nouvelle de plein fouet. Aujourd'hui, Geneviève était comme un automate.

Elle sortit du bureau. Les portes des chambres étaient fermées. On se préparait pour la soirée, puis pour la nuit. Des employées apportaient les tasses de thé, des serviettes propres. Geneviève avait les larmes aux yeux en pensant qu'elle allait quitter, dans une trentaine de jours, cette maison qu'elle avait aimée dès son entrée. Elle ne reverrait plus sœur Graziella, la bonne *mamma* italienne devenue religieuse qu'elle venait de rencontrer et qui parlait avec tant d'affection de son Marcelo et de sainte Rita. Ni ces autres femmes qui lui avaient confié des secrets de leur vie. Elle descendit les marches et ne remarqua même pas sœur Béatrice qui commençait son quart de travail.

Lorsqu'elle se retrouva rue Sainte-Famille, dans son appartement, elle se fit un léger repas, car elle n'avait pas faim. Elle jeta un coup d'œil au calendrier accroché au mur. Quatre jours. Il restait quatre jours avant le retour d'Ahmed de l'Algérie. Cette idée la rendit momentanément heureuse. *Enfin*, se dit-elle, *j'aurai quelqu'un à qui me confier et j'aurai un cœur à aimer. La vie est plus douce quand on est amoureux. Avec lui, qui me protège même à distance, je me sens plus forte. Il trouve toujours les bons mots pour que je me relève des embûches dressées sur mon chemin.*

Elle se coucha l'âme apaisée. Elle se promit de profiter de chacune des journées qui lui restaient au travail. Pas question de se laisser envahir par des sentiments négatifs : chaque minute auprès des vieilles religieuses malades allait être un cadeau.

41

Geneviève n'eut pas à attendre longtemps et encore moins à se tourmenter. Ahmed l'appela à son arrivée. Il était sept heures du matin et elle lui répondit peu avant son départ pour l'hospice.

— Je suis à l'aéroport et je me rends à l'hôtel où j'ai laissé mes bagages. Nous avons quarante-huit heures pour être ensemble avant que je reparte pour Frobisher Bay, expliqua-t-il. Mon amour, comment vas-tu ?

— Bien, lui dit l'infirmière d'une voix claire.

Elle ne voulait pas lui confier tout de suite qu'elle était sur le point de ne plus travailler.

— Tu peux venir à la maison pendant mon absence, précisa-t-elle. Je laisserai un double des clés dans la boîte aux lettres. Je reviens après dix-sept heures. Je suis si heureuse de savoir que tu es ici. Je t'aime.

La journée de travail fut longue. Geneviève avait tellement hâte de retrouver le bel Algérien et de se lover dans ses bras musclés. Les retrouvailles furent chaleureuses.

— J'ai cru que tu ne reviendrais jamais, avoua Geneviève en embrassant son amoureux.

— Comment as-tu pu penser cela ? s'enquit-il, étonné. Moi, j'étais sûr qu'on se retrouverait. Et je te promets que je ne te quitterai plus.

Ils s'assirent au salon, après s'être servi un verre de vin blanc qu'elle avait acheté pour l'occasion dans une succursale de la Régie des alcools. Ce vin avait une histoire. Geneviève s'empressa de narrer l'épisode à Ahmed.

— La fin de semaine dernière, raconta-t-elle, je suis allée au centre-ville et je suis passée à la Place-Ville-Marie. Je ne vais pas souvent dans ce coin de Montréal. Cet immeuble est gigantesque. Un immense gratte-ciel. C'est impressionnant. Depuis 1960, le quartier est totalement changé grâce à cet édifice. On se croirait à New York. Un vendeur de la galerie marchande m'a affirmé qu'il y aurait de plus en plus de ces immenses bâtiments qui cachent le soleil. Puis, je suis allée à la Régie acheter ce vin : tu sais que cet endroit a été créé en 1961 ? Cette date marque la première fois où l'on a pu voir les produits, contrairement à ce qui se passait à la Commission des liqueurs, où l'on devait commander derrière un comptoir. Je n'en revenais pas de voir autant de bouteilles de boisson. Il paraît qu'un jour, pas si lointain je pense, ces lieux de distribution seront transformés et on pourra toucher les produits, tu te rends compte ?

— Ça va te donner envie de t'enivrer, tu ne crois pas ? rigola Ahmed, qui caressa affectueusement la joue de Geneviève.

— Mais tu sais bien que tu es ma seule ivresse ! affirma-t-elle.

Elle sourit tendrement et enchaîna :

— Alors… Raconte-moi donc un peu ton séjour dans ton pays.

Ahmed soupira. De nombreux souvenirs se bousculaient dans son esprit. Il avait tant vécu de choses.

— Je ne sais pas par où commencer tant il m'est arrivé d'aventures, commença-t-il. La guerre a laissé des stigmates en Algérie, et ils ne sont pas près de se cicatriser. Dès la descente de l'avion, j'ai été fouillé comme un étranger dangereux. Je paraissais louche, malgré mes origines, mais tout s'est bien passé par la suite. Pour me rendre dans mon village, le trajet dure deux heures. J'ai beaucoup réfléchi en observant les paysages de mes souvenirs.

— Tu as revu ta mère ? s'enquit l'infirmière.

— Oui, elle habite avec une cousine. Elle était si heureuse de me revoir.

Ahmed dut s'arrêter de parler, la gorge serrée par l'émotion.

— Cela faisait plus de quatre ans que je ne l'avais vue. Elle a beaucoup vieilli. La pauvre femme que j'aime tant. Ses mains tremblaient quand elle s'est approchée de moi. Quand je l'ai quittée, je me suis dit que c'était sans doute la dernière fois que je la tenais entre mes bras.

Il baissa les yeux. Il semblait accablé.

— Ne dis pas cela, Ahmed, s'écria Geneviève. Tu peux envisager de la faire venir ici, non ?

— Non, elle est trop malade, déplora l'Algérien. Elle ne se déplace plus que dans la maison.

Geneviève se dit qu'un jour peut-être, ils iraient en couple en Afrique du Nord. Elle connaîtrait alors la famille de l'homme qu'elle aimait.

Ahmed la tira de ses pensées. Il se mit à raconter qu'il s'était rendu dans la capitale pour régler toutes ses affaires d'héritage.

— J'étais nerveux, je savais qu'il me faudrait du courage pour découvrir ce qui s'était passé. Mon père était un homme qui ne parlait pas. Il nous a abandonnés quand j'avais neuf ans. J'ai rencontré quelqu'un qui l'avait bien connu et qui avait fui l'Algérie avec lui. Les deux sont partis en Égypte. C'est du moins ce que je croyais, mais mon père est revenu au pays pour travailler avec les Français. Son rôle n'est pas clair. Ce qui est sûr, c'est qu'il est parti définitivement lorsque la guerre s'est terminée, car il a senti la soupe chaude. Il avait alors soixante-quinze ans. Je n'ai pas aimé ce que cet ami m'a raconté.

— Tu craignais de ne plus l'aimer, n'est-ce pas ? devina Geneviève.

Ahmed hocha la tête en signe d'approbation.

— Je ne lui ai jamais vraiment pardonné qu'ils nous aient abandonnés. J'ai tellement vu ma mère pleurer. Je lui en ai voulu pour chaque larme qu'elle a versée.

Ahmed se leva pour aller chercher une enveloppe qui était dans la poche de son manteau.

— Cependant, l'héritage qu'il laisse est considérable. Je me sens coupable d'en profiter.

À ces mots, il tendit à Geneviève les papiers portant les sceaux du gouvernement algérien. L'infirmière les saisit avec respect.

Il y était inscrit qu'Ahmed était le légataire universel de M. Aziz Benguigui. Il s'agissait d'une importante fortune qui se trouvait dans une banque suisse. La somme avait été camouflée pour rester secrète.

Geneviève tenait la feuille entre ses mains tremblantes. Elle ne pouvait pas croire ce qu'elle lisait. Cela était un pur conte de fées !

— C'est beaucoup d'argent, crois-moi, dit Ahmed. Mon père s'est enrichi en vendant des armes, Geneviève. Cet argent est sale, tu comprends ? Je ne sais pas si je dois l'accepter. Tout cela me dégoûte. Les papiers officiels ont été déposés à ma banque.

Geneviève était éberluée. Elle ne savait plus comment rassembler ses idées. C'était trop, d'un coup ! Elle, bientôt sans travail, qui avait trimé pendant des années, se retrouverait avec un riche héritier ? Comment cela pouvait-il être possible ?

— Je te comprends, mon amour, réussit-elle à articuler. Mais tu n'es pas responsable de ce qu'a fait ton père. Tu dois accepter, ne serait-ce que parce que tu vas en donner une part à ta famille, qui en a besoin. Pense à ta mère, elle doit finir ses jours dans la sérénité. Offre-lui cette chance. Une vraie compensation à ses malheurs.

Ahmed pensait aussi qu'il ne fallait pas laisser pourrir cet argent dans une banque. Sa conscience lui indiquait qu'il pouvait transformer le mal en bien.

— Tu as raison, reconnut-il, soulagé de la grande ouverture d'esprit de Geneviève. Je vais aussi en donner une partie à des œuvres caritatives pour les enfants de mon pays. Je pourrai ainsi laver la sale réputation de mon père.

Les deux amants s'enlacèrent.

— Je suis si heureux d'être avec toi, ma chérie, murmura-t-il.

— Moi aussi, répondit l'infirmière, profondément émue. Et si nous allions au restaurant, comme nous le faisons chaque fois que nous sommes ensemble ?

— D'accord, mais allons ailleurs qu'au bistro de mon ami. Changeons nos habitudes.

Geneviève proposa un restaurant pas loin de l'hospice.

— Je n'y suis jamais allée, c'est tout près de la boulangerie qui fait de si merveilleux gâteaux. Cet endroit vient d'ouvrir et mes collègues n'en disent que du bien.

Ahmed accueillit cette proposition avec joie. Le couple s'y rendit. Sur place, le décor leur parut sophistiqué. À l'entrée, des plantes vertes agrémentaient la salle éclairée par de larges fenêtres aux rideaux de dentelle.

— Comme c'est beau ! s'exclama Geneviève.

En secret, elle déplora de perdre son emploi à l'hospice, car elle aurait fait de ce bistro son coin préféré.

L'hôtesse, une jolie jeune fille qui portait une jupe noire et une chemise blanche, les mena à l'une des rares tables qui n'étaient pas réservées.

— Regarde, nota Ahmed, il n'y en aura plus aucune de libre avant longtemps. Le bouche-à-oreille a réussi. Souhaitons que la carte soit à la mesure de ce succès.

Puis un serveur vint les voir. Il était nerveux, ce qui agaça Geneviève.

— Il me rappelle Charles, quand je l'ai connu, osa-t-elle dire.

Ahmed fut étonné que sa compagne évoque le souvenir de son ex-époux, elle qui ne parlait presque jamais de lui. Lorsqu'il l'avait rencontrée, elle avait évité de parler de l'homme avec qui elle avait partagé plus de dix années de sa vie.

— C'est le père de ma fille, s'était-elle contentée de déclarer, froidement. Je ne parlerai jamais en mal de lui, même si mon divorce a été difficile.

Elle n'aimait pas parler de Charles, car elle avait remarqué qu'Ahmed ne parlait jamais de sa vie sentimentale, lui non plus. Aujourd'hui, alors qu'il était fraîchement revenu de son pays, elle lui demanda sans ambages :

— Et toi ? As-tu été marié ?

— Non, répondit sèchement Ahmed. J'ai connu une fille quand j'étais étudiant en France, mais il n'était pas question qu'elle épouse un étranger.

Il scruta Geneviève avant de poursuivre :

— Je ne veux pas passer pour un prude. J'ai eu des aventures, bien entendu, mais ce n'était jamais sérieux. Juste des amourettes de passage. Pourquoi me parles-tu de cela ? Pourquoi parles-tu de Charles tout à coup ?

Ahmed fit signe au serveur qu'il était prêt pour le repas.

— Je prends de l'agneau braisé, dit-il, et toi ?

— Des fruits de mer.

— Une bouteille de vin pour nous deux ?

— Oui, approuva Geneviève après un instant d'hésitation. Ce sera un peu trop pour moi, mais nous célébrons ton retour !

Tandis que le garçon reprenait les menus, elle chercha à répondre à la question qu'avait posée son compagnon.

— En fait, je parle de Charles, car j'ai appris qu'il était parti avec Madeleine au Mexique.

— C'est une bonne chose, tu dois t'en réjouir, rétorqua Ahmed. Ta fille s'entend bien avec son père. Il est important d'être en paix avec sa famille.

— Ce n'est pas cela, intervint l'infirmière. Charles est malade. Très malade. Il ne lui reste que quelques semaines à vivre.

De nouveau Ahmed la regarda intensément. Il n'avait jamais été jaloux de cet homme qu'il ne connaissait pas. Il comprenait l'émotion de la femme qu'il aimait. Il lui saisit la main.

— Ton chagrin est légitime. Tu as aimé ton époux et tu dois faire face à la fin de sa vie et donc à la fin de l'histoire que vous avez vécue. Ne cache pas ta peine.

— Il a demandé à me voir, lança Geneviève, en confiance.

— Vas-y! s'exclama l'Algérien. Tu ne dois pas te faire de reproches. Cet homme doit partir dans la paix et non dans la colère.

— Merci, dit Geneviève en souriant. Je t'aime. Moi aussi je n'ai connu que des amourettes sans importance avant de te rencontrer enfin. Je ne croyais plus à l'amour. Je sais que cette phrase est un cliché, mais dans mon cas, c'est la vérité. Quand je t'ai vu, dans cette salle du presbytère, je savais que tu étais la bonne personne pour moi. J'ai souvent répété à ma fille: laisse aller la vie, crois fermement que tu es faite pour le bonheur. Elle était défaite quand Alexandre l'a quittée, alors je me suis donné en exemple, moi qui ne croyais pas devenir un modèle.

Le repas fut servi. Geneviève et Ahmed apprécièrent les plats copieux et appétissants qu'on venait de leur servir. La soirée était agréable et l'ambiance du restaurant, parfaite.

— J'ai bien fait d'écouter les avis gastronomiques de mes collègues, souligna l'infirmière. Je suis malheureuse à la pensée que je n'y reviendrai plus.

— Pourquoi ? demanda Ahmed, qui versa un verre de vin à Geneviève. Parce que je suis revenu et que tu sais que je suis là pour te préparer de bons petits plats !

Le regard de Geneviève s'assombrit.

— Non. Tu pars à Frobisher Bay, bougonna-t-elle.

— Je suis avec toi pendant quarante-huit heures ! s'écria l'homme.

— Je ne viendrai plus ici, Ahmed. Récemment, j'ai appris que je serai congédiée dans un mois.

— Quoi ? s'exclama l'ingénieur. Tu as perdu ton emploi à l'hospice ? Que s'est-il passé ? Mais tu aimes tellement ton travail !

— Je me doutais que cela allait arriver, reconnut Geneviève. Les religieuses ont vendu l'immeuble. Apparemment, l'endroit, mi-privé, mi-gouvernemental, restera un hospice. Il y aura par conséquent de nouveaux patrons, et moins d'employés. J'ai entendu dire qu'ils seraient mieux payés. Sœur Anselme, la directrice, m'a fait venir au bureau pour m'annoncer la mauvaise nouvelle. Ce qui m'a consolée, c'est qu'elle était sincèrement désolée que je parte. J'ai compris que ma présence avait été appréciée. D'ailleurs, quand j'ai annoncé que je partais, plusieurs collègues sont venues me réconforter.

— Je ne suis pas surpris, tu vas leur manquer, affirma Ahmed. J'ai toujours remarqué que tu pouvais garder le sourire même quand ça allait mal. Tu es bonne et gentille, et ce sont là des qualités toujours appréciées au travail.

— En peu de temps, j'ai réussi à me lier d'amitié avec quelques religieuses. Certaines m'ont engagée à rester en contact avec elle. Je le ferai certainement. Bien sûr, tout n'était pas rose à l'hospice. J'aurais voulu avoir plus de responsabilités. Après tout, j'ai une formation d'infirmière et, à part quelques pansements, lavements, administration de divers médicaments et autres interventions de routine, je ne faisais que très peu de médecine, si l'on peut dire.

— Je comprends ta frustration, dit Ahmed. À Frobisher Bay, j'ai connu ce genre de déception. Souvent, j'en savais plus que mes patrons, mais chacun était limité aux fonctions qui lui étaient assignées.

— C'est ce que j'ai connu la première semaine. Quand ce vieux prêtre m'a agressée. C'était la honte pour moi. Je me sentais jugée par les religieuses, même si ce n'était sans doute pas le cas. Une infirmière renversée par un patient grabataire ! Mon Dieu, quel portrait lamentable. Quel manque de professionnalisme. D'autant plus que, tu te souviens, l'incident s'est soldé par un congé maladie.

— Ton métier est une véritable vocation pour toi, murmura Ahmed qui devinait l'émotion qui avait saisi sa compagne. Cet incident ne t'a pas empêchée d'apprécier ce que tu faisais auprès des patients, n'est-ce pas ?

— Je n'ai jamais considéré ce travail comme étant inférieur à ce que je faisais chez Moretti. Cependant, chez Moretti, mes responsabilités étaient plus importantes. À l'hospice, bien souvent, je vivais comme une simple préposée. Quant au salaire, il n'a rien de commun avec celui que je méritais dans ma compagnie. Avant, je gagnais deux fois plus que maintenant. Mais j'ai trouvé gratifiant de vivre auprès de personnes vulnérables. C'est ce qui va me manquer.

— Je suis certain que c'est valorisant de travailler auprès de personnes âgées, nota Ahmed. Je le comprends davantage depuis que j'ai revu ma mère. Elle était si fragile, son corps semblait se briser à chaque geste. Nous devons du respect à ceux qui nous ont précédés.

Ahmed ne voulut pas parler de l'héritage pendant ce repas d'amoureux. *Pas ce soir,* se disait-il. Il voyait bien que Geneviève était aux prises avec ses problèmes. La maladie de son ex-époux et son imminent congédiement occupaient toutes ses pensées.

— Geneviève, lui dit-il en caressant doucement sa main. Essaie de mettre de côté tes soucis. Nous sommes ensemble dans ce resto. Le repas est délicieux. Tout est passager.

Geneviève sourit à Ahmed, et son visage s'illumina. Elle leva son verre pour trinquer à leur amour, qui s'intensifiait au fil des jours.

Après le dessert, ils marchèrent jusqu'au logement de Geneviève. Ahmed lui mentionna qu'il y resterait jusqu'au lendemain soir.

— J'ai laissé mes valises à l'hôtel, j'irai les chercher juste avant de partir dans le Nord.

— Tu aurais pu les laisser chez moi, je te le redis, précisa l'infirmière. Cela ne m'aurait pas dérangée.

— Non. Je pars à cinq heures de l'hôtel. Un ami passera pour m'amener à Dorval. Si j'étais chez toi, je te réveillerais avant l'aube. Tu as besoin de repos.

— Mon chéri, nous avons la nuit pour nous aimer. Vivons l'instant présent, comme de jeunes mariés.

Elle éclata d'un rire franc, car elle était vraiment heureuse.

— Pendant ton absence, j'appellerai Madeleine pour savoir quand je pourrai voir Charles.

— Donne-moi des nouvelles de cette importante rencontre, demanda Ahmed. J'espère sincèrement que tout ira pour le mieux pour lui, pour ta fille et pour toi.

Geneviève prit entre ses bras le corps musclé de son amant. Elle posa sa tête sur son épaule.

— Je suis bien avec toi, Ahmed, avoua-t-elle. Une journée et demie avec toi, c'est trop peu. Quand donc finiras-tu par trouver un emploi ici ? As-tu essayé d'en trouver un ?

Ahmed n'aimait pas voir son amoureuse aussi plaintive. Il se détacha d'elle et s'assit sans un mot à la table de la cuisine. C'était un soir de pleine lune et Geneviève se dirigea à la fenêtre pour tirer doucement le rideau. Elle cachait mal ses émotions.

— Tu ne me parles pas de l'héritage, s'offusqua presque Ahmed, qui s'était renfrogné. À la place, tu me parles de trouver du travail comme un vulgaire chômeur. On dirait que tu ne veux pas savoir ce que m'a laissé mon père. Tu ne veux pas connaître la somme exacte dont je pourrais disposer ?

— C'est ton argent pas le mien, dit-elle en se retournant.

Elle était debout et sa silhouette se détachait dans ce décor de solitude. Elle reconnut qu'elle trouvait indiscret de poser à Ahmed des questions à ce sujet.

— Fais ce que tu veux de cet héritage, trancha-t-elle. Quand je t'ai connu, tu étais chômeur comme moi et je t'ai aimé dans cette condition-là. Tu as un emploi à Frobisher Bay et je n'ai jamais voulu savoir quel était ton salaire. Nous ne sommes pas mariés, nous n'avons pas mis notre argent en commun.

Le sourire d'Ahmed l'apaisa. Il lui tendit les bras pour qu'elle se blottisse contre lui.

— Ma chérie, j'apprécie tes paroles. Je ne dirai pas tout de suite le montant exact, car je dois en donner une partie à ma famille. Mais je peux te dire que mon père a laissé une fortune. Très grosse. Il a fait de bonnes affaires, car il était fin renard.

Geneviève ne disait rien. Puis, après avoir poussé un soupir, elle affirma :

— Je suis heureuse que tu puisses profiter de l'argent d'un père qui t'a abandonné. C'est un cadeau que la vie te fait. Le destin tourne bien pour toi. Il arrive que l'argent soit une pomme de discorde dans un couple. Quand j'ai épousé Charles, certaines personnes de ma famille me conseillaient de ne pas m'engager avec lui. J'étais infirmière, lui, vendeur d'automobiles. De mauvaises langues parlaient d'un fossé social entre nous. Il est vrai que je gagnais un bon salaire au début. Mais Charles était ambitieux. Il travaillait six jours par semaine. Le dimanche, il rapportait à la maison des dossiers qu'il traitait sans relâche. Au bout du compte, il a fini par avoir le double de mon salaire. Il est devenu premier vendeur de son concessionnaire. Il lui arrivait même de représenter le pays lors de voyages aux États-Unis. Malheureusement…

— Quoi ? interrogea Ahmed. Finis ta phrase. Que veux-tu dire ?

— Malheureusement, il était joueur. Il avait ce vice. Il a touché des sommes considérables, mais il en a perdu tout autant.

— Je ne le savais pas, tu ne m'avais rien dit de tout cela, Geneviève. Je ne savais pas que Charles était un joueur compulsif.

Il raconta qu'à Frobisher Bay, plusieurs de ses collègues de travail étaient eux aussi victimes de ce penchant destructeur.

— Quand ils reçoivent leur paye, ils vont dans des clubs où il y a des salles de jeux clandestines. Tout le monde le sait que ça existe et on ne veut rien faire pour changer cette déplorable situation. En fait, la plupart nient qu'ils ont un problème.

— C'est ce qu'a toujours fait Charles.

— C'est une maladie, affirma l'ingénieur. Un joueur est un menteur qui se raconte ses propres histoires pour ne pas affronter ses démons.

— Charles en était venu à me voler de l'argent en fouillant dans mon sac, dit Geneviève en se levant.

Elle se revoyait, alors qu'elle vivait des moments aussi humiliants.

— Et pourtant, le jeu est illégal.

— Oui, reconnut l'infirmière. Mais il y a plein de tripots au centre-ville, où l'on gage à qui mieux mieux. Charles jouait, en plus d'avoir des problèmes de consommation d'alcool. C'était un gros buveur de bière. Je ne suis pas surprise qu'il se retrouve malade. Un temps, j'ai pensé qu'il avait été une victime de la brasserie Dow.

Au printemps, les journaux, la radio et la télévision avaient fait grand état de la mort suspecte d'une vingtaine de personnes qui étaient décédées à la suite de leur consommation de cette marque de bière.

— Mais je me trompais, puisque ce n'était pas ce que buvait Charles. Quant à moi, je n'ai jamais aimé le goût de la bière. Mon mari a mené une vie débridée. Mais il ne mérite pas de mourir si jeune. Il a tout de même une fille…

Ahmed se leva et serra la taille de Geneviève.

— Je pars demain, lança-t-il. Pour donner ma démission.

— Quoi ? s'étonna Geneviève. Tu as trouvé un autre emploi ?

— Ce que mon père m'a laissé me permet de vivre sans souci, d'être indépendant de fortune. J'ai assez d'argent pour mettre un terme au contrat que j'avais et qui devait de toute façon être renouvelé bientôt. Finis les horaires brisés, je peux désormais rester près de toi. Nous pourrons faire ensemble des projets.

Geneviève ne pouvait pas croire les mots de son amoureux.

— Ahmed, mon chéri, s'écria-t-elle, la voix chevrotante. Je n'arrive pas à croire que nous sommes enfin réunis. Si c'est bien ce que tu veux, si tu crois que c'est pour le mieux, j'approuve ta décision. Je ne te l'aurais jamais demandé. C'est le destin qui fait en sorte que tu n'auras plus à t'éloigner de moi.

Ahmed prit le visage de Geneviève entre ses mains. Elle ne cachait pas ses larmes de joie.

— Mon amour, tu pourras toi aussi cesser de travailler. Je peux désormais te faire vivre.

Elle se détacha vivement de lui. Elle recula en faisant non d'un signe de la tête.

— Jamais, Ahmed, tu m'entends ? lança-t-elle, farouche. Je n'ai jamais voulu que Charles me fasse vivre, c'est une expression que je n'aime pas et qui ne me convient pas. J'ai étudié pour travailler. Dès que j'ai eu un diplôme, j'ai trouvé un emploi. Je serais encore chez Moretti si on n'en avait pas décidé autrement. Tu sais que nous n'avons jamais eu ce type de relation. Récemment, j'ai eu des difficultés à boucler mes fins de mois. Le propriétaire est venu me réclamer mon loyer, qui était en retard pour la première fois.

— Mais tu aurais pu me demander que je t'aide! s'exclama Ahmed.

— Cela n'a jamais été mon intention. Je t'aime, mais je reste une femme indépendante.

Même s'il se montrait agacé par les paroles de Geneviève, Ahmed ressentait de l'admiration pour cette infirmière déterminée. Il aimait sa force, sa fierté et son courage.

— Je retourne accomplir mes derniers jours à l'hospice, dit-elle fermement. Après, je trouverai bien quelque chose. J'ai toujours su me débrouiller. Je suis une enfant unique. Très jeune, j'ai appris à ne compter que sur mes propres moyens. J'ai eu comme modèle ma mère qui a toujours travaillé. C'était une femme d'une autre époque et, pourtant, elle m'a toujours montré que je pouvais me débrouiller dans la vie. Je suis capable de faire face aux épreuves qui ne m'ont jamais abattue jusqu'à ce jour. Ma famille n'était pas aisée. Mes parents travaillaient fort, ils ont toujours cru que je devais posséder des diplômes. Pour eux, l'éducation était le meilleur bagage qui soit pour avancer. Quand ça va mal, je pense à eux, à leurs efforts, et cela me donne confiance. Garde ton argent pour toi. Je suis heureuse de voir que tu n'auras plus à faire l'aller-retour pour gagner un salaire.

Ahmed l'écoutait et n'avait pas envie de lui répliquer. Il se préparait à partir pour l'Arctique et il ne voulait pas quitter sa bien-aimée sur des paroles négatives. Cependant, il lui dit que le temps finirait bien par lui donner raison. Le temps, aussi, l'aiderait à nuancer ses propos qui, pour le moment, étaient aussi vifs et tranchants qu'une lame de couteau.

— Geneviève, calme-toi, réclama-t-il. Je veux te voir sourire avant de te quitter.

Geneviève regretta de s'être montrée dure. N'y tenant plus, elle se jeta dans ses bras.

— Mon chéri, maintenant que je sais que c'est ton dernier séjour là-bas, je suis sincèrement heureuse. Cela me suffit. Nous serons ensemble plus souvent. Ta décision me soulage tellement.

Ils s'embrassèrent longuement.

— Je serai de retour dans quinze jours, tout au plus, lui promit Ahmed.

42

Les derniers jours à l'hospice furent pénibles pour Geneviève. Elle réussissait à peine à cacher son chagrin. Il lui semblait que son idéal s'effondrait. Aurait-elle le courage de recommencer à faire des recherches pour trouver un énième nouvel emploi ? La chance qu'elle avait eue de revenir à ses premières amours se présenterait-elle à nouveau ? Son âge le lui interdirait-il ? Après ce passage professionnel dans cet hospice, Geneviève savait maintenant qu'elle aimait être une femme au service des autres. Elle se disait qu'elle repartirait d'ici avec toutes ces histoires de vie qu'on lui avait confiées, et qu'elle puiserait dans le courage de ses aînées la force d'avancer. Elle appréciait cette qualité qu'elle avait de vouloir être utile aux autres. Geneviève se disait parfois que, si elle était née à une autre époque, elle aurait pu avoir une ribambelle d'enfants, même si cela lui paraissait une idée farfelue. *Un jour,* se souvint-elle, *Madeleine m'a dit qu'elle aurait bien aimé avoir un frère ou une sœur.* Geneviève, qui avait vécu tant de moments pénibles avec Charles, avait répondu sans trop réfléchir : « Ton père et moi, nous avions du mal à nous entendre, comment veux-tu que nous ayons pu penser à fonder une famille ! » Immédiatement, elle avait regretté cette confidence, car sa fille n'avait pas à connaître ses problèmes de couple et en être accablée. Aujourd'hui, Geneviève était sûre que son travail d'infirmière avait comblé son besoin de prendre soin des autres. Ne plus revenir à l'hospice, c'était comme un cadeau qu'on venait de lui enlever. Que deviendrait-elle ?

— Geneviève !

La voix de sœur Raymonde, sa superviseure, la fit sortir de sa rêverie.

— Il vous reste encore quelques jours ici, garde Boivin, ne perdez pas votre temps. Il y a tout l'étage à s'occuper.

Elle se dirigea prestement à la chambre 404, où l'attendait une patiente à qui elle devait donner à manger, pour aider les sœurs au moment de la restauration. Cette patiente, constata-t-elle, avait un mal de gorge intense. Geneviève retourna à l'infirmerie, prit du sirop et en donna une bonne cuillérée à la vieille religieuse malade, qui en fut aussitôt soulagée.

Le soir, quand elle revint dans son appartement, Geneviève reconnut qu'elle était courbaturée et fatiguée. Ce dernier effort qu'elle devait fournir lui paraissait encore plus exigeant et vain. À quoi lui servirait-il d'être parfaite, puisque la porte lui était montrée comme si elle avait fait preuve d'incompétence ? Elle rumina ces sombres pensées un instant, puis en fut tirée lorsque le téléphone sonna. C'était Madeleine.

— Cela fait trois fois que je t'appelle, lui lança sa fille, sans ménagement.

— Mais tu sais bien que je travaille et que je n'arrive pas à la maison avant sept heures ! se défendit Geneviève.

— Tu m'as dit que tu désirais voir papa. Est-ce que cela tient toujours ?

— Bien sûr, confirma Geneviève.

— Il est à l'hôpital Notre-Dame, déclara Madeleine. Il y est entré d'urgence hier soir.

Le cœur de l'infirmière se serra. C'était donc vrai. Charles était réellement au crépuscule de sa vie. Pendant un temps, elle avait cru que sa fille avait inventé une maladie incurable pour tenter de rapprocher ses parents.

— Comment va-t-il ? murmura-t-elle, en sachant cette question inutile.

— Mal. Je ne te cacherai pas la vérité. Il pourra te recevoir, mais pas très longtemps. Il m'a dit néanmoins qu'il serait heureux de te revoir.

— Ah, c'est bien, souffla Geneviève.

— Est-ce que tu souhaites que j'y aille avec toi ? demanda Madeleine, toujours sur un ton dénué de toute sentimentalité.

— Non, je préfère être seule avec lui, décréta Geneviève.

— Les heures de visite sont dans l'après-midi et en début de soirée, précisa la jeune femme. J'imagine que tu choisiras cette case horaire. Demain, peut-être ?

— Oui, approuva Geneviève. À quelle heure ?

— Dès sept heures jusqu'à neuf heures. Je vais l'avertir que tu viendras le voir. Ce sera mieux que si tu lui faisais une surprise.

— Merci, Madeleine. Et toi, comment vas-tu ?

La jeune femme lui raconta qu'après son voyage, elle avait repris son travail à l'ONF et que le projet du film avec Michel Brault allait bon train.

— L'équipe part en repérage dans le Bas-Saint-Laurent, et il est possible que j'y aille moi aussi. Je compte soumettre mon propre projet de film prochainement.

Geneviève n'avait jamais entendu sa fille parler de façon aussi enthousiaste, cela l'enchantait de voir Madeleine heureuse. Toutefois, elle n'osa pas lui demander si son cœur battait pour quelqu'un quand sa fille lui lança :

— Et toi, comment vont tes amours ?

Geneviève éprouva un sentiment de gêne, puis tenta de le surmonter :

— Ahmed va très bien, balbutia-t-elle. Il doit quitter Frobisher Bay.

— Il sera chômeur ? répliqua Madeleine.

— Non ! s'écria Geneviève. Je ne suis pas inquiète, il trouvera bien un autre emploi.

L'infirmière ne voulut surtout pas parler de l'héritage auquel avait droit son amoureux. Il était inutile de dévoiler à sa fille ce que l'avenir leur réservait peut-être.

— Ahmed est débrouillard, on parle de l'Exposition universelle qui aura lieu dans quelques mois, il y aura plusieurs postes qui s'ouvriront.

— Toi aussi, tu pourras avoir ta chance, lui affirma Madeleine. Je te verrais bien hôtesse dans un pavillon.

— Allons, ma fille ! s'insurgea Geneviève. Sois sérieuse ! Tu sembles oublier que j'ai quarante-six ans. Je parle un peu l'anglais, mais je suis loin d'être polyglotte. Si j'avais ton âge, je me lancerais dans cette aventure qui sera sans doute des plus exaltantes.

— J'ai tellement hâte au mois d'avril 1967, enchaîna Madeleine. Le monde entier sera chez nous. On n'a jamais vu ça. Il est possible, en effet, que je tente de devenir hôtesse pendant quelques jours au pavillon de l'ONF.

— Madeleine, tu serais parfaite pour accueillir les visiteurs. J'ai pris note des heures de visite pour aller voir Charles. Donne-moi son numéro de chambre.

— 608, répondit Madeleine, radoucie. Merci, maman, d'accepter de lui rendre visite. Je croyais que tu aurais refusé. Cela me fait du bien de vous savoir ensemble. Une dernière fois.

Elle prononça ces derniers mots la gorge nouée.

Geneviève en fut attristée.

— Comment as-tu pu penser que j'aurais refusé de voir ton père ? s'enquit-elle. Nous nous sommes aimés, cela ne s'oublie pas. On n'efface pas dix années d'une vie.

Elle s'éloigna du téléphone, car elle ne voulait pas que sa fille l'entende pleurer. Elle essuya ses larmes et se reprit :

— Je te donnerai des nouvelles après ma visite. Merci, ma grande. À bientôt.

Lorsque Geneviève se rendit à l'hôpital, elle entra résolument dans la bâtisse et se dirigea vers l'ascenseur après avoir donné son nom à la préposée. Au sixième étage, elle trouva la porte de la chambre 608 entrouverte. Trois patients étaient alités, et Charles, bien changé, se trouvait à gauche. Ses yeux étaient mi-clos. Il tourna la tête.

— Geneviève, dit-il, avec un sourire triste qui illumina son visage creusé par la maladie. C'est toi ?

Elle prit une chaise qu'elle avança près du lit. Elle ne reconnaissait plus l'homme qu'elle avait tant aimé et qui était le père de son enfant. Lui, si fier, était à présent un corps maigre que les draps blancs ne dissimulaient qu'à peine. Geneviève saisit la main de Charles. Elle fut frappée, car celle-ci était froide, comme sans vie. Elle ne savait pas quoi dire tant l'émotion de le revoir dans des circonstances aussi dramatiques était forte. Elle voulait encourager celui qui avait été son mari, mais elle ne le pouvait pas, car il était mal en point et les mots étaient superflus.

— Geneviève, ma belle Geneviève, je voulais te voir avant de mourir.

— Ne dis pas cela. Tu es ici pour que l'on te soigne.

La poitrine de l'homme se souleva. Il prit une respiration et dit d'une traite :

— Ne me parle pas comme si j'étais un enfant à qui l'on cache la vérité.

Il avait l'air fâché et n'avait rien perdu de son indignation. Elle se rappela quand Charles avait été l'un des premiers dans la famille à ne plus aller à la messe, ce qui était considéré comme un sacrilège. Geneviève n'avait pas approuvé son choix, mais elle savait qu'il n'était pas un homme à qui on peut faire changer d'idée.

— Je sais, poursuivit-il, qu'il me reste peu de temps à vivre.

Comme il essayait de se relever, elle ajusta ses oreillers sous son dos.

— J'ai soif, dit-il.

Geneviève se leva pour aller lui chercher un verre d'eau. À son retour, elle le retrouva assis bien droit dans le lit. Il regardait par la petite fenêtre, le ciel était traversé de nuages gris.

— Merci. Je suis content que tu sois venue. Je veux faire la paix avec mon passé.

— Tu n'as rien à te reprocher.

Il haussa les épaules. Geneviève essayait de trouver les bons mots.

— Si tu le dis, murmura-t-il. Je n'ai pas voulu te revoir pour me confesser. Nous avons chacun nos torts. Je reconnais les miens. Je ne suis pas un ange.

Geneviève lui sourit tendrement. Elle n'avait pas oublié les chagrins qu'il lui avait infligés, mais comment lui en vouloir ? Il lui semblait si fragile maintenant.

— J'aimais la vie, commença-t-il. Je l'ai consommée par les deux bouts de la chandelle. Je n'ai pas de regrets. Le jeu était ma passion. Je suis entier, c'est pour cela que tu m'as aimé, n'est-ce pas ?

L'infirmière baissa les yeux comme une jeune fille timide. Tant de souvenirs lui revenaient en tête. Ils s'étaient connus dans leur tendre jeunesse, il y a de cela tant d'années.

— Tu te rappelles quand papa voulait que tu travailles à la mercerie ? demanda-t-elle tout bas.

— Je l'ai fait pendant un été. Je préférais vendre des autos ! J'ai pu m'acheter ma belle Studebaker rouge avec laquelle on est allés, avec la petite, à Plattsburgh. Ton père était un homme de cœur. Il est étrange qu'il soit mort dans un accident d'auto, lui qui aimait moins la vitesse que moi. Je me suis senti coupable, car c'était moi qui lui avais vendu sa Chevrolet.

Geneviève hocha piteusement la tête.

— Il était imprudent, précisa-t-elle. Papa et maman t'aimaient beaucoup. Quand j'ai parlé de toi la première fois, ils m'ont dit que tu étais un bon garçon.

— Un peu *bad boy* sur les bords, ajouta Charles en parvenant à rigoler. Tu étais si belle quand je te voyais à l'église. Tu portais toujours des robes différentes.

— C'est maman qui me les confectionnait, se souvint Geneviève. Elle allait acheter ses patrons chez Dupuis Frères. C'était une habile couturière, un don que je n'ai pas, malheureusement.

Charles ferma les paupières un instant. Il avait le souffle court. On sentait qu'il voulait dire beaucoup de choses.

— Tu te souviens de notre baiser ? demanda-t-il. Tu tremblais comme une feuille entre mes bras. Je faisais le fanfaron, mais j'étais pas mal énervé moi aussi.

Geneviève rougit. Elle n'avait jamais vu Charles aussi romantique. Elle comprit qu'il voulait se rappeler des instants de bonheur qui étaient comme des lumières dans ce qui s'avérait la fin de sa vie.

— Bien sûr, bien sûr, admit-elle. J'étais si maladroite.

— Tu étais si jeune et si naïve, précisa Charles avec indulgence.

— Les seuls baisers que j'avais vus étaient ceux dans les films que j'allais voir à l'Impérial. Quand j'ai vu *L'adieu aux armes*, je rêvais moi aussi qu'un beau soldat m'embrasse comme Gary Cooper. Cet amoureux, c'était toi. Tu seras à jamais le premier homme que j'ai aimé, Charles. Je souhaite tant que tu guérisses.

— Ne dis pas de sottises, souffla-t-il difficilement. Tu vois bien dans quel état je suis ! Il n'y a plus rien à faire. Je suis résigné. J'accepte ma mort. J'ai même accepté qu'un prêtre vienne me voir, moi, le mécréant !

Geneviève s'approcha de Charles et l'embrassa sur le front. L'infirmière de l'étage entra dans la chambre pour lui signifier qu'elle devait bientôt partir.

— Votre époux a besoin de sommeil, déclara la garde. Vous pourrez toujours revenir.

Elle disait ces paroles sans conviction, car elle savait que les jours de Charles étaient comptés.

— Bien sûr, répondit Geneviève, qui sortit de la chambre sans faire de bruit, puisque les deux autres patients somnolaient.

Elle avait les yeux embués, contente d'être venue et aussi triste de voir dans quel état se trouvait son ex-mari. Quand l'infirmière avait mentionné le mot «époux», elle avait eu un moment d'émotion. Charles serait à jamais dans son cœur, quoi qu'il ait fait. Les beaux souvenirs qu'ils avaient partagés l'accompagneraient jusqu'à sa propre mort.

Le lendemain était également marqué au sceau du deuil, car c'était sa dernière journée de travail à l'hospice. Geneviève salua ses collègues. Sœur Raymonde s'avança avec une boîte emballée d'un ruban rose.

— Un cadeau! s'exclama Geneviève. Mais il ne le fallait pas.

— C'est juste une petite pensée, précisa la religieuse. Vous avez été avec nous pendant quelques semaines et nous avons toujours été contents de travailler avec vous. Votre beau sourire. Votre bonne humeur. Votre gentillesse. On a apprécié votre présence parmi nous.

— Merci, merci, balbutia Geneviève, qui ouvrit la boîte de chocolats qu'on lui avait donnée. Cela me fait chaud au cœur. Il faudra à présent que je cherche un autre emploi et je doute de trouver d'aussi aimables personnes autour de moi.

Sœur Raymonde la regarda avec bienveillance et affirma :

— Ne vous faites pas de souci, garde Boivin. Vous finirez par obtenir un autre emploi. Vous êtes persévérante et débrouillarde. N'oubliez pas ! Certes, c'est loin, mais il y aura l'Expo 67. Et beaucoup de postes à pourvoir dans le but de préparer cet événement.

L'époque était effervescente, c'était vrai, et le climat était à la fête. Geneviève eut un court instant de joie, il lui sembla que l'attitude de ses collègues à son égard allait lui être utile. Elle accomplit sa journée comme si de rien n'était et elle prit le temps d'aller voir chacune des patientes pour les saluer personnellement.

— Je souhaite vous revoir bientôt, disait-elle, sans trop y croire.

L'une d'elles, sœur Graziella, se retint de ne pas pleurer.

— Je vous attendais, garde Boivin. Chaque fois que je savais que vous viendriez dans ma chambre, j'étais ravie. Je pouvais enfin parler de ma vie, de ceux que j'ai aimés, de Marcelo, que je n'oublie pas. Tant de souvenirs qui scandaliseraient mes collègues religieuses !

Cela faisait du bien à Geneviève d'entendre ces témoignages d'amitié. Elle savait depuis le début que ce travail à l'hospice allait lui apporter davantage qu'un salaire. Aujourd'hui, elle partait avec le regret de quitter des êtres humains auxquels elle restait attachée.

À la fin du quart de travail, elle se dirigea au bureau de sœur Anselme. Une assistante lui demanda de signer plusieurs formulaires. Le tout confirmait son départ imminent de l'hospice. Un autre chapitre de sa vie s'annonçait.

C'était la première vraie journée où il faisait moins froid. Sous un imperméable, Geneviève ne portait qu'un cardigan de laine et des chaussures à talons plats. Elle prit une grande respiration au moment où elle franchit la porte de l'hospice. Elle préféra marcher plutôt que d'aller à l'arrêt d'autobus, si bien qu'elle fit un plus long détour pour aller rendre visite à John à la boulangerie. Elle avait envie de s'acheter une petite gâterie, pour se consoler et se faire plaisir.

— Bonjour, lui dit, tout sourire, l'homme qui la reconnut. Madame Cinéma ! Comme vous êtes belle tout de rose vêtue. Ça sent le printemps.

— Merci, dit Geneviève, qui sentit ses joues s'empourprer. Qu'avez-vous à offrir aujourd'hui ? Je vois de beaux petits gâteaux aux fraises. À quel prix ?

— Cinquante cents l'unité, répondit le boulanger.

— J'en prends deux pour apporter. Je vois que vous avez des croissants, ce qui est rare.

John émit un rire heureux.

— C'est la nouvelle mode, précisa-t-il. On renouvelle nos produits. Vous comprenez, même si c'est dans longtemps, cette exposition universelle va attirer une nouvelle clientèle, des gens qui voyagent, qui viennent du monde entier. Pourquoi croyez-vous qu'en 1966, nous aurons un métro à Montréal ! Pour cet événement, bien sûr !

Geneviève avait remarqué que la pancarte « À vendre » était toujours plantée devant l'immeuble.

— Vous n'avez donc pas vendu ? demanda-t-elle.

— Non, comme vous pouvez le constater. Mais ce n'est pas moi, le propriétaire. Je suis un simple employé, comme je vous l'ai déjà dit. Je crains de perdre mon emploi quand la transaction sera faite.

— Comme moi ! s'écria l'infirmière. Je viens de terminer ma dernière journée de travail à l'hospice. Tôt ou tard, les religieuses vont s'en aller.

— On va démolir l'immeuble ? demanda l'homme.

— Je ne crois pas, répliqua Geneviève. Une entreprise privée ayant des liens avec le gouvernement a acheté la bâtisse. Ce ne sera plus comme avant. Apparemment, cela va rester un hospice, mais il y aura mixité des patients. On prévoit que, dans vingt ans, il y aura de plus en plus de ce genre d'hospices. Quelqu'un a parlé de centres d'accueil, on les désignerait ainsi.

— Et de moins en moins de religieuses, comme vous dites, rétorqua l'homme.

Tandis que Geneviève payait ses gâteaux, John lui dit, comme s'il se confiait à lui-même :

— Si j'avais de l'argent, moi, cette boulangerie, je l'achèterais ! Et je vous engagerais, chère madame.

— Vous êtes bien aimable, déclara Geneviève dans une cascade de rires. En effet, ce serait un emploi qui me plairait bien.

Elle partit en mentionnant au boulanger qu'il était possible qu'elle revienne le voir, mais plus aussi souvent qu'avant, son logement n'étant pas à la porte de la boulangerie.

— Cela me fera plaisir de vous revoir, affirma John. À bientôt !

43

Il ne restait qu'une semaine avant le retour définitif d'Ahmed à Montréal. Cette joyeuse perspective apaisait Geneviève. *Enfin, je n'aurai plus à l'attendre. Une autre vie s'annonce pour nous*, pensait-elle avec délice. Toutefois, elle s'arrêta bientôt de rêver. Elle avait reçu son dernier chèque de paye et une maigre compensation pour la perte de son emploi. *Lui, il a sa fortune. Moi, je dois me débrouiller pour trouver au plus vite du boulot.*

Elle s'étonna de cette pensée qui lui avait traversé l'esprit. Se pouvait-il qu'elle commence à craindre pour son couple ? Qu'elle envie secrètement la situation financière de son amoureux ? Était-il possible que l'Algérien la délaisse parce que, pécuniairement, elle accusait un retard sur lui ? Certes, il lui avait affirmé vouloir la faire vivre… Mais accepterait-elle de perdre son indépendance ? Sa compagne routinière depuis si longtemps ?

Qu'arrivera-t-il si je ne peux pas payer mon loyer ? Et puis, s'il veut aller au restaurant, je ne pourrai pas le suivre. Pas question qu'il paye mes repas. On devra mettre une croix sur nos petites sorties.

Elle se braquait avec ses seules pensées. Elle comprit qu'il lui faudrait s'adapter à un nouveau style de vie.

Le téléphone sonna. Geneviève ne voulut pas répondre puis, au bout de quelques secondes, elle prit l'appel. C'était Madeleine. Elle invitait sa mère à l'accompagner au théâtre.

— J'ai deux billets pour une pièce de Molière, jouée par les Compagnons de Saint-Laurent, au Gesù.

— Je ne sais pas, bredouilla Geneviève.

— Viens, ça me ferait tellement plaisir et ça te changerait les idées, répondit Madeleine. Ça devrait t'intéresser.

Geneviève hésitait. Elle se sentait tellement déprimée. Son monde venait de s'écrouler et elle s'interrogeait avec inquiétude sur la suite des choses, en dépit des affirmations d'Ahmed. Elle comprenait que sa confiance en elle et en la vie était très affectée.

— Bon, oui, approuva-t-elle finalement, car elle ne voulait pas décevoir sa fille. Ça nous fera passer une belle soirée toutes les deux, je suis contente. Viens à la maison et nous partirons ensemble.

Le temps était doux et les gens marchaient d'un pas tranquille sur la rue Sainte-Catherine. En entrant dans la salle de théâtre, mère et fille remarquèrent qu'elle se remplissait peu à peu d'un public fervent.

— Et toi, Madeleine, demanda sa mère, comment vont tes projets à l'ONF ?

— Je suis toujours de l'équipe de Brault, mais je ne ferai pas le voyage avec le groupe. J'ai soumis le scénario pour mon film, il en est à la deuxième lecture. L'histoire porte sur les filles du Roy. Je veux expliquer que, contrairement à la croyance populaire, celles-ci n'étaient pas forcément des prostituées. Je veux leur rendre hommage. Je croise les doigts.

Lorsque Madeleine se tut, les trois coups résonnèrent et le rideau se leva. Les lumières s'éteignirent et le silence se fit dans le théâtre.

— Bonne soirée, maman, chuchota Madeleine.

— À toi aussi.

À la fin du spectacle, les deux femmes allèrent à la Crêpe bretonne, rue de la Montagne. Elles avaient apprécié le spectacle et surtout le jeu des acteurs.

— Je suis allée voir ton père, commença Geneviève, qui commanda une crêpe sucrée aux fraises et à la crème, avec un café.

— Je sais, confirma Madeleine.

Geneviève n'osait pas dire qu'elle avait trouvé Charles très malade. Maintenant, elle savait qu'elle ne le reverrait plus.

— Et Ahmed ? demanda Madeleine. Tu comptes vivre avec lui ?

La question abrupte de sa fille surprit Geneviève. C'était comme si elle faisait une simple équation entre la mort prochaine de son père et un mariage précipité de sa mère.

— Je ne sais pas, balbutia-t-elle. Nous n'en avons jamais parlé. Ce qui compte pour moi, c'est me décrocher un nouvel emploi. Le temps presse, la fin du mois arrive inexorablement très vite. Je me retrouve sans argent, tandis que lui…

Elle s'aperçut qu'il était temps qu'elle dise que son amoureux avait hérité de son père.

— Écoute, je vais te confier quelque chose, ma fille. Ahmed va hériter d'une grosse fortune. Son père lui a laissé un héritage, inattendu. C'est la raison pour laquelle il est parti pendant un temps en Algérie. Cela lui permettra de ne plus aller à Frobisher Bay. Il sera indépendant financièrement.

Elle confia aussi à sa fille qu'il lui avait proposé de la faire vivre.

— Le mot est choquant, avoua Madeleine. On n'est plus au début du siècle. Les femmes font de gros efforts pour s'émanciper, je comprends tes réticences. D'un autre côté, s'il t'offre de t'aider, je ne vois pas comment tu peux refuser. Ce n'est pas de ta faute si tu perds tes emplois. Tu es prise dans un engrenage dont tu peines à te sortir. Dans un couple, il arrive que l'un des deux traverse une mauvaise passe. L'autre est là pour le soutenir. On est deux pour le meilleur et pour le pire, non ?

Madeleine ajouta que sa crêpe au jambon-fromage était délicieuse.

— Je venais souvent ici quand j'étais avec Alex, déclara-t-elle.

Geneviève remarqua que sa fille évoquait sans hargne ni amertume le souvenir de son ancien compagnon. Par ailleurs, elle appréciait ses conseils à l'égard de sa relation avec l'Algérien.

— Tu as raison, approuva-t-elle. Ahmed comprend que je veux m'en sortir, il cherche à m'épauler. C'est juste pour un certain temps.

— Tu n'es pas une femme qui va rester longtemps à ne rien faire, affirma Madeleine. Accepte ce qu'il veut t'offrir. Il le fait certainement de tout cœur.

Les deux femmes s'accordèrent pour dire que des jours meilleurs allaient venir. Tout n'était pas si sombre, Geneviève devait avoir confiance en sa bonne étoile.

Au retour d'Ahmed, elle profita pleinement de la joie de revoir son amoureux. Puis elle reprit son petit train-train et consulta l'assistante sociale qui accueillait les chômeurs dans une grande pièce du presbytère, rue Masson.

Dès le premier jour, Geneviève fut décontenancée par ce que lui apprit la femme.

— Je vais bientôt travailler dans un bureau officiellement, dit-elle, car de plus en plus ce sera le gouvernement qui prendra en charge les chômeurs.

Geneviève fronça les sourcils.

— Il s'agit du même problème qui m'a fait perdre mon poste d'infirmière ! s'écria-t-elle. Les religieuses ont vendu l'immeuble de l'hospice et il y a toute une restructuration des charges des employées. Ce seront des laïques qui prendront la relève des sœurs, souligna Geneviève d'un air songeur. Jusqu'à les éliminer de la carte ! ajouta-t-elle, avec un sentiment de détresse.

Rollande Jasmin, sociable, approuva de la tête et précisa :

— Il y aura de plus en plus de débouchés dans le domaine des services sociaux, vous aurez une chance de trouver un emploi, madame Boivin.

— Oh, intervint Geneviève, je ne me fais pas trop d'illusions à ce sujet. On m'a dit qu'on engagerait plutôt des jeunes, une nouvelle génération qui va sortir avec des diplômes de ces nouvelles écoles… Comment les appelle-t-on, déjà ?

— Les cégeps ? proposa l'assistante.

— Oui, je crois que c'est le nom. On veut des employés avec une autre formation que celle que j'ai reçue chez les Hospitalières.

— Jamais l'expression « les temps changent » ne m'a semblé si juste, lança l'assistante.

— Pour moi, tout change à chaque instant, reconnut Geneviève. Je sais que j'ai le talent et surtout les qualités humaines pour continuer d'exercer en qualité d'infirmière. Cependant, les congédiements que j'ai subis les uns à la suite des autres m'ont montré que je suis polyvalente : j'ai été vendeuse, j'ai fait de la figuration, je suis infirmière diplômée. Je peux me relever des obstacles de la vie. Mais j'ai besoin et surtout envie de stabilité.

— Nous ferons notre possible, madame Boivin, assura Rollande Jasmin. Nous vous aiderons à trouver un emploi qui vous convient. Et que vous garderez !

Les deux femmes passèrent une partie de l'après-midi à consulter des listes que l'assistante avait colligées. Geneviève quitta néanmoins le bureau sans vraiment avoir trouvé quelque chose d'intéressant.

— Revenez, insista l'assistante, ne vous laissez pas aller au découragement.

La femme lui serra la main. Geneviève repartit, dépitée et le cœur gros. Allait-elle encore recommencer le cirque des échecs ? Heureusement, quand elle rentra à son logement, Ahmed l'attendait.

— Comment s'est passée ta journée ? s'enquit-il en fronçant les sourcils.

— Rien ! jeta Geneviève. Je suis déprimée.

— Ne fais pas cette tête-là ! Je vais nous préparer un bon repas. Tu n'es pas seule, ma chérie.

Il l'embrassa avant d'aller voir ce qu'il y avait dans le réfrigérateur. Il ne restait pas grand-chose, Geneviève n'ayant pas fait de courses depuis une semaine.

— Tu devras faire preuve d'imagination, mon amour, dit-elle en s'assoyant à la table de la cuisine.

Elle soupira. La dernière de ses envies était de se mettre aux chaudrons.

— Pas d'inquiétude, affirma l'Algérien. À la maison, c'est moi qui inventais des recettes à partir de ce qu'il y avait et, crois-moi, nous étions loin d'être riches.

— J'aurais aimé que l'on ait encore de ces délicieux petits gâteaux, tu sais ceux que j'achetais à la boulangerie, près de l'hospice.

— Oui, reconnut Ahmed, ils sont succulents, ceux aux fraises particulièrement.

— Est-ce que je t'ai dit que cette boulangerie était à vendre ?

— Non.

— Cela fait des mois qu'une affiche est plantée devant la façade. Franchement, avoir les moyens, j'aurais envie de l'acheter, exprima Geneviève.

Ahmed, qui avait entrepris de faire cuire des pommes de terre et des carottes, s'arrêta net et se retourna.

— Mais de l'argent, nous en avons ! s'écria-t-il.

— Ne plaisante pas ! intervint Geneviève.

— Je ne ris pas du tout, ma chérie. Et si on l'achetait, cette boulangerie ?

Le visage de Geneviève s'illumina. Le film d'un avenir possible et agréable défila à toute vitesse dans son esprit.

— Tu n'es pas sérieux ?

Elle était sous le choc. Elle n'avait jamais pensé à cette possibilité. La petite entreprise privée. L'indépendance.

— Ce serait une bonne façon de faire fructifier l'argent que j'ai, décréta Ahmed.

— Mais nous n'avons aucune expérience en ce domaine. Tu es ingénieur ! Je suis infirmière !

Elle éclata de rire.

— Geneviève, argua Ahmed, depuis quand devons-nous attendre d'avoir de l'expérience pour avoir un travail ? On pourrait demander de l'aide, le propriétaire nous donnerait des conseils. On pourrait garder John. Ce serait une belle aventure que nous ferions ensemble. Une aventure à nous. En travaillant dans cette boulangerie, tu n'aurais pas l'impression que tu ne fais rien. Tu serais mon employée. Tu gagnerais ton salaire de façon équitable. Cela te plairait-il ?

Ahmed servit la fricassée bien chaude avec des restes de jambon. À table, les deux continuèrent à peser le pour et le contre d'une telle décision.

— C'est très alléchant, mais un gros pensez-y-bien, souligna Geneviève, qui se montrait toujours aussi craintive. Tu sais combien je suis angoissée à l'idée de faire un choix, surtout quand il s'agit d'argent.

— C'est mon argent, rappela Ahmed. C'est moi qui prends des risques. Je ne suis pas assez fou pour nous embarquer dans un bateau qui prend l'eau. Avant d'acheter, on étudiera à fond tous les livres de comptabilité. Cette boulangerie me semble fort bien située, n'est-ce pas ?

— Oui, sur l'avenue du Mont-Royal, qui ne cesse de se développer plus à l'est. John, l'employé que j'ai connu quand j'ai fait de la figuration, m'a mentionné que l'avenir s'annonçait pas mal bon. Sachant qu'il y aura un hospice quasi gouvernemental tout près, on peut s'attendre à ce que cette boulangerie soit un lieu de rassemblement pour de nombreux employés…

— Je pourrais très bien être propriétaire. Quand j'étais à Frobisher Bay, je dirigeais une dizaine d'employés. J'ai fait de longues études en mathématiques. Toi, tu as été vendeuse, tu aimes travailler avec le public. Et le quartier est en plein essor, c'est clair. Nous avons pas mal d'atouts quand nous additionnons nos forces. Ce soir, on appellera le propriétaire pour avoir un rendez-vous cette semaine.

L'infirmière jubilait.

— Je vais donner un coup de fil à John pour avoir ses coordonnées, déclara-t-elle, enthousiaste. Je crois qu'il s'appelle M. Patenaude.

— En attendant, dit Ahmed en se penchant pour embrasser Geneviève, dis-moi donc ce que tu penses du petit plat que j'ai mitonné ?

44

Dans la soirée, Geneviève et Ahmed trouvèrent aisément les coordonnées du propriétaire, qui les invita à visiter la boulangerie afin de discuter de tous les aspects de l'entreprise.

— On se voit mercredi, confirma Ahmed.

M. Jean Patenaude était un homme dans la soixantaine. Il invita le couple à s'asseoir dans la maison qu'il habitait à Fabreville.

— J'aime ce quartier de l'île Jésus, déclara-t-il. Cela ne me dérangeait pas d'être loin de la boulangerie, pour me sentir, au retour du travail, presque à la campagne. Alors, dites-moi, comment avez-vous trouvé la boulangerie ?

— Je connais bien l'endroit, expliqua Geneviève, qui accepta la boisson gazeuse que lui offrit l'homme. Quand je travaillais à l'hospice, tout à côté, je passais devant pour y acheter vos délicieux gâteaux. Je ne me rappelle pas vous avoir déjà vu.

— J'y allais surtout le matin, précisa l'homme. J'avais une confiance absolue en John, un employé modèle. Je le laissais même fermer les portes, à la fin de son quart de travail. Je suis veuf depuis deux ans et j'ai eu de graves soucis de santé. Je ne peux plus m'occuper de cette boulangerie. Cela me fait beaucoup de peine. Je croyais que l'un de mes fils aurait pris la relève, mais les trois vivent à l'extérieur du pays. Quant à ma fille, elle ne veut pas de cet héritage. Son mari s'y oppose, de toute façon. Ils ont leur travail et ne veulent pas poursuivre ce que j'ai fait depuis quarante ans. J'en suis mortifié.

Geneviève et Ahmed écoutaient le propriétaire raconter que son père avait acheté l'immeuble en 1920 à un prix très bas.

— C'était après la Première Guerre mondiale, enchaîna-t-il. Mes parents ont eu de la chance. Pendant longtemps, nous avons habité au-dessus de la boulangerie. J'y ai même élevé ma famille.

— Qui sont les locataires aujourd'hui ? demanda Ahmed.

— Un jeune couple qui va quitter l'appartement bientôt. Vous aurez donc à en trouver d'autres.

Geneviève regarda son compagnon : ils avaient tous deux la même idée.

— Si nous prenions la boulangerie, nous emménagerions au-dessus de celle-ci.

— Nous n'aurions plus à attendre l'autobus pour nous rendre au boulot ! ajouta sur un ton léger Ahmed. Quel est votre prix, monsieur Patenaude ?

— Vingt mille dollars, décréta l'homme. C'est une aubaine, croyez-moi. Comme vous avez pu le constater, j'ai fait des rénovations récemment. Le plancher, le toit et les comptoirs.

— J'ai en effet constaté que les cuisines étaient propres, confirma Geneviève.

L'homme sourit et enchaîna :

— Et je vous laisse tous les instruments de cuisine. Il faudra les renouveler si vous voulez diversifier vos produits, mais soyez assurés que ceux qui sont là sont de bonne qualité.

— Le chiffre me paraît néanmoins un peu élevé, dit Ahmed d'un air méfiant. Est-il possible de le considérer à la baisse ?

— Non, coupa le propriétaire. Croyez-moi, faites des recherches et vous ne trouverez rien de mieux ailleurs.

Geneviève regarda M. Patenaude un instant et rétorqua :

— C'est que nous ne cherchons pas à avoir une entreprise à tout prix. J'étais une cliente de votre boulangerie, je connais John. Mon compagnon et moi, nous avons eu l'idée d'acheter votre commerce comme une possibilité qui s'offrait à nous.

M. Patenaude semblait inflexible, mais il laissa à ses invités un temps pour réfléchir.

— Et si on se revoyait la semaine prochaine ? dit-il en se levant.

Il fut convenu qu'ils reviendraient le mercredi prochain, en soirée. De retour dans le logement de la rue Sainte-Famille, Geneviève et Ahmed passèrent des heures à peser les avantages et les inconvénients de cet achat. Sur une feuille, ils mirent d'un côté les pour et de l'autre, les contre. La première colonne était vraisemblablement la plus longue.

— J'ai demandé qu'il baisse le prix juste pour voir s'il était prêt à faire des concessions, avoua Ahmed. Mais franchement, je crois que vingt mille dollars, c'est raisonnable.

— Moi aussi, je le pense, confirma Geneviève. L'idée d'habiter au-dessus est intéressante. Je pourrai enfin dire au revoir à mon propriétaire et ne plus avoir à chercher un appartement dont les loyers ne cessent d'augmenter.

— Il suffira de payer les taxes foncières. L'achat de cet immeuble, c'est du capital.

Ahmed ouvrit le dossier que lui avait remis M. Patenaude. Celui-ci avait noté tous les comptes de son entreprise. Geneviève et son compagnon scrutèrent attentivement les chiffres qui s'accumulaient. Tout était en ordre, les taxes et les assurances étaient payées. Des rénovations avaient été faites, ce qui augmentait la valeur de l'immeuble.

— Je vois qu'il prévoit une hausse des profits pour les prochaines années. Évidemment, cela aura des répercussions sur les impôts. Mais c'est raisonnable, affirma Ahmed.

Maintenant qu'il avait examiné en détail le dossier, Ahmed ne doutait plus : c'était une très bonne affaire qui changerait leur vie à tous les deux.

— Qu'en penses-tu, Geneviève ?

— En effet, c'est une belle occasion qui s'offre à nous.

Ahmed lui fit un regard ravi.

— Tu n'auras plus à chercher d'emploi, affirma-t-il, tout heureux. Ce profit va nous unir davantage.

L'infirmière prit une respiration comme si elle soufflait pour la première fois après avoir risqué la noyade.

— Oui, Ahmed, tu as raison, reconnut Geneviève. Cette aventure est remplie de grands défis. Je suis lucide, je me sens capable de la vivre avec toi. Je te fais confiance, mon amour. Alors, on accepte ?

Ahmed battit presque des mains tant il était heureux que Geneviève baisse enfin sa garde. Il appela M. Patenaude pour confirmer leur rendez-vous. Ils se retrouvèrent le mercredi soir autour d'un mousseux qu'avait acheté Geneviève.

— Marché conclu ! lança Ahmed, après que le propriétaire eut accepté la vente à dix-neuf mille dollars.

Ce dernier avoua qu'il était heureux de signer une entente avec eux.

— Vous m'êtes sympathiques, confia-t-il. J'ai attendu avant d'accepter de vendre. J'ai déjà rencontré d'autres acheteurs, mais j'avais le sentiment que ce n'était pas les bonnes personnes. J'avais l'impression qu'ils voulaient la boulangerie pour la démolir. Voyez-vous, avec l'Expo, qui sera là dans moins de deux ans, on aura besoin d'agrandir des portions de rue, car il y aura davantage de circulation. Il serait plus avantageux de construire autre chose sur le terrain qui est plutôt vaste.

Derrière la boulangerie, il y avait une belle grande cour. Un chêne s'élevait assez haut pour ombrager le terrain. Geneviève imagina y disposer quelques tables, l'été, et orner le bas des branches de petits lampions, pour le soir.

— C'est agréable, souligna M. Patenaude, voyant le regard absorbé de Geneviève. Quand il fait beau, on peut s'asseoir, prendre un café et se reposer.

Ahmed appréciait déjà ce petit havre de paix, un peu de campagne en pleine ville. C'était un atout de plus pour l'achat de l'immeuble.

Le rendez-vous chez le notaire fut pris la semaine suivante.

Quand Ahmed signa le contrat, il demanda néanmoins d'ajouter une clause.

— Je veux que ma femme soit protégée, décréta-t-il. Confirmez qu'elle partagera moitié-moitié les profits avec moi.

Geneviève mit la main sur le bras de son compagnon.

— Mais…, balbutia Geneviève, qui ne termina pas sa phrase.

Sortant du bureau, elle embrassa Ahmed.

— Tu as dit au notaire que j'étais ta femme ! s'exclama-t-elle, incrédule. Nous ne sommes pas mariés.

Ahmed lui sourit et lui saisit la main.

— Geneviève, et si on se mariait ? s'écria-t-il.

N'y tenant plus, elle lui sauta au cou. Il lui semblait que tous les chemins sinueux qu'elle avait été obligée d'emprunter pendant tant d'années menaient à ce choix qu'ils faisaient ensemble. Tout était possible, elle le savait maintenant. C'était pour elle un nouveau départ. Et elle espéra qu'il dure longtemps, longtemps.

— Ahmed, dit-elle solennellement, oui, je veux être ta femme.

Puis elle ajouta, autant pour lui que pour elle-même :

— J'avais raison de le croire : je suis faite pour être heureuse.

Encore plus chez Les Éditeurs réunis

Vous avez aimé *Un nouveau départ pour Geneviève* ?
Vous apprécierez sûrement les titres suivants :

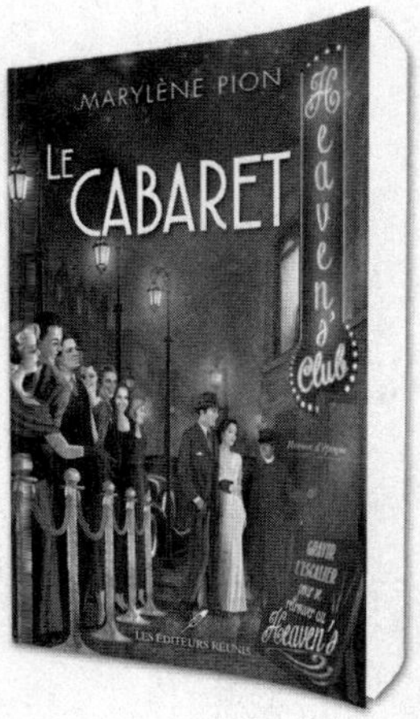

Le cabaret

Marylène Pion

1929. À la mort de son père, Ian Hughes revient s'établir à Montréal. L'homme d'affaires, exilé à New York depuis une décennie et ruiné autant par la prohibition que par la crise financière, hérite bientôt d'un ancien entrepôt de fourrures situé en plein cœur du quartier chaud du Red Light. C'est là qu'il décide d'ouvrir un cabaret. Pour y arriver, il s'associe avec Alexander Davis, un ami de longue date, et sollicite l'aide de Mme Candy, qui fait la pluie et le beau temps dans le secteur. Mais la concurrence est féroce…

Charlotte Delisle espère, elle aussi, sortir de la misère. L'ouverture du Heaven's Club représente pour cette jeune beauté une chance inouïe de quitter la maison close de la rue Sainte-Élisabeth, où elle traîne sa désillusion et ses lourdes contraintes. Même si elle n'y décroche qu'un emploi de *cigarette girl*, sa ténacité pourrait lui permettre de gravir quelques échelons insoupçonnés.

Les destins de Ian et de Charlotte, deux êtres écorchés par la vie, se croiseront entre les murs enfumés du cabaret de variétés qui accueille les plus prestigieuses vedettes américaines. Alors que les spectacles et les soirées endiablées se succèdent, la réussite et – surtout – le bonheur seraient-ils enfin à leur portée ?

LES JOLIS DEUILS

par Marjolaine Bouchard

TOME 1
Retour à
Port-aux-Esprits

TOME 2
Promesse de
printemps

Une série d'époque à l'étreinte aussi enveloppante
que réconfortante.

Visitez lesediteursreunis.com pour plus de détails.